LO QUE ESCONDE TU NOMBRE

隐姓埋名

[西班牙]克拉拉·桑切斯 著 / 雷素霞 译

CLARA SÁNCHEZ

重庆出版集团 重庆出版社

版贸核渝字（2014）第26号
Lo que esconde tu nombre
by Clara Sá nchez

图书在版编目（CIP）数据

隐姓埋名 / (西) 桑切斯著; 雷素霞译. —重庆：重庆出版社，2014.8
书名原文: Lo que esconde tu nombre
ISBN 978-7-229-07902-4

Ⅰ.①隐… Ⅱ.①桑… ②雷… Ⅲ.①长篇小说 – 西班牙 – 现代 Ⅳ.① I551.45
中国版本图书馆CIP数据核字（2014）第083735号

隐姓埋名
YINXINGMAIMING
[西班牙] 克拉拉·桑切斯 著 雷素霞 译

出 版 人：罗小卫
责任编辑：王 淋 郭莹莹
责任校对：杨 婧
封面设计：艾瑞斯数字工作室 clark943@qq.com
版式设计：谙恒记工作室

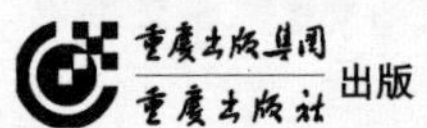
出版

重庆长江二路 205 号 邮政编码：400016 http://www.cqph.com
重庆升光电力印务有限公司印刷
重庆出版集团图书发行有限公司发行
E-MAIL:fxchu@cqph.com 邮购电话：023-68809452

全国新华书店经销

开本：890 mm × 1240 mm 1/32 印张：11.375 字数：265 千
2014 年 8 月第 1 版 2014 年 8 月第 1 版第 1 次印刷
ISBN 978-7-229-07902-4
定价：35.00 元

如有印装质量问题，请向本集团图书发行有限公司调换：023-68706683

目录

PART 1
随遇而安

[朱利安]

当女儿看着我收拾行李时，我知道她在想什么。她那双深邃的黑眼睛中有一丝担忧。她的眼睛和她母亲的眼睛很像，她的薄嘴唇却像我的。但是，随着年龄的增长，她的身体也会横向发展，最后越来越像她妈妈。如果我把她和拉克尔五十岁时的照片相比较，母女俩简直就是一个豆荚里的两颗豌豆。女儿在想，我简直是个不可救药的疯老头子，执著于没有人还会在意的过去，我很难记住电影名称，却无法忘记那时的每一天，每一个细节，每一张脸，每一个名字，甚至又长又难记的德语名字。

无论我多么努力地让自己看上去开心一些，也无法让她心里不难过，因为我不仅年事已高，行为疯狂，还有动脉阻塞。尽管心血管专科的医生竭力安慰我说血液会从那条动脉的支动脉流过，我也不敢妄想有机会活着回来。因此，亲吻女儿时，我尽最大努力不让她觉察到这是我最后一次亲吻她。她总有和我最后见面的时候，我宁愿那是在我还活着，正在收拾行李的时候。

实际情况是这样的，如果我没有收到老友萨尔瓦·卡斯特罗的一封信，以我现在的状况，这样疯狂的念头根本不可能从我脑子里冒出来。我们从中心出来之后，我就没再见到过他。

最初成立那个中心的目的，就是追踪逃窜到世界各地的纳粹军官。我们分别时，中心本身也准备解散，因为其追踪目标大多已经快要走到生命尽头，离死不远了。这些奄奄一息的恶魔逃出了我们手心。大多数情况下，由于恐惧，他们随时保持警惕，以便能及时脱身。他们害怕我们，因为我们恨他们。他们已经被迫学会一项本事：嗅到我们仇恨的气息，然后闻风而逃。

当我在布宜诺斯艾利斯的家中拿起那个信封，看到寄信人的名字时，我惊愕不已，差点当场猝死。然后，我热血沸腾。萨尔瓦和我亲如兄弟，是这个地球上唯一知道我真正面目的人，他知道我从哪里来，知道我为了求生或者求死能做出些什么。我们很年轻时相识在那条生与死的狭窄通道上。信教者将那里称为地狱，像我这样不信教的人也把那里称为地狱。它有个名字，叫毛特豪森。我从来没想过地狱会与那里有什么不同，或者会比那里更糟糕。当我再次奋力从地狱中探出头来时，我们正在白云间翱翔，空姐正从我身旁经过，身后留下一股好闻的香水味。我舒服地在座位上伸了个懒腰。此刻，我身处两万多英尺的高空，我的命运掌握在风的手中。

萨尔瓦在信中告诉我说，他已经在阿里坎特的一个养老院里度过几年退休时光。养老院很好，坐落在离海几英里远的橘树林中，阳光灿烂。刚开始时，他想去就去，想走就走，因为养老院像个酒店，可以为他提供一个带浴室的房间，还可以点菜。后来，他的健康出了问题（他没细说），现在进城和回养老院都要别人帮助。但无论他的行动多么不便，他一直没停止工作，用他自己的方式，不要任何人的帮助。“有些事情你不能听之任之，对吗，朱利安？这是我唯一能做的事情，唯一可以不让我去多想今后生活的事情。你还记得吗？我进那里时，还是个孩子，一个普通的孩子。”

对于他，我知之甚深。我不想失去他这个朋友，就像你不想失去胳膊或腿那样。我们两个都明白“那里”所指的地方——集中营，我们就是在那里的采石场工作时遇上的。萨尔瓦了解我的过去，知道我所经受的苦难，我也知道他曾经的遭遇。我们以为一切就这么完了。我们被释放时，形容枯槁，恐怖吓人，所以只好穿上西服戴上帽子，略作遮掩。可是，仅仅六个月之后，萨尔瓦就了解到，有许多个旨在追寻和抓捕纳粹分子的组织已经成立起来，而这也正是我们计划做的事情。由于当时我们已经恢复自由，于是报名加入了追忆行动中心。曾经有数千名西班牙共和主义者被送到了集中营，我和萨尔瓦也在此列，但我们不希望得到别人的同情。我们也没有觉得自己是英雄，说我们是瘟疫流行的受害者更合适。没有人需要受害者，也没有人需要失败者。其他人只是保持沉默，像所有幸存者一样，遭受恐惧感、羞耻感和犯罪感的折磨；我们却变成了猎手，萨尔瓦比我更像。可以说，我完全是在他的愤怒和复仇精神的带动下，才参与了追捕行动。

追捕纳粹分子是他的主意。我们离开集中营之后，我只想过平凡的生活，融入到普通人的行列中。他却说那是不可能的，我仍然需要努力挣扎才能活下去。他说得对，我再也无法关着门洗浴，再也无法忍受小便的气味，甚至连自己的小便气味也难以忍受。在集中营时，萨尔瓦二十三岁，我十八岁，但体格却比他健壮。我们被释放时，萨尔瓦瘦骨嶙峋，体重只有三十八公斤，脸色苍白忧郁，但思维却高度灵活。有时，我只得分给他一些勉强称得上食物的东西，例如煮熟的土豆皮或者发霉的面包屑。我这样做不是出于同情，而是因为我需要萨尔瓦带给我生存的希望。我记得有一天我对萨尔瓦说："既然我们知道自己无论如何都是死，却苦苦挣扎着活下去，真不明白这究竟是为什么。"他却反驳我说："我们大家都难逃一死，包括那些住在大房子里，坐在扶手椅中抽着雪茄，品着美酒的人。"在萨瓦尔看来，香烟和美酒代表着每个人都向往的美好生活，幸福就是能够找到令自己感觉如同漫步云端的女子。他还认为，每个人都有权利在人生的某个时刻漫步云端。

为了克服恐惧，萨尔瓦非但没有闭上眼睛逃避，反而始终睁大双眼，收集尽可能多的信息：卫兵的姓名和面目特征、官衔、其他军官到集中营来的相关情况，以及整个组织的状况。他要我尽力记住这些信息，因为总有一天会派上用场。事实上，在我们集中精力记住这一切的同时，我们的恐惧便减少了几分。萨尔瓦坚信他不会在那座采石场走到生命的尽头，也坚信只要我同他一起坚持下去，我也不会死在那里。

当集中营的大门被打开，我们可以离去时，我激动不已，狂奔而出，泪流满面，萨尔瓦却是肩负着使命出来的。当时，他几乎无法站立，却承担了一项任务。他最终设法追查到九十二名纳粹高级军官的藏身之处，并将他们送上了法庭。至于对其他纳粹，我们除了将他们抓住、审判并处死之外，别无选择。与萨尔瓦相比，我的行动不够干练有效。恰恰相反，我从未成功地完成一项任务。最终，要么是别人逮住了我的追踪对象，要么是这些追踪对象从我手中逃脱。命运仿佛在捉弄我。在我确定了他们的藏身之处，一路追踪逼近他们，准备收网之时，他们却逃之夭夭，消失不见了。他们的第六感拯救了他们自己。

萨尔瓦的信中夹了一张剪报，是从白色海岸的挪威殖民地出版的一份报纸头版剪下来的。剪报上有一对姓氏为克里斯滕森夫妇的照片。丈夫弗雷德里克八十五岁，妻子卡琳年龄略小。认出他们非常容易，因为他们从未觉得自己应该隐姓埋名。萨尔瓦在信中说，那篇文章没有揭露他们的身份，只是报道了这位貌似体面的老家伙举办的生日派对。派对是在他们家中举行的，出席派对的人中，有很多都是他们的同胞。我一眼就认出了那双眼睛，它们如同盘旋在猎物上方的鹰一样的眼睛，贪婪残暴。只要你还活着，这样的眼睛就会永远铭刻在你的记忆中。照片的效果不是很好，是在派对上拍摄的，刊登在报纸上作为生日礼物送给他们。说起来似乎有些令人难以置信，萨尔瓦刚好在那里，看到了这张照片。弗雷德里克向来嗜血如命，毫无怜悯之心，这或许是因为尽管他算得上是一个雅利安人，但终究不是德国人。因此，他只能不断地表现自己，以博得上司的青睐与信任。他曾经在党卫军几个不同部门就职，监管过灭绝数百名挪威籍犹太人的行动。为了成为唯一获得金十字架勋章的外国人，他有过很多残暴的行径。对此，我略知一二。

在照片中，夫妇俩人并肩坐在沙发上。弗雷德里克那双瘦骨嶙峋的大手搭在膝盖上。即便是坐着，他看起来依然硕大无比，因此难免引人注意。相比之下，他的妻子不太容易辨认。岁月令她的容貌发生了较大的改变，但我也不需要绞尽脑汁搜寻有关于她的记忆。在我的资料箱中，有许多和她类似的女人的资料。她们一律金发圆脸，眉眼天真，抬着手臂行纳粹军礼。

“我的眼睛有些看不清楚，双手总是颤抖，你肯定能够帮上我的大忙。如果你没有其他更好的事情要做，就来帮我吧。说不准，你会因此永葆青春。”萨尔瓦在信中说。他肯定是指我到他那里可以享受灿烂的阳光和美酒香烟。我不会辜负他的期望。毕竟，我运气好，娶了拉克尔，组织了家庭；而他却全心全意投入到这项追捕纳粹分子的事业中。拉克尔具有化腐朽为神奇的天赋，却先我一步离开人世。她的奇思妙想也随之从这个世界消失，而我的想法却仍存于此。我觉得这是上帝对我的又一次惩罚。然而，一段时间之后，我才意识到，拉克尔并没有完全离开我，因为对她的思念会令我心情平和，心头洒满阳光。

我女儿想和我一起过来，因为她担心我心脏病发作。可怜的女儿觉得，我这样的年纪做什么事情都更加困难。事实也的确如此。可是，我宁愿为这项事业献出生命，也不愿意整天自我折磨，担心血糖水平是否会升高。不过，话又说回来，这一次情况或许会发生变化，弗雷德里克·克里斯滕森有可能在我之前心脏病发作。无论他有多老，他都会一直认为自己还能活得更久。然而，假设就在他想方设法躲开我们这么长时间之后，我们却突然出现在他的生活中，终于令他开始畏惧上天的报应，他肯定会极度不安。

想到萨尔瓦和我会站到相片中的那张沙发前，弗雷德里克看见我们屁滚尿流的样子，我感觉棒极了。

[桑德拉]

我姐姐让我到她那座海滨房子里住上一段时间，平心静气地想想怎样做对我最好：与我孩子的父亲结婚，还是不结婚。尽管已经怀孕五个月，我却愈发不确定是否想拥有自己的家庭。不过，我确实像个白痴，在当下工作如此难找，而且独自抚养孩子会异常艰难的情况下，居然辞职了。现在，我挺着大肚子四处游荡，但接下来……该死的！难道要因为道德良心步入婚姻的围城？我爱桑迪，但还没有爱到死去活来的程度。桑迪差一点就成了我的最爱，就差那么一点点。然而，所谓的最爱可能仅仅存在于我的心中，就像天堂、地狱、希望之乡、亚特兰蒂斯，以及所有我们现在看不到，也预知永远无法看到的事物一样，只是虚构出来的幻影。

我不想做出任何最终的决定。只要冰箱里还有食物，孩子还没有降临到这个世界上，不会向我索要东西，我就可以放心地任由思绪遨游，没有必要过分担心此时此刻不太可能发生的事情。现在的状态相当不错，可惜好景不长，因为我姐姐已经找到房客，十一月份开始要入住这幢房子。

九月底，人们仍然可以下海游泳，或者享受日光浴。当月中上旬的时候，临近的房子已经锁上大门。第二年夏天，或者在某些周末，甚至间隔更长一段时间后，这些房子才会重新开启使用。只有为数不多的房子，才会整年住着人，就像我们这种。这几座房子稀稀落落，每当灯光亮起时，就会显得异常孤单。我本来非常喜欢这种感觉，可是渐渐地，我开始怀念有人可以聊天的时光，哪怕那个人不说话，只待在那里制造一些动静也好。接下来，我开始想到了桑迪。人往往会有一些脆弱的时刻。正是这些脆弱的时刻，令夫妻可以一起度过许多岁月，就像我的父母那样。我只需要想想，他们曾经怎样鼓足勇气，面对和我一样感到孤独的时刻就行了。我知道，如果我现在不愿意独自生活，今后的日子里将再也没有这样的机会。

如果到海滩去，只能骑上小摩托。这是一辆维斯品诺。我的姐姐、姐夫，还有我的外甥们，一再告诫我停放小摩托的时候，务必将它锁好。我往往吃过早饭，浇灌家里的花花草草之后（这是姐姐吩咐我做的其中一件事），就会立刻从柳条筐中取出一本旧杂志，放进一个 Calvin Klein 牌的塑料袋中，抓上一瓶水、一顶尖顶帽和一条毛巾，然后直奔海滩，在细软的沙子上躺下来。我可以就那么在户外的阳光下躺着，无须顾忌，因为游客几乎已经绝迹。如果躺累了，我会起身快走。沿途遇到的几乎总是那些人：一位女士，总是牵着两条小狗；几个渔夫，坐在绷紧的鱼竿旁；一个穿着风衣的黑人，似乎也没有更好的地方可去；还有一些人，在海滩边跑步；一对已经退休的外国夫妇，坐在一把印满大花朵的沙滩伞下，和他们相遇时，我们会以眼神互相致意。

多亏了这对夫妇，那天上午我才没有直接扑倒在海滩上，昏死过去，而只是跪倒在地上，呕吐起来。天气实在太热。那几天，温度计的刻度直线上升，好像要爆开似的。我的尖顶帽遮不住多少阳光，再加上忘记带水。人们说我是灾星，有时候的确没错。我身边所有的人都说过相同的话。如果有的人还没说过，以后也会说——我是个灾星。如果在你的一生里，每个人都对你这样说，那么必定有些道理。我坐在毛巾上，头晕眼花，周围的一切似乎都在旋转。即便如此，我还是挣扎着走到水边去降温。就在那时，我终于忍不住开始呕吐。我早餐吃了太多的东西。自从怀孕后，因为担心体力变弱，我一直强迫自己吃到很饱才停口。就在此时，那对退休的外国夫妇以老年人最快的速度，脚踩炙热的沙子向我跑过来。许久之后，他们才跑到我身边。我两手插在湿沙中，竭力想要抓住沙子，可是沙子却一而再地从我紧握的拳头中漏走。

“天啊，千万别让我死掉。”我正这样想的时候，一双瘦骨嶙峋的大手抓住了我。接着，我感觉到口中有了水的凉意。一只手弄湿了我的额头，接着将水滴到我的发间。我能听到他们的说话声，陌生而遥远，一个字都听不懂。他们扶着我在沙子上坐下来后，我到那时才发现是那对外国夫妇。丈夫将那把大花沙滩伞移了过来，就是他们经常用来遮阴，同时也划出自己地盘的那把大伞。显然，把伞拿过来，要比将我带到伞下更容易。

他们用西班牙语说的第一句话是："你还好吗？"

我点了点头。

"我们可以送你到医院去。"

"不用了，谢谢。是我吃的早饭不对胃口。"

妇人用她那双蓝色的小眼睛瞟了一眼我比基尼下鼓起的圆肚子。我没有等她问出来，就主动说："我怀孕了。有时候胃会折腾一下。"

"别说话，休息休息。"她一边说着，一边给我扇扇子，让我凉快一些。我模糊地看到扇子上有北欧俱乐部的字样。"要不要再喝点水？"

我又喝水的时候，他们的眼睛一眨不眨地看着我，仿佛在用他们的目光给我力量。

又过了一会儿，他们肯定比我还头晕，但仍然坚持陪我走回小摩托旁，之后又开车跟在我后面，以防我在路上晕倒。我们的速度异常缓慢，所有的司机都在向我们按喇叭。我拐进姐姐的房子所在的那条小路，感到它在左侧，仿佛被一个鞋拔撬着，慢慢向我靠近。于是我按响摩托的喇叭，挥手向他们告别。

也许我应该邀请他们进去坐坐，请他们吃些点心，或者喝点饮料，又或者邀请他们在门廊上坐一会儿，那里常常会有惬意的微风拂过。我暗自悔恨没有对他们更友好一些，毕竟我扰乱了他们在沙滩的上午时光。不过，这些老夫妇整天回首往事，生活单调，偶然事件也不会对他们带来任何伤害，这也是事实。我在水管下捧水洗了脸，然后躺到树荫下的吊床上。我不愿意再去想在沙滩上头晕的事，因为我不想让自己变得软弱。从现在起，我会更加小心，因为我的身体确实和以前不一样了，它在不断地让我感到意外。

[朱利安]

我不得不花费一部分积蓄购买商务舱机票，因此有些苦恼，但这样做是为了让我女儿放心，同时也是因为我想以最佳的状态出现在目的地，以免这趟旅行徒劳无功。正是出于这个原因，我吃饭时只喝了一杯不含酒精的饮料，然后甩掉脑中纷乱的念头，在周围的乘客一杯接一杯地喝着冰镇威士忌时，心安理得地酣然大睡。

我没有指望萨尔瓦来阿里坎特机场接我，因为在我写信告诉他到达日期之后，他根本没有给我回信。他现在会是什么样子呢？或许，我已经认不出他了。当然，也有可能他认不出我。尽管如此，看到人们在安全隔栏后耐心举着标牌时，我还是不由自主地尽量突出自己，希望萨尔瓦突然走过来抱住我。大概十五分钟后，我决定到汽车站，乘坐开往戴安涅姆镇的长途客车。戴安涅姆距离机场一百公里左右，我在那里预订了酒店。克里斯滕森夫妇住在那附近，再过去一点，就是萨尔瓦居住的养老院。

我没有直接到酒店去。下车后，我上了一辆出租车，要司机送我到川斯奥利沃斯养老院，然后再将我送回镇中心。

我将手提包放进行李箱内，然后在温暖的阳光下，闻着松树的芳香，开始向目的地开去。不久之后，出租车司机有点吃惊地问我，是否不打算在养老院里住。我懒得回答，便假装一心欣赏外面的风景。事实也的确如此。黄昏即将到来，周遭的所有风景在我眼中都显得奇异不凡。红色的土地，小小的树林，葡萄园，果园，还有鸟儿飞过来，在地面上四处啄食。这使我想起少年不知愁滋味时，父母带我们到海滨度假的日子。我轻轻拍了拍上衣口袋，想确定没有在飞机或者汽车上遗留东西。我开始担心疲惫可能会令我突然丧失反应能力。

养老院里有一个花园，比萨尔瓦向我描述的小一些。不过，养老院坐落在郊野中心，似乎是件好事，但我们这些老家伙通常更愿意看到人，而不是树。没有必要按门铃，因为养老院的门开着。我走进餐厅，已经有人开始摆放桌子准备吃饭。我告诉侍者自己远道而来探访萨尔瓦，问她是否能见见他。她吃惊地看着我，然后将我带到一间小办公室里。在那里，一位身体健壮、精力充沛的女人告诉我，我的朋友已经去世了。我将收到的那封信拿给她看了之后，她告诉我说萨尔瓦要他们在他去世之后，马上将信寄出去。“去世？”这是什么意思。他们已经火化了他的遗体，将他留下来的衣服送到了当地教堂，也许会有穷人需要它们。他的多个器官衰竭，身体各个机能已经停止运作，因而死亡。

我还没有问，她就告诉我说，萨尔瓦没有遭受痛苦的折磨。

离开那间办公室后，我到花园里走了一会儿，脑中想象着萨尔瓦在那里的样子：身体虚弱枯干，却仍然坚持着，有时抬头望向空中，思索手头正在忙碌的工作，从未迷失过自己的目标。自从追忆行动中心的人认为我们已经没用之后，我们已经多年没有联系。我更喜欢和家人待在一起，喜欢做一些古怪的调查，不过一无所获。我试图将阿里贝特·海姆——这个全世界我最想逮捕归案的纳粹战犯——以及阿道夫·艾克曼这两个案子没有完成的部分作个了结，但始终没有成功。我很难相信萨尔瓦这些年会停止工作。他肯定在不断地收集材料，然后将材料交给别人去处理，所有的荣誉都归了别人。现在，轮到我了。他已经将最后的发现留给了我，如果我能够将它公布于众，一定会产生很大的影响。当他知道自己时日不多时，他想到了我这个朋友。然而，他留给我的是金杯毒酒，我们这些饱受折磨的人拥有的事物往往如此。我真想和他说说话，真想见他最后一面。现在，再也没人了解我的一切，再也没人知道我曾经遭受的苦难。光线开始暗淡，夜晚即将来临。

我又回到出租车上，要司机开往阿祖尔海岸酒店。随后，我不得不从口袋里拿出手绢擤鼻涕。川斯奥利沃斯养老院逐渐从我的视线里消失。萨尔瓦就是在这里写下了最后一封信。想到这里，我的眼中充满泪水。这是软弱的泪水，只不过打湿了我的眼眶，但表明我还活着。虽非所愿，我却比萨尔瓦活得更久，正如我被迫比拉克尔活得久一样。

出租车司机从后视镜中看了我一眼。他那么年轻，我已白发苍苍，我们之间的年龄差距很大。告诉他我的朋友已经去世，或者提供其他任何解释，都毫无意义。因为他会觉得，在我们这样的年龄，死亡是非常自然的事情。然而，没有什么事情是自然的，如果自然，我们就不会觉得奇怪与不可理解了。我还有资格看到这些漂亮的银色田野吗？拉克尔曾经因为我有这样的想法而责备过我，说我是个受虐狂，不适应社会。毕竟，萨尔瓦和我已经几十年没见过面了。我前往布宜诺斯艾利斯，与拉克尔在那儿定居，萨尔瓦依旧四处奔走。我们从那时起便没再见过。如果他不说，我绝对想不到他会隐居在养老院里。正如他过去常说的那样，不是只有我们会死。所有人都会死，整个人类都会死。我们别无选择，只能听凭命运的摆布。

到达酒店之后，我打开行李箱，将衣服放进衣橱里，接着开始研究当地的地图，想确定弗雷德里克和卡琳·克里斯滕森夫妇的住所。他们居住的那个区名叫托萨利特，是一处地势较高的林区。既然我不想太早睡觉，同时又想调整乘坐飞机后的时差，于是我到楼下的酒吧里，准备要杯热牛奶，将晚上的药服下。一位身着红马甲的酒吧女郎手中拿着玻璃杯和冰块，正在做一个类似杂技的高难度动作。她问我是否要在牛奶里加一点干邑。我说："为什么不呢？"然后就饶有趣味地看着她为我服务。她向我笑了笑，笑容可爱而灿烂。她肯定有爷爷，需要她经常承欢膝下。当我因为疲倦开始感到头晕脑涨时，我到前台向他们问清了一些有关地图的问题，然后预订了第二天要租用的汽车。当他们问我的驾照是否更新过时，我并没有感到惊讶，因为最近这样的情况出现过许多次。如果时间充裕，我会表达自己的不满，但我心里还有其他事，比因为年老而有这样的遭遇更急迫的事。我必须完成萨尔瓦交给我的任务。

我的房间非常普通，没有任何特别之处。因为朝街，可以看到几家酒吧的灯光从蕾丝窗帘中透射出来。我伸展四肢，躺在床上。很久没有这样放松过了。我恢复了独住酒店的旧习惯，恢复了不向任何人报备行踪的习惯。不同的是，我现在不再抱有期望，因为这事过去之后，我不会再有可以期望的事情。

全世界都比我强大，比我年轻。没关系，因为我拥有一个巨大的优势：没有任何期望。我觉得……我觉得——应该怎么说呢？——我觉得自己已经屈从了命运。当我意识到自己在打瞌睡后，我脱掉衣服，换上睡衣，关掉空调，取出隐形镜片，戴上厚厚的框架眼镜，准备躺在床上看书。至少我的牙齿依然牢固。我仍然可以四处奔波，不带任何随身物品，只需要我自己。我闭上眼睛，准备在梦中与拉克尔和萨尔瓦相见。

从纱帘照射进来的阳光将我唤醒。我起床洗浴，然后用电动剃须刀刮胡子。剃须刀是女儿帮我装进袋子里的。当时她很不情愿，说我太傻了，不用酒店提供的剃须设备。我将脸颊刮得光溜溜的。即使在我生病住院，甚至在我生活最艰难的时候，我都没有停止过刮胡子。我妻子过去常说，我刮胡子一丝不苟的样子就是我的个人商标。也许她是对的。自助餐的费用包括在房价中，所以我早餐吃得比平时要多，这样中午只需要吃些点心。晚饭我打算早点吃。

我租的车子在十二点时才被送过来。在此之前，我慢悠悠地逛到港口那里，在玛利帝莫步行街的一家货摊上花费二十欧元买了一顶巴拿马草帽。这顶帽子可以比我现在戴着的尖顶帽遮住更多的阳光。我女儿坚持不让我装太多的行李，以方便我携带。可是我认为，把那些东西留在家里是一种浪费，谁知道以后会怎么处置它们。尽管天气相当炎热，我却只能穿着夹克——幸亏是一件薄夹克——因为我需要衣袋放置眼镜，以防隐形镜片脱落（我已经从盒子里取出了太阳镜，放在衬衣口袋里），还要放置夹着钱和信用卡的钱包、笔记本以及小药盒。年轻的时候，我还会装上一盒万宝路香烟和打火机。幸好，我可以把手机留在酒店里，因为我刚飞过大西洋，它就坏了。我喜欢把所有的东西均匀地放在衣袋里，这样可以平衡重量。我女儿曾经为我买过一个背包，可是我没带过来，因为总觉得它不适合我这个年纪的人。只要有可能，我都会穿西服，或者至少要穿着长裤和夹克衫。冬天的时候，还要再加一件长及小腿中间的米色羊毛大衣。说实话，没有这些小怪癖，我真不知道该如何活下去。

我在一家露台酒吧坐下来，准备喝杯咖啡，重新研究地图，消磨时间。我知道喝咖啡有损健康，但这也是我唯一没有放弃，也没有打算放弃的习惯。我不愿意像为数不多还活着的朋友那样改喝绿茶。人变老之后，最糟糕的事情就是越来越孤独，在一个人人都年轻的世界里变成了怪人，但在我的内心深处，妻子依然活着。女儿有自己的生活，我不能再给她增加负担，也不能让她为我生活里所有的坏事担心。在我的天平上，仇恨的分量更重。不过，谢天谢地，天平上面还有爱，但是我必须说，尽管这有些遗憾，但仇恨侵占了太多爱的领域。

我在露台上品啜咖啡的时候——顺便说一下，是挺不错的浓咖啡——心里想，认识了罪恶之后，善良永远不够。罪恶是毒品，罪恶能令人愉悦，所以屠夫会一直不断地进行屠杀，而且越来越暴虐。

他们总是无法满足。我从帽子上撕下标签，戴上帽子，然后将尖顶帽塞到衣袋里。要是拉克尔还活着，我会给她也买一顶。她无论戴什么帽子，都非常漂亮。后来，女人不再流行戴帽子，优雅也就从她们身上消失了。不久之前，一位医生告诉我，在我这样的年纪，记忆已经晶化，意思就是我们对很久之前发生的事情，比对最近发生的记忆更清晰。的确如此。此时我的思绪已经开始回到 1950 年的春季。在一个阳光明媚的上午，我和拉克尔结婚了。当时，她戴着一顶帽子，帽子上的每一个细节，我都记得清清楚楚。

[桑德拉]

第二天，我没有再冒险去海滩。因为不想推出小摩托，于是我决定到大约五百米远的小超市买果汁。这样的距离，散步刚刚好。我一天到晚都要给自己做健康的饭菜，还要看书和放松。小花园里种着柠檬树和橘子树，看起来有些像天堂，而我就是夏娃。只有我一个人在天堂里。

姐姐留下一大堆脏衣服要洗。上午和下午，我都要浇灌花园，然后把要洗的衣服放进洗衣机里，洗好后晒起来，干了就收进来叠起。如果心情好，我还会顺手烫一烫。要是我把她的话全都当真，那我就得不停地干活。她从哪里弄来那么多脏衣服啊？我认为她让我住到她的房子里，就是想强迫我做事，证明我还是挺有用的。结果正如她看到的那样，我是有用的，即便只能做这些事。也许，她许多天才攒了这么多脏衣服。她喜欢支使别人，但会做得好像不是在发号施令。我用了好几年时间，才意识到她是在使唤我，让我做自己不喜欢做的事情。

午睡后，我开始下午的洒水任务。正在这时，我听到有车子停在街门口，接着响起关闭车门的声音，随后是脚步慢慢走过来的声音。于是，我看到了他们，在海滩帮过我的那对老夫妇。他们看见我似乎很高兴，我也很高兴。我独自一人考虑事情已经太久了。我关上水龙头，走过去迎接他们。

“真是惊喜呀！”

“看到你身体恢复了，真高兴。”他说。

他们使用的语言是我的母语，说得非常好，但带有地方口音，不像英国人和法国人，好像也不是德国人。

“是啊，我一直在休息，几乎没有出去过。”

我邀请他们进来，到门廊上坐坐。

“没有打搅你吧？”

我从姐姐专放古董仿品的橱柜中取出一把漂亮的茶壶，沏上茶招待他们。我没问他们是否需要咖啡，因为我还没有找到咖啡壶。

在他们品茶时，我告诉他们我不确定是否爱我孩子的父亲，也不想搅乱这个时期的生活。他们听了我的话，表示非常理解。我不介意他们了解我的所有情况，至少不介意他们知道我目前最大的痛苦。他们是陌生人，并没有令我感到不便，同他们聊天就像是对着空气自言自语。

“年轻人会有很多无法确定的事情。”他握着妻子的手，做出了这样的评论。看得出来，他的确很爱自己的妻子，离不开她。她是个谜一样的女人。

他不是一个爱笑的人，但彬彬有礼，令人感觉他始终带着笑意。他个子极高，衬得身下的藤椅像是玩具椅。他很瘦，颊骨都突了出来，顶骨和身上的每一块骨头也都是如此。他身上的灰色夏季长裤和白色中袖衬衫令他显得异常整洁。

“如果你愿意，我们明天来接你一起到海滩去，然后再送你回来。”他主动对我说。

“我们乐意这么做。”她说。此刻她的确在笑，她那双蓝色小眼睛过去也许很漂亮，不过现在有些难看。

我没有回答，只是又给他们添了些茶。我在暗自权衡眼前的状况。以前，我从来没有想过和老年人交朋友。在平时的生活中，和我有联系的老人都是家人，从来没有过朋友。

他们彼此对视一眼，然后抬手端起各自的茶杯。

“我们九点钟过来，不会太早，也不会太晚。”他说完之后，两人同时站了起来。

她似乎挺高兴，双眼显得富有生气。她肯定是主事者，是做决定的人，经常会有一些奇思怪想。我也许就是这位女士突发奇想的对象之一。不过原则上，这个提议不坏也不好。

她伸手握住我的手臂，仿佛想阻止我逃跑似的。

“你不用带任何东西。我会全部带上。我们有一个便携式冰箱。”

“弗雷德里克，卡琳。”他报出了他们各自的名字，同时伸出手。

我也伸出手，然后在卡琳脸上吻了一下。她脸上立刻浮现出幸福而又苦涩的神情。我到现在才知道他们的名字。在这之前，我甚至没有意识到与他们并不相识，也许是因为他们之前对我来说无关紧要。他们和我素昧平生，只不过是街头擦肩而过的陌生人。

“桑德拉。”我也作了自我介绍。

我从未见过我的祖父母，他们在我小时候就去世了。如今，生活为我带来这两位老人，作为弥补。我不介意成为他们最喜爱的孙女，或者更好一些，成为他们唯一的孙女，成为他们所有的爱倾注的对象以及……他们所有财产的继承者。有了这些巨额财产，就无须奋斗，更不会贫穷，因为这是你天生的权利。也许血缘关系没有给予的东西，正在通过命运交付给我。

[朱利安]

由于诸多原因，直到一点钟，我才坐上租来的汽车出发。与空调相比，我更喜欢外面的空气，所以我打开车窗。为了询问托萨利特的具体位置，我只好先在一家加油站前停车，接着又在一个报摊前停下。之后，我把车开到一条蜿蜒曲折的长路上，不可能继续向人问路。开出那条路之后，我进入一片林区。房子掩映在十五米高的树丛中，至多能听到几声犬吠。我费了好大一会儿工夫才找到弗雷德里克·克里斯滕森居住的那条街，这也许是因为年纪大了，反应能力也跟着变差的缘故。不过，最后我还是找到了，而且知道了那座房子的名字：太阳别墅。在这一带，这个名字没有任何特别之处。

房子建造得像一座堡垒，根本不可能看到里面的任何东西。我不希望附近的邻居发现我在周围游荡。尽管我看不到他们，但这并不意味着他们也看不到我。四周静悄悄的，弥漫着浓郁的花香。这一切和痛苦、屈辱、悲惨以及极度残忍有什么关系呢？房前的信箱和报纸上的那篇文章一样，也没有试图掩盖他们的名字，上面写着：弗雷德里克与卡琳·克里斯滕森。

无论是供车出入的滑动门，还是供人出入的小门，都是铁门，漆成墨绿色。大门周围的常春藤长势极好，快要将门全部盖住。我假装欣赏攀援植物，同时希望听到里面的声音，或者看到里面的动静。然后，我回到车上。车子停在两三条街之外的一处开阔地带。此刻我才意识到那里位置优越，因为他们居住的那条街是单向的，出去时必然经过那里。

然而，他们今天出来的时间应该会较晚，或许要等到明天。现在已经过了三点半，我该吃点东西，服药，然后躺下来休息一会儿。我不想浪费头天刚刚恢复的那点精力。

我决定找一个靠近酒店的停车场。最后找到的时候，已经四点一刻左右。我走进一家酒吧，请他们给我煎一张鸡蛋饼，榨一杯橘子汁，最后再来一杯加奶的咖啡。咖啡和早上的那杯一样好喝。任务进行得不错，我略感欣快，于是给女儿打电话。我首先让她不要担心，说我感觉比任何时候都好，空气的变化对我有益，增加了我的肺活量。我没有告诉她，我的朋友萨尔瓦已经去世。

我只是告诉她，我们已经找到了克里斯滕森夫妇居住的那座房子，很快就要开始进行监视。女儿听到我说这些，一点都不高兴。只要听到她认为会令人欲罢不能的事情，她都会说“够了！”所以我改变了话题，转而告诉她这里是很多外国老人的侨居地，是度假的好地方。随后，我还说了些她喜欢听的事情：我充分利用这次旅行的机会，去看了一些出租或者销售的房子；那些房子都有门廊和小花园，我可以在这里过退休生活，她也可以过来，想住多久，就住多久。

“哪儿来的钱呀？”每当她喜欢一个主意时，总会说这句话。

和拉克尔在一起的时候，我肯定特别以自我为中心。不幸的是，我对女儿依然如此。我没有给她喘息的空间，从未让她忘记过罪恶，在追求自己的执念时不断地提醒了她罪恶的存在。她过去总是说，她没有时间去伸张正义，只想做一个普通人，不用经历她的家人遭遇的那些事情，最起码她拥有那样的权利。难道不是吗？

我也在问自己：卡琳和弗雷德里克生活在鲜花和无辜的人群之

中是否合理？

回到酒店房间后，我和衣躺到床上，将床罩半搭在身上，然后打开电视。我原本不想睡觉，可不知怎么打起瞌睡来。等我睁开眼睛时，天色即将变黑，遥控在我手中鸣响。我感觉恢复了一些精神，但同时又有点昏昏沉沉，走向浴室时脚步蹒跚，仿佛醉酒似的。因为打瞌睡之前没有取出隐形镜片，所以眼睛发痛。我打算出去走一走，到港口呼吸来自大海的新鲜空气。通向托萨利特的道路有许多转弯，所以我不想在夜间驾车出去。我会等到第二天再行动，但这样好像非常浪费时间。我来这里不是为了度假，我也没有时间度假。假期是属于年轻人的，属于那些还有一辈子在前面等着的人；但对于我来说，即将到来的是长眠不醒。

港口的灯光明亮喜人，但是与克里斯滕森花园里此刻可能正亮着的灯光相比，这些变得毫无意义。那些灯光才是重要的，它们融入了我的世界，将我带到了一个失落的地狱。我在玛利帝莫走来走去，发现我买帽子的那个货摊依然开着，于是我想到了一个行动计划。我准备第二天一早就吃饭，接着前往托萨利特，等弗雷德里克出来后跟踪他。我会将他的一切行动记录下来，两三天后就能了解到他的习惯。他也许曾经是一个战功显赫的纳粹军官，善于逃脱追捕，不断地在国家之间逃窜，经常变化住所，但他逃不过年纪的掌控。年老意味着拥有很多习惯，上了年纪的人按照习惯生活。

我还没有确定如何使用收集到的信息，但最后总会派上用场。了解一个人的习惯和他周围的人，就如同了解一座房子的门和窗户一样。最后，你总会找到一个进去的办法。那就让我们来看看：证实弗雷德里克的身份之后，我应该怎么做呢？将他逮捕，送上法庭，指控他犯下了人类难以想象的滔天大罪吗？这是过去的做法。现在，年老的纳粹分子已经不用再接受审判。最多只能希望他们相继死去。引渡、审判、监禁，以及再次挑起过往那些令人发指的回忆等等，也会随之消失。在我凝视天空中的星星时，我不由想到，他们也许已经到了垂暮之年，即将迎接死神的到来，但弗雷德里克和我还活着，都还能抬头欣赏这美丽的星光。而且，我认为自己仍然能够设法令那个老家伙害怕，能够完成任务，然后心安理得地离开这个世界。我知道，如果拉克尔还活着，她会问我在骗谁，会说我做这些事情纯粹是为了满足自己，让自己高兴。也许她是对的。不过，无论世人如何评判我的想法，都无关紧要。

PART 2
红发女郎

[桑德拉]

在海滩上的感觉非常舒服。弗雷德里克有时会给我们带冰淇淋或者冷饮，他瘦削但宽阔的肩膀从我们上方投下影子。卡琳喜欢唠叨挪威的各种情况，喜欢描述他们漂亮的家，位于峡湾旁的旧农舍。他们已不再到那里去，因为那里的气候极其潮湿，湿气可以渗入关节，但是她非常怀念那里的雪，纯洁无瑕，略呈蓝色。卡琳不像丈夫那样瘦骨嶙峋。她年轻时身材肯定苗条，中年时身体发福，如今两者兼而有之，身材已经不再匀称。她看人的时候表情有些奇怪，介于友好与怀疑之间，很难让人了解她的真正想法。她说出口的话肯定只是内心想法的千分之一。她和其他所有老人一样，生活了大半辈子，结果最后只是喜欢一些小事情。如果她带来的草篮子里放着一本小说，封面上是男女接吻的画面，这并不稀奇，因为她喜欢看爱情小说。有时为了让我高兴，她会给我讲些她读过的故事，要么发生在老板与秘书之间，要么发生在师生之间，要么是医生与护士之间，又或者是两个在酒吧相识的人之间。不过，没有一个故事与我和桑迪之间的相同。

放纵自己跟着潮流走，感觉不错。我常常沿着水边，从那把挪威沙滩伞走到岩石嶙峋的海岬，再从遍布岩石的海岬走回沙滩伞下。我没有再呕吐。我们在便携式的冰箱里放了许多冰水。这台冰箱功能很好，在西班牙的市场是看不到的。他们使用的东西几乎都不是在这里购买的，只有卡琳围在腰间的纱笼，是她在海滩边的货摊上买来的。

最重要的是，他们性情温和，走路缓慢，讲话声音不大，很少争辩，至多会改变想法而已。他们与我的父母迥然不同。我父母不管遇到多小的挫折，都会小题大做。我从未告诉过父母我怀孕了，因为自知无法应对他们的吵闹。他们会充分利用这个机会，勃然大怒，暴跳如雷。或许，那正是我和桑迪在一起的原因，因为他性格好，有耐心，看法不极端。然而，即使这样也无济于事。只要在桑迪的公司待上半小时，我就强烈地感觉到自己在浪费时间。简直无法想象一两年之后和他生活在一起。

我和这对挪威夫妇一起到海滩去只有几次，所以我还没有厌倦他们。他们送我回家的时候，有时甚至不会下车，只是隔着车窗和我告别，然后离开。

[朱利安]

我想在回酒店之前吃些东西，因为我一直觉得在酒店里吃饭要比外面贵。我绕开几家饭馆，因为不愿意浪费两个小时吃一顿不怎么想吃的饭。所以我走进一家酒吧，点了一份俄式色拉和一瓶酸奶，外加一大瓶准备带回酒店的水。我女儿曾经不厌其烦地告诉我，绝对不能饮用自来水。饮用瓶装水似乎是一种忠于她的行为。

酒店接待员还是我初到时见到的那个人。他右脸颊上有一块很大的雀斑，整个人看起来有些放荡不羁，给我留下了深刻的印象，当时我就把他记在了心中。这是我年轻时的习惯，总是下意识地将各种面容分档归类，根本不可能混淆。他将房间钥匙递给我时，我问他是否还没到他的下班时间。他似乎有些惊讶我会对他表示关心。

“这个小时过完就下班。”他说。

他的年龄肯定在三十五岁左右。他瞥了一眼我手中的那瓶水。

“如果有什么需要，可以到自助餐厅去，那里会营业到十二点，有时会更晚。”

我转过身，环视四周，寻找他说的自助餐厅。

“那边，尽头那里。”他说。

原来就是我头天喝牛奶的地方。我不知道是什么促使我对他说，不要为了任何诱惑而去掉那块雀斑，因为这个标记会帮助他出人头地。这令我想起阿里贝特·海姆右嘴角那块 V 形疤。不过，随着年龄的增长，那个疤痕肯定已经被皱纹遮住。多年来，我对那块疤念念不忘，每当看到八九十岁的老人嘴角长着类似疤痕的东西时，就会激动地跟上去。但尽管身材引人注目，再加上那个标记，阿里贝特·海姆仍然设法一次次成功逃脱。他已经融入自己的同伙中，有时因为同样高大的身材和长寿，会被误认成其他纳粹分子，比如弗雷德里克·克里斯滕森就和他的外貌非常相像。1941 年的 10 月到 11 月，我在毛特豪森待了五周。在这期间，海姆忙着进行一些根本没有必要的无麻醉截肢手术，他只是为了看看人类能承受多大的痛苦。他的实验还包括将毒药注入心脏，然后观察结果，并在黑色封皮笔记本中一丝不苟地记录结果。进行这些实验时，他总是表现得彬彬有礼，甚至还面带微笑。幸运的是，我和萨尔瓦在集中营里没有遇上他。我的其他同胞就没这么幸运了。他们称他为“屠夫”一点都不夸张。此刻，这个屠夫很可能也在某个这样的地方，正晒着太阳，或者正在游泳。他和其余的纳粹分子，或许一直在享受着他们根本不配享受的乐趣，享受着根本不是为了他们而制造的事物。萨尔瓦一直非常勇敢，没有试图去忘记一切。

“这一天可真长！累死人了！”我说着摘下帽子，同时抛开脑中出现的一个场景：两个犹太人背靠背地被缝在一起，痛苦地嚎叫着，祈求让他们死得痛快些。谁会做出这样的事情？有人就做得出来。因为他听到那样痛苦的哭喊，感觉如同我们听到正被屠杀的猪在尖叫，或者被捕鼠夹夹住的老鼠在吱吱叫。看过这样的事情之后，一切都不可能再回到原点。你可以假装和其他人一样，但是你看见的情景会永远记在心中。这个一直存在于我脑中的幽灵，肯定突然之间令我苍老了许多，因为接待员表情认真地对我说：“我是说真的，如果有需要，马上给我打电话。”

我握着有点发皱的帽子，向他挥手致谢。

说实话，我并没有感到疲惫，但我已经习惯疲惫的状态，习惯了说自己累，因此就脱口而出了。感觉疲惫已经成为我生活的一部分，不感觉疲惫反而另外奇怪。

睡前常做的事情用了我四十五分钟，之后脱衣上床，看了一会儿电视，然后熄灯。接着，我开始在脑中想象弗雷德里克的房子和那条街、刊登在报纸上的那张照片，以及我已经掌握的有关他的资料。在我的资料箱中，只有两张他年轻时的相片；但我的记忆中还有更多。看到这些相片，足可以令人想起他的真实面目。他和海姆一样是个恶魔，认为自己有权力掌控人的生死。他的外貌也和海姆非常相像，身高一米九，脸部线条分明，眼睛是浅色的。傲慢在年轻人身上表现得更为明显，从他们走路的姿势，伸长的脖子，仰起的头，以及坚定的目光等肢体语言都可以看得出来。人老之后，衰弱的身体可以将邪恶的一面伪装成善良。因此，人们往往认为老人无害，但我本身也是老人，不会被弗雷德里克·克里斯滕森这个老家伙蒙骗。我要用自己仅存的精力来对付已经衰老的弗雷德里克，世界上的其他人没有我照样可以生活下去。我这样想的同时，好奇拉克尔会如何看待这一切，不过我可以猜到她要说什么，她会觉得我这样做是在浪费自己有限的生命。

我第二天早上六点醒来，感觉不错，因为我睡了整整一晚。冲凉之后，我一边不慌不忙地换衣服，一边收听收音机里播放的新闻。收音机紧挨在电话旁边，上面有大大的红色数字。新闻报道了当地最近的政治动态，以及当地生态学家为了阻止海滨进一步建设而做出的各种努力。

我随着最早一批人群进入餐厅，吃了一顿丰盛的早餐，尤其吃了很多水果，足够我支撑一天。饭后离开时，我还在上衣口袋中装了一个苹果。在走向车子的途中，我注意到早上空气新鲜，九月底的气候已经相当凉爽。

我开着车子，直奔托萨利特。沿途有些车子超过我，他们肯定是去上班。从某种意义来讲，我也是去上班，只不过没有报酬。任何包含责任的事情，无论是自己安排的，还是他人安排的，都可以称为工作。我的工作正在一个小广场上等着我。广场周围有几条街，弗雷德里克的住所就在其中一条街上。我找好位置，开始远远地监视那座房子周围的动静。浓密的常春藤几乎遮住了房子的名字“太阳别墅”。既然克里斯滕森从来没有看到过我，我就没有必要过分隐藏自己，只需在我们相遇时表现自然即可。

我们会相遇的，因为我刚刚等候不到一个小时，一辆橄榄绿的四驱车就从那座堡垒中徐徐驶出。我的心脏跳动暂停一拍，这是我女儿最担心的状况。我差点来不及回到车上好跟踪他们。我刚刚启动好车子，弗雷德里克·克里斯滕森驾驶的车子像坦克一样，缓缓从我旁边开了过去。这一切如同幻影。他旁边坐着一个女人，一定是卡琳。我跟在他们后面，将车子开上主道。驶出五公里左右后，我们向右转弯。我没有必要担心他们看到我。对于他们来说，我只是一个和他们路线相同的邻居，因而我的行动相对自由，不用害怕跟丢他们。

我们继续开了几公里后，一个年轻女人从一座小小的度假屋中走出来，坐进他们的车子。他们一直向海滩边驶去，我也继续尾随在后。有时，我会任由其他车子插到我们之间，这样他们就不会注意到我，但我不希望有任何跟丢的可能，也不想被迫采取任何紧急措施或者进行奇怪的操作。当然这并不是说我的身体还能够经受住过多的夸张动作。

我们沿着海滩开了十公里左右。之后，他向右转弯，将车子停在一条街上。从那条街道的尽头，可以看到一片海，一片炫目的蓝。天堂和地狱怎么会如此接近？稍加留意，你就会感觉此起彼伏的海浪如同一幅充满想象力的画作。

他们下了车。因为担心自己过分激动，我深深地吸了口气，结果却咳嗽起来。就是他，修长的胳膊和腿，身材依然高大，肩膀宽阔但却瘦削。他打开后备箱，取出一把沙滩伞，一台便携式冰箱和两把帆布躺椅。不过，我差点没认出他的妻子。她走路时颤颤巍巍，身体似乎不好。她的体重增加了，身材走样了。她肩上挎着一个塑料袋，身上穿着一件粉色的宽松沙滩服，没有什么样式，衣服两侧有两条缝。弗雷德里克穿着短裤，宽松适度的衬衣和凉鞋。那个年轻女子在泳装上套了一件 T 恤，头上戴着一顶尖尖的帽子，肩上搭着一条毛巾，手中提着一个漂亮的塑料袋，不是超市里用的那种。他们撑起沙滩伞坐下之后，看上去就像需要监视的地雷。于是，我四处张望，希望找个地方方便一下，再喝杯咖啡。我好不容易才达到目的，最后甚至从我车里找到两瓶水。如果我因为缺水而死，女儿肯定不会原谅我。

我脱下鞋袜，走在沙滩上，感觉相当惬意。如果有时间，我会来游游泳。看到地中海，人们会联想到青春、爱情、美女，以及无忧无虑的时光。我找到了沙滩伞下的弗雷德里克和卡琳。他正看着大海，而她在看书。他们偶尔会交谈。他们的头部躲在阴凉处，身体却露在阳光下。水中的人不多，大多是四处旅行的流浪者和无牵无挂的外国人，就像这两个人。女子已经到水边去了。我非常专注地观察着这两个挪威人，因此直到看到弗雷德里克向那个女子走去时，我才意识到出事了。好像是海浪冲走了她正在看的杂志。他跳过去，想要抓住它。我摘下太阳镜，想看得更清楚一些，但光线刺痛了我的眼睛，我只好闭上眼。等我再次睁开眼睛时，弗雷德里克正拿着那本杂志，大步往回走。他小心翼翼地打开杂志，将它摊开放在伞顶的阳光下，然后从冷藏库里取出一支冰淇淋，走向女子。我非常好奇，同时又昏昏欲睡。于是，我在一道墙边坐下来。那道墙将沙滩与我身后的蓟类植物和矮树丛隔开来。

他们对那个女子似乎非常体贴，非常和蔼；而女子并不是他们雅利安人。看到他们表现得那么善良，令人有些恐怖。他们表现得仿佛从未意识到自己犯下的罪恶。一般来说，在普通人的生活中，善恶常常会交织在一起，但在毛特豪森，罪恶就是罪恶。我这一生从未见过百分之百的善良，但我在人间地狱中待过，见识过穷凶极恶，那里根本没有善良的一面。看到此刻的弗雷德里克，你会以为这个人也曾经年轻过，曾经奋斗工作，然后退休，过上了闲适的生活；你根本不可能发现自己错了，不可能发现每次与那样一个惨无人道的人相遇时，你都会产生错误的印象。

我在沙滩上逗留了两个小时。看到他们开始收伞，女子叠好毛巾，我便走回去，在车上等着。他们三个很快出现，接着上了那辆四驱车。两个挪威人坐在前排，女子坐在后排。他们向镇里开去。镇上的房子更有乡村气息，更为真实，房子周围还有菜园和许多橘树。然后，他们转弯，驶上一条狭窄的小路。清早，他们就是在那条小路上接到女子的。如果开车跟上去，似乎过于冒险，因此我继续朝前开去，然后在路边的一块地里等着，直到看见弗雷德里克的那辆庞然大物出现，并从旁边开走。他们肯定是返回托萨利特。我会晚点再到那儿去。现在，我要近距离地观察那个在海滩上的女子，弄清楚那对快乐的夫妇为什么对她产生兴趣。所以，我找了一个更方便的地方轻轻停下来，然后跨出车子。

我站在一群狗中间，环顾小径左右。狗儿们狂叫着扑向篱笆，一副要自杀的样子。然后，我看到了她，正躺在一株九重葛旁的吊床上。她还非常年轻，三十岁左右，头发既不是金色的，也不是黑色的，而是棕色的，有一部分染成了深红色。她的脚踝上刺着一个黑红色的文身，看起来像是一只蝴蝶；背部也有一个文身，上面还有一些中文或者日文之类的文字。她侧身半躺着，身体的另一边可能还有文身。花园很小，在九重葛旁有一棵橘子树和一棵柠檬树。不过，房子后面的花园也许更大一些。园子里拉着一根晒衣绳，上面晾着一件比基尼泳衣、一条内裤和一条毛巾。她孤身一人，对克里斯滕森夫妇来说是一个绝佳的受害者。他们可能是在海滩上遇见了她，然后选中她，吮吸她年轻的血液，吸收她的能量，摧残她饱满的精神。人的本性很难改变。在弗雷德里克看来，和他一样的人类，只是某个可以利用的对象，某个可以被盗窃的对象。他不可能在两天内改变，也不可能在四十年后改变；我也没有发生任何实质性的改变。

这个女子对这一切又有多少了解呢？她如何才能发现这两个关心她的老人邪恶的一面呢？我不想吓到她，也不希望有人认为我是一个下流的老头，喜欢偷窥睡梦中毫无防范的女子。无论如何，我仍然有些自卑，尽管我并不在意别人对我的看法。我停止观察，迈步走向小径的尽头，寻找“出售”或者“出租”的标牌，这样就不算是对女儿彻头彻尾的不忠。与其在这样的小事上对她撒谎，骗她说我正在找房子，而事实上根本没找，还不如在某件大事上，或者某件危险的事情，真正需要隐瞒的事情上撒谎，那样痛苦反而更小。因此，为了做到对她许诺的事情，我只好在空余时间去寻找适合我们的房子，甚至还要考虑来这儿居住的可能性。无论如何，我也不想在最后成为一个大嘴巴，让自己爱的人空抱希望。绝对不能让那样的事情发生。

红发女子居住的这条小径蜿蜒曲折，绿树成荫。走到尽头后，我看到还有许多小径，两旁矗立着一些房子。在附近这些房子的衬托下，女子的小房子显得非常矮小，几乎成了儿童故事中的小屋。我没有发现任何标牌，也看不到明显的出口，于是决定回到车子旁。再次经过那座小房子的时候，我朝九重葛的方向瞥了一眼。女子不见了。有人打开了一扇窗户，肯定是她。我继续前行。服药的时间已经到了，而且我也应该躺下来休息一会儿。

我回到前一天去过的酒吧，但我早饭吃得多，肚子还不饿，因此只要了果汁和咖啡，方便服药。然后，我回到楼上的房间里休息。房间里气味清新，好像是清洁剂的味道，床整理得一丝不乱，俯瞰街道的小阳台门开着。然而，我无法将手头的事情抛于脑后，像普通的退休老人那样，放松身心，充分利用剩余的体力之后酣然入睡。比如，我的朋友里奥尼达斯就是这样，他早起晚睡，想活更长的时间，但在随后的第二天会一直打瞌睡。当我无法自己开车，无法自己搭乘飞机时，我离开人世的时候也就不远了；世上再也没有弗雷德里克·克里斯滕森这样的人时，我离开人世的时候也就到了。生活总是将我置身于我不希望的世界里，没有梦想的残忍世界。如今，这个世界即将走到尽头，如同电影即将结束。

[桑德拉]

随着时间的流逝，虽然我不愿意承认，但邻居确实越来越少，白天越来越短，周围也变得越来越安静。有时，由于过于寂静，树叶发出任何细微动静，听起来也如同狂风大作。如果有汽车从小径上开过，感觉它就像要穿墙而过，径直撞到床上来。幸亏不久之后，我不再对距离产生错觉。如果听到一滴水啪的一声坠落到走廊的地板上，我就知道实际是滴在门廊上。就在这样的某一天下午，我第一次感觉到胎儿在踢腿。要是知道弗雷德和卡琳的住址，我早就跑过去告诉他们这件事了。我可以确定，如果我突然出现在他们家门口，也不会让他们感到困扰。当然，我忍住没有打电话告诉桑迪，否则，他一定会以此为借口来看我。我也不想打电话给父母，以免他们因为我独自一人而不停地说教。

我好像记得那对挪威夫妇提到过托萨利特，但是托萨利特的别墅群分散坐落在一片广阔的松树林和棕榈树地带，因此要想找到他们的家，如同海底捞针。所以，我只好一直把双手抱在颈后，懒洋洋地躺着，等着胎儿下一次踢动。最后我终于无法再忍受下去，感到必须同别人分享这个时刻。天空乌云密布，大雨即将到来，而我还有整个下午要过。我再也抵挡不住做些什么的冲动。然而，我只能去寻找那对挪威夫妇的家。不知道为什么，但在那个灰蒙蒙的下午，我正要跨上摩托车时，突然想到挪威夫妇从未邀请过我到他们家做客。他们从未对我说过他们的家庭住址，以及电话号码。如果我设法找到了他们家，他们看到我的出现非常吃惊时，我会不自在，仿佛自己跨过了某条由他们单方面划出的分界线。

但无论如何，我也不介意在托萨利特安静的街道上穿梭。潮湿的泥土和花朵还没有来得及变湿，但各自的气味已经和来自海上的湿润空气融合在一起。我不由自主地深深吸了口气，呼吸的感觉比任何时候都好，这对胎儿有益。毕竟，我就是他和这个世界保持联系的门窗，能透过我渗漏给他的东西不多。氧气，有时会有音乐，我的心跳，可能还有我的悲喜情绪。这些都可以输送给胎儿，但他永远不会知道，这也是他的包袱，而且会成为他一生的包袱。那就是为什么人甚至从上幼儿园起，就有各自突出性格的原因。因此，我一直在思考如何从现在开始塑造腹中孩子的性格。

我极其缓慢地前行，同时仔细看着那些似乎符合我的新朋友身份的房子，或者审视信箱上的名字。后一种办法更可靠，难道我期望找到一座挪威农舍吗？提到房子，人们的做法总是出人意料。有些人在外面的时候，打扮入时，可是他们的房子里却非常邋遢；反之亦然。比如，我的父母与人交往时，极端疯狂，往往会闯祸。然而，他们的文件和账单却整理得井井有条，令人难以置信；房子也收拾得非常整洁，一切井然有序。无论何时灯泡坏了，新的就会立刻换上去。因此，我无法确定人的居所能否真实反映主人的性格。

我继续朝住宅区里开去，然后停在一个小广场上，锁上摩托车。抬起头，看到对面有一家餐馆。餐馆的门关着，真是令人大失所望，本来打算向他们问路的。大雨滴开始四处溅落，但我继续走着。只要我不停止思考，这就是一个完美的时刻。几乎所有的别墅都关着门，落了锁，一律石墙铁门，仿佛他们不愿意看到外面的世界，也不愿意被人看见；又仿佛别墅内的东西一应俱全。雨下起来了，然后越来越大，不久之后倾盆而下，猛烈地落到地面上。我浑身湿透，不知道该去哪里，因为没有屋檐下或者其他可以躲雨的地方。

最后，一个坐在车里的女人用遥控打开了车库门，问我是否想进去，等到雨小了再走。她无须再问，我走进车库，穿着浸透的凉鞋从车旁走过，进入花园。花园里有一个棚架。我告诉这位像卡琳一样的外国女士，我在棚架下坐一会儿就好。

我还没开口向她介绍我的情况，她就猜到我迷路了。我告诉她，自己正在寻找一对挪威夫妇的家，他们名叫弗雷德里克和卡琳。我想，她应该没有听说过这两个名字，因为她没再说什么，就大步离开，走向前门，从门前两侧的多利安式柱子之间穿过，走进屋内。我一边用力拧衣服上的雨水，一边想着需要在那个陌生女人的园子里待多久——那个女人品味不高，尽管她明显地非常有钱。这样看来，住所的样子外貌和主人的品位似乎较为一致。怎样妥善地利用这块地，如何提升这座房子的正面形象——我胡思乱想了十分钟左右，那位女士才打着一把伞走了回来，她身后跟着几条吵闹的小狗。此刻，她面带微笑，手拿一条毛巾走过来，将毛巾递给我，要我将身上擦干。但是我没有抹身，因为那是一条沙滩浴巾，上面有数人用过的痕迹，所以我只是握着它站在那里。她告诉我说，她已经给弗雷德里克和卡琳打过电话，弗雷德里克正在来接我的路上。

“可怜的卡琳。”她说，“她的关节今天又要和她作对了。只要天气变化，她就痛苦难当。”

小狗此刻在我脚边汪汪叫着，围着我又蹦又跳。我在这些吵闹声中对她说，她认识我的朋友，真是太巧了。

“在我们这儿，大家都相互认识。”她说，“他们住的地方离这儿只有三百米。”

她低头看向我的肚子，目光在上面逗留了一会儿，不过没有做出任何评论，以免因为看错而说出不得体的话来。此时，我仍旧穿着夏装，一件及腰的T恤衫和低腰裤，肚脐眼露在外面，脚上是一双平底凉鞋。双脚稍微移动，鞋子里就会发出吧唧的声音。

“现在可不能感冒，你最好还是擦擦身上的雨水吧。”

几条小狗抖动着它们修剪整齐的毛发。

“别担心。”我说着将毛巾还给她。

“你和克里斯滕森夫妇认识很久了吗？”

“几天前，我们在海滩上认识的。我们喜欢在那儿一起消磨时间。”

这位女士将合拢的伞插进棚架下一条木长椅上的板条间。她穿着一件白色的及脚透明长裙，可以看到里面的衬裤。虽然她和卡琳的年龄差不多，但她行动敏捷，不像是这个年纪的老人。她若有所思地对我笑了笑。

听到弗雷德的喇叭声，精力充沛的老妇人、小狗和我都走到大门口。正如我预料的那样，弗雷德看着我，脸上露出一丝惊讶的神色。他问我摩托车的情况，还问我是否独自一人过来的。像大家在这种情况下通常说的那样，我告诉他自己只是路过那里，然后想起他们说过住在托萨利特，于是……我有些厌倦继续解释，所以没再说下去。这不是什么大事。门口旁边有一个非常漂亮的镶嵌图案，上面显示出的是数字“50”。那位年纪不轻却活力十足的女士从裙子的口袋掏出一个小袋子，然后递给弗雷德。

“谢谢你，爱丽丝。”弗雷德说，“非常感谢。”

我坐进车子，觉得有些不自在，担心弄湿了车子的内饰。

“卡琳在泡茶。我们马上就到。”他的语气中带着欢快，应该不是因为我的到访。我们穿梭在弯弯曲曲的街道中。这辆四驱车经常出入这里，居然没有一丝被擦挂的痕迹，简直是奇迹。

房子的入口处写着“太阳别墅”的字样。我们走下一段台阶，然后又爬了几级台阶，进入门廊。

卡琳在厨房里。厨房有三十平米大，里面放着真正的古董家具，不像我姐姐房子里放着的仿制品。她什么都没有问，但看到我很高兴。她走路时，比往日更加困难，因为痛苦，脸上多出了几条皱纹。

“今天，我浑身上下都在发疼。”她说。

“那位女士告诉我，你有关节炎。”

“啊，爱丽丝！爱丽丝很幸运。她的基因真是令人难以置信。虽然好像有些不大可能，但她比我还大一岁。”

这时，弗雷德将那个小袋子放到卡琳手中。她的眼睛亮起来。

“我一会儿就回来。”她说。

她很快又出现了，手中拿着一件粉色的丝绸睡袍。她要我到楼梯旁的小浴室里去，脱下湿衣服，换上睡袍。她命令弗雷德到车库去给我拿双塑料凉鞋。在我眼中，太阳别墅比爱丽丝的别墅漂亮，没有那么矫揉造作，却更具有个人风格。花园里栽种着更多的鲜花，整个建筑是本地的传统风格，浅杏黄色的房屋正面，瓦片铺就的房顶，马略卡岛式的百叶窗，以及深绿色的镶木地板。我们移动到一间小小的起居室里。他们肯定经常在这里，因为里面的气味好像是卡琳的香水味。起居室对着外面的花园，里面装着壁炉，一个角落里放着一把扶手椅。我看到它的第一眼，就喜欢上了它，所以径直走过去坐在上面。弗雷德给我搬来一张小脚凳。茶杯上有金色的装饰，盘子和茶壶亦是如此。

“两周后，我们就准备在晚上开始点燃壁炉。这一带非常潮湿。”

“很抱歉，我没打招呼就来了。”

“别放在心上，亲爱的。”卡琳说，“我想给你看样东西。看，我正在为你的宝宝做一件套头衫。”

弗雷德拿起一份报纸。我挪近卡琳，简直不敢相信他们会如此为我着想。

“今天我感到了一次胎动，实际上是两次。”

卡琳对我笑了，满脸的皱纹令她的笑容稍显狰狞，仿佛在说你肯定非常孤独，所以只能将如此私密重要的事情，告诉一个完全陌生的人。不过，既然她没有问出口，我也不能回答说，对陌生人倾诉这件事情，是因为我只想告诉陌生人，这样做或许只是想倾诉，并不是想找人分享。

她将毛衣针和线圈放到一边，因为关节炎发作的时候，她无法做任何事情。她把双手放在膝盖处，紧紧地握起。

“我讨厌冬天。”她说，“但我年轻的时候喜欢冬天。白雪泛着微光，脸部能感觉到刺骨的冰冷。那时，我从未因为冬天感到烦恼，一切都可以应付。可是现在，我需要太阳，需要它带来的温暖。像今天这样的日子，我会感到难过，会胡思乱想。你知道最糟糕的是什么吗？就是思考。如果你想到的是好事，你会怀念它们。如果你想到的是不愉快的事情，你就会痛苦。天气炎热时，我待在海滩上，就不会想东想西。”

我和她的感觉差不多。在沙滩上被太阳炙烤着，我觉得愉快极了。

“什么都不用担心，亲爱的。你有那么多时间可以遗忘。你还这么年轻……”

我们两个人坐在那里，看着外面的花园，没有说话，也没有思考，只是看着雨水从房顶和树上滴落。我闭上眼睛，打起了瞌睡，不是因为困了，而是因为感觉非常惬意。忘记什么？桑迪吗？他并没有让我感到多么痛苦。即使我不愿意结婚，不愿意与他共同拥有我的孩子（我并不渴望与他和孩子一起到公园去），但我仍旧喜欢他。我睁开眼睛，在扶手椅上坐直后，开始感到有些愧疚。因为我与卡琳在一起的感觉，要比和妈妈在一起好得多；我更喜欢和弗雷德同在一个屋檐下——即使他只是在旁边随意翻阅报纸，也不愿意和我的父亲相处。他们令我内心平和。我喝掉杯中已经冷却的剩茶。卡琳说，如果我愿意，她可以教我做婴儿服。

学习手工制作有用的东西，这个主意我喜欢。我觉得在没有意外发生的日子里，处在这样安宁的气氛中，即使与泥土打交道，也相当不错。当弗雷德八点钟宣布吃饭的时间到了，并邀请我留下和他们共进晚餐时，我毫不犹豫地答应了。我摆放桌子，弗雷德制作沙拉，分量略少。他喝啤酒，卡琳和我喝水。餐桌上的桌布肯定是卡琳绣制的。饭后，我们撤掉了桌布和饰有盾牌的盘子。我正准备借机离开，弗雷德却取出一盒扑克牌，要大家一起玩。尽管稍稍离开我自己的世界，完全沉浸在弗雷德和卡琳的领地中，我感到很满足。在我感到厌倦之前，不断尝试寻找摆在我面前的各种可能性，这当然更好。

卡琳用饱受折磨的手指握着扑克牌。她不时活泼地瞥一眼自己的丈夫。据她所说，弗雷德曾经几次获得扑克牌比赛冠军。他非常优秀，出类拔萃，但那些奖牌连同打靶比赛获取的奖牌，全都收藏在他们在挪威的农舍里。面对这样的称赞，弗雷德竭力控制自己，面不改色。他的目光一直没有离开扑克牌，任由我们不断地夸赞他。当他最后终于抬头看我们时，他的眼睛亮晶晶的，看上去像个孩子。

有人按门铃，我们只好暂停游戏。

来客是两个男子。其中一个中等身材，肩膀宽阔，头发剪得很短，鬓角修得非常细致，勾勒出他下巴的轮廓，一条黑色背心紧紧绷在他宽阔的胸膛上。他们叫他马丁。马丁好奇地看了看我。弗雷德拉住他的胳膊，带他走进起居室不远处的一个小房间内。另外一个依然站在门旁。他极其瘦削，浅棕色的头发与马丁的相比可以算得上长发。

“你是弗雷德和卡琳的朋友吗？”他低声说着向我伸出手，“我叫阿尔贝托。”

我伸手过去。可是他握得太紧了。他的手非常热。抑或是我的手很热？我仿佛被烫到似的，迅速抽回手，疾步走进厨房。我不想被那双滑溜溜的眼睛继续盯着，它们似乎抹了一层油，来回转动。想知道他的想法根本不可能，而另外一个人的想法一眼就能看出来：我的存在令他有些惊讶。门口这个人精明油滑，没有表露出任何情绪。

等我走出厨房时，他已经和马丁一起离开了。

他们不会让我回家的。难道会有人在等我吗？我们玩扑克牌游戏一直到很晚，但雨仍然没有停。如果我要走，弗雷德就得开车送我到我停放摩托车的地方，然后我必须冒着瓢泼大雨，穿行在蜿蜒曲折的道路上。那样做，又是为了什么呢？为了在自己的床上睡觉吗？

“我们有空房间。”卡琳说。

弗雷德没有说话，我因而有些犹豫。于是，卡琳用肘轻轻推了推他。

“说话呀。”她催促他开口，“别像个呆子一样。”

“如果你在这儿过夜，明天我们可以一起去海滩。你还可以在我们家的游泳池里游泳。”他接着说。

我听任他们劝说了一会儿，然后决定留下来。我们又玩了一会儿，他们才将我带到一个非常漂亮的房间里。房内贴着蓝花墙纸，摆放着一套白色书架。

“那是弗雷德做的。”卡琳指着书架说。

我想，如果我妈妈像卡琳崇拜她丈夫那样崇拜我父亲，他们可能会比现在更幸福。不过，这点肯定会遗传，因为我也没有如此崇拜过桑迪。卡琳借给我一条剪裁高级的米色绸缎睡裙，这肯定是在她身材窈窕的时候买来的，那时候的衣物质地优良，足可以穿一辈子。睡裙穿在我身上非常漂亮。想到穿着它睡觉它会变皱，我觉得有些遗憾。平时，我都是穿着舒适的旧 T 恤短裤睡觉，不需要其他东西。可是，此刻丝绸睡裙缠绕着我的大腿，紧裹着我丰满的胸部，仿佛我在参加高级宴会，这样睡觉没有任何意义。再者，如果我的宝宝要天生信心十足，能够自信地穿行在未来的生活中，那它需要一个穿着吸血鬼睡袍睡觉的妈妈。

我有些怀念姐姐的那些旧杂志，想知道埃拉·冯·芙丝汀宝公主的遭遇。尽管我也不断自问，在这个房间，在这张床上，穿着这件睡裙，躺在这些蓝色小花之间，我这是在做什么。但我几乎立刻就开始打起瞌睡来，因为那床的诱惑力实在无法抵挡。

如同过去几个月的晚上一样，我夜里至少会起来小便一两次。我醒来的时候，有些晕头转向，只是模糊地记得过道里有一间浴室。我寻找浴室时，一直听到只有床才会发出的响动……还有奇怪的呻吟声。难道这两位老人在……他们真的在做爱吗？我不知道此刻是几点钟，回到床上后，仍能听到远处不断传来的喃喃声，仿佛他们在讨论做爱的情况。我用枕头蒙住头，为自己听到他们的响动感到尴尬，尽管我并不想听。因此，第二天早上醒来，发现已经十点钟时，我并没有感到惊讶。我刚起来的时候，以为只有自己在睡懒觉，因为没有听到一点动静。然而，当我看到前门还锁着的时候，我猜想他们肯定还在睡觉。我拉开起居室里的帘子，打开门。天气很好，被雨水打湿的叶子在阳光下闪闪发亮，鸟儿正在放开歌喉大声鸣唱。我泡了一杯加奶的咖啡，在阳台上喝着的时候，他们打着呵欠出现了。卡琳穿着睡裙，弗雷德穿着短裤和一件极大的中袖圆领衫。他们神情愉快，问我睡得是否还好。卡琳的腿脚似乎比头一天灵活了。

“我马上去做早餐。”弗雷德说。

我还没有来得及告诉他们，时间已经很晚，我马上就走，弗雷德就转身离开了。卡琳抢在我前面展开那张漂亮的刺绣桌布，铺到阳台的桌子上。她换衣服的时候，弗雷德榨了橘子汁，泡了常喝的茶。好吧，我心里想，吃完早饭，我就离开，这样才能继续分期阅读埃拉的生活故事。倒不是说我有什么重要的事情要做，但我就是有忽略它们的感觉，仿佛我没在做的事情都非常重要似的。

弗雷德和卡琳非常活跃，叽叽喳喳地讨论他们看过的电视剧，还向我详细地描述了整个剧情。我也绞尽脑汁，积极加入他们的谈话。但是，我在说话的间隙，突然发现他们正看着我，表情极其严肃，仿佛要扑过来将我吞掉。难道我不自觉地说了什么蠢话吗？这样的情形持续了不足一秒。然后，他们像平时那样相互对视一眼。一秒钟后，一切恢复正常，他们脸上又恢复了愉悦的表情。刚才的刹那仿佛是我的幻觉，几乎令人难以察觉。吃完早餐后，卡琳建议我们躺到吊床上晒太阳。我心想：好吧，一不做二不休，再待一会儿，骑上摩托之前多休息一会儿，也没有多大关系。

卡琳和我躺在那里，面朝太阳，闭着眼睛。我没打算睡回笼觉，只是想着这些吊床睡着非常舒服，我姐姐应该也去买这样的吊床，把原来的扔掉。在那张吊床上躺半个小时，大概是人能达到的最大限度。

对于弗雷德这样的老人来说，他的状态好像不知疲倦。他收拾好桌子，洗干净杯盘，然后便将自己关在某个地方工作。四点钟左右，他给我们送过饼干和茶水，然后动身到购物中心去，因为我们好像已经将冰箱里的所有东西吃完了。他拿过来的下午茶，只有我在喝。我本来想搭乘他的车子，返回停放摩托的地方。不过，等我反应过来时，他已经出了车库。我们又躺回到吊床上。卡琳的关节炎现在好些了，她的手指也更直了，方才她翻身离开吊床的时候，相当有活力。她回来时，带着那团毛线和编织针，还给我也带了一团毛线和织针。

“你如果想游泳，就游去吧。”她主动说，“没带比基尼也没关系。在这儿，没人会看到你。”

水是冷的。无论太阳多么明媚，也已经不是游泳的季节，不过我感觉不错。游泳令我头脑清醒，同时还能趁弗雷德不在的时候，几乎全裸地晒太阳。我之所以如此，是觉得应该尊重他的年龄和习惯。不过，在昨晚听到那些动静之后，想到他的习惯时，我觉得有点尴尬。估计他可能很快就要回来的时候，我穿好衣服，拿起织针。卡琳给我做示范，告诉我如何编织。看着手中的织物不断变大，逐渐成为一件柠檬色的小套头衫时，你会感到非常满足，不过我的针脚不够规则。我心想，以后我可以轮番看杂志，编织套头衫，散步，做饭，这样的生活会非常充实。

[朱利安]

我连续跟踪了弗雷德里克几天，并一直监视着他的房子。几乎每天早上，他和卡琳都会去海滩，或者去当地最大的购物中心买东西。我猜想，她是在做某种康复治疗，因为有几个下午他们去了健身房，她在里面待了一个小时才出来。在此期间，他去给车子加了油，并且洗了车，有时开往北欧俱乐部。你也许会认为，他们过着正常独立的生活。

这么多年后，他已经习惯了推着购物车，阅读商品标签，毫无疑问还能够确定哪些产品不含糖或脂肪。他待人彬彬有礼，面对周围的各色人种似乎安然若素，尽管这些比他年轻的人会比他活得更久，然后接管这个世界。他们肯定令他极其憎恶！但他却将这种情绪深深地埋藏在心底。他在生活中的成功与他对部分人类的厌恶是不可分割的。除了卡琳之外，他肯定需要其他同类人分享他的情感。这里还有他的其他同类吗？还是只有他们自己？

看起来，我似乎有一双与众不同的眼睛，因为别人看到的只是一对年老的夫妇，我却看到了年轻的护士卡琳。

她比弗雷德里克小四岁，和他也是郎才女貌，尽管现在他们已经成了被抛弃的垃圾。她是典型的北欧女人，尽管称不上美若天仙。她面容姣好，身材苗条，金发呈波浪状，个子高挑，站在他旁边也不会显得很矮。他们在学生时代已经认识，好像是她一手推动他加入了纳粹党，一路帮助他取得了成功。根据我掌握的资料，卡琳是两个人中的首脑，是她在进行操纵。她充分利用丈夫有限而死板的想法，令他——顺便加上她自己——走到了顶端。这是一个普通的故事，其中的屠杀生涯之外除外。弗雷德里克曾经是一名优秀的运动员。像他的朋友阿里贝特·海姆一样，他也打冰球。而且，他还骑马、滑雪、登山，同时也是一个美男子。无论如何，我本不会将过多的时间投入到他们这些人身上，只要知道他们的身份就足够，可能因为我已经将我的大好年华全部用来追踪毛特豪森的屠夫、马丁·鲍曼、莱昂·德格勒尔、阿道夫·艾克曼等纳粹分子。常言说，不能只见树木，不见森林。我之前一直没有给予弗雷德里克应有的注意，始终认为他是次要的纳粹分子。后来我从文件夹里找到了他的相关资料。那些资料同他和我一样陈旧、干皱。我意识到，正是我那之前做过的一切，驱使我去到那个地方，去到他身边。

那天下午，我无法平静。有时，我们老年人会突然变得坐立不安，仿佛对我们的身体产生影响的是疲劳，而不是大脑。我的脑子要思考很多事情，而那些松弛衰弱的肌肉却不配合。我躺在床上，用力下压身体，以便让床垫起到保健作用。我在这种状态下休息了一个小时，其中十五分钟完全进入睡眠状态。之后，我精神饱满地前往托萨利特的那个小广场，继续监视太阳别墅。迟早会有客人拜访他们，如果我运气好的话，那些访客可能就是他们的同类，为了获取更多的安全感，相互吸引聚集到一起。我渴望发现更多的人。

我举起望远镜。这是我从布宜诺斯艾利斯带过来的，我女儿觉得它会大大增加我的行李袋重量。不过，望远镜是佳能的老式双筒型，现在已经停产。我已经用了很长时间，非常适合我的眼睛，几乎不用调节。而且，我也不可能在这里再掏钱买一副，没有那个必要。这副望远镜是专业人员使用的，用来观察生死攸关的大事。我从未用它们偷窥过他人的生活，也未用它们观察过与我无关的事情。在集中营时，我就生活在过度亲密接触的空间里。在我们那间小棚屋中，睡觉的地方是一张三层的上下铺。我必须闭紧眼睛，以免看到不该看的情形。自那时起，我就再也不愿看到亲密的场景，即便是电影里的，我也无法忍受。但是，眼前的情形不一样。我的望远镜密切监视的对象是敌人。它也曾经多次参与战斗。我还有一台微型照相机，使用时不会发出任何声音，是女儿送给我的。尽管她一直在努力使我遗忘过去，但她也明白，有些事情已经融入到我的生活中。另外，我的工作方式非常简单。我没有时间，也没有那个爱好追赶潮流。

我还在车里放了几瓶水，每瓶一千五百毫升。除此之外，还有两个笔记本，几支圆珠笔，以及我几次在酒店自助餐时带出来的苹果，是为了在我心生厌倦或者感到饥饿时吃的。我将迷你照相机放进衣袋里。我所有的夹克衫最后都会走样，几乎全都是因为右侧口袋的里衬破裂，正面的两个衣角被扯得脱离准线。这样武装之后，我便把车开往之前在托萨利特的小广场已经确定的位置，准备从那里开始监视太阳别墅。然而，我根本没有必要一直开到目的地，因为我刚刚在弯弯曲曲的道路上开始爬坡，就遇到了弗雷德里克那辆橄榄绿的四驱车。他正缓慢下行，车子占据了整个路面。这些人在垄断地盘方面也同样贪得无厌。

情况突然发生变化，致使我的心跳猛然加速。我必须立刻掉头跟上弗雷德里克。可恶的路。我只好冒着生命危险，看到机会就马上猛地将车掉过头去。如果拉克尔还活着，肯定会说我在发疯，同时也给可能和我撞车的人带来生命危险。她还会说，没有人应该为克里斯滕森或者其他任何人买单。在这一点上，拉克尔和我的意见从未一致过。她让我别再忧心这些事情，别再继续浪费时间，因为这些混蛋最终也会像其他所有人一样死掉，绝无可能逃脱。他们最终也会死，会断气，会变成一堆白骨或者骨灰，会消失。我那时的回答是：我希望他们活着的时候就品尝痛苦的滋味；我最不愿意看到，在我无法逃避他们对我毫无理由的迫害时，他们却可以避开我，避开我对他们的仇恨，然后投胎到下辈子。拉克尔听后，常常会说我陷得太深，似乎从未真正地脱离集中营，他们甚至还在吸食我的恨意。我好怀念拉克尔。

我不管不顾地加快车速，以免失去弗雷德的踪迹。事实上，当我开出弯道，开到笔直路段后，就可以远远地看到他的车了。我超过所有能超过的车子，最后与他只隔两辆车。他的四驱车有一个好处：非常容易发现。意识到他正开往购物中心后，我才放松下来。我的心跳也跟着突然变慢，让我差点晕过去。

在购物中心里，我完全可以掌握他的行踪，因为购物中心虽然面积巨大，分为很多区域，但弗雷德里克的头总是会在某个地方露出来。然而，在停车场里乍一看，我却没有发现那辆四驱车。这倒无关紧要，因为我只需要想想自己必须购买的东西，就能猜到他和卡琳现在可能需要的东西。瓶装水，高钙酸奶，水果和鱼。其他任何东西都对他们有害。也许，他还会出现在凉茶货架旁，或者在浴室用品部购买沐浴露、一次性剃须刀和卫生纸。我很快将这些地方逛了一遍，最后在中心地带发现了他。他正在同另外一个男人聊天。那个人和他年龄相当，戴着一顶渔夫帽。

他们两个人都穿着短裤。弗雷德里克露在外面的双腿细长，脚上穿着一双笨重的耐克鞋；另外一个人双腿较短，不过更加壮实，或许这双腿过去曾经相当结实，但如今只是肥胖罢了。弗雷德里克整洁干净，另外一个人在他旁边显得粗糙懒散。他们两人全都靠着购物车的把手。我没能看清那个身体结实的人的脸部，一方面是因为他戴着帽子，另一方面是因为我的隐形眼镜在封闭的空间里就会作怪。他向右侧不远处指了指，然后两人朝那个方向走去。我本来可以用迷你相机拍一张他们的照片，因为好像没人注意我，但在这样的封闭区域一定安装了安全摄像头，那样做反而不好。因此，我推着购物车跟了过去。和这两个人不同的是，我没有必要买任何东西，因为我正住在酒店里，孤身一人，而且有更重要的事情要做。从退休到现在，我经常到这样的地方，有时独自一人，有时和拉克尔一起。那些时刻也许是我此生唯一快乐的时光。在这里，我又一次感到自己和别人不同，尽管假装和别人一样会非常自在。拉克尔过去常说，有些人比我们还要痛苦，人人都有这样那样的痛苦。事实上，拉克尔费尽心思，想把我变成一个我不可能变成的人，但那让我觉得不舒服。她那样做是因为爱我，所以我也努力装出已经遗忘过去。

弗雷德里克和另外那个人正在看特价衬衫。买两件牛仔衬衫，免费赠送一件。想到他们在那儿讨论衬衫，查看尺寸，我感到恶心。我还觉得愤愤不平：他们居然比我快乐，弗雷德里克做了那一切之后，仍然拥有卡琳；他们藏匿在受害者之中，与他们极其乐意毒死的人擦肩而过，逍遥法外。

弗雷德里克用德语说，他想买一条海鲈鱼，因为晚餐时要招待一位客人；然后他们道别。有一点非常奇怪：进入集中营之前，我的食量非常大，可是离开那里之后，我的食量变小了很多，再也没有恢复到以前的状态，好像只要有一点肉，加点胡萝卜，我就能吃饱。人们为了吃，任何事都能做出来：偷盗、卖淫或者杀人。拉克尔差点和一些波兰妇女一起被送入集中营的妓院里，尽管很多军官和犯人头目更喜欢男孩子，尤其是俄罗斯男孩儿。那些孩子们怎么样了呢？集中营里有一个犯人头目，有时会一次带十个人一起进入小棚屋里，没有人可以阻拦他。

弗雷德里克到了鱼摊前，可是很多人围在旁边，他只好排队。我估计至少要半个小时才能轮到他。他肯定也有同样的想法，因为他从衣袋里掏出一张大概是购物单的纸片，看了看，然后离开那儿，朝食用油区走去。他拿了两瓶油之后，取出刚才购买的衬衣，站在那儿盯着它们，仿佛想要对它们催眠似的。接下来，他毅然将购物车掉转方向，原路返回。我敢发誓，他肯定是突然不想和刚才遇见的那个人穿一样的衬衫，所以打算去调换，或者将它们扔回去。他之前选购那些衬衫，肯定是因为兄弟情谊一时头脑发热，或者只是为了尽快打发那个家伙离开。

我抢在他之前到了那儿，然后停在一些沙滩巾后面。为了让顾客看清沙滩巾的设计，它们全部被拉开悬挂在那里。衬衫是折扣商品中的主要项目，杂乱地堆在展示台上。弗雷德里克从购物车中拿起那些衬衫，放回原处，然后站在那里凝视着先前被他忽略掉的衬衫。此时，我突然冲动地从沙滩巾后面对他说："我知道你是谁。你是弗雷德里克·克里斯滕森，我会把你抓起来，不过我要先把卡琳护士抓起来。"

说了那些话之后，我本来还有更多的话想说，以发泄涌到嗓子眼的恨意。但我认为自己最好保持冷静，说话简洁，让他自己去反应。

他的反应和我可能有的反应一模一样。他在那里一动不动地站了几秒钟，没有任何动作，不知道该往哪里看，尽管声音是从他后面传过来的。他肯定无所畏惧地生活了太长的时间，已经放松警惕。问题是，我很难将手推车掉头，因为这种超市购物车很容易走偏。也许我应该把它留在那里，但我行动迟缓，等我反应过来的时候，他已经离我只有几米远。他正从后面向我走过来。我不想转身让他看到我的脸，但我能感觉到是他，十分肯定就是他，因为我开始加快脚步后，他也跟着加快了脚步。他的购物车听起来像是正在铁轨上嘎嘎前进的火车，我的也是如此。我以最快的速度离开，想躲开他巨大的步伐。不过，我有一个优势，我的头不会冒出来，这意味着我可以消失在一桶桶肥皂之间。等到能够丢掉购物车的时候，我第一时间将它甩在一边，随即躲到大堆的书本后面。然后，我听到他的购物车远去的咔哒声。我悄悄溜出来，向出口走去。我钻进车，一边擦汗，一边等着，情绪也慢慢镇定下来。服食硝化甘油药片的时间还没到，不过我始终将它们带在衬衣口袋里。

又过了将近半个小时，他才从超市里出来，面部表情扭曲。他将购买的东西一一放入后备箱内时（仿佛那样的事件也没能令他改变自己的计划），用冷酷的目光看了看周围。我感到前所未有的镇定，准备按照自己的方式，凭着直觉和经验行动。我已经到达世界尽头。在世界末日来临时，任何东西都不再像以前那样具有价值。我刚刚走出的那一步，肯定不够谨慎，但是另一方面，我希望他产生恐惧，希望他有所行动。无论如何，发生的已经发生了。

现在，我必须提高警惕，跟踪他时保持更大的距离，因为他即使不认识我，也能够察觉到我这个不速之客。

我们驶往托萨利特，没有返回太阳别墅，而是到达大约三百米远的另一座别墅。这座别墅没有名牌，只有门牌号码“50”。我将车停在不远处的坡下。等了一个小时后，仍旧没有看到他出来，于是我就离开了。既然已经亲眼看到过这个地方，用不了多久，我就能查出居住在这里的人。我极其肯定，这座别墅的主人是他们一伙儿的。

[桑德拉]

六点钟了，弗雷德还没有从购物中心回来，卡琳开始有些担忧，但又无法与他取得联系。他们没有手机。我们对手机都没有太大的兴趣。我把一张卡上的电话费用光之后，要过很长一段时间后才会去买另一张卡。透支对我来说，似乎有些荒唐；他们则是尚未习惯这种新技术。他们也没有使用电脑。所以，我觉得在这种不确定的情况下离开卡琳不太合适。于是，我只好继续编织套头衫。我织出的部分看着越来越好，针脚更加匀称。尽管卡琳在担心弗雷德，但她仍然不时地俯身看看我的进展。

大约六点半时，我们回到屋内。又过了片刻，我应声打开屋门。敲门的人前一天晚上来过，其中一个身体壮实，就是那个名叫马丁的人，他仍旧穿着那件黑色背心、牛仔裤和破旧的运动鞋；另外一个瘦子，就是那个像鳝鱼一样精明油滑的家伙，远远没有马丁那样注重穿着与形象。鳝鱼问弗雷德是否在家。从他脸上的表情可以看出，他好像无法想象我为何会在那座房子里。他走过来，在我耳边低语，说话的样子令我觉得有些胆怯："这么说，你已经搬进来了？"

谢天谢地，卡琳马上过来了。她从起居室走到前门，速度快得惊人。

"我来吧。"她说。

说完，她带着他们走进一楼那个办公室兼书房的房间。我从那儿经过时，看到里面有一张桌子，上面放着一些纸张，一台旧式打字机和几本书。我听到她告诉他们，弗雷德还没有回来，她很担心。

我在厨房里走来走去，不知如何是好，因为我突然意识到自己卷入了他人的生活中。"他们在帮弗雷德打理账目，传送信息。"她回到厨房后，主动提起他们的来访，"他们说等一会儿再去找他。弗雷德有时遇上熟人会聊天，时间一下子就过去了，他也不知道。"

接下来，她用双手抱住头，不是因为手足无措，而是为了更好地思考。几绺发卷无精打采地垂下来，遮住了她的手指。它们肯定曾经是漂亮的金色卷发。

"如果弗雷德出事，我的日子也就到头了，你明白吗？"

是的，我确实有些明白了。不过在这样的时候，最好不要再问下去，所以我没有说话。至于我自己，我打算再逗留一会儿，因为现在离开，我会良心不安，难以入睡。想来就来，想走就走，仿佛没有发生任何事情，这没那么容易。从表面看，所有的事情都发生了变化，正如我肚子里的胎儿也会以一种不可思议的方式目睹这些变化。

当弗雷德终于用钥匙打开门，提着购买的东西走进来时，我如释重负，仿佛他对我非常重要一样，但事实上，他对我来说基本上毫无重要性可言。卡琳将织物放到一边，站起身，几乎小跑着走向弗雷德。在他们使用自己的语言交谈时，我将买回的东西拎进厨房。因为一个字都无法听懂，所以我只能专注于他们说话的语气。首先，卡琳表达了自己释然的心情，夹杂着愉快的情绪。弗雷德用平淡低沉的声音，几近单调的语气告诉她某件重要的事情，不像是爆胎那样的小事。卡琳听着，始终没有插话。听完之后，她脸上露出惊讶和警觉的表情。但她的声音已经恢复正常。显然，他们遇上了麻烦。

九点钟的时候，我才说服卡琳，我需要活动腿脚，准备慢慢步行到停放摩托车的小广场。弗雷德和他的帮手或者说客人仍然在他的办公室里，反正就是那个房间，不管它叫什么。

我缓缓顺着弯路回到平地。如果我被车撞倒，我绝不会原谅自己。我不知道为什么离开克里斯滕森家时，我比去的时候更加害怕，似乎对每一件事情都感到恐惧。如果把卡琳一个人留下，她的关节炎发作，她该怎么办？与她相比，我还能照顾自己，自力更生。等到孩子出生时，就能证明这一点。我想，命运或上帝之类的，让我遇上卡琳，让我能够警惕前方的陷阱，知道珍惜自己拥有的东西：青春，健康，还有一个即将到来的孩子。

连续几天，我都没有再看到他们。

[朱利安]

他们走进太阳别墅，关上铁门之后，在外面就无法听到任何动静了，所以我便返回酒店。我在附近吃过晚饭后，呼吸着夜间新鲜的空气，甚至还在一家露台酒吧坐了一会儿，喝了一杯不含咖啡因的咖啡，看着人们半裸的身体——肚脐、背部以及腿部，感觉非常愉快，因为他们没有全裸。我回到酒店房间时，还没想清楚如何摆脱目前的困境，如何刺激他们，让他们自己暴露出真正的身份。我不可能到警察局去，直接告诉他们一个危险的战犯生活在这里。危险吗？可是他们会说，一只脚已经踏入坟墓的人没有危险性。他们残余的生命还能支撑他们接受审判吗？不过，有了必要的证据，就可以在报纸上报道他们犯下的罪行，让他们面对邻居的唾弃，再也无法像其他人一样在超市、医院以及海滩流连。他们的生活会痛苦不堪，他们会被迫逃离，卖掉房子，打包行李，然后到其他地方重新开始。在他们这个年纪，发生这样的事情，才是真正的受难。他们肯定一直梦想着在这里度过余生。可是，在这里度过余生的人会是我，而不是他们。他们没有权利平静地死去。萨尔瓦会怎样处置他们呢？他已经给我留下了相关的资料，可是没有告诉我目标。在拉克尔生命的最后几年里，只要我特别想做我现在正做的事情时，她就会说我的思想已经落伍，说现在情况不一样了，有其他的调查方式，我应该待在家里。不过，无论我着手哪个案件，我都明白不会有人依赖我，不会有人记住我，或者记住我的付出；同时我也清楚，我的老同志们和我一样，甚至境况比我更糟糕；而新人认为我已经去世，世界掌控在他人手中。因此，我只能按照自己的方式做事。

就在那些天的一个晚上，我刚回到酒店，就被那位脸颊上长着大雀斑的前台职员拦住了。他担心地看着我，要我在大堂的一张扶手椅上坐下来。一定有不祥的事情发生。

“是我女儿吗？她是不是出事了？”

他摆摆手说不是，不是那么回事。于是，我镇定下来。如果我女儿没事，情况就没有那么严重。

“你房间里出事了……被人洗劫了。”

我睁大眼睛看着他：“我的房间吗？”

“对，你的房间。有人进去，把里面全部翻了一遍。他们还把垫子和扶手椅上的座套划开了。我们这儿有保险箱，你如果带有贵重物品，最好租用一个。”

我敢肯定，我听到这个消息时表现出来的平静令他原有的不安消失，反而想要斥责我一番。

“酒店对这种疏忽是不可能负责的。”

“如果你是指钱、珠宝之类的东西，我没有任何贵重物品。”

他不再认为我是一个无助的老人，所以试图透过皱纹和衰老重新认识我。

“那好。不过，嗯……有没有毒品呢？”

我没有嘲笑他提出的问题，因为我刚刚意识到，弗雷德里克已经发现了我，并派人对我进行了恐吓。我不知道他是如何发现的，但在超市插曲之后，他一定设法找到了我。更令人惊恐的是，弗勒德里克不是独自一人，至少他身边的人不仅仅是老年人，因为他不可能单独采取这个行动。这样的事情需要体力和速度。

“我想，做这件事情的人是找错房间了。我想不出还有其他理由。”我说。

前台职员向我道歉，并建议给我换个房间，在他们帮我搬运行李期间，我可以到酒吧喝一杯。我本来觉得应该换一家酒店，但转念一想，他们还会再次找到我。他们很可能已经发现了我带的那些自己记录的资料。幸亏，我已经将那张剪报收在衣袋中，同时收放的还有我手中仅有的两张他们年轻时的相片。相片上，她穿着护士服，他穿着 T 恤正在做体操。

我坐在自助餐厅的吧台旁，点了一杯不含咖啡因的咖啡，然后开始思索。我现在已经被弗雷德里克发现，局势已经完全改变。更令人感到害怕的是，弗雷德里克的警惕性比我想象的要高。而且，他手中有人为他做事，我却孤身一人。他们会杀了我吗？

一个小时后，雀斑脸回来通知我，他们已经帮我搬好了行李，不过我可以到原来的房间检查有没有漏掉的东西。

“这样的事情在酒店里是第一次发生。给您带来了不便，请原谅。我们为此感到非常，非常抱歉。”

我抬手作了一个手势，示意他不用道歉。他的道歉令我觉得不自在，而且有些内疚。

“别担心，我们老人本来就容易成为目标。”我说着从衣袋中掏出钱包，但结果证明这是徒劳的，因为他不同意让我付钱。

遗留在房间里的东西不多，只有隐形眼镜盒和我用来速记东西的两个笔记本中的一本。另外一本放在车里。他们没有发现那个笔记本也不足为奇，因为所有的东西都乱七八糟地扔在地上：枕头，枕套，被划破的坐垫和垫子里掉出来的填充物，从衣橱里扔出来的毛毯，还有从浴室丢出来的小瓶沐浴露和洗发水，写字台的抽屉，几幅廉价的图片，以及迷你吧的几袋坚果。收音机闹钟也被摔在了地上。他们希望我知道，他们在找我。

“天呢！”我故意大声喊道，“他们肯定搞错了。”

“无论如何，请检查一下是否丢失了东西。酒店警探明天要和你谈谈。希望你不要介意。”为了补偿我受到的惊吓，他们将我换到顶楼的一个套房里。可怜的拉克尔没能来这儿住上套房，真是令人遗憾。起居室是一个大露台，从那里可以看见码头。里面摆放着扶手椅和沙发，还有大叶子的温带植物做装饰。拉克尔也会喜欢这里的旋水按摩浴缸、鲜花、篮子里的水果以及香槟。不过，我很高兴女儿没有和我一起来，因为这样，我就只需要担心我自己。当我注意到那份资料混杂在衬衣和裤子中间时，呼吸变得更加顺畅了。弗雷德里克的帮凶没有找到它。

“希望您在这儿住得愉快。如有其他任何需要，请告诉我。我叫罗伯托。”

我要罗伯托带走香槟和妻子一起享用，因为我不能喝酒。罗伯托笑了，然后说他会派一位女服务员来取走香槟。

我检查了玄关门和阳台门上的锁，看看如何加强安全。我在房内的时候，他们很难对我采取突然袭击。不过等我再出去的时候，问题可能再次出现。

弗雷德里克一定以为酒店事件之后，我会落荒而逃。他们传达的信息非常清楚。如果我不听话，他们可能会将我开膛破肚，就像划开垫子和坐垫那样；或者像对待那些图画一样蹂躏我。我并不是说这些可能性没有吓到我，而是我已经没有东西可以再失去；相反，如果我在这个时候退却，反而会在精神上产生更大的疲惫感。想到他们可能会杀了我，我真的感到对女儿十分抱歉。我不想让她痛苦，但的确已经出现了不祥的预兆，我会死在她之前，所以她迟早会听到我去世的消息。于是，我决定好好睡上一觉，结果基本上也做到了。照射进套房内温热的光线，令我醒了过来。

不管怎样，我都没有打算采取任何疯狂的举动。鉴于目前的状况，我决定给克里斯滕森夫妇一个喘息的时间，至少今天我什么都不会做。第二天，我想到一个更好的计划：我要去拜访那个头发有红色挑染的女子。

星期六，大约十一点。阳光普照，但是并不炎热。夏天即将过去。离开房间之前，我下定决心：无论敌人利用何种技术，我都不会任由自己受到妨碍，也不会再使用以前一直在用的老办法。出门前，我将“请勿打扰”的牌子挂到了门把上，以免女服务员进来清扫房间。然后，我取了一些从包裹瓶子的玻璃纸上剪下来的透明纸屑，塞到门与门框之间，以及门与地面之间。门被打开时，纸屑一定会移动或者落下来。我没有时间追赶潮流，也没有时间尝试任何更为复杂的办法。我只能做自己，我是一个甚至连自己的老伙计也不去指望的老顽固。

[桑德拉]

有人在小径上行走时，邮差或者天然气公司的工人，再或者电力公司的工人到来时，又或者某辆摩托车碾压着地面以及上面的鹅卵石经过时，周围寂静可怕的生活就会发生巨大的改变。那个戴着巴拿马草帽、停在我房前按门铃的人不会想到，他并没有打断任何活动。正是因为生活简单纯粹，无所事事，我才会沉入睡梦中。他打断的只是我的思绪，比如“应该为孩子缝制点衣服”，“既想一个人待着又想有人陪着”，又或者“不久之前，有谁能想到我会和这两位外国老人在一起？”之类的。当然，我也在想弗雷德和卡琳的事情。几天前我离开太阳别墅之后，就再也没有看到过他们。他们两个肯定有一个生病了，或者他们已经出去旅行了，又或者有亲戚来看望他们，所以他们的日常活动发生了变化。各种各样的念头在我脑海中浮现。我不得不承认，我在想念他们。这样的想法有些愚蠢，因为他们和我没有任何关系，但即便如此，每当听到门口沙砾路上有车子响起的声音时，我就会停止浇水。他们的面孔已经刻在我的心中，或许是因为他们有些与众不同。所有的面孔或早或晚都会给人留下一些特别的印象，但你几乎第一次看见他们两个的面孔，就会立刻产生异样的感觉。

站在锻铁大门前的那个人八十岁左右，也许更老。他的样子看起来好像需要休息，所以我邀请他到门廊来坐坐。他说喜欢我的小房子。他说“小房子”时的语气，仿佛我是一个侏儒或者公主似的。他刚才肯定没有仔细打量我。他的话语中带着阿根廷口音，令他本来已经彬彬有礼的举止更加优雅。当我得知他想要租住这座房子时，便借机带他四处参观，同时利用这段时间和他攀谈。他给人一种整洁的感觉，身体偏瘦的老人往往如此。他有一双浅色的眼睛，也许是随着年龄的增长变浅的。同时，他的身材肯定也是因为岁月流逝而变矮的，因此他的身高几乎和我的一样，差几公分才到一米七。带领他参观这座小房子时，我心中产生了很大的忧虑：当别人正在攻读大学学位，积累工作经验，为变成老板而奋斗，写书或者作为公众人物出现在电视上时，我却在浪费自己宝贵的时间。我不知道，我真的不知道怎么会沦落到现在这个地步：没做任何有益的事情，除了怀着肚子里的胎儿。但这个胎儿也不是我一个人的成果。我只不过是一个载体，负责将孩子带到这个世界。不过，至少我希望自己这样做时身体状况良好，所以在得知怀孕之后，我立刻戒掉了烟酒。尽管在这个几乎位于天边的地方，我多次抵挡不住诱惑在晚上吸过烟，但白日里责任感战胜了诱惑。

我虽然告诉他会和姐姐商量出租房子的可能性，但并不想真的打电话给姐姐，不想和她交谈，不想给她机会又开始对我说教，或者提醒我不能一直以现在这种临时性的办法生活下去。我也不希望她问我是否一直在浇灌那些植物，或者是否洗了衣服，打理了房子。

他即将离开时，一边用帽子给自己扇风，一边告诉我他叫朱利安。我也告诉他我叫桑德拉。“桑德拉。”他将我的名字重复一遍后接着说，我对他非常友善，我应该小心，因为这个世界充满了危险；这些危险会一直隐藏自己的真面目，直到它们控制我；无论发生任何事情，我都应该始终将人身安全放在首位。然后，他又道歉说自己杞人忧天，而且说我令他想到了他女儿这么大的时候。我感到有些奇怪，因为从他和我说话的样子可以看出，他仿佛早已认识我，仿佛知道一些连我自己都不清楚的关于我的事情。不过，当我想到他的年龄，想到他那个时代女性还没那么独立，我应该试着从他的角度思考他的话时，这种奇怪的感觉就消失了。

访客离开后，我马上取出那个卡文克莱塑料袋，里面放着我经常带到海滩的杂志，就是上面刊登着埃拉生活故事的杂志。幸亏它已经干了，上面没有留下墨水晕开的痕迹。

[朱利安]

我将小汽车停放在路边的那块地上，之前我就在这里停过。然后，我沿着风景如画的狭窄街道步行，我心中的魔鬼正在叫嚣。阳光径直照耀在女子的小房子上，令它显得活泼欢快，院子里的晒衣绳上悬挂着白色的衣服。我能够听到音乐声，说明她在里面。我按响铁门上的门铃后，站在一旁等着。两分钟后，我再次按响门铃。最后，她终于走出房子，来到小花园中。她穿着比基尼泳衣，文身更加显眼。但我把视线从她身上移开了。我不希望她认为我是一个下流的老家伙，因为那是一个完全错误的印象。我从来没有对比我年轻的女人产生过兴趣，正如从未被法拉利和别墅吸引过一样。我的世界存在各种束缚，我喜欢这些束缚的存在。我感觉到，她看见是我时有些失望。也许，她在等待某个人的出现，会是弗雷德里克吗？我认为这不可能，她不会因为看不到我这个年龄的人而感到失望。

“如果打扰了你，我感到抱歉。有人告诉我，这座房子要出租。”

“哦，你听到的消息是假的。这座房子既不出租，也不出售。”

她的头发修剪成不同的长度，染了几种颜色，从红色到黑色。她的眼睛是棕绿色的，鹰钩鼻上的一颗小饰钮尤其惹人注目。阳光直射在她的额头上，她的表情因而显露出一丝讽刺的意味。如果我像她这么年轻，肯定会立时爱上她。她令我想起了拉克尔年轻时的样子，以及她接人待物时简单直率的态度。

“真是遗憾，这么可爱的房子。整条街上的房子，我最喜欢的就是这座。我妻子坚持要我来看看。”

她环顾四周，好像在寻找一个隐形的妇人。

“她在酒店里，身体不舒服。有没有其他相近的房子要出租？”

我摘下巴拿马草帽，开始给自己扇风，尽管并没有真的感到很热。我这样做，只是为了拖延时间，以免马上离开。这个策略奏效了，她打开大门。

“进来坐吧。我请你喝杯水。天气还是很热啊。”

“能告诉我里面有几个卧室吗？”

“三个。”她在房内应道。接下来，我听到倒水的声音，还有其他的声音。

“这里确实不错。”她说着将杯子递给我，“每天进进出出，都可以和大自然亲密接触。你自己也可以看到，这些树啊，花啊，空气，太阳，对现在的我来说，再好不过了。”

显然，她也面临着她这个年龄常遇到的问题，不知道如何安排生活，恐惧孤独，害怕精力不够。

“谢谢你容许我在这儿稍坐片刻。我正在接受心脏药物治疗，所以血压降了很多。”

她说自己完全理解，因为刚到这儿时，她曾经在海滩上犯过头晕，非常可怕。她从晒衣绳上取下一件T恤，穿在身上。

“我怀孕五个月了。”

五个月，我暗自想到。真是太复杂了。我怎么能让一个孕妇卷入到这团乱麻中呢？我站起来，做出一副休息好的样子，准备离开。

“你要去哪儿？”她欢快地问，“要是你喜欢这个房子，我可以带你看看。”

我跟着她走进房内，然后上了二楼。的确，她的肚子圆圆地鼓了起来。拉克尔多年前的怀孕，无形中使我和这个女子产生了联系。怀孕的事情，我多少有些了解，并非一窍不通。她毫无顾忌，任由我进入她的房间。尽管她床上乱七八糟，但她似乎认为这样完全正常，理所应当。她在不停地说话，说住在这座房子里，感觉像是住在修道院里；她来这里，就是为了躲开世人，反思自己的生活。我没有提出任何疑问。让她自己告诉我她想说的比较好。

“我之前没有告诉你实话。这座房子是我姐姐的，她是按照季度出租的。明年夏天可能是空着的。如果你想租的话，我会告诉她。”

我说：“好啊，我会告诉我妻子。”

“我叫朱利安。”我伸出手，“如果你不介意，我改天再来拜访。”

“桑德拉。”她也介绍了自己，脸上既没有笑容，也不严肃。无论如何，她都没有必要面带笑容，取悦他人。“想来的时候，就来吧。”接着，她有些担忧地说，“我以前有些朋友，一起去过海滩几次，但现在他们已经消失了，没有再来看过我，也没为此做过任何解释。”

她口中的朋友肯定是弗雷德里克和卡琳。酒店里发生的事件，连同这件事情，说明我的出现令他们非常紧张。

“别担心，他们会回来的。”

“嗯，他们年龄大了，也许是有人生病了。”

“有可能。”我这样说，是为了安慰她，也是为了安慰我自己。

回到酒店之后，我马上决定打电话给女儿，告诉她我终于找到了一座小房子，非常适合我们两个人居住，但目前还没有空出来，不过很可能明年夏天是空的。我还要告诉她，我在这里逗留的时间会比计划的长一些。她肯定会坚持来这里，确保我不会做出任何疯狂的举动。但是我要告诉她，最好把这笔钱省下，支付明年租用房子的费用。当然，有关酒店套房的事情，我只字未提，并非因为我想独自享用，而是因为在这种情况下，住在套房里没有任何乐趣可言。

不过，情况极少如人们计划的那样发展。我刚刚踏进酒店大堂，罗伯托就走过来告诉我，大概十一点钟的时候，有个人询问我是否已经离开酒店。幸亏是罗伯托在当班。

“我告诉他，客人的信息是保密的。”罗伯托说，“不过，他仍然坚持要问，而且要求和我们经理谈话，所以我觉得最好告诉他，你已经离开了酒店。我不知道这样做是否正确。那个人肯定在三十岁左右，橄榄色的皮肤，相当壮实，个子比我矮。”

“谢谢。”我答道，“我不认识那个长相的人。就像我之前说的，他们认错人了。”

罗伯托看着我，眼中露出一丝防备的神色。他不再相信我对他说的每句话。

“那么，我会要求我的同事，不回答有关你的任何问题。”

我微笑着伸出双臂，表示自己无能为力，同时也表示我没有隐瞒任何事情，只是他们荒唐地弄错了对象。

我的房间门和离开时一样。打开之后，透明纸屑落到地板上，我将它们全部捡起。弗雷德里克拥有追随者（比如那个一直在打听我的人，还有那些破坏我房间的人），也许是年轻的新纳粹分子。这不是个好消息。如果他们只是雇来的蠢蛋，情况反而好些，因为他们不会那么狂热。我再次觉得自己像是对抗巨人歌利亚的大卫，但却是一个弱小的大卫。不过，罗伯托是如何看我的呢?

[桑德拉]

我怀念编织那件已经开了头的套头衫的日子，怀念那两位新认识的祖父母。他们走进我的生活，之后又从我的生活中退出，仿佛我的生活是伦敦的地铁，或者一辆公交车。然而，最糟糕的是，似乎哪里出了差错。这完全不合常理，他们不可能比我的注意力更涣散。我一直认为自己最善于神游各地，脑中常常会有一些模糊不清的念头。我觉得人到了他们那个年龄，怀疑将会成为历史，因为人生的道路已经全部走过，没有必要绞尽脑汁思考十分钟后要做的事情。可能是我无意中说了或者做了令他们感到烦恼的事情。毕竟，我们的文化背景不同，又不属于同一个年龄段，我们之间产生误会也不奇怪。我仍然记得在我说话时，他们交换眼神的事。我完全无法理解那个眼神。也可能事实没有这么复杂，只是因为卡琳的关节炎复发。我真的那么在乎卡琳的身体是否被病痛完全毁坏吗？在某种程度上答案是肯定的。没有她，我能做的只是浇灌植物，收衣服叠衣服，读手头所有关于埃拉的杂志。我应该回去看望我已熟悉的人，他们会欢迎我的到来，会给我温情；我不需要去寻找他们，因为他们就在我身边。我只需要跨上那辆维斯品诺牌摩托车，发动它就可以了。

于是傍晚时分，动身开往托萨利特之前，我将换洗衣服放进背包以防过夜。这个时间到那儿去，基本上是在碰运气，因为我暗自打算不用晚上再回来。尽管借着月光行驶在星星、树木和群山之间非常浪漫，但冒险的感觉会更加强烈，同时危险感以及无助感也会相应增强。各种恐惧已经侵入我的身体，控制了我，其实只是无意识的胆怯，也或许是一种警惕。紧紧尾随在我后面的汽车几乎要抓狂，因为在弯路那么多的情况下，超车并不容易，但是向右剧烈倾斜对我的影响更大。我对着那些汽车怒吼："去死吧，去死吧。"与此相比，糟糕的事情还在后面。半路上，天空下起了毛毛雨，而且雨滴越来越大。真是令人大伤脑筋，因为我无法停车，也看不清楚道路。所以，当我到达那对挪威夫妇居住的地带时，我才略微松了口气。

穿过几条街道后，终于到达太阳别墅。雨滴现在已经变成银针，反射出的光芒似乎要照亮黑暗。夜色已经逼近。我到底来这里做什么？我的父母和桑迪都无法想到，此时此刻，我会在一个陌生的环境里，冒着瓢泼大雨寻找一对外国退休老人居住的房子。我不知道为什么会这么做。我正在做的一些事情毫无意义，因为我没有工作，没有任何约束。不过，拥有工作就会赋予生活意义是一种错误的安全感。我也不相信，生活的万能药就是拥有固定的时刻表，与薪水绑在一起。如果命运让我遇上弗雷德和卡琳，从而摆脱世俗的存在，又将如何呢？他们死后，太阳别墅、峡湾旁的农舍、橄榄绿的四驱车以及黑色的奔驰只能留给某个人。而且，他们现在随时都可能去世。我冒着生命危险来这里，并不是为了这些利益，而是因为以我目前的处境，与他们待在一起比没有他们感觉更好。不过，这个原因并不妨碍我考虑有利于我的未来的可能性。我已经预见将在这座房子里养育孩子，开着那辆四驱车送孩子上学。我会卖掉奔驰，将顶楼租出去，以便能够舒适地生活。我会在花房里建立一个制陶工作室，致力于工艺品的制作。我可能会到周四的街市上出售一些家具。所有这一切都会是我的，因为弗雷德和卡琳就像对待真正的孙女般爱我，甚至比孙女还亲，因为我们的关系是自然而然产生的，是我们自己的选择，而不是因为血缘关系。

我将摩托车停放在空荡荡的街上，然后按响了门铃。没人来开门，我有些泄气。再次按响门铃，但……还是没有任何动静。太令人失望了！我没想过这个可能性，也不敢冒雨回家。现在不是不顾一切行动的时候。我浑身上下已经全部被雨水浇透，只有头部因为戴着头盔而免除厄运。突然之间，我想到可以去爱丽丝家，第一次来托萨利特时就是在她家避雨的。他们也许去拜访她了。这样的天气，他们不可能冒险到更远的地方去。我猜对了。我看到奔驰停在距离爱丽丝家几米远的地方，是那辆黑色的奔驰，而不是四驱车。弗雷德肯定认为这是一个可以开它出来的机会。路沿儿旁边还有一些豪华汽车，肯定是爱丽丝在举办派对。音乐穿过大雨远远地从房中传了出来，但很快又被大雨阻隔。我将摩托车斜靠在墙壁上，爬到车上，站在车座上。通过面向花园的窗户，我看到有人在跳舞，而且觉得那位身着白色晚礼服四处走动的妇人就是卡琳。也许，爱丽丝永恒的青春感染了她。我还没有来得及多看，便感到背部传来的压力。

“你要是摔下来，会受伤的。”

是那个像鳝鱼一样狡猾的家伙，叫阿尔贝托，我记得在卡琳家里见过他。他撑着伞，看上去非常生气。被人发现正在偷窥，我有些尴尬。克里斯滕森夫妇会知道，爱丽丝也会知道。我的遗产即将在我眼前蒸发。

我伸出手，以便能扶着他下车。

“我想看看弗雷德和卡琳是否在里面。我到过他们家……全身都湿透了……我不想冒雨骑摩托车回去。”

双脚着地后，我站到他的伞下，取下头盔。

“我认识你。”他说。

“我也认识你。”我们好像在对暗码。

“为什么不按门铃？”

“按过了。”我撒谎说，“可是他们根本不可能听到。”

“门铃在哪儿？右边，还是左边？”

“不记得了。”

“骗子。”

我们一起站在伞下，不得不靠得很近，呼出来的雾气喷在对方的脸上。他不喜欢我。奇怪的是，尽管我心中充满恐惧，但这个傲慢的家伙具有某种气质，不会令我对他产生害怕的心理。他既不像布满星星的抽象空间，也不像午夜中的道路。完全不是那么回事。他是和我一样有血有肉的人，不会令我对什么都产生恐惧。

“可以的话，请告诉他们我来过。我现在就走。”说完，我再次戴上头盔。

“别想这么快就走。”他说。

“别想这么快就走？这么说，你是警察之类的？别逗啦。”

“待在这里，别动。”他用命令的口吻说完，然后掏出手机，将我留在伞外。

他走开几步，准备对话，但视线始终没有离开我。他需要等待对方接听电话，因而有些焦躁。我想象着弗雷德和卡琳忙着跳舞的时候，突然听到我在墙外窥探他们的消息会是什么样子。我双手抱胸，也在旁边等着，手中还拿着头盔。他的举动就像夜总会的保镖，又像看守人，或者门卫。今天，他穿着西服系着领带，头发梳向后边，拢在耳后。他终于关闭了手机。

“我带你到太阳别墅去，在那儿等他们回去。”

那个叫马丁的人从屋子里走出来，交给他一串钥匙。我完全不想争辩，只希望换上干衣服，看会儿电视，然后上床睡觉。

他所谓的带我去，只是说说罢了。我才是驾驶摩托车的人，他只是撑着伞坐在后面。我们到达之后，他从衣袋中取出钥匙，打开大门和房子的前门。我扭动身体，甩掉背包，任由它落到地板上。

“别想湿淋淋地就坐到沙发上去。”他猜到了我的意图，对我提出警告。

我仍然不想开口说话，只是从地上拎起背包，走到楼上，进入那间自认属于我的贴着蓝色小花墙纸的卧室。丝绸睡裙仍然放在枕头下，和我走时一模一样。我背包里的衣服除了一件 T 恤外其他的都有些潮湿，所以我穿上了那件睡裙。我清楚自己穿上睡裙的样子，可是我不在乎，一点都不在乎。一不做二不休，我豁出去了。

“我不知道你在玩什么把戏，但别想着糊弄我。他们总会看到你的真面目。他们可不是笨人，知道吧。”

我穿着睡裙下楼时，他斜倚在墙壁上，双脚交叉，看着我说出了上面这些话。他一身黑色的西装，打湿的头发向后梳着。我不得不承认，他看起来还不赖。突然之间对他产生的这种印象令我有些不安。睡裙穿在我身上过于漂亮，甚至紧紧贴在我的肚子上。它摩擦着我的胸部，吊带从我的肩头滑落，不愿意拐弯抹角的女人常常会用这种带子。

我转了一个圈作为回答，裙子随着飘了起来。

“随便你怎么想。不过，你要是以为我迷上了你，可就大错特错了。”

他看着我，眼中露出无限轻蔑的神色，但是凭着直觉，我知道他不由自主地喜欢上了我。他的目光无法离开我的文身。他是典型的物神崇拜者，是那种令你在他身上有所发现之后便一发不可收拾的人。我决定不让他接近我，于是走进厨房。他的脚步声，穿着新鞋的脚步声跟在我身后。我打开冰箱，给自己倒了一杯牛奶，放进微波炉加热之后，坐在沙发上，一边看着电视，一边慢悠悠地喝起来。此时，我能感觉到他就在我的身后。他的衣服有淋湿的气息。

“谁允许你穿上那个的？”

“不需要任何人的允许。这是我自己的。”

“对呀，你是可以背着这样的东西过来。”

我觉得有点冷，但一直忍着，直到他用钥匙打开那个办公室兼书房的房间，走进去。然后，我拿起卡琳的一条披肩，围在肩上。披肩上散发出她的体味和她使用的香水味，令我有些不舒服，因为这和我穿上妈妈的套头衫时的感觉不同。我不常和妈妈在一起，但她的味道却像圣诞晚餐那样熟悉。卡琳的味道附着在我的身上，令我毛骨悚然。

当我觉得相当困倦时，便取下披肩，然后悄悄上楼进入卧室，睡到了床上。起初，我非常警惕，因为房门上没有门闩，但过了一会儿，我便放松下来。阿尔贝托也许非常狡猾，但也仅限于此。

阿尔贝托可能也希望成为挪威夫妇最喜欢的孙子，伴随着这样的想法，我进入梦乡。之后，前门开合的声音惊醒了我。有人在压低嗓门讲话，还夹杂着呵欠声。我不知道是否应该出去，如果我出去，情况是否会更糟，因为我们必将提起之前发生的事情，大家会因此无法睡觉。说实话，我不知道该怎么做。我赤着脚走到楼梯间，看到那个可恶的阿尔贝托正要离开，也看到卡琳穿着那件华美的白色晚礼服，领口有一圈柔软的羽毛，就像用来伪装的装饰品。看到弗雷德穿着一件我在纳粹电影中多次看到过的制服以及帽子等，我着实吃了一惊。制服令他看起来似乎更高，原本严厉的五官也更加突出。这套制服非常适合他，比卡琳身上的晚礼服更适合。看来，爱丽丝在举办化装舞会，采用复古风格，要求朋友们模仿旧时的着装。在他们模仿的那个时代，全世界的人都举止优雅，女性每晚都穿着晚礼服。

我回到床上，关掉灯，准备继续睡觉。片刻之后，我听到他们爬楼梯时疲惫的脚步声。我想，总会有一天，他们将无法再上楼梯，将会把书房收拾一下权作卧室，就睡在楼下。那样要实际得多。这样想着，我闭上了眼睛。但就在我即将完全入睡之前，我听到我的卧室门被打开，有人光着脚悄悄走向我的床边。我感觉到有眼睛在看我。片刻之后，他们走开，房门被关上了。或许是我在做梦？

早晨，他们在厨房里等着我。卡琳仍旧穿着睡裙，弗雷德却已经收拾妥当，准备去赴约。他穿着浅灰色长裤，蓝色夹克衫，鞋子锃亮，脸颊和耳朵比以往任何时候都亮。他站在那里，正喝着最后一口茶。

“看你前几天离开时的样子，我们还以为你不喜欢这座房子，或者不喜欢我们呢。那应该叫做不辞而别吧。”卡琳面带微笑看着我，令我感觉有些尴尬。

不过，她丈夫打断了她，我根本没有机会做出任何解释。

“你能来，我很高兴，因为你可以和卡琳做伴。”

我脸上迷惑的神色令他也有些尴尬。我们站在那里，相互看着对方。我的疑问是：做伴？要多久？

“我有事情要出去一趟，可是又不想把她一个人留在家里。我只离开一两天。”他站在那里又想了想，“当然，我们一定会给你适当的补偿。在孩子出生之前，储存一些东西备用比较好。”

“最重要的是，”卡琳插话说，“你会帮我一个大忙。在这儿，你不用担心，什么东西都不缺。”

赚点零花钱，这个主意似乎不错，总比做白日梦，幻想着一些不可能的遗产要好。

“我们雇了一个女人，她会每天来做家务。你只需要买买东西，陪陪我。你会开四驱车吗？”

“没问题。”

弗雷德的存在并没有让我感到不自在。他沉默寡言，态度友好，但即便如此，我仍然感到他不在的时候，房子一定会变亮。另一方面，我还没有傻得要对卡琳全权负责。如果她生病了，怎么办？也许，我可以趁机问问他们这些天一直没有活动迹象的原因。不过，我觉得已经知道答案：他们希望我主动来找他们，因为反过来则意味着我对他们没有足够的兴趣。他们肯定在好奇，我究竟想不想与他们这对八十多岁的夫妇待在一起。

卡琳给了我毛线和织针。在我努力想要织得达到她的完美水平时，她又从书房拿来一些纸张和信封，开始写便条。她的生日就要到了，所以想庆祝一下。她举着放大镜，缓慢地写着，字体非常漂亮，那些字母像是德语。不过，坦白说，我并不知道挪威文字的样子。

“你懂德语吗？”我一边数着针脚，一边问。

卡琳摘下眼镜，方便看着我。

“懂一点。还懂一点法语和一点英语。我的年龄已经很大了，所以知道一些东西。”

“你昨天在爱丽丝的派对上穿的那件白色裙子很漂亮。”我特意这样说，以免我偷窥的事情成为禁忌。

“哦，我知道你在看。要是我能爬到摩托车上，肯定也会看的。”她大声笑着说。

我控制着自己，只是微微笑了笑，因为那个完全天真的举动似乎没有引起过多的重视，现在已经时隔一定时间，又是白天，所以那事显得更加无足轻重。

“我不明白的是，你为什么不按门铃。你认识爱丽丝的。”

“我也搞不懂自己怎么会做出那样的蠢事。大概是不想当不速之客，闯到一个没有受到邀请的聚会上吧。”

从卡琳的表情可以看出来，我的解释令她感到非常满意。我也对自己的解释感到满意。

我连忙利用这个机会，告诉她我将抑制呕吐的药片忘在下面了（我们已经开始用“下面”来代替我姐姐的房子），所以担心会出现头晕的症状。事实上，我特别渴望单独待一会儿，静下来好好想想，哪怕是发发呆也好。我心里非常矛盾，先是想和他们在一起，然后又不想和他们一起。因为天色已经开始变暗，她要我开上四驱车。她大概认为摩托车过于轻巧，同时也希望我会回来，这一点我明白。

四驱车体积庞大，我只好将它停放在路边的一块空地上，就在我住的那条街前。关上车门后，我突然觉得自己彻底自由了，因为此时没有人雇我，也没有人强迫我做任何事。虽然如此，我还是深深地吸了口气，感觉我这条街的气息。在微弱的街灯下，我看到有个人在我家大门旁，是一位老人。我仔细看了看，是我认识的人，朱利安，就是我领着参观房子的那个人。他没有听到我已经走近的声音。当我在他身后开口说话并碰了碰他的胳膊时，我以为会吓到年老体弱的他，就像我突然闯入弗雷德和卡琳的生活中，令他们感到吃惊一样。然而，事实并非如此。他转过身，神色镇定，脸上还带着微笑。

“看到你身体健康，我很高兴。”我请他进去时，他对我说。

他来的目的应该还是为了租房的事情。他说，他来过一次，可我不在，这是他第二次来拜访我，并为在这么晚的时间过来道歉。我告诉他，能够碰到我纯粹是个巧合。我们聊了好一会儿。准确地说，是他一个人在说话。只要有机会，他就会提到他的妻子，并表示出对我的挪威朋友的兴趣，也许是对我有像他这个年龄的朋友感到好奇。我对他说的每一句话，他都听得非常认真。我一直听人说，老年人喜欢谈论他们自己经历过的小争执，但是我遇到的这几位并非如此，挪威夫妇和面前这位似乎都没有絮絮叨叨地谈起任何小争执。

他离开之后，我连忙浇灌植物，将晾在晒衣绳上的毛巾收进去。我慢慢地将它们叠好，然后放在桌子上。接着，我取出药片，拿起钥匙，然后熄灯。我越来越感觉到，与这座房子相比，太阳别墅更加亲切。

[朱利安]

我必须去医院，去急诊部。我知道浑身无力和直冒冷汗这些症状意味着什么。我不想在酒店引起更多麻烦，不希望他们认为我是他们有史以来最糟糕的顾客。我喜欢这里的气氛，他们认识我，而且罗伯托曾经做出决定，要成为他毫不知情的一件事情中某种意义上的同谋。最主要的原因是，我熟悉这里的地形，相较换到其他酒店，在这里能够更好地自卫。因为这个想法，我计划身体好点后，马上检查这里的各种装置、楼梯、会议室、休闲室、公用厕所以及厨房。独自一人的好处是不用担心任何人。你只需忍受病痛自身带来的痛苦，不用看到别人因为你生病而难受的样子，从而避免经历双重痛苦。有拉克尔陪在我身边的那些年月，我每一天都生机勃勃，极其幸福。然而，也有难过的时刻，那些时候我宁愿独自一人，也不愿意为了不让她痛苦而假装自己没有问题。有时，人会希望原原本本地体验真实的经历，但不要达到伤害身边人的程度。因此，当我注意到情况不对，独自搭乘出租车去医院时，反而有种自由的感觉。我始终无法忍受人们在他人面前倾吐孤独的痛苦，也无法忍受人们将孤独视为一种侮辱。孤独也是一种自由。

正如我所预料的那样，医院里的人问我是否有人陪伴。我说没有，我正独自一人进行为期几天的度假。医生看到我孤身在外，若有所思地摇了摇头。她说，在这样的情况下，我必须留院观察。情况并不严重，只是血糖升高，新陈代谢失调。我说可以。睡在酒店还是医院，对我有什么区别呢？

他们不允许我离开，要我等到上午出院，我为此感到非常烦恼。中午时分，我告诉他们我不能再等下去了，我要出院。我的样子就像是一个牢骚满腹而且喜欢乱发脾气的老人，但是我有许多事情要做，同时完全能够感觉到我的身体系统已经恢复稳定。他们让我签署一份文件，表示对自己的决定负责，如果我死了，则是因为我个人的疏忽所致。这样的说法似乎再公平不过。一个简单的签名，足以令所有人安心。

我没有睡好，因为隔壁床的病友打鼾没有规律，护士们每隔几分钟就进来。不过，我感觉不错，状态良好，甚至可以在进行主要任务之前，先到海水里泡一泡。我的主要任务就是到太阳别墅去，但现在这样做非常危险，至少要等到我换车之后。因此，最好先去桑德拉家，看看克里斯滕森夫妇是否再次去过那儿。

我的衣服上带着医院的气味。我伸手摸了摸所有的衣袋，确保所有的东西都带在身上。今天天气格外宜人。尽管我认为不可能有人将我和桑德拉联系在一起，但谨慎起见，我还是将车子停放在另外一个地方。然后，我步行穿过几条街道，来到了小房子旁。

我按响门铃后，没人出来。百叶窗半开着，晒衣绳上晾着毛巾，水管盘绕在石板路上。花园里没有摩托车的影子，也听不到音乐声，所以我返回到车子旁，取出随身带着的瓶子喝了一点水。桑德拉不在，肯定到海滩去了，很有可能是和那对挪威夫妇在一起。我转身朝海滩的方向走去。

他们没有在那里，至少我没在他们常去的地方看到他们的身影。只有几个孩子在周围跑动，还有一对情侣在亲吻。我沿着海岸走了几乎一公里，希望在某个地方发现他们。最后，我终于决定放弃，返回车上。与上医院之前相比，我感到精力充沛许多。尽管气温不是特别高，海水依然蔚蓝，泡沫依然雪白。既然弗雷德里克的杀手或者心脏病随时可能结束我的生命，因此我决定脱光衣服，只穿着内裤——幸亏我的内裤是平脚裤，遮住一半大腿，看起来和泳装短裤差不多——下海泡一泡。在拉克尔眼中，我现在的行为纯粹是疯狂的举动，因为对于年轻人健康的活动也可能会令我患上肺炎，但等我想起这个可能性时，人已经在海浪之中，开始持续不断地感受到寒冷中的快意。为什么不享受近在咫尺的天堂之乐呢？拉克尔过去总说，像我这样久经磨难的人害怕享受，害怕快乐。她还说过，世界上存在多种痛苦，任何人都无法免除痛苦，所以我们不应该觉得自己的痛苦与众不同。说实话，我其实非常羡慕那些无所事事的人，他们很会享受生活，做任何事情都能够开开心心。他们购物，玩牌，和朋友共进晚餐，除此之外，他们什么也不想。在我心中，他们的生活方式可望而不可即。天真是一种奇迹，比雪还要脆弱。不快乐的人比较容易加入我所在的群体，反之则不然。在内心深处，我希望不务正业、腐败堕落的弗雷德里克和卡琳加入我的群体，想让他们也遭受痛苦，品尝痛苦的滋味。现在我已清楚地看到：正义永远不会按照我期望的方式实现。弗雷德里克拥有自己的杀手，我怀有自己的仇恨。

我举起双臂，在沙滩上轻轻跳了几下，弄干自己的身体，然后坐下来，尽力接受来自阳光的维他命D。我闭上眼睛，感觉比以往任何时候都好。此时此刻，我应有的恐惧减少了几分。

为了安全起见，午餐时我换到了其他酒吧，点了一份套餐。我仍然能够感觉到皮肤上沾着海盐，也注意到我仅有的一点头发凌乱不堪。这几天，我需要找个时间去理发。游泳之后，我开始感到饥饿，但却不愿意去碰医院的早饭，因为它和酒店提供的自助餐相差太远。虽然我还有足够的精力继续活动，前往克里斯滕森的地盘，但我发现没有携带药片，所以返回酒店。

在前台，罗伯托一脸担忧地叫住我。他说话的声音非常低，以免另外一个同事以及倚在前台的其他客人听到。

“我很担心。客房服务员告诉我，你没在房间里过夜。”

显然，我这样的人如果没在自己的床上睡觉，别人就会猜想可能是死在了其他地方。

“没什么好担心的。我去远足，时间太晚，就在其他酒店过夜了。谢谢你的关心。”

接着，我又用隐秘的语气问他：“有什么新鲜事吗？”

“据我所知没有。啊，对了……警探想见你。”

罗伯托没有征求我的意见，就直接拿起电话，通知对方我现在在酒店里，然后挂断了电话。

“警探名叫托尼，他在酒吧里等你。你吃过午饭了吗？”

我告诉他已经吃过了，心中却想着是否应该到楼上房间取药。

“那么，你可以趁这个时候，喝杯咖啡。”

我挥动帽子拍了拍腿，掸去上面残留的一点沙子，然后向酒吧走去。

罗伯托肯定向警探详细描述过我的外貌，因为我刚刚走进酒吧，就有一个身材壮实的年轻人走过来，向我伸出了手。再过几年，他壮实的身材肯定会变胖。他带我走到一张小桌子旁。如果拉克尔见了，肯定会说那是一张台座式书桌。桌上放着一盏小灯，虽然是白天，却亮着，但酒吧往日的昏暗并没有因此而减弱，这样大概是为了营造亲密的气氛。

“前两天在你房间发生的事情，我们感到非常遗憾。”

“哦，这样的事情难免会发生。”

托尼结实的手中握着一瓶啤酒。 我要了一杯咖啡——顺便说一下，这里的咖啡味道相当不错——在我慢慢品啜咖啡时，托尼再次向我道歉。他穿着夹克，当他俯身在小桌子上方时，夹克背部仿佛要开裂一样。

“我做这份工作已经很长时间。”托尼用略微凸出的眼睛注视着我，“每件事情都是有原因的，我的意思是，一般都会有原因。”

我将杯子停留在唇边，想了想他的话。

“那么，孩子，你能告诉我事情的原委吧。”

我想，他并不喜欢我称呼他为“孩子”，换作是我，也不会喜欢的。但我故意这么叫他，是为了看看他有多自信。看来，他不是非常自信。

“现在还不能，但肯定会的。”他又大胆地换上更加严肃的表情，“您是否打算在这里继续逗留一段时间？”

“希望如此，只要天气好。”

“我听说，你觉得自己被误认成其他人了。”

“难道这不是最合理的解释吗？”

“也许吧。”他说着喝下最后一口啤酒。

我也喝干了杯中的咖啡。我们站起来。

“希望不要再发生类似的事件。”他说。

他的话似乎是故意针对我说的。我明白他的意思。他的身体在夹克衫下扭动了几下，试图将夹克衫穿得更舒服一些。我在回忆过去，想看看是否认识托尼这样的人物。的确有几个。他们没有获得过诺贝尔奖，但总能设法令世界变成他们认为的样子。

我几乎可以肯定，托尼曾按照弗雷德里克·克里斯滕森的命令洗劫过我的房间，或者找人洗劫过。他眼中的某种东西出卖了他。我们在去搭电梯的途中，我告诉罗伯托，我需要再租用一辆车，因为我正用的那辆给我带来了一些麻烦。罗伯托做了一个手势，表示答应考虑这件事情。他现在不再像第一天刚见面时那样看我，而是多了些敬意与好奇。

我服药时，不得不用从小酒吧里买的瓶装水喝下去，这令我有些懊恼，因为小酒吧里的所有东西都比一般的价格高出几欧元。我额外花费的每一欧元，都是从给我女儿的遗产里偷来的。没有人会为我付出的劳动来补偿她或者我。没有人关心这些。人们还有其他事情，其他敌人要考虑。我已经被抛在后面，处在自己的世界中。在那里，有我的仇恨，我的朋友，还有我的敌人。我既没有体力，也没有精神再来应付更多的问题。如果要我袒露心声的话，可以说这是我第一次没有期望报酬，没有期望得到认可，第一次不想让人知道我成功与否，第一次没有在乎他人的看法，我感到自由自在。

我睡了一觉，傍晚时醒来。如今太阳落山的时间每天都会提早一分钟，和我现在的生活一模一样。一分钟是一段很长的时间。我并不后悔睡觉的时间过长，因为我需要休息。老天啊，我很多年没有过这么舒服的感觉了。要不是因为打电话需要花钱，我会打电话告诉女儿。不过，有了第一个电话，就想打第二个电话，如果我一天到晚总想着给她打电话，她会担心的，所以我宁愿在心中告诉她。我妻子肯定能够读懂我的心思。这一点曾经在无数个场合得到过证实。她过去总是开玩笑说，如果我想欺骗她，最好小心一些，即使只是在心里想想，因为她能够看出来；我便盲目地相信了她的话。我肯定，她那双黑色的眼睛能够看穿我心灵的最深处。

我用半小时的时间勘查了酒店的装置，包括楼梯、消防通道、屋顶露台、电梯、供电入口、厨房、餐厅，以及所有的角落和地下室。我还需要检查洗衣房、公用厕所，研究每一条走廊以及餐具室。如果客人对这里的安保系统的缺陷有所了解，他们肯定会仓皇逃走，绝不会将他们钱继续花在这里。然而，生活就是如此。有些人清楚，有些人不清楚。我尽最大努力制定了详尽的计划，根据自己本身的弱点，设计了一条逃跑路线。我没有觉得疲倦，甚至精神百倍，所以我外出走了一会儿。天气开始变得凉爽，我穿着夹克一点也不热。我想暂时忘记自己是一个患病的老人。空气中弥漫着花香。现在到桑德拉家看看她是否回来，应该是一个非常合适的时间。

我缓慢地驾着车，享受着进入窄街驶近小房子的这段时刻，但同时又担心她不在家，担心无法与这个都能当我孙女的女子进行交流。如果我有自己的孙女，我只会将生活赐予我的所有美好的东西都给她。在我到达这里之后遇到的所有人中，只有她令我觉得自己尚有一段日子要度过，会比弗雷德里克和卡琳活得久。小路上几乎没有光亮，甚至连小房子的门廊灯也没有亮。像她现在的状态……我只能希望她安然无恙。根据我们以前的谈话，我可以猜测到她在这里没有朋友。不过，大家都知道，正因为年轻，年轻人非常容易交上朋友。我一动不动地站在铁大门旁边思索着这些事情，心头有些茫然，同时又希望房内的灯会突然亮起。正在这时，我听到有人在我后面，同时感到一只手碰了碰我的胳膊。我吓了一跳，但却努力地没有表现出来。

“啊，是你？”桑德拉说。

桑德拉，桑德拉。她已经到了，她就在这儿。

“看到你真高兴。”我努力掩饰着看见她的喜悦心情。

不止是桑德拉，我还看到了她的影子。她的头发，她的双臂，以及其他物件的轮廓的影子，落在了她裤子的影子旁。

“原谅我这个时候出现在这儿，但我刚刚和妻子进行了讨论。我希望没有吓到你。”

桑德拉大声笑起来：“我没那么容易被吓到。比这个更糟糕的情况，我都遇见过。”

她又笑了笑，尽管她似乎不是那种希望通过大笑表达快乐的女子。我想，她这样做是为了我，是为了让我自在一些。

“进来吧，不要只是站在那儿。”她说着打开大门。

然后，她打开房门。等候的同时，我在花园里随意走走，呼吸里面的芳香。突然之间，门廊灯亮了起来，园内的植物出现在眼前。桑德拉走出来，坐在一张吊床上。

“我本想请你喝杯啤酒的，可我这里没有。我还没找到时间去超市。”

“没关系。我不怎么喜欢喝酒。”

“我也是。既然怀孕了，我就不想再吸烟喝酒。不过，我做得还不够好。现在，我就想抽根烟。”

她是一个值得信任的女子，认为自己有权生活在这个世界上，不会发生任何坏事，也不会有人攻击伤害她。我可以肯定，她绝不会想到情况可能会完全相反。我在另一张吊床旁边直着身子坐了下来。

“嗯……我来这儿，还是为了租房的事情。如果你姐姐愿意，我们可以等到明年夏天。”

“我会告诉她的，不过不是现在。现在我不想自找麻烦。如果她又开始问我，是否想过如何安排以后的生活，我会受不了的。”

“慢慢来，不用着急。对了，你的朋友们出现了吗？就是那两个上了年纪的外国人。”

桑德拉站起来：“对，他们出现了。我刚刚从他们家过来。弗雷德刚刚外出离开，她需要人帮她，而我又刚好无事可做。你肯定会喜欢那座房子的。花园非常漂亮！有游泳池，烤架，夏日小屋，果树。三层，包括阁楼，还有花房。”

“对我们来说太大了。维修的费用太高。他们肯定有很多雇员。”

“难以相信吧。他们还雇用了一个园丁和一个帮工，按时付费。”

“他们有朋友吗？这些退休的有钱人，只喜欢和他们情况差不多的人交往。”

“对，我也这么觉得。不过，有年轻人到过那儿。至少有两个年轻的西班牙人有时会在那里和弗雷德交谈。卡琳正在教我如何编织。她人很好，非常善解人意，而且也很关心我。”

“两种如此不同的人怎么会相处得来呢？真是奇怪。”我评论说。

“我也不知道原因。也许人都非常相似吧。”

如果桑德拉曾经受过弗雷德里克和卡琳德的伤害，她会有什么样的反应呢？我从内心感到高兴，她还没有受过那样的精神伤害，她慷慨大方，会为一个像我这样的陌生人打开房门；我感到高兴，那样的罪恶还没有对她产生影响。

“我明天得去超市。有东西需要我给你捎带到这里来吗？你这样的状况，不应该提袋子，或者其他任何重物。”

“别担心。我过会儿就回太阳别墅。明天白天，很可能会时不时地在泳池里泡泡。如果你把电话号码留给我，我同姐姐说过之后，给你电话。”

我给她留下了酒店的电话号码和套房的号码。我这样做是在冒险，她有可能会和克里斯滕森夫妇谈起我。不过，话又说回来，我们见面的事情和他们几乎没有什么关系，被提及的可能性应该很小。

“有时，人们表现出来的样子并不是他们的真面目。”我决定铤而走险，期望她能够像拉克尔过去那样读懂我的心思。

“你是要告诉我，你是一个色狼或者诸如此类的人吗？”

我微微笑了。

“也许吧。”我说，“在发现之前，你永远都不会知道哪里有危险。”

桑德拉挥手和我告别，然后打着呵欠走进房内。她穿着宽腿的印度丝绸短裤，和系带凉鞋。桑德拉不知道她自己会陷入什么样的状况，我也不知道，这令我感到苦恼。我原来没想到会遇上这样的事，会碰到一个需要保护的人。

拉克尔会生气。不，她应该会感到愤怒。她会告诉我，我的所作所为是不道德的，我不应该打扰这个女子，不应该将她牵涉到这件事中，而且没有理由使她成为又一个受害者。但是事情没有那么容易，拉克尔。他们才是将她带入他们地盘的人，不是我让她去那儿的。是他们，同时也因为她自己像小羊羔一样任人牵着鼻子走。不过，如果她一无所知，根本不知道她正在交往的人是何许人，那么危险就会最小化，这也是事实。只要桑德拉没有将弗雷德里克和卡琳同地狱联系在一起，她就会视他们为天使，而不是恶魔。也许天使并不存在，绝对的好人也不存在，但我可以保证，肯定存在绝对的恶人。

PART 3
疑 毒

[桑德拉]

我必须驾驶四驱车送卡琳到健身房。我们说“健身房”是不想称它为康复中心。健身房位于镇中心的一条主道上，不可能停放车辆，因此我会前去寻找停车地点，顺便打算走一走。一个小时后我会回去接她。在路上，我往往会暗自猜测他们会为此付我多少钱，同时也觉得弗雷德不用做这些事情，肯定会感觉比较放松。除了到健身房，卡琳还要去医院体检部门以及购物中心。她也喜欢逛街市，淘选一些废旧杂物；还要去美发。如果不能去海滩散步，她就会沿着临海的马路走一走。她热衷于谈论在挪威农房里度过的童年，她美艳绝伦的母亲和颇有男子气概的父亲，以及她那些漂亮的兄弟姐妹们，更不用说她自己的美丽了。这些话题说厌之后，她就会询问我的生活情况，因为她无法忍受安静。我也开始被她左右。住进她家里这段时间以来，我已经逐渐习惯了她；卡琳不需要改变自己的生活方式就能保证让我完成最大的任务：让她高兴。

我不知道今天会有什么事情能够迎合她的喜好。我将她送到健身房门口之后，便驱车离开了。我到达街角时，有人正摘下帽子向我挥手。我认出那是朱利安，就是想租住我姐姐房子的人。我也对他挥挥手，但他却走到了我的车旁。

“我可以上来吗？”他打开车门问。

他问我是否愿意去喝杯冷饮。他在灯塔旁边发现了一个地方，那里有新鲜的水果冰沙。要不要去呢？如果和他一起到那儿，会有危险吗？我对他说，我必须在一个小时内回来。这些话说出来之后，我立刻感觉有些奇怪，仿佛说话的人不是我自己，因为我无论到哪儿都会迟到。直到此刻，我才意识到，自己无法忍受卡琳因为久等而对我投来谴责的目光。

我们出发了。当时，我并没有想到太阳别墅从那刻起再也不会和从前一样，仿佛剧院里的帘幕已经打开，最终会有故事发生。我没有马上明白事情的原委。起初是我不想明白，因为它令我感到害怕。朱利安是认真的。他皱着眉，神情悲伤。他从衣袋中掏出一张剪报，也许是有关房子的广告。

“你妻子呢？我从来没有看到过她。”我感到气氛有些紧张，令人不快。

“我妻子去世了。她从未来过这里。”

我立刻想到，我们下车的时候，我会一脚踹到他致命的地方，从而摆脱他。我又想，我还可以狠狠地将他推倒在地，他站起来需要花费很长时间，我可以趁机驶出几公里远。

“很抱歉没有对你说实话。”他说，“但是那样做更好一些。”

“我无法理解你。”我感到他在看我，但我没有把视线从路上移开。

“我绝对没有想过要把你牵涉进来，我发誓。但事实上，我遇到你的时候，你已经卷入其中。”

卷入其中？我整天不是在花园里与植物为伍，就是和老人在一起消磨时光，会被卷进哪里去？

“我觉得应该让你知道自己的真实处境。”

这种被人试图操纵并玩弄于股掌之间的感觉，我一点都不喜欢，所以我一反常态地提高了嗓门。

“我知道自己的处境！”

“不，你不知道。”他在我停车的时候说。

他握着那张剪报，带我走向一张面向大海方向的长椅。

“弗雷德和卡琳对你如何？”

“弗雷德和卡琳？”

“那对挪威老夫妇。”

我回答说“不错”，他们待人亲切，知道如何尊重我的空间，我也知道如何尊重他们的空间。说这些话的时候，我并不知道这个问题的目的。当我提到空间时，他的脸上似乎浮现出一丝笑意。他似乎觉得我的话中有可笑之处，这令我有些不悦，因而心情开始变糟。

“我本不想给你看这个的。”他说着将那张剪报递到我面前。

剪报上有一张照片，照片上有一对夫妇。此时，我眼中只看到这些，因为他脸上讽刺的笑容令我心生厌恶，根本没有心思关心其他任何事情。

“请仔细看看。难道你不认识他们吗？”

“我不明白，我说他们尊重我的空间，有什么好笑的吗？”

“因为这个说法很老套，不像是你会说的话。”

我接过剪报，认真看了看上面的照片。他们是……他们是弗雷德和卡琳。我集中注意力，想看得更清楚一些。

“对，就是他们。”朱利安说，“纳粹分子，罪犯，非常危险。弗雷德里克·克里斯滕森谋杀了几百名犹太人。你明白我说的话吗？”

我不知所措，不知道该如何思考。

“你确定？”

“我来这儿就是为了追踪他。我不希望在他还没认识到自己的罪行，没有为自己的行为付出某种代价时，就离开这个世界。他也许是那群人中唯一现在还活着的人。”

“为什么要告诉我这些？为什么不去报警？”

“我刚到这里的时候，本来是想这么做的，将他们的真实面目公诸于众，令他们的生活痛苦不堪。但是那样做，太便宜他们了。现在我认为，利用他们可能会引出其他纳粹分子。你在他们家进进出出，他们没有怀疑你。如果你没有怀孕，如果我没有一直以为你可能是他们的孙女，如果我不觉得向你打听是件讨厌的事情，我会要你告诉我你在那儿的见闻。”

“我没有看到过什么特别的事情，不过怎么说呢……他们是我的朋友。”

“你的朋友？我对你说过，我不希望你有任何危险，你也不要再有那样的想法。这些人和其他任何人都不是朋友。他们是吸血鬼，靠着吸食别人的鲜血生存。他们喜欢的是你的血。有了它，他们才会感觉生命的存在。一定要非常小心。”

我们没有吃冰沙。朱利安非常清楚在哪里和我谈话才不会被人看到。我们看起来像是典型的忘年恋，偷偷摸摸的。他已经给过我他在阿祖尔海岸酒店的电话号码，以便我和他联系。但是无论如何，我都不会亲自去那儿，因为他正被人监视，去那儿非常危险。最理智的做法是从克里斯滕森夫妇的生活中消失，从朱利安的生活中消失，回归我的正常生活。他恳请我抵挡一切诱惑，对我的纳粹朋友只字不提此事；同时也恳求我克制自己，不要在以后高兴的时候告诉他们此事。

“你拿着。”他将剪报递向我，“密切注意他们。”

我折起剪报，放进衣袋中。

我对朱利安有何了解呢？我对他一无所知。只是有一天，他出现在我家门口，现在他又对我说这些莫名其妙的话。我可以相信他，因为我知道纳粹分子的确存在。每个人都知道存在纳粹分子，知道他们对万字饰的狂热等等。可是，弗雷德和卡琳呢？我认识他们。当我坐在最喜欢的椅子上时，卡琳会在我背后塞上一个垫子，让我的背舒服一些。那张椅子有扶手，靠背很高，还有隔脚板。弗雷德话语不多。他在家时，只是出去买买蛋糕，给我们泡泡茶。我们这几个人中，卡琳是主角，她教我编织毛衣。弗雷德有时会有访客，他会和他们交谈。可是，这些又有什么特别呢？

朱利安在我心里播下了怀疑的种子。他刚刚告诉我一些有关我的朋友们的可怕事情。从他口中，我了解到护士卡琳是一个邪恶的罪犯，曾经协同杀死几百个人，促进丈夫的职位升迁；她丈夫得到的勋章全部都是元首授予的。“你知道需要杀死多少人才能得到金十字勋章吗？”他的话语迫使我对弗雷德和卡琳产生了怀疑，同时也开始对他产生了怀疑。他不再是那个戴着白色帽子，说到妻子时絮絮叨叨停不下来的和蔼老人。现在，我不知道他究竟是谁。他口中的妻子也许存在，也许不存在。或许，他对租用房子表现出来的兴趣也是假的。想到他曾经骗过我，我心里就感到不舒服。至少那对挪威夫妇没有对我说过谎话，尽管他们也确实没有告诉过我他们的生活。八十多岁老人的这种做法的确非同寻常，但到目前为止，有关他们的信息，都是我亲眼所见，亲耳所听，全是我自己得出的结论。

我决定不同他争辩。最理智的做法就是不提出任何疑问，也不要试图知道得更多。最好不要把这个怪人丢在这里，而是应该带他回镇上，到了那儿之后，回到卡琳身边。

但如果他说的话是真的，该怎么办呢？即使我最终决定离开他们，我也还需要回去一次。如果我不回去，将带过去的衣服、钙片以及妊娠纹消除霜等全留在那里，似乎会非常奇怪。他们会担心，会下来找我，提出很多问题，整件事情反而会变得更糟。当然，我也不会为此兴奋不已，也不会在当晚难以入睡。不过，说实话，我不得不承认自己的好奇心在蠢蠢欲动。如果接受朱利安的建议，摆脱目前的境况，不回太阳别墅，而是即刻消失，我会后悔，因为那样我将一无所知。生活，抑或是命运，将我带到这条蜿蜒曲折的路上，与转身返回相比，继续前行似乎也没那么复杂。

果然如我担心的那样，我回到健身房的时候，卡琳正在等我，而且非常暴躁。

我向她道歉，解释说汽油用完了。回到太阳别墅之后，我进入自己的房间，将那张剪报放到装衣服的包包底部。

[朱利安]

我在桑德拉面前表现得非常笨拙，居然令她受到了惊吓。但是，我必须在某个时刻打开她的眼睛。我不能在太阳别墅周围出现得过于频繁，我也不能一直等下去，等到弗雷德里克的年轻杀手们将我堵到某个角落里毒打一顿。如果那样，桑德拉永远无法知道自己落入了谁的手中。不能再浪费时间了。一方面，如果桑德拉不知情，危险会小一些；但另一方面，她就无法知道应该防备的对象。她仍然来得及逃开，将整件事情抛在身后，让它成为记忆里她一生中最离奇的一次遭遇。也许在这里的这次经历还会帮助她正确处理她来此之前抛在一边的事情。

与此相反，我已经做好了自己的选择，坚持走到尽头，很可能也是我人生的尽头，他们不会以任何温和的方式除掉我。另一方面，我也的确非常担忧我目前的花费以及我的积蓄。这笔积蓄与其说是用于自己年老时度日的开支，不如说是给女儿老年时准备的生活费。我的妻子也不会赞成我的做法。拉克尔过去常说，我们只有一个女儿，我们无法帮她免除生活中的忧愁和挫折，但至少应该保证她不会因为钱而产生许多问题。我现在是把钱用在了必要的事情上，还是任意而为，这取决于你对此事的看法。

就连更换租来的车，我也不得不花费更多的钱。他们刚将新车交给我，我就开始了对弗雷德里克的新一轮跟踪。不过，我现在情绪相对镇定，至少会保持到他们再次发现我的时候。

我轻松地跟踪他到了北欧俱乐部的停车场，那里停满了泛着微光的高级汽车。这是我第二次来到这里。我将车子停放在一个不显眼的地方，看到弗雷德里克进去后，我立刻尾随过去。我脱下夹克衫，将望远镜裹在里面，但让帽子依然戴在头上，让自己看起来更像外国人。我希望守门人会放我进去，因此在他张开口之前，我连忙说是和弗雷德里克一起的。

"我刚才在停车。"我主动解释道。

无论他认为我是弗雷德里克的司机还是朋友，总之他让我进去了，仿佛这是世界上再自然不过的事情。弗雷德里克的头在某个地方冒了出来，可是等我过去寻找他时，他却迈开长腿急急走开，仿佛脚后跟着了火。他每走一步，双肩也跟着耸起。我搜寻视线所及之处，没看到他的踪影。我连找几间休息室，才在其中的一间里发现他正在和一个人交谈。那个人也许过去曾经非常强壮，但现在只剩下了肥胖。他的眼睛是浅色的，下巴的肉堆了几层，脸上有一个刀疤。他很可能是奥托·瓦格纳，前党卫军成员组织的创建人，工程师，作家，以及其他不同的身份。这是一个安静不下来的混蛋，身体状况显然也非常不错，肯定不会仅仅满足于打打高尔夫而已。我靠在墙上，努力平复自己激动起伏却又悲伤难过的情绪。不过，以我目前的状态，心情激荡比悲伤难过更不可取。大约五分钟之后，经过几次深呼吸，我终于恢复镇定，但依然难过。令我感到痛苦的是，这些魔鬼在享受生活，而萨尔瓦或者我或者拉克尔无论如何努力，都无法像他们这样，甚至我的女儿也无法做到。他们身体强健，心情愉快，对生活充满激情，这令我倍感苦闷。

我看着他们上了一辆旧的小机动车，然后从草地上开走了。北欧俱乐部设施健全，令人难以相信：摆放着藤椅的露台，网球场，乒乓球台，室内游泳池和室外游泳池，餐厅，酒吧式休息室，桌球室，图书室，以及各种各样我从未看到过的事物。俱乐部后边还有蜿蜒起伏的绿色高尔夫球场。需要多少水才足以维护这个球场呢？可是，那有什么关系吗？弗雷德里克这位大人物和他的伙伴们能够进行锻炼才是最重要的事情。

他们已经练到几洞了呢？在我的眼中，这种运动与我相距十万八千里，与我根本不属于同一个世界。我靠在一棵树上，尽可能远离俱乐部阳台上的视线范围，望远镜悬挂在我脖子上。我的目光扫过中场，发现一群八十多岁的老人，弗雷德里克和奥托就在其中。他们正在高尔夫俱乐部成员旁边谈话。除此之外，还有两个年轻人。那些上了年纪的老人动作如同七十多岁，真是令人难以置信。

或许高人一等的感觉赋予了他们那种精力。当我放下望远镜，想着这些的时候，突然发现前面一阵骚动。我再次举起望远镜放到眼前，看到其中一个人躺在草地上，但不是弗雷德里克，也不是奥托。两个年轻人中的一个正在对着手机讲话。几分钟后，一个背着急救箱的男人坐在一辆小机动车上出现了，还有几个人跑着跟在后面。我将望远镜裹到夹克衫中，尽管并没有人注意到我。我在心中暗自想：人到了迟暮之年，该来的挡也挡不住。远处传来救护车的声音。我猜测那个人应该是心脏病发作。

会所的休息室里议论纷纷，大家都在讨论刚刚发生的事件，终于有新鲜事改变了一成不变的高尔夫日程。这个消息如同野火一样迅速蔓延。我在车子里看到他们将那个发病的人抬进救护车，已是一具尸体，但还没有被完全盖住，脸上戴着氧气面罩，以免吓到会所的其他成员。不过，如果结果表明只是虚惊一场，那些俱乐部会员内心反而会感到失望。情况就是如此，他们需要某些谈资维持数日。这个诡计骗不到我。如果你看过许多死人，就会一眼认出已经死了的人。

他们全都迅速离开了。弗雷德里克的脚后跟似乎比以往任何时候都更灼热。他不是一般速度地跑着，而是弹跳着跑向他那辆奔驰。那车子的款式只有在和报纸一起送过来的购车目录上才能看到。

我驱车尾随在我认为是奥托的那个人后面，穿过所有可恶的弯道，在通向托萨利特的路上攀爬。他和他的朋友弗雷德里克行驶的路线相同，但没有在太阳别墅停车，而是继续前行三百米之后，来到一座标有数字“50”的别墅前。弗雷德里克引导我找到了奥托，他又带着我找到了他们更多的同伙。这群人通过血盟紧紧地联系在了一起。

[桑德拉]

我陪伴卡琳，送她到健身房，为她做各种各样的琐事。弗雷德为此付给我的酬劳超出了我的预期。他可能已经意识到我已经感觉被绑得过牢，因为卡琳喜欢利用各种借口，和我一起进进出出，而且她上下车时动作极其缓慢，令我恼火不已。但是，所有这些从来没有达到我的极限，因为卡琳非常善于观察，会马上发现我是否开始变得不耐烦起来。然后，她就会放松下来，任由我自行其是。因此，周末的时候我可以回到下面自己的家里，透透气。能够储存我得到的所有酬劳。这不是一件坏事。我正在为未来的自由付出。

我从弗雷德给我的钱中留出一点，用来购买珍珠棉纱和新织针，准备再编织一件套头衫。第一件套头衫我会作为纪念品保存起来，因为它是试验品，已经实现了编织目的；但是我的宝宝要穿的是另外一件，我在编织的时候，会将世界上所有的温柔爱意全都倾注在其中。编织到袖孔时，我肯定要请卡琳帮忙，其余的我会独立完成。

平时午饭后，卡琳常常裹着毯子，开着电视，在沙发上午睡。不过这一天，她和弗雷德准备换衣服去参加一个朋友的葬礼。于是，我从卡琳给我放置编织用品的紫色天鹅绒袋子中取出棉纱团和织针，开始咔哒咔哒地编织起来——嗯，好吧，是慢慢地编织起来。大约一刻钟后，我脑中开始嗡嗡地冒出各种想法，就像马蜂窝一样。那些想法一个接一个地在我脑中来来去去，一闪而过，但制服的事情和朱利安给我的那张剪报，却不断出现。据朱利安所说，他们是纳粹分子，这和那天晚上我看到弗雷德从奥托和爱丽丝家回来时穿着的党卫队军官制服刚好吻合。那套制服穿在弗雷德身上非常熨帖，是他租来的，还是他自己的呢？如果朱利安的话是真的，那么那套制服应该收藏在家里的某个地方。不过，我可以不去考虑朱利安的那些怀疑，我可以假设人们会有一些非常古怪的想法。如果是这样的话，他们也许与制服所代表的意义根本无关。与那些要扮成卡通人物才能激起性欲的人相比，弗雷德的事情还在可接受的范围之内。也许，这是他和卡琳在一起时男性勃起的方法。但是我为什么要自欺欺人呢？弗雷德身着那套制服时，就是标准的纳粹分子形象。问题是，我不知道纳粹分子脱去制服穿上普通衣服后的样子。怎样才能看出来呢？他们不会轻易允许任何人看出他们的真正身份的。

那么我呢？我在关心什么？是的，是的，我的确在意，或许只是好奇心作祟。我不知道。尽管如此，我还是将编织用品放回天鹅绒袋中，准备探究这座房子。直到那一刻，我才开始涌起窥探的念头。从某种程度上来说，我仿佛回到了童年时代。那个时候，我悄悄打开抽屉，四处翻找，查看里面的东西，其乐无穷。不过现在，在感受乐趣的同时，我也很谨慎。

房子共有两层楼，还有地下室、花房、杂物间、车库，以及顶层的阁楼，那里没有任何楼梯通道，也没有其他任何类似的入口。这可以理解，因为对于他们两个人来说，房间已经太多。卧室周围凌乱地摆放着许多非常漂亮的旧杂物，和一些大箱子，夏季时用来装鼓鼓囊囊的鸭绒被和小地毯。之外，还有一些柜橱。在我年老时，如果无法整日出去，我也希望拥有这样一座大房子，可以在各个房间里走来走去，也不会感到厌倦。卡琳上二楼时非常困难，要紧紧抓着有艺术雕刻的红木栏杆，借力拖拉自己上去。他们起初来这里居住的时候，她肯定没有想到会出现这样的结果，而且最糟糕的或许还在后面。所以，她常常在一楼逗留到睡觉时间。越来越多的小玩意儿本应在楼上的，最后却都移到了楼下。她把这些小东西留在这里，就不用自己上楼去拿，或者派我去拿。我曾经提议，我可以把鞋子、裙子、那件未完成的套头衫以及一件夹克等东西全部收到书房兼工作室里的箱子里，不让这么多东西乱七八糟地散落在各个角落，但她让我不要再有这个念头，因为只有弗雷德才可以进入那个房间，而且他非常在意他的书籍纸张摆放的秩序。如果有人动了他的东西，他会发狂。这就是那扇门总是锁着的原因，所以不会有人无意中进去，相应地也就避免了一些问题的产生。不过，像马丁、鳍鱼以及奥托这样的熟人需要等候他时，可以单独进入那个房间。我想了想，知道这些不是我应该关心的问题，所以我对此保持了沉默。显然，那扇门对我是关闭的，而且只对我一个人关闭。

我走到楼上的各个卧室里，行动小心翼翼，尽可能将动静减到最小，尽管屋里并没有其他人在，我只能听见一座精美的旧时钟嘀嗒嘀嗒的走动声。这座时钟肯定价值不菲。平时，除了时钟的声音，还可以听到卡琳的鼾声。卧室门很久没有涂过润滑油，开合时吱吱作响。按照卡琳的说法，它们可以充当警报器，警告有人擅自闯入。衣柜门同样发出嘎嘎吱吱的响声。我打开衣柜门，看到卡琳那些漂亮的晚礼服，不由心生敬畏。除了她穿着参加奥托和爱丽丝举办的派对的那件白礼服之外，肯定至少还有上百件，全都收藏在衣套内。每一件看上去都非常值钱。我提起衣套，但只能看到几件晚礼服的样子，看不到整条裙子。衣柜壁上内嵌着一个保险箱，他们肯定在里面存放着她的珠宝首饰，因为这样的裙子肯定要搭配同样昂贵的首饰。接着，我打开了衣柜中属于弗雷德的那一部分，里面比卡琳的部分更整洁。这里的衣套全部是透明的，里面根本没有制服。我在那里入神地站了一会儿，看着摆放得井然有序的领带、手帕以及袜子。合上柜门之后，我又偷偷看了看床脚的箱子内部，正如我想象的那样，里面放着一床鸭绒被。我走出去，关上房门后，想到所有的地方都会留下我的指纹，突然毫无来由地感到害怕。

我也进了客房，查看了里面的五斗橱抽屉和衣柜。其余三个卧室，我也全部仔细看过。走廊尽头有一扇门，也是锁着的。屋内有很多地方可以保存那件纳粹制服，但也有可能它是租来的，已经归还。我不清楚我挨个查看那些房间，开合衣柜用去了多少时间。然后，我听到了前门打开的声音，弗雷德迈着大步走上楼梯。

我向他询问了葬礼的情况。之后，他问我他不在的时候，家里是否有事情发生。我说没有，但我能看出来，他仍然想知道我在楼上干什么，所以我告诉他，我在床上躺了躺，现在觉得头昏，打算骑上摩托车到外面兜兜风，清醒清醒头脑。

我径直来到镇上，前往朱利安所在的酒店。我想起他说过绝不要去那儿，但我素来就不把这些事情放在心上，认为他有点反应过度。因此，我在摩托车上坐了片刻，写下一张便条，告诉他第二天四点钟我会在灯塔旁等他。然后，我走进大堂，一边假装正在看报纸，一边悄悄溜到电梯内。到达他的房间门口后，我将纸条从门下塞了进去。我像来时那样悄悄地溜了出去，尽可能保证没人注意到我，但我不知道是否已经做到。

[朱利安]

那天北欧俱乐部发生骚动之后，我目睹了一个葬礼。死者不是别人，正是党卫军司令安东·沃尔夫。他的部队曾经在意大利的一个村庄里屠杀过四百名平民，其中大部分是妇女和儿童，因此臭名昭著。萨尔瓦肯定已经确定了他的住所，但我还没能够发现他。他们的一个同伙再次从我眼皮底下逃走，尽管他逃到的地方是另一个世界。在俱乐部里，我通过望远镜看到过他，但却没有认出他。我遗忘的东西似乎比我想象的更多。我的注意力全部集中在弗雷德里克和奥托的行动上，忽略了安东·沃尔夫。现在，他脱离了我的掌握，被埋葬在一座可以俯瞰大海的坟墓中。

尽管他一生中犯下许多令人发指的罪行，他的葬礼却举行得非常隆重。不过，至少他无福继续享受了。他的妻子艾尔弗站在卡琳和爱丽丝之间，有所节制地默默哭泣着。后两者貌似想尽快结束整件事情。我感到好奇，此时此刻，艾尔弗为什么在哭泣呢？是的，艾尔弗，你们这些人也要死，尽管你们曾经那样残忍。你们做了那一切之后，仍然悄无声息地生活着。你们甚至不需要清楚地记得自己的暴行。你们记得我们是怎样为自己挖掘坟墓的吗？难道你们一无所知吗？不，你们知道，而且你们没有丝毫歉意，因为你们认为自己有权利做你们做过的那些事情。你们也会死的，艾尔弗，任何事情，任何人，都无法阻挡死神的降临。

我竭尽全力投入到这些想法中，以便能够令它们能够传递给她，无论耗费她多少神经细胞。也许是被我的力量所牵引，她朝我所在的方向看过来，但无法看到我，因为我隐藏在一个八岁男孩的坟墓后。男孩的坟墓上面雕刻着大理石天使，非常精美，令人印象深刻。此后，她的哭声越来越大，尤其在一个身材极其魁梧的老年男子到来之后。她的那些雅利安血统的兄弟姐妹们不由皱起了眉头。那位老年男子与弗雷德里克的长相非常相似，不过身材较为肥胖，行走时身体略微向前佝偻，仿佛整个身体的发动机位于脑部。我可以发誓，他就是阿里贝特·海姆，毛特豪森的屠夫，也就是那天我在超市让弗雷德里克受到惊吓之前，与他在一起的那个人。然而，当时我没有想到这个不修边幅、甚至可以说是脏乱不堪的胖男人，可能会是昔日那个身材精瘦、打扮入时的海姆。众所周知的 V 形疤好像就在他的嘴边。太遗憾了，萨尔瓦，你无法与我共同分享这个时刻，也不能与我共同谋划对付他的办法。他们面对死神时，全都毕恭毕敬，甚至有些卑躬屈膝，令人恶心。他们搀扶着艾尔弗离开那里，其余的人回到了他们用于出席葬礼的亮闪闪的车子上。

我在那里也无事可做，于是从沃尔夫的坟墓上选了一束最漂亮的鲜花，放到那个八岁小男孩的墓上，然后离开。我的身后是展开大翅膀的天使，前面是公墓弧形轮廓之外的灰色大海。远处的公路上，海姆正缓慢地朝镇上的方向走去。我当然没有预料到会发现他。我攥紧拳头，指甲深深陷入肉中，试图阻止心脏过快的跳动。我正在跟追踪的这个人可能就是海姆。为什么不呢？有人知道他的行踪吗？没有人可以确定他的生死。人们以为他住在智利，受到他与一个奥地利情人所生的女儿瓦尔兆特的保护，或者是在维尼亚德尔马市受到她的女儿和外孙女娜塔莎·迪哈斯的保护。然而，这个女儿和他居住在德国的其余两个后代，都没有要求取出他那张价值一百万美元的人寿保险单。保险单仍然存放在一家德国银行里，这就是他仍然活着嘲笑我们所有人的最好证据。还有人说，他可能已经死在开罗；但据说也有迹象表明，他躲藏在阿利坎特的某个住宅区中。

此时此刻，我前面这个身穿牛仔裤和防风衣，头戴破旧的水手帽，固执前行，仿佛用尽全身气力挽留生命的人，可能就是毛特豪森的屠夫。在那个弥漫着人肉烧焦气味的地方，海姆这样的人就是掌握生死的霸主，因此我不再相信上帝，也不再喜欢上帝。如果掌管绿色田野、掌管多瑙河这样的河流以及星星、掌管令你充满快乐的人是上帝，那他也是海姆的上帝，也掌管毒气室，掌管那些以他人的痛苦为快乐的人，那么无论在全世界数千种宗教中对他有任何不同的称呼，我都对他不感兴趣。我无法信任一个同时释放善恶两种力量的上帝，因此已经在不信仰上帝的情况下，开始我根本没有希求的生活。

现在，他走路的速度加快了，快得仿佛要向前扑去。他正向港口走去，但我必须走到距离那张脸几厘米的地方，才能看到他的正面，仔细辨认一会儿，同时还不能引起旁人注意，以免他起疑心。在没有证实这个人就是他之前，我绝不能任他离去。所以，我有些费劲地坐到地上，大声喊叫起来。

“拜托，能帮帮我吗？”

海姆转回身，犹豫片刻，最后终于走过来，伸出手。这个曾经折磨他人的刽子手居然在伸手帮我站起来，真是不可思议。他这样做，不是出于内心的意愿，而是因为他现在生活的环境对他有这样的期望，正如他当初在那样的环境中，在没有任何必要的情况下，不经麻醉切除囚犯的胳膊与腿，并进行各种各样的屠杀实验那样。他正在帮助我站起来，而我是一个曾经在那个名叫毛特豪森的漂亮度假屋居住过的人。对我来说，从地上站起身的确非常困难。我不是在假装。因此，他只好又往前弯了弯腰。于是，我看到了那张脸，清清楚楚地看到了那张脸，嘴角上的疤，浅色的眼睛，自私的眼神，看向根据他自己的想象与喜好塑造的世界。

我向他表示感谢，他没有回答，而是继续走自己的路。起风了，大海开始咆哮。他伸出一只手紧紧按住头上的帽子，然后又戴上风衣帽子。我大摇大摆地跟在他后面，因为他根本无法看到我，除非他完全转过身。他登上一艘非常漂亮的木船。船的名字叫“埃斯特雷 亚”，每个字母都非常大，是用绿色油漆刷上去的。这个名字肯定是他买的时候就有的，他没有刮掉它，没有重新给船命名。新生活，新名字，新习惯，但仍是同一个人。我在心中暗自对他说：海姆，你永远不会改变。

真是一个大发现！我认为自己也许应该打电话给曾经在追忆行动中心的老朋友，告诉他们整件事情的经过，但又担心等到他们做出反应的时候，已经太迟。更重要的是，他们会把事情办砸。原因非常简单，如果你要和组织的行动保持一致，你必须将一系列需要记忆的细节信息传递出去，不能只是利用片刻时间，向某人简要地介绍情况，因为这是一个有组织的团体。

我也不知道是否应该告诉桑德拉这件事情。她迟早会在这个团体的某些聚会上看到这个并不惹人讨厌的老人。如果他从桑德拉的眼神中察觉到她已经认出他，反而对她不利。为了她的安全，让她蒙在鼓里会更好一些。

[桑德拉]

弗雷德和卡琳想当然地认为，任何一个当地人都生来就懂如何烹制肉菜饭。因为我根本不懂怎样做，生怕他们让我做，便假装不喜欢西班牙饭菜，更喜欢挪威饭菜；他们做的任何食物，我都会吃。这样，我就可以将自己从烹煮的任务中解放出来，无须真正动手，至多将盘子堆放到洗碗机中。卡琳饭后喜欢伸展四肢躺在沙发上，观看肥皂剧或者其他电视节目，直到打起瞌睡，想要睡觉。弗雷德则将自己关在书房兼工作室中。我则利用这段时间，出去与朱利安见面。

我到达灯塔时四点差五分，然后径直去了我们约定好的见面地点。我们打算坐到同一张长椅上，四周环绕着岩石、石头以及遍生长的低矮野生海枣。乱拔这些海枣是不允许的。长椅前方就是大海，因此我们可以时时在那里静坐。

朱利安已经到了。他总是穿着同一件浅蓝色夹克衫，肯定是因为决定来这儿的时候，没有想到会逗留这么长时间。他在整套服装之外添加了一条围巾，再加上巴拿马草帽，衣冠楚楚，仿佛是从意大利电影中走出来的人物。可是，过不了多久，他就必须给自己购置一些更加保暖的衣物了。他问我境况如何。于是，我再也忍不住了。我告诉他那晚看到弗雷德身穿纳粹制服，之后我在他们家的衣柜里找过它，但是没有找到，因此我猜测它可能是化装舞会专用的衣服。

“我可以向你保证，不是这样的。如果他们可以一直穿上它，他们会一直穿着。而且，如果有可能，他们会隔出一片土地，一片他们能够找到的最坚硬、最干燥的土地，将我们全部像棍子一样插进土里，杀死我们，使用我们的骨头、牙齿、皮肤和头发，还会高高骑在我们头上作威作福。”

那么，朱利安是什么人？那是他的真名吗？我为什么要更相信他，而不相信卡琳和弗雷德？如果他的神经有点不正常，该怎么办？然而，我没有向他们两位提及过纳粹制服的事情，这也是事实。我没有任何证据可以证明那件制服是真的，但即便如此，我也不愿意提起。直觉告诉我，我绝对不可以令他们不自在，或者强迫他们向我做出任何解释。

“他们不会有犯罪感。”朱利安接着说，“我从未见过他们之中有人表现出一丝一毫的悔恨。他们认为自己是世界发生改变后的受害者，世人全都不理解他们。”他又沮丧地补充说：“在某种程度上，正是因为没有任何负罪感，他们许多人才得以生活下来，包括弗雷德里克和卡琳。他们不仅逃脱了，还设法活得很好。在私生活中，他们肯定仍然幻想着自己高人一等。”

他凝视着我，查看我的反应，但我没有任何表现，因为我还没有在他们身上看到任何迹象表明他们自认为是纳粹分子。我只是有些怀疑。

“那么，如果你说得正确，我应该做些什么？我已经将我知道的那一丁点事情都告诉你了。”

“你什么都不用做，我不想要你做任何事。我只是想警告你，让你能够及时脱身。如果你和他们的交往再深些，就无法安然离开了。他们总能获胜……到目前为止是这样。我不会有任何怜悯之心。”

他不会有任何怜悯之心？可是，这个穿成意大利人的骨瘦如柴的老人以为自己在做什么呢？我又为什么要听他的话？如何判断一个人是否得了老年痴呆症？

“如果我坚持要做，应该做些什么？”

他坐在那里，凝视着我们下方的大海。在水平线的衬托之下，大海变成了深蓝色。

“金十字架。如果你找到金十字架，就可以消除我们所有的疑虑。更准确地说，是可以消除你的疑虑，因为我来这儿的时候，就知道他的身份。”

“我需要考虑考虑。”我说。

我不愿意相信弗雷德和卡琳是纳粹分子。纳粹分子是一些不可思议的生物。我这辈子不可能想到的事情，也许就是我会遇到纳粹分子。我曾经在电影和纪录片中看到过他们，但他们好像一直看起来都不真实。制服，靴子，徽章，以及数不胜数的扭曲罪行。令人诧异的是，人们，我的意思是有头脑的人们，居然会认真对待他们，任由他们做了他们曾经做过的所有事情。

“我再重复一遍。你千万不要有什么行动。千万不要任由自己被他们威吓，也千万不要任由自己被他们剥削。你根本不应该出现在这个故事中。你应该和一个爱你的男人在一起，和一个能令你快乐的人在一起。不要挥霍你的生命。”

“我不知道怎样做才能不挥霍生命。”

“高兴，满足，享受生活。还有恋爱。”

“我真的想这样做，可是没那么容易。”

“你孩子的父亲怎么样？”

“桑迪？有时，我会想念他，但不是爱他时的那种想念。”

“你知道那是怎么回事吗？那就是爱。”

在剩下来的时间里，我们一直在谈论我的情感问题。看得出来，他非常爱他的拉克尔，所以她肯定真实存在过。后来，我问他怎么知道自己爱上了她，知道之后感觉如何。这个问题令他有些吃惊，他沉思了一会儿。

“因为有时，她会让我感到如同在云端漫步。”他回答说。

他告诉我，两天后的下午四点钟，他还会来这个地方，以防我需要和他交谈。

[朱利安]

奥托和一个名叫爱丽丝的女人住在 50 号。这个女人从头到脚都是标准的集中营看守形象。我熟悉那种冰冷的目光，和埃尔·科赫非常相像。后者在我们中间臭名昭著，因为她收集带有文身的人 皮。与奥托相比，爱丽丝令我感到恶心的程度更大，但没有超过弗雷德里克和卡琳。最令人恶心的是海姆，世人中思想最卑劣的人，如今占据了我百分之五十的注意力。我从布宜诺斯艾利斯带来的两个笔记本已经写满了简短的记载，所以我需要到文具店再买两本。如果我出现意外，或通过某种方式抓住他们，我希望留下这些天的记录，留下可怜的萨尔瓦无眠之夜的记录，以及我自己和桑德拉的记录。桑德拉有资格拥有一个人可以去告诉她的孩子，他或她有一位怎样的母亲。在记录中，我用“她”来指代桑德拉，以免笔记本落入他人之手。同时，我不得不费尽脑子，思考行动失败之后，这些笔记会送到谁的手中，因为我不希望整个调查像萨尔瓦的调查那样，最后消失得无影无踪。变老带来的问题在于，没有人认真对待你。人们认为我们停留在过去，无法理解现在。这肯定就是他们扔掉萨尔瓦的文件的原因。除了这些记录，我还记录了我的开销。我希望女儿明白，我没有把钱花在心血来潮的事情上，而是花在了汽油、租车、以普通房价支付套房的费用，厚衣服、笔记本、隐形眼镜洗液、在酒吧的固定午餐的费用，以及用于自动洗衣店的几个硬币，这样我就不用向酒店支付洗烫费用。我带了足够的药，但药吃完之后，我就必须上医院，解释我的状况，因为这种药片太贵了。

自动洗衣店与酒店相隔两条街，在那儿等待的时候，我开始写起报告来。干净的袜子和内裤全部穿完后，我就会去洗衣店。有时，我会用浴室中的小瓶沐浴露自己动手洗衬衣，然后挂到外套衣架上，拉得非常平整，晾在浴室杆上，干了之后无需熨烫。有时，我会裹着毛毯，在阳台上坐一会儿，边写东西，边呼吸新鲜空气，同时也不会觉得冷。我已经如此习惯这个房间，这个阳台，习惯坐进车里去监视已经衰老的纳粹分子，以至于从来没有想过我正在做的事情可能非同一般。我内心某个隐秘的角落会涌起一种感觉，仿佛整件事情已经由萨尔瓦和拉克尔计划得周密详细，令我能够从余生中寻找到某种意义。

现在，我已经在以前的日志中增加了已故的安东·沃尔夫的住址。他家的房子非常隐蔽，远离通向内陆的道路。那里的小农场进行过整修后，已经变得相当现代，但是仍然保留着一丝乡村气息，带有菜园。因此，我只能到地政局查找他家的具体地址。房产登记的名字是艾尔弗。

到那儿的路不是非常好走，必须经过一段狭窄的土路。走这段路时，我无所顾忌，仿佛迷路一样。我还没有踏上他家的地盘，已经听到犬吠声。房子周围全是园子，里面杂草丛生，看起来更像是乡下。我在房子的正门旁开始调头离开，车子的前部指着出去的方向。我速度缓慢，等着艾尔弗出现。车棚下停放着两辆车子，一部全新的，一部旧的。

这个妇人已经濒临崩溃，眼睛因为哭泣而变小，头发脏乱不堪。如果是在人类历史的其他时刻，我会为她感到难过。她的悲伤唤醒了我的好奇心，但这种痛苦也许只是因为曾经拥有的一切现在已经失去。她拿了一些水给狗，然后向我走过来。

“对不起。”我说，“我想我是弄错了。我在找……”

“弗丽达家还要往前走一点，第三个弯向右拐，路口有一个黑色的信箱。”

显然，无论谁来到这个偏僻的地方，都是来找弗丽达，而不是找艾尔弗的，她对此已经习以为常。我感谢她的同时，心中坚信她活不了多久。她已经降低了警惕，说得过多。他们不可能冒险，任由她将知道的事情胡乱说出去。你瞧，我没有费任何劲儿，就确定了这个弗丽达的家。又有一个可以密切注意的人了。

从小路上可以看到几辆车子，但那座房子的情况看到的不多。它相当孤立，致使我所在的位置容易暴露，被人看见，因此我不敢取出望远镜，继续下一步行动。相反，我打算去调查海姆，用我的迷你相机拍一张他的船的照片。

[桑德拉]

我从未注意过他们的帮佣弗丽达在做些什么。她每天过来三个小时。她整理房间的时候，我们会做些琐事，或者在花园里消磨时间，尤其她在一楼进行清扫的时候。然而，如果我们留在室内，我一定会意识到她像幽灵一样安静，因为只能听到家具似乎是自己移动的声音，和窗户自动打开的声音，而且地板似乎也是自擦自亮。有一天，卡琳状况不错，于是决定和弗雷德以及奥托一起去打高尔夫。当天看到帮佣打开书房准备清扫时，我自然想到了卡琳计划举办的派对。然而，她进去之后却将门又关上了。我有些吃惊，因为卡琳曾经告诉过我，任何人都不能到里面去。

我厚着脸皮打开门走了进去。她正站在书房的折梯上，擦拭一些书上的灰尘。那些书不像是卡琳的爱情小说。房间内的氛围温暖舒适，访客等候时一定会懒洋洋地坐在舒适的皮质扶手椅上。帮佣转过身问我是否在找东西。她说话时带有德国口音。此时我才意识到，如果朱利安的怀疑有充分的根据，那么她一定是他们一伙的，我就没有任何机会可加利用。我告诉她，我想马上出去，要她将屋门锁好。

我没有出去，但故意让摩托车制造出动静，然后留在屋里。我从花园里透过图书室的窗户看到她抖开一些物件，又将一张刚刚除尘的巨大波斯地毯悬挂在窗台上。我轻而易举地看到她打开一个非常漂亮的橱柜，用古彩涂饰剂涂成了苹果绿色，与书架庄重的颜色形成了鲜明的对比。我姐姐会喜欢这样的橱柜。当她取出那件纳粹制服，有条不紊地刷尘时，我差点失声喊出来。之后，她取出一块布，擦拭一些几乎与我同高的靴子。我刚刚发现了一件重要的事情，又是一个支持朱利安说法的证据。不能让这座房子里的任何人察觉到我的发现，所以我走进车库，将车座从摩托车上取下，准备假装修理出问题的地方，以防弗丽达突然过来。幸亏没有发生这样的事情。她甚至没有进入车库。时间一到，她就锁上房门，蹬上自行车，头也不回地骑走了。

克里斯滕森夫妇还没有回来，这是一个绝佳的机会，我可以趁机查探地下室，并再次查看卧室。我将摩托车座放回原处，从裤袋中取出我的钥匙圈，打开正门。屋内弥漫着好闻的气味，好像弗丽达一直在往四处撒了薰衣草。这是什么样的薰衣草呢？我不知道。但弗丽达有一副看起来非常健康的面孔，令人感觉她会在口袋里放着薰衣草到处走动。她经常骑自行车，小腿肚子特别结实。每当她走进屋内时，这些感觉都会随之而来。

我从来没有多想过弗丽达。我看到她到来，有时也看到她离开，但从未在中间看到过她。尽管如此，她仍然给我留下了一定的印象。金色的头发，四十岁左右，但脸色红润，如同十五岁的少女。她飞速骑着自行车行进时，新鲜的空气附着到她的皮肤和衣服上，已经变成了她个人的气味。

地下室里没有多少东西，也可能是我没能看见。看到制服之后，我猜想一定还会有更多小东西储存在某些地方。唯一引起我注意的东西，是一个太阳，它的光线被刻进地板，漆成了黑色。

[朱利安]

我在自己的房间里找不到一个足够安全的地方收藏笔记本。我不信任警探托尼，感觉他在监视我。我对前台接待员罗伯托的警惕也日益增强。起初，我将笔记本放在夹克衫口袋里随身带着，但笔记本越来越多，最后只能随身带着正在用的那本，把其余的放在车里的脚垫下。其实这不是一个好主意，因为任何一个想要检查车子的人肯定都能发现它们。如果没有发现，它们就会落在某个废品堆放场里的汽车残骸下。想到它们可能会将我和桑德拉联系在一起，从而置她于险地，我不由胆战心惊。

我匆匆记下来的最后一件事，是我必须要回到艾尔弗家。我对艾尔弗本人没有多大兴趣，我关心的是她可能会泄露的信息。既然她那样没有判断力，身体状况也非常糟糕，我有可能从她那里慢慢套出些信息。在墓地时的情况，令我感觉她和卡琳以及爱丽丝的关系应该不是很好。她们站在她旁边，但根本没有碰过她，也没有安慰她，甚至几乎没有和她说过话。也许他们是多年的敌人，也可能只是相互不投缘。艾尔弗可能和卡琳以及爱丽丝不在同一群邪恶的人中。抑或是因为她的光芒遮盖了她们。我对她一无所知。她一直没能引起我的注意。我不得不向中心索要信息，可是我没有时间那样做，也不想那样做。

我谨慎地靠近寡妇艾尔弗的漂亮房子。在一个木头搭建的坚固车棚下，有两辆我上次就注意到的车子。一辆可能用于日常生活，另一辆可能是在受到邀请去打高尔夫，或者去其他军官家里时使用。那条狗汪汪叫着扑到车窗旁。我等了一会儿，想看看艾尔弗是否会出来，然后便按响了喇叭。没有任何动静。车子都在那里。狗走到门边，叫了几声，然后跑回来，似乎想要告诉我些什么。“好吧，”我说，“我现在就出来。”我下了车，狗还在叫，但没有露出牙齿，而是煞有介事地在我旁边来回跳跃。它的体型相当巨大，但不会袭击我。

我走到门旁，按响门铃。我从厨房窗户看向屋内，没有看到任何人。狗躁动不安，希望我再采取别的行动，但我不知道还能做些什么。我不能破门而入。如果她在里面怎么办。狗跑到房子的一侧，然后回头看着我，仿佛在说："来这儿。"它的口鼻部指向地上一个硕大的铜花盆。我用了九牛二虎之力，才将花盆移开，心里不由暗自咒骂狗和艾尔弗。花盆移开之后，露出一扇活板门，通向地窖。我刚打开它，狗就像子弹一样飞速窜了进去，差点将我撞倒。我们走下台阶，进入地窖，然后又拾级而上，进入房子的门厅，来到一段楼梯旁。狗跑到楼上，在楼梯口朝着我叫了几声。可是，在消耗大量体力移开那个花盆之后，我只能不慌不忙，慢慢爬上楼梯。我总是在衬衣口袋里随身携带一片硝化甘油，以防万一。当然，我也希望不要用上它。我不知道那一刻会如何到来，但是我清楚它还没有到来。

我稍微多休息了片刻，然后看向狗正在指示的方向。我心里想，你可以拍动作片。除桑德拉之外，它是我最近遇到过的最令人敬佩的生物。

卧室里充斥着酒味和呕吐物的臭味。艾尔弗躺在床上，完全没有意识。无论发生了任何事情，我都决定不打电话叫救护车。我让狗出去，这样它就不会再舔食那些污物，然后我关上卧室门。我环顾四周，看到有室内浴室，便将毛巾打湿，裹到她头上，接着将手指插入她的喉咙。我不知道她喝酒的同时是否服了药。等她将肚子里的东西全部吐完之后，我将她扶起来，然后再次竭尽全力，扶她进入浴室，帮她打开淋浴器，尽管她并不值得我这么做。她尖叫起来，我命令她闭嘴。水淋到她臭烘烘的裙子和衬衣上。然后我将一件睡袍裹到她身上，接着把她安置到另一间卧房里。我拉开床套，要她躺到床上去。她用德语低声说了句什么，听起来像是在反对，或是在忏悔，又像是说"我无法再忍受了"。狗走进来，摇着尾巴待在她身侧。我可以肯定，如果这只动物有一双人手，它会做我刚才所做的一切，或许做得更好。我下楼进了厨房，想煮杯咖啡。

罐子和锡制容器摆放得整整齐齐。水晶玻璃酒杯频繁使用之后，染上了淡淡的紫色。我拿起一个杯子。幸亏咖啡罐里还有足够的咖啡，可以泡一壶。我泡好咖啡。厨房里散发出悲伤、悲惨、孤独以及戏剧性的气息。我端着托盘到了她的房间。我不想喝咖啡，不想因此保持清醒。更重要的是，我不想喝艾尔弗的咖啡，不想让自己的嘴唇接触她的嘴唇碰到过的地方。狗将头靠在我腿上，蹭来蹭去。我轻轻拍着它。

“这条狗叫什么名字？”我问艾尔弗。

“托尔，像那个神一样。”

“不错。”我说着坐在床沿上，“如果不是他，我也进不来。”

我将一个杯子放到她手上，给她倒了一些咖啡。

“不好意思，我没有带糖上来。”

“没关系，谢谢你。我从来没想过，会有人来救我，更别说是陌生人了。”

我没有问她是否想自杀。我不关心。可能既有酗酒的成分，也有自杀的意思。

“我过来是为了表达我的悼唁。我是在打高尔夫时认识安东的。托尔不让我走。他让我找到了地窖活板门的位置，我是从那儿上来的。”

她抬手将头发拢到耳后。她过去肯定非常漂亮，但现在的样子令人毛骨悚然。

“我上床时浑身湿透了，现在床也湿了。”她面色悲痛，显然不记得她已把另一张床弄得乱七八糟。

“别担心。等你好些了，我来整理。现在休息吧。我把咖啡壶留给你。托尔会照顾你的。”

“不，请不要走。他们不想要我。他们觉得我太弱了。我知道，他们永远都不会来看我，会把我彻底抛开。”

“你是指那些和安东一起打高尔夫的朋友吗？”

“对。”她说着仰头倒在枕头上，“他们，还有他们愚蠢的老婆。他们总是让我出洋相。”

“你们都年轻的时候，你肯定比她们漂亮得多。”

她用胳膊肘撑起身体。

“你刚才说，你叫什么？”

“朱利安。”

“哦，朱利安，你现在看着的人不是我，如果你不相信我的话，可以问安东。”

我没有提醒她，安东已经死了。在她此刻的世界里，安东可能正在外面打高尔夫，我可能是她的一个朋友，狗是上帝。

她穿着湿裙子和衬衣，外面罩着睡袍，站起身，赤着脚，紧紧抓住栏杆，走下楼，进入会客室。我跟在她后面，托尔已经在我们之前到达那里。她打开一个箱子，取出一本相册。我在里面看到了她年轻时的相片，穿着四十年代的衣服，头发在空中飘动。不知为什么，我从照片上她的眼神中仿佛能看出她终究会落得今天这样。军官安东·沃尔夫手臂高举，佩戴着万字饰。卡琳出现在另一张相片中，穿着护士服。我问起她。

“那时候，我还不认识卡琳，但后来我们认识的时候，她送给我这张相片，随后我们就分道扬镳了。”

在另外一张相片中，人到中年的他们全都身着泳装，在一个海滩上。还有一张照片上只有爱丽丝穿着泳装，其余的人都穿着制服。这本相册是一个真正的宝库，我想要它。

“我有些好奇，你们在这里生活多久了，艾尔弗？”

“从 1963 年起就住在这儿了。1970 年的时候，我们被迫离开三年，但随后又回来了。房子仍然和离开的时候一样。没有人动过里面的任何东西。”

“卡琳呢？还有奥托和爱丽丝呢？”

她没有理会我的问题，想给我讲述每一张照片的来历，但是我将相册放回抽屉，同时告诉她我很快会再回来看她，到时候，我们可以好好看看那些相片。

“现在，你必须重新振作起来。你需要休息。如果你愿意，等到有太阳的时候，我马上带你到海滩上。太阳会治愈所有的疾病。”

我站在楼下，看着她疲惫地爬着楼梯。等到她从我的视线消失之后，我便打开正门。但我离开之前，又回到起居室，从抽屉里取出相册。我轻轻关上门，但没有将地窖的活板门合上。狗可能会把它关上。

虽然她弄脏了我的夹克衫，但我离开的时候心情愉快。我会自己把夹克衫洗干净，或者还会额外花点钱，把它送到干洗店去。

现在，我必须找一个安全的地方收藏这本相册。

PART 4
芝麻开门

[桑德拉]

金十字架看起来就是我需要的证据，可以证实朱利安的怀疑不只是幻想，也可以证实我不会变疯。我知道他保存金十字架的地方可能会有两个：书房里某个上锁的箱子里，或者和卡琳的珠宝一起放在保险箱里。如果是后者，我根本不可能拿到它。我必须算出密码的组合，才能打开保险箱，但现在是不可能的。不过，想要打开它也很容易，说句“芝麻开门”就可以了。

那天下午，说“芝麻开门”的那天下午，为了卡琳的生日舞会，我们去买了一件裙子和一双鞋。我们为此连续准备了几天。所有的小摩擦，更准确地说，是所有的疑虑和不安，似乎都随着忙碌的准备工作消失不见了。我们整天坐在四驱车里，四处奔波，购置无数种东西。

酒是从内陆的一个村子里买来的，咸鱼来自另一个村子，蛋糕和水果馅饼是从一个专门的面包房定制的。我们在鱼市订购了鱼和生贝，等等，等等。最枯燥的事情是必须寻找一件新裙子（与她那些保存在衣柜里的裙子相比，简直就是一块破布）和一双鞋子。

这件裙子用红色的雪纺做成，会发出金属般的亮光。卡琳穿上之后，看起来像一个礼物，但这个礼物最漂亮的地方就是包装纸。我说服她，鞋子不应该也是红色的，因为那样的搭配就像是举办婚礼，她应该选择米黄色的，而且她也不能穿跟太高的鞋子，因为关节炎已经让她的脚趾变形。卡琳听取了我的意见，希望我乐于参与她的所有事情。她喜欢不停地谈论这件事情，直到被说服，我因此感到烦恼。

“这件裙子配上大钻石耳环或者项链，会更加好看。”我装作漫不经心地说。

“我好像还有一些钻石首饰。如果没记错的话，我还有一条钻石项链。”

听到她的话，我隐约有些震惊，但没表现出应有的反应，因为我的注意力正在快速消失，正在被卡琳汲取过去。我内心深处有些忐忑不安，因为她说起自己的钻石首饰时，仿佛其他人说不知道冰箱里是否还有葡萄那样，好像本来没有必要购买它们，或者没有必要付钱，甚至没有必要选择它们。没有人会那样谈论自己的珠宝首饰，即使她富得流油，而弗雷德和卡琳并非真的这么富有。他们还没富到拥有私人飞机或者游艇，也没有遍布全球的别墅。拥有那样的财产，似乎才配得上如此多的钻石首饰。

我们接近晚饭时分才结束购物。回到家之后，我们和弗雷德打了招呼。他心情愉快，因为他的妻子被人伺候得很非常快乐，他又正在观看足球比赛。天色逐渐变黑，卡琳要我和她一起到楼上的卧室去。尽管以前看过他们的卧室，但我当时心情忐忑，没有仔细观看细节。卧室非常大，看起来有些幼稚，因为摆放了许多垫子，还有一些像是收藏的旧娃娃，弗雷德必须无比耐心地清洁它们。壁柜、五斗橱、床头柜以及书桌全都是曲线型的，就像他们的抽屉、腿和镜子一样。床头柜上的小台灯的罩子用粉色褶皱的缎子做成，上面装饰着小绒球。床罩、窗帘以及其余的灯罩，也都是粉色的缎子，家具的最外一层则是镀金的。即使你对地毯了解得不多，也知道这些是真正的波斯地毯，非常非常昂贵。这张粉色的床就是他们在那些可怕的夜晚做爱的地方，而我居然以为他们快要死了，或者出现了类似的状况。

卡琳从袋子中取出我们买回来的东西，全部放在床上，然后将裙子和鞋子摆在床罩上面，仿佛她就是穿上它们的一朵粉色玫瑰花。我说那太漂亮了。我在床的一角坐下，因为不想凭直觉去猜测这两样东西的搭配效果。但既然我是一个活生生的人，无论如何我也有所感觉。

“我觉得我们买对了。”我说。

随后，她打开衣柜，倾身俯在保险柜上方，打开它。当她从里面取出一个木盒子时，我正看向别处，让她觉得我对她如何打开保险柜不感兴趣。她将盒子放到床上的裙子旁边，然后伸手进去，从盒底拿出一挂钻石项链。除此之外，里面还有一挂项链，几串珍珠，和一套手镯以及耳环，一顶奇怪的头冠和几枚戒指。如果不是已经知道这是真东西，我会以为是人造珠宝，就是外面卖的一欧元一件的那种。她的手在盒子里翻来翻去，仿佛那是一堆垃圾。

“过去，我把胳膊伸到盒子里，首饰都能堆到胳膊肘这里了。”她说。

她将项链放在缎子床罩人形的玫瑰色脖颈处。项链和裙子的红色非常相称。

“可以吗？”我一边问，一边把手移向从盒中射出来的闪光。

“随便看，亲爱的。”她用她那种有些老旧的口吻说，“喜欢什么，都可以试试。这些都是真的。”

我拿起一副红宝石耳环，用手指夹住，悬在我的耳朵前，但是我没有进一步把它们戴到耳上，因为我不想戴上一副可能是从别人那里抢夺来的耳环，也许同时被抢夺的还有那人的生命。我看着镀金边框镜子里的我，发现她正在观察我。

“你的年龄还不适合佩戴这样的东西。”她试图打消我喜欢它们的念头。

我将耳环放回盒内，然后不停地取出首饰，举到光线下，眼睛却一直盯着底部的一个小盒子。

“你为什么不试试裙子和项链呢？”我提议说，“我想看看整套的效果。”

她脱衣服时，我假装分神，看着那些首饰。她穿戴完毕后，出神地凝视着镜中的自己，陷入沉思，仿佛镜中的人是具有传奇色彩的护士卡琳，正盛装准备参加另一场派对。趁此机会，我打开那个小小的天鹅绒盒子，看到里面有一个十字架，是我在电影中曾经看到别在纳粹制服上的那种十字架。我的心跳暂停一拍，双手开始冒汗颤抖。然后，我将双手伸进木盒里，将小盒子关好。卡琳转过身时，我正取出一挂珍珠项链，夹在指间摇晃着。我紧紧攥着珍珠，试图镇定下来。

“漂亮，卡琳，真的很漂亮。你想不想让弗雷德看看你？”

“不！”她努力用小女子害羞的语气说，“我要给他一个惊喜。”

我用珠宝尽可能将小盒子盖好。在卡琳换好衣服，准备将首饰盒放回保险箱时，我告诉她应该好好看看，确保没有落下任何东西。我这样说，是因为需要她信任我。她真的听从我的话，伸手在首饰中间穿插几次，仿佛仅凭触摸就知道里面有什么东西。每件东西都在，所以我任由她关上了保险箱。

在遇到卡琳之前，我从来没有想过恶人会一直假装在做善事。卡琳总是假装无辜，在她杀害或者参与杀害无辜的人时，很可能也是如此。

[朱利安]

按照约定，我四点钟的时候来到灯塔旁。我没有直接坐到长椅上，而是不安地四处徘徊，心里乱糟糟的。

从 1963 年开始，安东·沃尔夫就一直住在这里。毫无疑问，这群人在众人的眼皮底下来来去去，仿佛是隐形人。他们已经由年轻一些的老人变成了老态龙钟的老人。这是极度的丑恶行径。

桑德拉迟到了，这令我更加担心。

没有桑德拉，我会做些什么？我不得不承认，没有她，一切都会不同。桑德拉是我的目击证人。我正在做的事情不会没有人注意，不会是完全徒劳的，因为桑德拉在观看，即使我没把一切都告诉她。桑德拉就是萨尔瓦留下来的答案。如果桑德拉认真考虑离开的提议，我们正在构建的这座大厦的很大一部分就会坍塌。到目前为止，我们积累的东西已经非常繁多，我知道的信息已经成为沉重的负担，因此我需要更多的人来维持它。谢天谢地，我听到了摩托车的声音，它轰隆隆地压过鹅卵石，然后停下来的声音无比美妙。我不想迎上前去，所以坐了下来，仿佛一直等在那里。然后，我感到她正向我背后走近。桑德拉像经常运动的人那样，步伐大而矫健，但一点不男性化。等她站到我身旁时，我才转过头，随即看到她满脸惊愕的神色。那是我知道的词汇里最符合她面目表情的词。

“我无法相信这一切。”她说，“感觉像在梦中一样，或许更像一场梦魇。”

我不想打断她的思路，因此专心地将我的围巾系得更漂亮一些。显然，她得到了某种消息，因为她正在死死地盯着我。自从我在不久之前认识她之后，她的眼神已经发生变化，显得更加成熟，更能掌控自己，不再时时瞟向四周，而且更加敏锐。

“我看到了金十字架。”

“你确定吗？”

她点了点头。

“我之前一直在怀疑。如果你去找，就能找到一些东西，与你正在寻找的一致，但它们却给你一种假象。不过，看到金十字架决定了一切。你自己告诉过我。金十字架是真的。如果不是他们的，他们为什么会有这样的东西？”

我点头表示同意。

“我早就知道了。”我说，“但是你需要证据。”

“我们现在怎么办？”

“留给专业人士去做吧。你离开。你做的已经够多了。我这样说是认真的。再迟些走，就可能会太晚了。”

“暂时不用。他们不知道我已经知道了，一切都没有改变，但我不再是他们在海滩上发现的那个笨蛋。他们为什么想要我在他们身边？”

“可能没有什么特别的原因。他们需要你，是因为你正在做的事情。你为他们的生活注入了一点快乐，给他们的生活带来了更多的活力。你在帮他们的忙。”

“我会让自己相信，我不知道任何事情，我没有看到过金十字架，我会继续做我正在做的事情。明天，我们要庆祝卡琳的生日，我不知道该送她什么。我想送她喜欢的东西，一样能令我获得她的欢心的东西，这样我就可以进一步了解她的生活。”

“可是，桑德拉，我们已经知道他们是谁。从现在起，你会在他们的壁橱里和他们的脑子里发现越来越多的骷髅。既然你已经知道了最基本的东西，就会清楚更多的事情，我们不能那样遥遥无期地继续下去。我们需要扭转目前的状况，要令他们受到惊吓，迫使他们暴露自己，同时还要保证他们不知道子弹是从哪里射出来的。”

“怎样才能做到？”

“事情会自然而然地发生。你只需要施加一点压力。走，我们去买你的礼物，我来付钱。”

桑德拉反对，但此刻我正痴迷于一个虽然糟糕但却必须的想法，我能做的也只有这个。我带她来到一个售卖狗和猫的宠物店。我在购物中心时看到过它，桑德拉认为那是一个很棒的主意。

[桑德拉]

在最后一天，也就是卡琳举办生日派对的那天，她希望我为她化妆。看她准备庆祝这个生日的样子，仿佛这是她这辈子的最后一个生日。也许，她想对了。所有的朋友都要来，她会因此激动不已，几乎不会注意自己的关节炎。当派对全部结束，她放松之后，才会感觉到关节炎带来的疼痛。我最好趁机离开。她眼中的大乐趣是我讨厌的事情。我终于彻底厌倦她了。但最糟糕的是，距离她的生日只剩一天了，我还没想到该送她什么礼物。是朱利安建议我送她一条小狗。他确定真正的卡琳会喜欢狗，尤其是一个特殊种类的狗。他非常好心地支付了买小狗的费用。这是一条黑棕色的洛特维勒牧犬，体型极小，就像一个柔软可爱的小球。我计划将它送出去时，把它放在一个柳条筐中，在里面垫上鲜花，在两侧各扎一个大大的红色酒耶叶纤维蝴蝶结。

我的穿衣打扮相当正式，以便和其余的人一致。我穿着一条吊带裙，上面围着披肩，头发中插着一朵从花园里摘来的鲜花，比玫瑰还大，但我不知道它的名字。事实上，所有的一切看起来都非常完美。弗雷德开始点亮各个角落的蜡烛。第一批客人到达之后，马上响起香槟酒塞被拔出去的声音，专门雇来的一名侍者，将一盘盘当地最好的餐馆烤制的开胃饼送到客人的手中。卡琳将我介绍给每一个人，仿佛我是家人。不过，她没有再把我介绍给爱丽丝和奥托，他们对我的底细一清二楚，只是冷淡地和我打了一个招呼。她也没向我介绍马丁和阿尔贝托。他们带了一些和他们相似的人来参加派对。这些人都问我是否加入了兄弟会，直到马丁低声对他们说了几句之后，他们才离开。弗丽达也在。她做了烤鱼，还用莴苣、甜菜根、泡椒和鲜鱼做了一些五颜六色的沙拉。她将几张桌子推到一块儿，在花房里拼成了一张长桌子，加上周围的所有植物和烛光，看起来相当不错。不知道为什么，坐在他们中间，听他们询问我的身份，严守礼仪却又充满好奇地和我交谈，我感到有些内疚，因为我从来没有花费这么多精力为我妈妈组织这样的生日派对。我甚至从来没有想过花费几天的时间为妈妈准备一个派对。此刻，我却坐在这里，坐在一群陌生人中间，庆祝一个和我没有任何关系的人的生日。我在怎样安排我的生活啊？我的心神开始恍惚，就像晚上骑着摩托车到镇上，前方只有星星和深渊时的感觉。

“你不知道自己会有什么样的妈妈。”我在心中暗自对肚子里的宝宝说。我没有准备好当女儿，也没有准备好当妈妈。我生性懒惰，反复无常；我一无所成，却打算生养一个依靠我的宝宝。我甚至不知道该怎样称呼你。此刻，你在这儿的花房里，处在一群和你没有关系的人中间，当然，它们和我也没有任何关系。在我感觉越来越格格不入的时候，周围的面孔变得更红，嗓音也越来越兴奋。要使一个部落的人快乐起来，食物和美酒从来效果最佳。我脑中开始浮现一些清晰的形象，男人们穿着党卫军制服，女人们穿着裙子，和卡琳衣柜里挂着的差不多。如果他们还年轻，晚餐之后也许会有狂欢节目，但他们现在连爬到地上都困难。马丁和他的狐朋狗友正在他们中间，对他们歌功颂德，表示敬意。他们都穿着西服，打着领带，却像夜总会里蛮横的保镖。不过，鳍鱼阿尔贝托除外，他只是一直垂着头，用眼角的余光注意着这一切。他大部分时间都在和爱丽丝以及奥托交谈，可我时常发现他的目光偷偷瞥向我这边。

象征性地插着十根蜡烛的蛋糕出现时，我仍然想哭。蛋糕上不可能插上八十二根蜡烛，所以我曾建议使用两个蜡字，但卡琳不喜欢数字。然后，我建议插一根蜡烛，但她又觉得一根蜡烛似乎有些可笑，所以我们最终选择了十根蜡烛，可以将蛋糕插满，而且好看。

卡琳吹灭了蜡烛。大家唱完生日歌，举起香槟祝贺之后，她打开几份礼物，说今天是她一生中最高兴的日子，她从未想过在这样的年龄周围还有这么多朋友。之后，她又用德语说了几句话。我悄悄溜到车库。那天下午，我将小狗留在了四驱车上，假如它发出呜咽声，就不会被注意到。我任由它吮吸我的手指，这样它才不会在我进入花房把它送给卡琳之前，发出任何声音。

我不怎么想笑，但把篮子给她时，我还是努力地挤出了一丝笑容。卡琳皱紧眉头看看我，然后眯眼看向筐内。小狗扭动着身体，发出呜咽声。她用右手将它取出来。那只手上正戴着一枚与她的钻石手镯相配的戒指。

“这是什么？”她吃惊地盯着小狗问。

“我买对了吗？你喜欢它吗？”我问。

卡琳既没有感谢我，也没有回答我，她的眼睛也没有看向我。她将小狗放回筐子里，然后将它和其余的礼物放到一块儿。她什么都没有说。沉默被勃丽塔打破。勃丽塔是我给小狗取的名字。除了小狗的呜咽声，有人经过植物触碰到它们的叶子时，也会引起一些响声。之后，弗雷德说：“我们进屋喝点东西吧。”于是，大家纷纷走开。我继续留在花房里。我不能喝酒——我希望自己至少做到这一点，不要把任何可能避免的坏东西传给我的宝宝——所以我走进植物中间，不知道该想些什么。

她看到小狗，不但不高兴，而且反应奇怪，这意味着她不会养着它。那么，这真是个问题。我该怎么处理这条小狗呢？我想哭，但忍住了。

花房的玻璃后面，月亮轻轻地颤抖着，大而明亮。我曾经多次听人说过，我们什么都不是，此刻这话再次应验在我身上。我躲在两棵巨大的貌似热带植物之间，愚蠢地觉得它们仿佛已通人性，它们巨大的叶子随时都会裹住我的身体，吞噬我。突然，我听到类似呼吸的声音，这不是幻觉，因为声音逐渐增大后，我转过身，看到鳝鱼正站在那里盯着我。他那双过于明亮的眼睛在月光下闪烁不定。我浑身一抖，然后移向堆放礼物的那张桌子，与他保持一定的距离，但事与愿违。为了躲开一株仙人掌，我只好与他擦肩而过。但这其实是我在选择让哪一种刺来伤害我。他没有让开，只是看着我的一举一动，令我更加不安。要是我能变成隐形人消失掉该多好啊！可是不行，我没有那个能力。我只能保持冷静，以不变应万变。

“你为什么还在这里？不进去喝一杯吗？”

小狗大声地呜咽着。很快，它便会大叫起来。

“我不能喝酒。”

话刚一出口，我便后悔了。我这样说会让自己显得过于脆弱。我不喜欢他垂下滑溜溜的眼睛，将视线移向我腹部的样子。我紧紧闭上双唇，打算不再开口。我是否待在花房与他无关。我抱起勃丽塔，举到我脸旁。它舔了舔我。它吃饭的时间到了。我本来指望卡琳会确保它的需求，以为小狗会逗她高兴。可是现在，看看我让自己陷入了怎样的境地，而且全都是我自己一手造成的。

“你喜欢狗吗？”我问他。

“你真是弄巧成拙。”他答道，“我猜你甚至不知道自己错在哪儿了。谁建议你送狗给卡琳的？”

我已经说得太多了，不可能再泄露朱利安的名字。

“碰巧而已。我过去很喜欢小狗。现在看来，卡琳不喜欢动物，所以才会出现这样的结果。那我现在应该怎么处理它？”

他看着我，仿佛想要弄明白。明白什么？我摘下插在发间的花朵，厌恶地将它扔进一个花盆中。

“我帮你吧。我会把狗带走，照顾它。作为回报，你最近哪天和我一起出去，可以吗？”

哪一种情况更糟？照顾小狗，还是在整个就餐期间忍受他那双眼睛从对面看着我？

我将小狗放入筐中交给他。

“在这儿等一会儿。”他说完迅速迈步离开。

我还没有来得及思考眼前的情况，他就端着一碗牛奶回来了。勃丽塔欢快地舔起来。我几乎有些后悔放弃了它。我觉得自己明天肯定不会还留在这座房子里。

“别伤害它。”我说。

“你把我当成什么了？”他看着自己的手表，“我要迟到了。”

他单手拎着柳条筐，向大门走去。不久，我听到了汽车发动机的声音。

我本来可以取出摩托车，逃离这里，去我姐姐家的房子里，回到“小房子”中。可是，那个房客，一位中学教师，提前出现了，即将搬进来。我本来也可以去住酒店。我有钱，尽管这笔钱支持不了多久，一个酒店房间就会把它全部花完。不过，最重要的是，因为卡琳的反应而受到伤害之后落荒而逃，属于懦夫行为。一位母亲，一位准母亲，应该知道如何面对任何情形。我已不再是小女子，不能仅仅因为某些挫折就认输。明天，我可能会以不同的目光看待每一件事情。话又说回来，我预约了一个超声波检查，本来想要卡琳和我一起去，与我分享发现胎儿性别的时刻。但是，我刚刚改变了心意，决定独自前往，然后也许会在诊所给妈妈打电话，因为卡琳不是我的妈妈，我的宝宝对她一点都不重要。生活中总是不断出现人为的状况。我和卡琳的关系纯属人为，因为几个月前它还不存在，以后也不会存在，就像一张膨胀的气垫漂浮在大海中间。

现在最好上床，努力睡觉。

我胆怯地走进起居室。一些女人正在跳舞，还有一些坐着。书房的门半开着，所以可以隐约看见里面的情况，能够看到那些年轻人和弗雷德、奥托以及他们其余的人都在里面。香烟和大麻的味道从那儿飘了出来。他们在哈哈大笑。一只手关上了房门。外面只有一个德国人，他个子矮小，眼睛是黑色的，有点像西班牙人。他坐在扶手椅上，四肢舒展，正打着呵欠。他似乎对任何事情都不感兴趣。看到我的时候，他脸上露出一丝笑意，不是对我，而是对他自己。

“玩得开心吗？”他问。

我本想说“是”，但最后说出口的却是“不”。

“不，我有点累了。”

“想到花园里走走吗？”

“我正要回去睡觉。”

他已经站起身，微微颔首，表示再见。在我的一生中，从未有人为我如此做过。所以，我再次裹上披肩，同他一起出去走走。

“那些穿孔不痛吗？”他看着我的耳朵和鼻子问。不过，我怀疑在花园微弱的光线下，他是否能看到那些穿孔。

“不痛。穿孔一旦形成之后，就不会疼，但我没在舌头上穿过孔。”

“太可怕了！”他边欣赏着月亮边说，“你们年轻人真疯狂——年轻人一向疯狂。我们过去也做过可怕的事情。”

“你们做过什么可怕的事情？”

“那个时候，它们在我们眼中似乎并不可怕。我们做那些事情，是因为我们做得出来，它们似乎也正常。正如在鼻子上佩戴指环一样。”

谈话开始令我感到有些不安。我不知道我们是否在用暗语交谈。

“我能做许多事情，但我不做。我可以杀人，但我不会那样做。”我说。

“那是因为你觉得那样做并不容易，而且精神会备受折磨。无论你是否会被发现，你都会变成歹徒，会觉得自己犯了罪，是一个犯人。不过，想想看，如果存在一个体系，在这个体系中杀掉某类人是合法的，是爱国行为，以后不会有人指责你，也不会要求你进行解释。”

他从一个银质的盒子中取出一根香烟，关闭盒子时发出悦耳的喀哒声。然后，他点燃了它。他没有请我也抽一根，所以我觉得他知道我现在不吸烟。他年轻的时候，肯定闯劲十足，不过现在，他的朋友们似乎没有令他欣喜若狂。

“最终，做过的已经做了，不可能回到原点。而且，生命短暂。当你到达尽头时，仿佛刚刚睡了五分钟后醒来，在梦中你已经做了一些没有意义的事情。”

“比如在你的舌头上镶上一个钢珠。”我建议说。

“是的。”

“只要伤害的人是你自己……”我接着说。

“你说得对。最后，只有伤害自己，才能心安。”

他靠在一棵树上。我从他身旁走开，结束了谈话。我不希望他继续对我说下去。他刚才也许喝了酒，第二天会后悔今天对我说过的话，而且我也不想受到那些人的伤害。我把他留在苍白的月光下，吸着烟陷入对过去的沉思中。他没有向我这边转身，样子就像一个不堪忧伤重负的雕像。我真希望黎明到来，太阳升起，阳光能够钻入我的脑中。

他以前肯定是一位举止优雅的男人。此刻，他穿着深灰色的西装，里面是一件黑色圆领套头毛线衫，下身是翻边长裤。他就是黑色天使的形象，不知道其他人是否也有这样的看法，但浮现在我脑中的第一个词就是“黑色天使”。他可能在这帮人中最有才智。他似乎没有受到周围气氛的控制，但也无法摆脱它，所以他肯定一直害怕孤独。没有女人和他在一起。也许，他是一个鳏夫。生活中只剩下过去的回忆，而且不能与人分享，肯定令人特别恼怒。这就是他在和我一起的片刻时间内，对我说起他的过去的原因。问题是，我后来才想到这一点。不过，他也算幸运，仍然能够和这些魔鬼分享过去，尽管他有时无法忍受他们。

数小时之内，发生了如此多的事情。卡琳对狗的反应，不正眼看我，黑色天使，所有的一切，都见鬼去吧。我要尽快上楼，回到自己的房间，仿佛这样做轻而易举！但我的一只脚刚刚踏上第一级台阶，一只手就紧紧抓住了我的胳膊。

是爱丽丝。

你不会认为她老了。她看起来不老，皮肤没有松弛，没有任何松弛的地方，不像你想象的这样年纪的女人。她看起来六十岁左右，但实际上肯定已经超过八十岁。这不可能只是运动、晒太阳以及饮用天然果汁的功劳。她给人的感觉是曾经接受过某种实验。她的胳膊上甚至还可以看到肌肉。

“愿意和我跳支舞吗？”

听到她的提议，我有些惊呆了。我不能拒绝她，不能像她那样无礼。为了我自己，我必须服从爱丽丝。

他们正在播放一首慢歌，在我有生之年都不会忘记的一首歌，“Only you”。我从楼梯上收回脚，抱住她的腰。她穿着一条非常优雅的深绿色天鹅绒无袖裙子，前后都是V字领。这种天鹅绒的料子光滑，垂感极强，裙子一直垂到脚面。站近之后，我看到她皮肤上布满了因为常晒太阳而引起的雀斑。我用手抚过她天鹅绒的裙子，当然不是为了某种乐趣，而是出于好奇。我想知道爱丽丝的腰部如何，是有脂肪圈，还是只有坚硬的骨头。不过，真是意外，她的腰部正常，或者说比正常更好，非常完美。我觉得爱丽丝误解了我的动作，因为她向我靠得更近了，令我有些不舒服，虽然这种不适感只有一秒钟。究竟怎么回事！虽然爱丽丝年轻得令人起疑，但她仍是一个女人，而我竟然能接受一个女人的无礼，也不愿意接受马丁，或者他的朋友鳝鱼，或者黑色天使，或者奥托以及那伙人中其他任何一个人的肆意妄为。人类的一点温暖不会伤害我。我需要被拥抱，被亲吻，而这些正是爱丽丝在做的事情。她抱住了我，将嘴唇吻在我的头发上，直到歌曲结束，我才离开她的怀抱，脸上露出一丝无精打采的神色，告诉她我累了。她用德语说了些什么。我看向她。德语是一门很难理解的语言，你无法知道她的话是好是坏。

“你真年轻！”她继续说着，抓住我的手，令我有些害怕。如果可能，她会将我身上的青春吃下去。

她那双平时没有表情的眼睛狠狠地看了我一眼。她知道我拥有的东西难以偷窃。我拼命抽回手，急急忙忙跑上楼，以免其他人再拖住我。

我真的很想把门闩上，但没有门闩。突然，我意识到除了这个房间，其他所有房间都有门闩。我洗了淋浴，除掉了爱丽丝的嘴唇贴在我头发上留下的气味。然后，我从枕头下拉出睡裙，像往常一样把它扔到扶手椅上。我穿上自己睡觉用的 T 恤衫，拧亮小台灯，然后从小书架上取出一本卡琳的爱情小说。书是用挪威语写的，封面已经有很大的磨损。我可以听到楼下的喧闹纷乱：音乐声，人声，有人离去时开合前门的声音，以及汽车发动的声音。小说中难以辨认的语言令我昏昏欲睡。一个故事正在我眼前上演，可我却没有看懂，视线已经游离到别处。我关掉灯，将毯子一直盖到脖子的地方。外面的吵闹声已经对我没有影响，它们发生在另一个世界，一个充满陌生人的遥远世界。

日光透过窗帘，从窗外射进室内，因为房内没有任何遮光物，我被照醒了。醒来之后，我有些郁郁寡欢，因为做了一些奇怪而痛苦的梦，而且感觉到弗雷德和卡琳的脸孔在我上方观察我，还有爱丽丝的脸。爱丽丝的面孔令我非常不安。这种战战兢兢的感觉维持了一整天。

我九点钟下楼的时候，他们还在睡眠中。弗丽达已经在派对结束之后，像往日一样无声无息地做好了清洁。事实上，我没有看到她本人，但凭直觉能感到她的存在，因为房内弥漫着好闻的气味，家具和地板上又开始出现了亮光。我正准备自己的早餐时，被她的声音吓了一跳。

“今天打扫不了你的房间。这里有很多事情要做。”

“没关系。”我答道，“等会儿我会自己整理床铺。”

弗丽达从洗碗机中取出越来越多的酒杯，把它们全部摆放在厨房的操作台上，大大增强了厨房里的亮度，令我有些恍惚。

我感到有些冷。天气已经凉爽了许多，太阳也不再令人觉得温暖。我需要给自己买双冬靴、厚袜子以及一件连帽粗呢大衣。前门厅有一个壁柜，里面挂着雨衣，还有几把伞、夹克衫以及到花园里或者在沙滩上散步时穿的便鞋。我穿上卡琳的一双旧运动鞋，足足大了一号，但我并不介意。我不想在目前的身体状况下感冒。我还从壁橱里取出一件有口袋的羊毛夹克衫。卡琳穿它的时候，总是将手揣在衣袋中，所以衣袋已经下垂。我系好扣子，然后发动摩托车。四驱车过于笨重，不方便停靠，再加上没有卡琳的允许，我不敢擅自使用，因为我感觉到一夜之间，情况已经发生变化，我们两个不再像以前那样融洽。

风从羊毛夹克衫的边缘悄悄吹进来，令我冷到骨头里。我觉得这条可恶的弯路似乎永远走不到尽头。我在朱利安居住的酒店旁停下，因为想告诉他狗的事情。其实，我更想找一个不是来自兄弟会的人说说话。是的，兄弟会，派对上有人提到过这个词，它用在这群人身上再合适不过。我却在无意间陷入了其中。

前台的接待员是一个男人，右脸颊上长着一块相当大的雀斑。他告诉我，朱利安出去散步了。我想了想，在这样的时间我会到哪儿散步，接着便直奔码头。走路时，身上的夹克衫有些烦人，于是我将它脱下来，搭在肩上，之后却又开始发抖。我围着码头走了一圈，目光不断寻找朱利安，直到在双体船和帆船之间发现一顶白帽。

“哈罗。”我说。

朱利安看到我并没有感到意外。

“我正在吃维他命 D。你要来几片吗？”他说着在长椅上挪了挪身体，给我腾出点地方。

我打了一个喷嚏，于是重新穿上夹克。

[朱利安]

虽然服用了镇静剂，我仍然没有睡好。我服用镇静剂，是因为我良心不安，知道在晚上的某个时刻，或在梦中，或在清醒的思维中，我的妻子拉克尔会出现，对我进行谴责。她不会同意我不经她的允许将这个女子牵涉到这个复杂的事件中。她会禁止我利用这个女子。她会告诉我，我已经变成和他们一样的人，我已经被他们的丑恶灵魂污染。

幸运的是，桑德拉在这里，就坐在我的身旁，但自责使我不敢与她对视。我一边远远望着海姆那艘正在轻轻摆动的“埃斯特雷亚”，一边问她身体怎么样。

“挺好的。”她回答之后，向我大概描述了一遍送小狗的事情。经过和我预料的大致相同。

“我不明白，”她说，“他们拥有那么大的花园，房子也非常宽敞，一条狗根本不会打扰到他们，反而可以陪伴他们，保护他们。还有弗丽达，她可以喂它。我彻底被卡琳的反应打懵了。”

“对不起。”我由衷地感到抱歉，心中充满悔意，但没有坦白告诉她，弗雷德里克和卡琳在集中营用来恐吓犯人的狗，就是这个品种（而且，这是他们最为人熟知、最清晰的识别特征之一，因此她的反应毫无疑问地证实了他们的身份）。盟军来临，他们两个不得不逃离时，屠杀掉的动物就是这些狗。六条品种纯正的狗，和它们的主人一样强壮危险，全都躺倒在地上，仿佛弗雷德里克和卡琳的影子，每个脑门上都有一处枪伤。我没有告诉桑德拉，是因为我不想让她知道得更多。

她告诉我，医生打算给她做一次超声波检查确定胎儿性别，所以她有些不安。听到这些，我更加觉得自己卑鄙肮脏。她十指交叉，两根中指上都戴着巨大的指环。阳光照射在她红色的挑染头发上。与我在那座小房子旁第一次遇到她时相比，她的头发现在已经变长，而且已经剪成了时下在年轻人中比较流行的层次头。小小的鼻环也闪耀着微光。尽管她的穿着打扮有些邋遢，但她还是那么漂亮自然，我觉得自己不配坐在她旁边，不配和她交谈，也不配与她那双浅绿色的眼睛对视。我不值得她对我微笑，也不值得她将我看作同类。虽然我们一起坐在这里，但我属于另一个星球，而且由于形势所迫属于不可宽恕的过去。我也可以坐在一朵花瓣柔软的玫瑰旁，或者坐在一块岩石旁，或者坐在一片明亮的星空下，但那些仍然不会令我们变得相同。她告诉我，她内心深处有种感觉，如果允许卡琳和她分享这个时刻，就是在背叛自己的母亲。桑德拉的内心非常矛盾，而这些矛盾如此坦率美丽，令人想要拥抱她，用玻璃泡将她保护起来。

“如果你愿意，我可以和你一起去。我不是女人，这样你就不会背叛你妈妈了。这些事情我也知道一些。我有个女儿，你可以做我的外孙女。”

我本来不应该那样说的。我会像对待她那样对待自己的外孙女吗？我会如此暴露她吗？

“我愿意，我觉得你就是我想要的陪我一起去的人。”她说。

在去做超声波检查之前，我们先去了那条聚集着这里的所有商店的街上，因为她想买双冬靴。她买了一双黑色橡胶底高帮靴，六双特价短袜和一件宽大的防水连帽粗呢大衣。她当即穿上了其中的一双袜子，还有刚买的靴子和粗呢大衣，然后将脱下来的软底运动鞋和羊毛夹克卷到一起，放进一个袋子中。我给自己买了一件长及膝盖的外套，桑德拉觉得它好看。

“现在，我们可以去做超声波检查了。”她说。

穿上靴子之后，她和我一样高。她像女王一样穿过街道，我喜欢走在她身旁的感觉。她有时会打喷嚏，好像感冒了。风从大海的方向吹过来，夹杂着寒冷的雨滴。

我们到达诊所之后，在候诊室坐下来，直到他们喊到她的名字。我没有站起来，但告诉她会在那里等她，但她却主动要求我和她一同进去。我提出在外面等候，不是因为感觉不自在，而是明白我没有那个权利，也没有那个资格。而且，我认为自己无法给她所需要的支持。

我们走进一个刚刚可以容纳我们的小房间内。桑德拉躺在检查台上，女医生坐在她旁边的转椅上，我站在一角，抱着那个装有运动鞋和羊毛夹克的袋子和桑德拉的背包。这些东西上面还放着我的帽子。

“是个小男孩。”医生说。

桑德拉沉默片刻之后，问道：“男孩？确定吗？”

“相当确定。看，那是心脏。”

我探头向前，看着屏幕，但上面的图像模糊一片。它可能是一个男婴，也可能是其他任何一个东西。我一定要看出来。顿时，我忘记了一切，甚至忘记了自己是谁，在那个地方做什么。

“他还好吗？”桑德拉问。

“好极了。”医生一边回答，一边用吸纸擦拭着她的腹部，然后一把扯下手套。

“恭喜你。”我说。

“你是她的爷爷吗？”医生机械地问。

我们没有回答，因为都觉得没有必要向一个对我们毫无兴趣的人撒谎。我将粗呢大衣和背包一起递给桑德拉，自己拿着她的另外一个袋子。

“一个小男孩儿。”桑德拉低声说。

我想，最好的反应就是微笑。

“我还不知道该给他取个什么名字。有些人生孩子，好像就是为了给它取一个他们想用一千年的名字。真受不了这些人。”

“你会想到的。你有时间。庆祝庆祝怎么样？让我邀请你吃午饭吧。我们去找一个好点的餐馆。”

我在犯傻，因为我根本不应该让人看到我和桑德拉一同出现在镇上。但是，我又放松下来，决定相信运气，也许不会有认识我的人看到我们在一起。可怜的女子，才出狼窝，又进了虎穴。

我问她把摩托车停在哪里了，然后提议坐我的车子到某个游客较少的内陆餐馆去，在那里可以吃到当地菜，而且沿路可以欣赏许多引人注意的好地方。我要她在我回酒店取药期间，去一家露天酒吧等我。

我走进酒店时，罗伯托突然拦住我，告诉我有个女子找过我。

那个女子染着红头发，皮肤略黑，完全是朋克打扮。

“她不是朋克。”我表示反对，“朋克常常佩戴链子，穿着皮衣，还会戴着头盔。再说，如今朋克几乎绝迹了。”

根据他脸上的表情，我猜想他认为我的话有些可笑。之前，我注意到他对我越来越尊敬，好像是因为在一堆皱纹背后，在一个瘦骨嶙峋的身体内，他发现了活力。

“那就好。看样子，你知道我说的是谁了。”

我一边向他挥手再见，一边走向电梯。然后，我在衬衫口袋里揣上药又出去了。

回到桑德拉等候我的露台酒吧时，我发现她单手支着下巴，陷入了沉思中。别人也许会以为这个女子百无聊赖，周围的一切都无法令她产生兴趣，但我知道事实恰恰相反，她有许多事情要认真考虑。此时此刻，生活完全属于她自己，只要愿意，她尽可离开我们，一走了之。她需要集中精力思考这件事情，所以我静静地在旁边坐了几分钟。

我要她开车。她哼哼着坐进车子。

“等我回来之后，我要在某个酒吧给我父母打电话。我无法保密。根本不可能。”

“我的手机在这儿用不了，所以从来没有带出过酒店。”

“没关系。不急。”

“你不该去酒店的。不安全。”我告诉她。

桑德拉耸了耸肩膀。

我们玩得非常愉快。我们去看了一些小村子。之后，我们在一条窄路旁边找到一家餐馆。他们供应用烤箱烤制的面包，上面喷着橄榄油，我们可以在上面撒上自制的蒜泥蛋黄酱。我们起劲儿地吃着腊肠和咸鱼。桑德拉边吃边告诉我，她一直都不怎么擅长学习，也不擅长工作。这两样东西都令她觉得非常枯燥。在她非常艰难地完成了有关行政职业训练的学业后，她父亲设法让她进入了一家建筑公司做文员。不到一个星期，她就感到异常难过；六个月的时间，她足足瘦掉六公斤；一年之后，她甚至无法正确理解电视新闻。桑迪是一名中层经理，帮了她很多。有一天，他要她去看看公司的医生。那位医生给她开了一张抑郁病假条。桑迪对她非常好，富有爱心，总是不屈不挠地在她身上挖掘一些她自己都不知道的特质。他建议她充分利用病假治愈抑郁症，后来在她的病假结束的时候，他又建议她离开那里，因为那份工作不适合她。她更具有艺术精神。在这个世界上，不是每一个人都适合关在四面墙内，每次坐上八个小时。简单地说，她不适合任何工作。

“我发现自己怀孕的时候，考虑过流产。我不知道留下这个孩子是否正确。我也不知道自己以后是否清楚如何养育他，是否能够提供他所需要的一切。我不知道是否……”

“别担心，孩子们会养育自己，他们能够在你想象不到的条件下生活。你只需要爱他们，喂养他们。我想，你的家人不会眼睁睁地看着你们两个饿死的。”

桑德拉摇摇头，不相信我的话，好像马上就要哭出来了，这令我有些惊恐。

“这个孩子应该拥有一个聪慧的母亲，一个拥有一些资格条件的母亲，能够编织出漂亮套头衫的母亲。”

“这个孩子应该拥有一个不会对自己有这些看法的母亲。你非常勇敢，比你认为的还要勇敢。再过几年，你会明白这些的。等你回头再看时，你会发现自己曾经有多棒，你已经竭尽所能，做了一切你能做到的事情，而且做事的方式非常可敬。”

她看着我，满眼泪水。她的思想负担比我认为的还要大。我比她更清楚这一点。她无法从外部看清自己已经踏入的迷宫。因此，人到了我这个年纪，能够从高处看明白这一切时，就想回到过去，在没有压力和苦恼的情况下，追溯以前的足迹。

我把自己的纸巾递给她，让她擤鼻涕。

“来，吃一块巧克力奶油蛋糕；我呢，要喝一杯牛奶咖啡。至于明天，上帝会告诉我们怎么办。”

突然，仿佛在回答我无意中向她提出的一个问题似的，她告诉我，弗雷德里克和卡琳的一个朋友打算收养那条小狗。他的名字叫阿尔贝托，不过她自己叫他鳝鱼，因为他脸上总是一副狡猾的表情。她脑中塞了许多自己都没有百分之百弄清楚的信息，可能快要爆炸了。要整理这些她不知道如何组合的信息和细节，可能令她大伤脑筋。我们以为只会受到一些我们已经知道的伤害，但许多记忆和场景也会给我们带来巨大的痛苦，因为我们无法理解它们。

“他说，我必须哪一天跟他出去。”

我默默地看着桑德拉，脑中思考着那个家伙想从她那里得到什么。根据她的描述，他似乎不是常见的那种没有头脑的狂热分子。这个人的精神可能有些不正常。

“尽量按照他希望的去做，但绝对不要相信他。我们不知道他究竟想从你这里得到什么。”

“我准备告诉他，不能和他出去。我不想和他说话。我宁愿和黑天使一起出去。我更相信他。”

黑天使？黑色的天使吗？德国人，橄榄色的皮肤，和我的身高差不多，举止优雅，和蔼可亲，头脑冷静，富有才智，足以担任任何组织的灵魂人物。根据桑德拉对我说的这些话，他可能是塞巴斯蒂安·贝恩哈特。不，那不可能，因为官方报道他已经于 1980 年在慕尼黑平静地死去。然而，他也有可能已经去他一直梦寐以求的西班牙避难。这些像老鼠一样卑劣的小人常常会从一个洞口钻进去，从另外一个洞孔钻出来，而且非常习惯于垂死之际重新复活。知道他们不能永生，令人感到释然，尽管他们竭力想要长生不老，用尽一切办法，希望得到永葆青春的长生药，而且不惜任何代价。问问那些囚犯就知道了，他们都是像海姆这样的狂热分子的受害者。

“等一会儿。我去车上取样东西。”

桑德拉没有答话。她正若有所思地小口啃咬着勺边上的蛋糕。

我带着艾尔弗的相册回来时，她仍然保持着相同的姿势，正想着她儿子的事情，也可能是在想与其他人相关的事情，比如黑天使、鳝鱼、卡琳，或者她的妈妈。她的妈妈可能对女儿目前的情形仍然一无所知。

“看吧。”我说着打开相册，“看看这个人。”

相片中的人就是塞巴斯蒂安。他穿着西服，很容易被认出来。黑色西服，变高的发线，眼睛也是黑色的。

她回过神，把视线转向相片中的人。

“他会是黑天使吗？”我问。

“有可能。他吸烟的时候，也是这个样子。”

我有些迟疑，不知道是否应该向桑德拉揭露黑天使的身份，因为她知道得越多，情况对她也就愈加不妙。她看他的眼光会发生变化，也许还会脱口叫出他的真名；谈到他时，会很难表现出不知情的正常反应。桑德拉是一个真诚率直的女子，不会掖掖藏藏，他们会从她的眼神中立刻明白她已经知道了真相。而且，我也无法这样极端地操控她。她有权利知道自己已经落入蛇窟的真相。她允许我参与了她人生中一件美好的事情，所以我绝对不能堕落到背叛她的地步，不能站在旁边，眼睁睁地看着她坠下去，却不预先警告她，深渊就在十米之外等着她。

“你需要做出决定。”我对她说，“如果希望我告诉你这个人是谁，就亲口告诉我。记住，你获得的每一个信息，都会使你距离地狱更近一步。”

PART 5
魔鬼也会恋爱

[桑德拉]

很难从朱利安给我看的那张照片里认出他们。就外形而言，他们现在的样子与过去相比，简直判若两人。有些人仍然拥有一些无法隐藏的特征，比如弗雷德和阿里贝特·海姆两人非同一般的身高。海姆，毛特豪森的屠夫，头上的白发已经寥寥无几，走路时身体前倾，仿佛无法负荷自己巨大的骨架。我记得只看见过他一次，是在挪威夫妇家里，卡琳的生日派对上。他好像是一个友善的人，和我握过手，看着我时脸上还迅速闪过一丝笑意。奥托·瓦格纳脸上的疤痕已经变淡，蓝色的眼睛也已褪色。这些特征与昔日相比，已经没有那么惹人注目。黑天使显然就是塞巴斯蒂安·贝恩哈特，他没有突出的特征，外貌相当普通，但头部两侧留着的头发的确染了一点颜色。

朱利安以为我之前视为黑天使的那个男人已经死于德国，但事实上，他已经回到这个他 1940 年居住过的村子，直到 1950 年。

他和他的家人拥有一幢别墅，是弗朗哥将军为了酬谢他的服务而赠送给他的。正因为此事，希特勒非常坚定地支持了弗朗哥。我暗自发誓，等我回归正常生活后，一定要阅读更多相关资料。已经如此年老的人，怎么仍然能够坚持下去？他的妻子，名叫海伦，可能已经去世；他的孩子们现在应该也已经到了退休年龄。塞巴斯蒂安过去名声一直不错，待人谦逊，令人愉快，现在依然如此。这一点，我可以证明。朱利安立刻产生了怀疑，认为塞巴斯蒂安的这座别墅可能就是现在的太阳别墅。他可能将它卖给了挪威夫妇，然后隐居到一套更加舒适的公寓里去了。太阳别墅中有某种隐约的舒适感，很可能是海伦和她的孩子们留下来的。我不明白，像塞巴斯蒂安这样理智冷静、善解人意的人，怎么会成为他们中的一员，怎么能够面对他们做出的事情而不感到厌恶。我也好奇，何种想法能促使那样一个人从未为任何事情感到过懊悔。在这群人中，基本上只有他的目光具有人性，其余的人都是骗子。战后，他们中间有人再次杀戮过吗？或者说，他们已经永远感到满足了吗？他们中的任何一个人还能为了自己的利益进行杀戮吗？他们仍然需要加入一个组织吗？

以前，我根本不知道还有这些事情。如果没有想到来海边生活几天，我也就永远不会知道它们的存在。毛特豪森。奥斯维辛。这些名字我听过多少次？不过，他们与我的距离本来可以用光年计算，简直属于另一个星球，属于过去的时代，与我毫无关系的时代。可现在，他们居然就在我面前一米之外，有时仅有几厘米远。

阿里贝特·海姆曾经和我握过手。在我发现那双手的所作所为之后，我感到前途危险，已经不可能走出去，尽管也有可能只是巧合，因为所有的老人样子都差不多。我和这个屠夫握过手，如果不是真的就好了。仅仅想一想，我都感到恶心。目前，只有金十字架能够证实弗雷德的身份，其余的纯属臆测。

朱利安问过我，是否能够假装成一无所知的样子："你能够假装得令他们根本不会觉得你对纳粹分子以及大屠杀那样古老的故事感兴趣吗？"实际上，他们在我面前从来没有谈论过政治，也从未提及过那样重要的事情，尽管他们嘴巴里有时会冒出几句德语，但如果不懂德语，根本不会注意到他们偏离了一贯的论调。我确信，这种防范不是因为我的存在，而是因为他们习惯如此，这也是他们从朱利安的掌控中屡次逃脱的原因。如果不知道他们是纳粹分子，我依旧会觉得他们就是普通人。可是现在，无论任何事情都包含了某种意义。弗雷德那些突出的特征就是雅利安人的特征；爱丽丝异常年轻，天晓得是怎样获得的，也许只是因为她基因优异。我们决定，在我与他们交谈时，绝对不要提及他们的真名，以防他们潜逃。

[朱利安]

和往常一样，桑德拉骑着摩托到了灯塔旁，把摩托停好之后，她走进了冰淇淋店。我透过窗户看到了她。我们总是坐在一张桌子旁，从那里可以看到来往的车辆，以及进进出出的客人，这样可以避免意想不到的事件发生。她在桌旁坐下来之后，舒了口气，然后将头盔放到身旁。我认为她看起来不是很好，作为孕妇，她可能过于偏瘦，但这只是我一时的感觉，没有经过刻意的观察。更确切地说，这只是一种印象，而不是一个想法。当下正以过快的速度从我身边逃离，根本不给我时间细细品味。鸟儿迅速飞行，空气还没有来得及被感知就已经消失，面孔在时刻变换，气味也已经消失。这些都不重要。我的全部生活都在过去。我有种感觉，拉克尔死后，我被留在这个世界是为了弥补某种过失，是为了继续受苦；我比她活得久，但没有任何意义。桑德拉生活在当前的时空，而我生活在过去的时空，尽管我们能够看见彼此，并且可以相互交谈。

如果我向桑德拉坦白，基于一些恐怖的原因，我故意买了那条小狗，并没有考虑那样做的危险性；如果我承认利用她引起挪威夫妇的不安，她就永远不会再来见我，而且肯定会认为我和他们一样卑劣。但是我必须说出真相，否则，我会死不瞑目。

我考虑过给她写封信，在灯塔那儿与她告别时交给她。可是我马上觉得，不当面告诉她，是懦夫的行为。因此，我直视着她的眼睛。

“我有话和你说。我不是想请求你的原谅。我没有任何希求。这就是生活，卑鄙的事情在不断发生。你本不该和我这样的人有任何牵连。”

桑德拉没有眨眼。有时，她的目光专注得会令人感到不自在，仿佛她已经忘记改变它的方向。

“是有关狗的事情，就是你送给卡琳的那条小狗。”

“可怜的勃丽塔。”她说，“我也一直在想它。我不应该把它交给鳝鱼，不应该对它置之不理。这样做，我感觉真是糟透了。也不知道他们对它怎么样。”

“还记得卡琳的反应令你有多吃惊吗？这么漂亮的狗，这么大的房子。她居然不想要它，令人费解，是吧？”

“你知道的，这件事情真的让我感觉很糟糕，简直就是给了我一个大耳光。卡琳再也没有提过这件事情，没有道过歉，也没做过任何解释。我觉得自己做了一件糟糕的事情，却不知道是什么事。不过，我现在唯一担心的是狗的遭遇。”

我很快就会从桑德拉那里盗取她的一点善心。从现在起，她会再少一点好心。在这个世界上，付出的善心越少，就会对大家越坏。

“这是我的错，完完全全是我的错。”我几乎想闭上眼睛，避开她的目光，“卡琳讨厌这个品种的狗，因为在他们被派遣到的集中营里，他们就是使用这种狗来恐吓囚犯的。我本来不打算告诉你的。他们训练狗那样做，所以这种狗的出现提醒了她过去的身份，也提醒了她现在和将来的身份。基本上，人都不会改变，不会进步。他们只会变老。说起来有些悲哀，变坏要比变好更容易。而且，我也刚刚意识到，我比自己认为的更坏。”

桑德拉有些惊慌。她肯定从来没有想过我会使用这样卑劣的手段，会置她于险地，至少令她处境困难。她的表情变了，有点难过，好像疲惫不堪。

“如果我尊敬你，欣赏你，认为你非常优秀，但是仍然能够做出这样的事情，可以想象，他们会做出什么样的事情来。”

桑德拉一言不发，令我无法忍受。以前拉克尔生我气的时候，就不说话。愤怒令她紧闭双唇。起初，我常常不顾一切地想要她回到我的世界里，让她看着我，再次接受我，结果只会更加糟糕。最后我才明白，静静等候，不要强求，反而更好。那时候，我常常走到别的房间去，或者出去散步，和她保持距离，相信她会自己消气。现在，我也想这样做，虽然桑德拉不是拉克尔，不过我也没有对拉克尔做过这样卑鄙的事情。

我叫来侍者，付钱之后站起来。桑德拉依旧坐在那里，神情沮丧。我在碟子上放下两欧元小费，侍者无比轻蔑地看着我。她在桑德拉这样的年龄时肯定遇到过我这个年纪的人，肯定发生过一些事情，比我对桑德拉做出的事情更糟糕。

[桑德拉]

朱利安向我坦白狗的事情时，我几乎已经忘记在卡琳派对上发生的事情了。我感到非常失望，觉得自己被人出卖了，以致行为举止如同白痴。当时，我还没有认识到，如果他预先告诉我他的打算，那么卡琳当着众人的面拒收勃丽塔时，我肯定会露出马脚，当然就不会表现得那么自然。朱利安一心希望激怒他们，令他们无法继续无忧无虑地在这个世界上生活下去。他是被这种执念冲昏了头脑。他本来可以选择不向我坦诚，那样我就永远不会知情。如果只是因为朱利安甘愿揭露自己的过错，那么我愿意信任他。不过，我还想到朱利安向我解释狗的事情，是为了让我彻底摆脱现在的处境。我相信，他担心我的安全，一直坚持我离开，这不是在伪装。也许，他想到利用狗这个主意，就是为了迫使我退出。然而，我已经不打算离开，想要做些重要的事情。

既然我不知道如何做好生活中的小事，那我必须做件大事，这样一来，我就不会继续认为自己一无是处了。我从来不相信生活会让机会摆在我们面前，因此我从来没有做过碰运气的事情，同时我也认为，如果想要找到机会，你必须先去寻找它们。什么样的机会适合我？直到踏入挪威夫妇的家，直到遇到朱利安，开始卷入这个人人皆知、却很少有人经历过的故事中，我才知道真有机会自己出现的时候。只可惜从这样的处境中走出来的人可能很少。我感到自己困在了受害者和刽子手之间，困在了魔鬼与幽深的蓝色大海之间。真想不到生活终于将机会，将帮助朱利安揭开这层浮垢的机会，放在了我的面前。任何一个女人都可以做母亲，但我不希望我的儿子有一个像老太婆一样的母亲。我不再是小女子了，也永远无法回到小女子的时候，生活正在给我机会。它转瞬即逝。

我也已经忘记答应鳝鱼约会的事情。这样的事情我会很快抛在脑后。因为已经知道腹中的宝宝是男孩儿，我便开始考虑给我的儿子取什么名字。我在犹豫应该以家族中某位先辈的名字给他命名，还是以他父亲桑迪的名字命名，或者干脆给他取一个全新的名字，不会联想到任何人。同时，我也在考虑如何装饰他的房间，虽然还不知道这个房间会在哪一座房子里。我会在天花板上贴满亮晶晶的东西，关上灯之后，天花板就像布满星星的天空一样闪亮，他睁开眼睛就可以看到。要是仅凭想象就能做到一切就好了。比如，通过想象，我拥有足够的钱开办一家商店，销售服装或者人造珠宝；同时，我还会雇佣一个助手，这样我就不会觉得过于束缚。通过想象，我会热恋，就像卡琳常看的小说中描述的那样。通过想象，弗雷德和卡琳是两个普通的老人，是我根本不会产生怀疑或者惧意的那一类老人。但是，你认为会发生的事情，极少会发生。

周一，我们离开健身房回到太阳别墅后，发现马丁在那里，正和弗雷德闲聊。从他看到我时的表情判断，他好像正在等我。厨房长椅上放着一个小包裹，肯定是他带过来的。卡琳立刻拿起包裹，马丁不怀好意地趁机递给我一张纸。

纸上的字体圆润，非常女性化。上面写着七点钟就来接我，签名是“阿尔贝托”。是鳝鱼给我的便条。

“你看过这张便条吗？”我问马丁。他的头发现在剪得更短，头顶的一片文身惹人注目。

“是我亲自写的。”他喜滋滋地欣赏着我慌张的样子。

“为什么？”

“阿尔贝托要我写的。他有点小事要处理，没有时间。”

“哦，你的字写得非常漂亮。”

“真的？”他说着抬手摸了摸头顶的文身。

我点点头。

“我有时会写诗、作词。我想组建一个团体。你明白我的意思吗？”

“你肯定有一定的天赋，一看就知道。”

“听着，”他边说边靠近了我，近得碰到了我，“阿尔贝托是个好人，但有时会控制不住自己的脾气。不要和他争辩，好吗？”

“走开，走开。”我边说边伸手推开他，“还有，等你组建了自己的团体后，不要再使用那种古龙水。”

他抓住我的胳膊，脸上露出担忧的神色。

“不要像刚才那样对他说话。他听不懂这些东西。我喜欢你，小宝贝。”

小宝贝？这个白痴究竟是从哪里爬出来的？他口中说着小宝贝，字迹像是修女写出来的，但却在自己的头上纹出那样吓人的图案。我立刻伸手将他推开，然后上楼去了。在爬楼梯的时候，我暗自思考应该穿什么衣服，才不会让鳝鱼发脾气。

等我下楼的时候，弗雷德和卡琳已经知道了我有约会的事情。马丁已经走了。他们满面笑容地看着我。他们欣赏任何与爱情有关的事情。我相信，他们喜欢我和兄弟会的人交往，因为这是一个不用采用任何措施就可以控制我的理想办法。然后，在那种情况下，他们肯定就会指明我继承他们的所有财产。

我换上了另一条牛仔裤和新买的靴子，以及卡琳送给我的一件白衬衣，领子和袖口上都有刺绣。我不会在其他任何场合上穿这件衬衣，打算在这一切结束之后，立刻扔掉它。不过，现在穿上它，可以帮助我了解兄弟会成员的一些看法。我拎起连帽呢大衣，搭到胳膊上。

“他们是非常优秀的孩子。”他们异口同声地说。

“要不要喷点香水？”卡琳问。

幸亏鳝鱼此时在大门外面按响了喇叭，我才能马上冲出去。感谢他没来门口接我。

“哈罗。”我坐进车子时，他和我打了一声招呼，然后启动车子，朝主道的方向开去。

我没有开口说话，不知道该说些什么，直到听见后座传来呜咽声和汪汪声。我简直不敢相信，装在礼物篮中的勃丽塔也在。我向后探身过去。

“可怜的小东西。”我大声叫道，“你变胖了！”

“因为我照顾得好。”鳝鱼说。

“我没想到会这样。我本以为……”

“我已经把它送到动物收容所，抛弃了它？还是我已经徒手杀了它，把它吃掉了？”

“我不知道。”我一边逗弄着小狗，一边说，“养小狗不像是你会做的事情。”

“是，养一条凶恶的大狗，把人吓得屁滚尿流，才适合我。”

“对极了。”我说，根本没有理会马丁的建议。

现在我正近距离地看着他。他没有为了和我约会而专门花费心思穿着打扮，因此想当然地认为他想和我亲近似乎不是非常符合逻辑，不过也可能是因为我不值得他那样费神。他穿着一件长袖衬衫，看样子不像刚刚穿上的；灰色的长裤也不像是新近烫过的样子。勃丽塔旁边的座位上，扔着一件他平时常穿的深蓝色夹克。他的头发已经被风吹乱，但他甚至没有试着用手指将头发梳理整齐。他肯定没有打算给我留下好印象。他五官精致，头发颜色介于浅棕色和金黄色之间，发线已经开始变高，但是看上去并不难看，年龄在三十五岁左右。

“我们要去哪儿？”我说。

“去灯塔那儿。那里非常不错。”

他侧头看着我，我也看着他。

“我想去更热闹一些的地方，能够看到人的地方。如果你哪里都可以去的话，我更愿意到镇上去。”

谢天谢地，他没有坚持到灯塔那儿去。他为什么会提到灯塔？他那样说是故意的吗？

我们去了镇上的一家酒吧，只好将勃丽塔留在车上。

“边做事边养狗，你是怎么做到的？”

“我只不过是尽力不让它饿死罢了。”

他点了一瓶啤酒，我要了一个水果馅饼和一片蛋糕。与挪威夫妇住在一起后，我开始挨饿。他们吃得不多，在我看来应该是没吃饱。一天中唯一丰盛的饭当属早餐。在他们这样的年纪，大吃大喝可能意味着接近死亡，但有时他们忘记了我是年轻人的事实。因此，尽管和鳝鱼在一起令我不安，我还是风卷残云，迅速吃完了蛋糕和水果馅饼。

“你想从我这里得到什么？”我开门见山地问他。我不想拐弯抹角。因为总的来说，对生活以及现在这样的情况，他的阅历肯定比我的更加丰富。

他没有回答，而是站起身，走到陈列柜前。陈列柜中摆放着一些看似美味的甜食。我本想充分利用这个间隙思考，但吃饱之后很难做到。

他回来时，端着一个盘子，上面堆放着各种小蛋糕，还有一个水果馅饼。他又点了一瓶啤酒。我想告诉他，这里比灯塔旁的冰淇淋店好得多，幸亏我及时忍住了。对我来说，说得越少越好。

“我并不想要你以为我想要的东西。我只是想认识你。你给我们的生活带来了新鲜感。”

“你以为我在想什么？”

“我想和你上床之类的事情。”

“等一下！”我突然有些激动地说，“如果我那样想，也是有理由的。”

“我做了什么，会让你那样想？”

“你的眼睛，你看人的样子。你这人很奇怪，根本不可能知道你在想什么。”

“这就是你看到的吗？你和他们其余的人一模一样，完全被外在迷惑了。”

“对，我和他们其余的人就是一模一样。那你为什么说想认识我？”

“好吧，”他说，“我想知道，你是怎么和克里斯滕森夫妇住到一起的？”

“经过很简单。我在沙滩上遇到了他们。我孤身一人，而他们也需要我。我很高兴，能拿到他们付给我的钱。事情就是这样。”

“就这样？没有其他人吗？”

我慢慢嚼着一口水果馅饼，这样就不用回答他的问题了。

“你怎么会送那条狗给卡琳？而且偏偏是那种狗？”

“那天之后，我也不断地问自己这个问题。可我什么都不明白，事实就是如此。”

“不，你明白。别想骗我。”

“要是我在骗你，你打算怎么对付我？”

“用你能想到的最厉害的手段。”

“我不怕你，也不怕马丁。”

“哦，你应该害怕我们。不要聪明过头了。我知道自己在说什么。你还想点其他东西吗？开胃的？”

“我想出去走走。吃得太多了。”

鳍鱼不像我想象的那么糟糕，至少表面如此。虽然他说了这些话，我还是认为他不会杀了我，我甚至敢说，有几次他看我的眼神中露出了关心的神色。但无论如何，我不能放松警惕，必须牢记马丁说过的话。

我们在港口周围溜达。然后，我们停在一个地方，在那里看着大海。我们用眼角的余光看着彼此，他看着我的侧影，我看着他的侧影。天空中缀满了星星。和一个我在意的人待在一起，真是美妙的时刻。

“为什么是马丁写的那张便条，而不是你？”我坐在一张石头长椅上问。

“因为……别在意。”

“他是你的好朋友吗，马丁？”

“我们都加入了兄弟会。我们之间不止是朋友关系。友谊会破裂，但兄弟会的关系不会。为了你自己，你应该明白，马丁不像我这么有耐心。我不知道你是否明白我说的话。”

“嗯，很难什么都明白。我才刚刚到这里。”

“我知道。我不知道的是，你是否明白那意味着什么。你认为我们是为了什么在一起？克里斯滕森夫妇对你解释过吗？”

“没有，我想他们不会告诉我的。我本以为你们相处融洽，相互帮助，因为人总是不愿意孤零零的。不要告诉我，你们在一起是因为宗派关系。”

“差不多。噢，天啦！”他突然大声说道，“你为什么不老老实实和你的丈夫，或者你的伙伴之类的，老老实实待在家里呢？”

“我会是单亲妈妈。”我说。

我说完之后，他轻轻抚摸着我的头发，接着立刻靠近我，还没等我回过神来，他就吻了我。

我没有任何反应。这一切发生得太快，毫无征兆。我抱着他，至少持续了一分钟。我注意到他的嘴唇，他的舌头，他的唾液，他抱着我的头的双手，以及他的味道。当他的嘴唇离开我时，他的头发轻轻滑过我的脸颊，我的头发也轻轻碰到了他。他移开的动作非常缓慢。我仍然沉浸在他的吻中，一个温暖的长吻。我的嘴已经和过去不再相同，鳝鱼也和过去不同了，整个世界突然之间发生了改变。我没有说话，只是沉默着，因为我不可能生气，因为这个吻恰恰是我需要的吻。但即使我能长生不老，即便在我最荒唐的梦中，我也从来没有想到过，给我那个吻的人居然是鳝鱼。

我没有抬头。他说话的时候，也低着头："对不起，我实在是情不自禁。你太美了。"

我仍旧没有出声，等着某种巨变将我摇醒。或者，再来一个吻。

"你会现在杀了我吗？"

"不会，过去也没有想过杀你，但你千万不能告诉任何人我这样说过。我说的不能告诉任何人，也包括孤魂野鬼在内。明白吗？"

我点了点头。我看着他。他不再是鳝鱼了。这个变化令我有些慌乱。以前，他是一个可怕的敌人，但现在不是了。我感到自己被他吸引了。他深蓝色的夹克，就像已经降临在我们身上的夜色一样深，他身上皱巴巴的衬衫也深深地吸引着我。我希望紧紧依偎在他身旁，穿过港口，走回车上。我希望他搂着我的肩膀，将我抱在他怀里。真是疯了。刚刚发生的一切匪夷所思，可能是因为夜色的魔力，头顶上方的星星，码头的灯光，大海的声音，微风，单独在一起……

"简直疯了。"他说。这次，他的眼睛大胆地看着我，毫不畏缩。

现在，我喜欢他的眼睛。我喜欢他那双杏仁状的眼睛和滑溜溜的目光。我身边还没有能够令我产生这种感觉的人。甚至和桑迪在一起的时候，我也没有过这种本来非常容易产生的感觉。鳝鱼没有做任何事情，他只是没有抵抗，所以我无法理解为什么会是他，而不是这个给我带来惊喜的宝宝的父亲。这不是桑迪的错。这是我的错，因为那时的我不是现在的我。

在车里，我们差点再次接吻，但最后却没有那样做。我们错失了良机。谁知道是否还会再有那样的机会？

“你认为我应该让步，加入兄弟会吗？”

他沉默了一会儿，假装正在专心开车，然后才简略地说：“重要的是你自己的想法。没有人叫过你，是你自己插进来的。”

我慢慢下了车。这次的事情可能永远不会再发生了。我不再是几个小时前离开太阳别墅的我了。我刚刚结束一次漫长的旅行归来，我出发前留在这里的东西似乎已经不再那么重要。

弗雷德和卡琳正在起居室等我。他们非常好奇，希望知道我们的进展情况。

“晚上好。我刚刚吃了一顿大餐。”这就是我唯一的回答。

回到房间之后，我躺到床上。透过窗户，我能够看到星星。星星的下方，棕榈树的叶子正在轻轻摆动。我微微有些头晕，就像正在漂浮似的。

[朱利安]

发生了前天那样的事情之后，桑德拉肯定不会再来赴约了。如果我是她，我就不会来。为什么要和一个欺骗我并且置我于险境的人见面呢？但我有义务来这里，万一她决定要来呢。我唯一能够做的事情，就是向她表示我对自己深深的鄙视。

我没有下车，除非万不得已，我不想看到冰淇淋店那个店员的脸色。我不想看到她，但却无法避免。对于你遇到的人，哪怕是短暂相处的人，你都不可避免地会看到，听到，或者感受到喜恶的情绪。死亡之前，你不可能处在死亡的状态，无论你多么期望。因此，当我听到桑德拉的摩托车碾压在鹅卵石地面上的车轮声时，我轻轻按了按喇叭，以便引起她的注意。因为喜悦，我的心脏危险地雀跃起来。

桑德拉出现在我的视线内，正向我走来。我打开车门，等候她上车。

“里面满了吗？”她问。

“我受不了那个女服务员。她看我的眼神令我感到很不舒服，好像我是一个性变态者。”

桑德拉大笑起来，不过缺乏热情。她脸色憔悴，至少瘦了三公斤。我想不到其他可以带她去吃东西的地方，我只相信那家提供套餐的酒吧和这个地方，因为在镇上的其他任何地方，都会有被人看到我们在一起的危险。

“不过，又想想，我觉得有些饿了。”我说，“我能吃掉一块烤热的三明治和一点巧克力蛋糕。其他任何地方，都不会像他们这儿一样做那些东西。”

“随便你。我不饿。”

我们坐在常坐的窗边那张桌子旁，我感到有些欣慰，因为它令我们的会面显得和以前一样。

“看样子，挪威夫妇家的冰箱里东西不多呀。”

“为什么这样说？”她一边问，一边漫不经心地拿起过塑菜单。

我们已经记下了冰淇淋店中提供的食物，总是会一边聊天一边花些时间研究菜单。

“孕妇都会变胖，不会变瘦。”

“我很好。”

女侍者打断了我们的谈话，她盯着我的目光中依然充满敌意。

“给我来杯浓咖啡，给这位女士来一块烤火腿三明治，一块全麦面包，一块巧克力蛋糕，再加一个水果馅饼。”

桑德拉不想吃巧克力蛋糕，于是女使者把它划掉，同情地看着她。

“他们在吸你的血。如果你待在那座房子里，会生病的。”我对她说。

“不，不是因为那个，是因为我紧张。嗯，说紧张不恰当，应该说是急切，心神不宁。”

“因为什么心神不宁？”

桑德拉沉默着。女侍者送来了纸巾和餐具。

“心神不宁，是因为我觉得我的生活，真正的生活，现在随时都会开始。生活的旅途对我一直非常重要。想想看，我过去以为会躺在吊床上过一辈子，但现在似乎……”

我心不在焉地听着，脑子里在考虑塞巴斯蒂安的事情，考虑在不利用桑德拉的情况下，如何找到他的住址。

“小狗没事。”她突然说。

她的话令我有些困惑。过了片刻，我才意识到她在说哪一条小狗。她看着我，浅棕绿色的眼睛睁得大大的。它们比以前变得更大了，目光中少了一些快乐，但却更加犀利。小狗令我们想到了我做过的坏事。我一心想着气氛的转变，没注意到我们点的东西已经像变魔术一样放在桌子上了。

“你怎么知道？”

她只是看着我，等我自己想起来吃面包。根据桑德拉之前的讲述，鳝鱼在举办派对的那天晚上带走了小狗，而且，他还想某一天和她出去约会。

“别告诉我，你一直在和那个叫鳝鱼的人见面。”

她点了点头，表情有些不自然。

“他叫阿尔贝托。”她神色冷淡地轻轻咬着三明治。

“好，那就是阿尔贝托。”

“他来挪威人家里接我的时候，把狗也带来了，所以我看见了它。它真的变肥了，被照料得非常好。”

“那么，就因为那个，你认为那家伙是个好人？”

家伙？我在使用桑德拉用过的词。说“家伙”这个词时，我感到有些古怪，仿佛自己正在变成其他人。

“那次之后，我就没见过他了。他一直没再去过那里，也没有给我留便条。什么都没有。”她脸上露出忧郁的神色。

这次，我马上明白了。她的眼睛里闪烁着异样的光彩，情况不妙。

“你不害怕了。”

她耸了耸肩。她刚吃完水果馅饼，在小口地啃咬三明治。

“情况已经不一样了。那些人不可能继续伤害我们。他们中最年轻的，充其量也只能再活五年。”

为了激发她的反应，我只好提高声音。那个女侍者一直在吧台注意着我，肯定会认为我们是一对正在争吵的情侣。

“情况依旧和以前一模一样，或许更糟，正是因为他们和我都是一只脚已经踏入坟墓的人，所以才应该算清旧账。”

她看着自己的手表。那是一块相当大的手表，宽阔的蓝色皮质腕带。她的双手非常漂亮，既不纤小，也不瘦弱。桑德拉周身上下本来都没有透出无精打采的迹象，但此刻她距那种状态只有一步之遥。

“你不明白……阿尔贝托绝不会任由他们伤害我的。”

“我可以问一下原因吗？”

“他在码头吻了我。”

原来如此。她需要向人倾诉，她已经恋爱了。她宁愿原谅我，也不愿意无人倾诉。

“你回应他了吗？”

“嗯。”

“感觉怎么样？”

“感觉发生在我身上的一切，是世界上最美好的事情。”

“一切？现在，我们真的遇到问题了。”我说，但她似乎没有听到我的话。

“可是那次之后，我一直没有看到过他，也不知道该去哪里找他。他为什么要那样对我？”

直到这一刻，我一直都非常关心桑德拉。现在，她却令我开始真正地警觉，尤其因为我发现她有些疏远了。她正在与我拉开距离，远离我们的目标。我告诉她，等到她再看见阿尔贝托的时候，肯定会清醒过来，意识到那一切只是幻想。我告诉她，她很快就会找到一个真正爱她的男人。我还告诉她，或许在经历过最近这一切之后，她能够以新的目光看待宝宝的父亲。我告诉她，鳝鱼不适合她，尽管他名叫阿尔贝托，尽管他们已经亲吻过。我告诉她，他在利用她，因为她孤身一人，需要被爱。但是，桑德拉听不进我的话。

阿尔贝托对桑德拉的真实感情如何呢？无论他的血管里流淌的血液多么少，他也有可能爱上她。只有傻子才不会爱上这样一个充满热情的女人。她目光清澈，情感真挚，精力充沛。我们所有的人加到一起，都远远不如她那么优秀。鳝鱼已经深深走入她的内心，这令人担忧，因为防备爱情是一件非常困难的事情。他已经成功地将桑德拉进一步卷入了这张蜘蛛网。如果桑德拉因为爱上了这群人中的某一个而留在他们中间，想将她再次拉出来，将会非常艰难。

这次会面结束后我离开时，心情比以往任何时候都更加不安，内疚感也比以往更强烈。如果我表现得没有这么白痴，桑德拉也不会那么无助，就不会投入任何人的怀抱。

[桑德拉]

就在我准备加入他们时，我认为弗雷德和卡琳对我警惕起来，即使不是多疑，至少也有些疑虑。我尽可能地假装出最自然的样子，假装成我认识他们之前，不知道他们真实身份的样子。我试图骗过他们。我和他们可怕的世界有什么关系？他们在沙滩上发现了我，我怀孕了（什么样的母亲会将自己的孩子置于险境？），我来和他们住在一起，因为我急需钱，因为我孤单一人。这些理由对他们来说合情合理，他们不会看出我已经发现了他们的真实身份。自那天在沙滩上邂逅起，我们的关系就已经开始，但这纯属偶然。因此，我始终没有意识到他们心中已经播下怀疑的种子，直到与朱利安最后一次见面回来。

我骑着摩托车回到他们家时，弗雷德正在一楼，像平时那样看着电视；卡琳正在阅读一本爱情小说。当她的视线离开书页看向我时，我发现她的表情有些奇怪，但既然我仍旧一无所知，所以我在那里停留了一会儿，谈起在那个美妙多云的下午四处走走，骑着摩托车兜风，感受空气吹拂在面颊上的感觉很好。坦白地说，自从和阿尔贝托见面之后，我的身体一直在制造兴奋的荷尔蒙激素，所以我无法理解弗雷德假意的笑容和卡琳探究的目光。他们看我的目光发生了变化。后来，我的膀胱胀得厉害，但我没有使用楼下的浴室，我宁愿去楼上自己的浴室中，还可以在那儿洗个澡。但世界随即发生了改变。

上楼时我哼唱着歌曲，也不知道是哪一首，因为我总跑调。回到自己的房间后，我脱下靴子和裤子，机械地打开衣柜，准备取出一件T恤衫。衣柜门的镜子中有个东西引起了我的注意，更准确地说，是完全阻止了我的动作。我无法动弹，因为我必须集中所有的精神弄明白眼前的情形。我感到心脏剧烈地跳动着，似乎要从嗓子眼里跳出来，一种羞耻抑或恐惧的情绪从内心升起。我决定不再看着镜子，打算检查我的床，因为镜中映出的东西就在床上。

简直不敢相信。这下我彻底完蛋了。朱利安给我的那张剪报就在我的眼前，摆放得像枕头，上面印有挪威夫妇的照片。肯定是挪威夫妇把它放在那里的，或者是弗丽达在我包里发现了它。我不敢碰它，仿佛它会引发屋内所有的警报器。我站在那里盯着它，脑中晕乎乎的，一片混乱。为了找出这张剪报，让它出现在这里，他们需要将我的包翻遍。

如果是我自己的疏忽，该怎么办？也许是我四处翻找衣服时，剪报自己滑出来，掉到了地上。弗丽达发现后，把它放到了我的床上。

我不知道该对这件事情如何反应，因此尽可能拖延时间待在自己的房内，没有勇气下楼去面对他们，或者跳窗逃走。突然，我意识到没有必要忍受这样紧张的局面，我只需要将衣服收拾到我的挎包和背包里，在这里等候。等到他们入睡后，我再按照朱利安之前要求的，返回自己的小房子，住在那里，直到新房客到达，或者要朱利安在他住的酒店里给我找一个地方居住。我心中空荡荡的，有些迷茫。一直以来，我都不擅长与人对峙，也不知道如何向这两个人撒谎。毕竟，我来这里是为了避免与我肚子里的孩子的父亲打交道，为了躲开我的家人，逃避没有工作、没有未来这些现实情况。现在我却面对这样的处境，看来问题是不可能逃避的。然而，我现在认识了阿尔贝托，他已经成为另一种担忧，我喜欢的那种担忧。他为什么没有出现?

我惶惑不安地在床上坐了一会儿。接着，我做了三次深呼吸，决定按照计划洗澡。当我清爽地裹着睡裙出来，湿漉漉的头发还在滴水的时候，情况似乎变得没有那么悲观了。问题的解决办法如同天赐般突然出现，仿佛在世界的某个地方，一个应急内阁在同时急速思考这个混乱的局面，并通过心电感应为我送来了结果，因为我现在根本无法自己思考。所以，我穿上衣服，将剪报放到五斗橱上，然后沿着那些日益邪恶的楼梯走下去（卡琳以前告诉过我，这些楼梯是用粉色的大理石砌成的，那些大理石来自马克尔采石场）。

他们仍旧坐在沙发上，做着刚才做的事情，他仍在看电视，她还是在看永恒的爱情小说。他们不约而同地看向我，目光中露出相同的神色。我现在明白这种眼神的意思了，因而有些胆怯，但我不妨充当一个面对绵羊的小羊羔。我鼓足勇气，告诉他们我非常累，想喝些酸奶后，就直接上床睡觉。然后，我拿起天鹅绒袋子，取出套头衫给卡琳看。我问她，在套头衫正面编织一些使它看上去更活泼的图案，是否非常困难。她目不转睛地看着我，想弄明白我的意图。我此刻能想到的对策，就是先将套头衫塞到她扭曲的手中，然后说点什么。

我已经从他们的眼中看出，在我购物，或者只是出去片刻，或者去见朱利安的时候，他们已经搜查过我的房间。甚至在开始对我有所怀疑之前，他们就搜查了我的房间，仿佛不相信每一个人是他们的天职。最糟糕的是，他们并不在意我是否知道他们在监视我，不在意我是否知道他们不信任我，也不在意我是否知道他们完全没有将我视为朋友。他们这样做，也许是因为有了这个发现后，他们手中的牌很好，不如直接将它们全都正面朝上摊在桌上。一切袒露无遗后，卡琳随即移开了视线。突然，她的眼睛和被岁月磨蚀的面孔变成了六十年前护士卡琳的样子。可惜年轻和美貌已经消逝，无法掩盖她真正的灵魂。

“如果想在上面编织图案，需要重新开始。那样，你就得拆掉已经织好的部分。不如等你编织另一件的时候，再尝试图案吧。先把这件织完再说。”

她的话里蕴含着另一层意思：必须撤回你已经做的事情。我坐在沙发上喝酸奶。在我离开前向他们道晚安的时候，他们没有坚持要我留下来，这和往常一样。

我没有拆开已经织好的部分，但不用面对他们，令我感到释然。我脱下裤子，将 T 恤衫留在身上，从枕头下拉出缎子睡裙，扔到椅子上，然后上了床。我按照人们常说的，轻轻打开窗户，以便呼吸到新鲜的空气，提高对大脑的氧气供应量。接着我看了一会儿书。明天又是另外一天。

[朱利安]

我仍然不知道黑天使塞巴斯蒂安·贝恩哈特的住址。我没有在北欧俱乐部周围发现他的踪迹。在我跟踪弗雷德里克和奥托的时候，他也没有出现。显然，他过着另外一种生活，除非因为现实所迫，他不会与他们会面。他是另一种类型的人，多了一些机智，少了一些盲信。有关他的一切传说，都说明他坚信自己所做的一切是为了整个人类的利益。他积极主动，富有远见，做事有计划，而计划往往要求付出一定的代价，因为每一个变化都包含着痛苦。对任何人来说，改变世界都不是一件轻而易举、舒舒服服的事情。正是基于此，他更加令人畏惧。他不是虐待狂，但却为海姆之流的虐待狂做过基础性的工作，为他们肆意宣泄自己的本能、变成杀人狂提供了条件。

我已到了人生的这个时期，我非常了解他们是怎样的人。他们思想顽固，以自我为中心，对生活缺乏全方位的了解，认为生活就是工具。他们不爱社交，不会受到影响，但最终还是被影响了。我没有兴趣和他们交谈，但塞巴斯蒂安不同，他的经历更加复杂，本质上更加危险。他不喜欢作恶，也不喜欢穿着靴子践踏同胞的脖子，但他认为那是一种必要的恶行，和善良同宗，想要获得的善良愈多，罪恶也就必须越大。

我带着某种预感前去监视屠夫海姆漂浮在水上的家。这种预感，或者说第六感，是在集中营时获得的。也许，在这种天分往往会出现的年纪，我就已经获得了它，但它却是在那个可怕的地方突然降临在我身上的。事实是，当某件比平时更糟糕的事情要发生时，或者在某件好事即将来临时，我的意识或者精神会注意到它。在那样的地方，你从来不会感到好事会发生。但是，当他们要使用毒气杀死一个朋友时，或者突然召集我们到医务室，检查我们是否仍然适合工作，也就是说，是否适合继续活下去时，我会在头一天莫名其妙地感觉糟糕透顶。在采石场，在小屋中，或者裸着身体站在院里的人群中，突然之间，邪恶的阴影就会钻进我的体内，世界随即变黑，就像傍晚降临一样。起初，我没有注意到一件事同另一件事之间的联系，但后来我开始意识到，它就像我奶奶的胳膊，快要下雨的时候，它就会开始感觉疼痛。我试图自杀的那天，也就是我的意识或者灵魂崩溃的时候。我无法继续忍受下去，阴影太大，我脑内已经看不到任何事物。尽管萨尔瓦及时地挽回了我的生命，但第二天非常恐怖：烟囱里冒着浓烟，空气中弥漫着烧焦的人肉气味，简直无法呼吸。集中营上方灰蒙蒙的，我认为这层乌云会看着我们这些仍旧活着的人，于是我请求构成云层的分子们保护我们不受所有邪恶力量的伤害，并确保体重只有三十八公斤的萨尔瓦不会被判为缺乏生产力或者无用。它们听从并考虑了我的请求。总之，直到我们离开集中营，萨尔瓦都没再被他们注意到。

在那之前，我不得不考虑各种各样的策略保护他。我总是设法站在他前面，采石场的监工就无法看到他，我还研究过他躲到哪里才不会被看见。在我们攀登一百八十九级台阶，走回集中营的时候，我会趁监工不注意，背上他的负荷，因此往往疲惫不堪。同时，只要有可能，我都会尝试冒充他混过关。那里是地狱，萨尔瓦已经到了极限，我也将无法继续那样坚持下去。我不得不将他交给命运的时刻即将来临。但就在那时，灰色的天空明白了我的心情，听到了我的祈求。自那时起，再也没人注意过萨尔瓦，我甚至不再为他担心。对于卫兵不清楚萨尔瓦没有背负石头攀登台阶这个事实，我已经习惯。他只需要在每天开始和结束的时候，上下一次台阶，同时假装繁忙就行了。有时，他甚至可以坐下来休息一会儿。

因为筋疲力尽，他没有注意到正在发生的事情，但我却无法相信自己的眼睛：卫兵的视线径直从他身上穿过，仿佛他是一个鬼魂。他们可能看到了他，但他却从来没有引起他们的兴趣，因为总是有人或者有事更吸引那些人的眼球。有一天（我记不清楚是在上午还是在下午），第一次严峻的考验来临。一个卫兵正盯着他。我在卫兵的眼中看到了瘦骨嶙峋的萨尔瓦。卫兵冲动地径直走向他，仿佛要去推他，将他推下采石场边缘。我惊恐之极，眼睁睁看着眼前发生的事情，脑中却一片空白，以为结局正在发生，我们已经走到最后。在那个时刻，你会意识到无论做什么，你都只是一个傀儡。然而卫兵径直从萨尔瓦身旁经过，走向一个可怜的人，然后一颗子弹，当场打死了他；当时，萨尔瓦正舒适地靠在一块石头上，等着他们去杀死他。那一刻，萨尔瓦表现出他性格新的一面，令我倍感惊讶。在那次事件之后，我就不再担心他了。无论发生任何事情，囚犯头儿和狗都会将萨尔瓦排除在外。他会得救，而我处在他的魔力圈中，也会得救。我尤其喜欢处在他的魔力范围内，因为它没有墙壁和门。是其他人失去了看见他的能力。虽然我现在这样说，但我其实不相信会有这样的事情发生。

我也不相信存在邪恶的阴影，但我对它的感知强于对自己的胳膊和腿的感知。好事即将发生时，或者没有特别坏的事情发生时，就不会有阴影出现，我就会感到体内如夏天般温暖，再次恢复生气，浑身充满力量。每每此时，萨尔瓦就会用讽刺的目光看着我，要我紧紧抓住任何能够抓住的事物，并对我说，这种炎热战胜寒冷的想法非常不错。自然，我没有将他自己的真实状况告诉他；也没有告诉他，他生活在魔力圈中，因为我担心它会破掉。在毫无阴影的一天，我向他坦承说，我感觉非常好，好得以为自己快要疯了。但就在那天，发生了一件事情，让我觉得奇怪的事情有时的确会发生。

我不知道自己当时是否高兴得在悄悄哼唱。就在那天，拉克尔到了集中营。我看到她的第一眼，就马上明白她是我感觉异常好的原因。她穿着一件棕色外套，乌黑的卷发相当蓬乱，夹杂在一群犹太人中大步走过。她环视周围，脸上露出吃惊和害怕的神色。我们，萨尔瓦和我，我们掩藏在破布烂条下的骷髅般的身形，也是让她恐惧的原因之一。她不可能知道她迷住了我们，让我们心中充满了阳光，她也不清楚她会立刻喜欢上我们。

请不要吞金自杀，请保持健康，能够工作，但千万不要让他们注意到你，务必让他们认为你是一个有用的人，不要将你分配到妓院。请坚持得久一些，坚持到能够走进萨尔瓦的魔力圈内。

那天，萨尔瓦看到她走进来，用乌黑的大眼睛打量着四周时，他说："那个女孩非常漂亮。"我说，我不是告诉过你，今天会有好事发生吗？

拉克尔的到来对我们是好事，但对她自己却是坏事。我们清楚这点，是因为即将发生的事情。我们想，如果她能活过最初的几天，我们就能将她置于我们的保护伞下。萨尔瓦恋爱了。他说他一生中从未有过这样的感觉。他说这也许是让他能够感觉到自己还是人类的一种方式，但无论那是什么，它都是一种他以前从未经历过的感情。我问他为什么这么肯定自己恋爱了。

"因为她令我有了飞翔的感觉，因为她令我感到双脚离开了地面，因为她在附近的时候，我会紧张得双手发抖，因为我非常渴望吻她。"他一脸羞涩地说。

令人难过的是，拉克尔却爱上了我，我也爱上了她，虽然我一直怀疑我的爱是否和萨尔瓦的爱一样强烈。我不知道自己是否飞得够高，但现在我们永远无法知道这一点了。

后来，在我们被释放之后，我对萨尔瓦的个人生活了解得不多。他全心全意投入了为我们所有人复仇的事业中。他追踪视线范围内的所有纳粹分子。我也那样做了，但我还非常幸福，因为我知道如何才能幸福。如果萨尔瓦和拉克尔在一起，她会幸福吗？如果他已经感到了幸福，还会同样执着地专注于自己的使命吗？生活没有提供答案。如今，萨尔瓦和拉克尔都已不在人世，但因为幸福，我们有了一个女儿，一个我爱的女儿。爱人能够帮你摆脱许多绝望。因为幸福，我认识了桑德拉。当我将桑德拉推向灾难的边缘时，萨尔瓦肯定会将她纳入魔力圈内。

我可以将车子停在一个方便的地方，然后待在车上，舒舒服服地用望远镜观察“埃斯特雷亚”。但是我想呼吸新鲜空气，所以慢慢逛到了那艘船停靠的地方。阳光明媚宜人。我在一张石凳上坐下来，和海姆的船相距三个停靠点，因为我觉得距离车子尽可能近一些是个好主意，必要时可以迅速逃离。海姆正在晒太阳，或者已经在吊床上晒了一会儿，正准备结束，因为他突然坐起来，沿着船舱台阶走了下去。他走动的时候，身体向前佝偻出半米。他回来的时候，手里拿着一个笔记本，与他的巨手相比，笔记本小得可笑。他会在上面写什么东西呢？可能是吃过的食物。他喜欢记录正在做的事情，记录他如何影响了世界。他事无巨细一一记录。因此，我们从他自己的记载中得知了他在手术室中犯下的各种兽行，他的这些罪行证明他就是一名战犯。此刻，他正缓慢地写着，还抬头看了一会儿天空，要么是为了进一步思考，要么是为了偶尔描写。

一分钟后，正在写东西的阿里贝特·海姆变成了背景，因为我看到一辆熟悉的四驱车停在我与“埃斯特雷亚”之间。如果在几年前，我根本没有必要努力识记，也不需要挖空心思地搜寻有关四驱车的记忆。它会自动显现，像闪电一样从我一生中看到过的所有四驱车中凸现出来。对比之下，如今我却不得不需要几分钟等候灵光闪现。但在极端状况下，几分钟的时间太长了。

除了那辆四驱车，还有一条牧羊犬从车窗中探出头来。是艾尔弗的车和狗。一个女人下了车。她满头金发，梳着一条辫子。她肯定是他们一伙的。看到她，海姆从吊床上爬了下来。事实上，他早就看到她了，可以更早一点做出反应，不过，他的记忆也同样变得迟钝了，像我的一样。

她一步跳到甲板上。他们没有相互寒暄，也没有向彼此做出任何友好的手势。他们在交谈，但我无法继续观察，因为那条狗闻到了我的气味，认出了我，开始疯狂起来。它朝着我的方向汪汪大叫，仿佛要通过半开的车窗冲出来。这条狗挽救了艾尔弗的生命。它想问候我，已经将身体探出车窗一半。金发女人转身向它看过去。我决定撤离。她和海姆正在谈论比狗兴奋更重要的事情，她也许认为任何事情都有可能令狗如此。

狗一直朝我的方向吼叫，直到我钻进车内。我驱车离开之后，仍然能够远远地听到它的叫声。这似乎有些不妙。我已经知道并注意到，不好的事情正在发生。邪恶的阴影在很多年前已经从我的生活中消失，但它的记忆犹在。我查看了燃油仪表盘，然后直奔艾尔弗的房子。这样的做法过于莽撞，因为沿途的小路非常狭窄。如果他们发现我，我就等于撞上了老鼠夹。但我必须证实我的怀疑。

在这一带行驶，非常容易走错路。相同的植被遍布四周，想要到达那些人工建造出来的乡村式房屋，驾驶必须万般小心，操作必须非常谨慎。我迷路两次，第三次的时候才认出艾尔弗的房子。她的车库里面现在是空的。四周静悄悄的，我不敢逗留太久，但我既然已经到了这里，而且知道地板门的位置，因此可以从那里走进地窖。我不知如何是好，抓挠着后颈，都快要把那里挠破了。显然，我不能将车子留在原地，那样会引起注意，等于自杀。因此，我冒险将车子开进附近的一家菜园，经过时碾压到一些莴苣和西红柿。我步行回到艾尔弗的房子前，挪开沉重的花盆，打开地板门，双脚落到台阶上，然后将地板门在身后合上。此刻，对我来说最重要的是不能激动。我不想死在这座没有快乐、充斥着酒气和呕吐物腐酸气味的房子里。打开地窖灯之后，地板上有样东西吸引了我的注意。他们在粘土地砖上粉刷了一个太阳，这表明他们曾经在这个地窖中举行过一些仪式。我在爬着通向房子的台阶时，暗自担心房子与地窖之间的那道门是锁着的，但它却是开着的，看来他们没想到会有人闯入。

厨房和起居室中乱七八糟，比上次严重得多。他们打开了所有的抽屉和柜门，却懒得将它们关上。天知道他们在寻找什么东西。难道是我取走的相册？可能还有更多的东西。我冒险走向二楼，不愿意去想他们如果抓住我，会将我杀掉这种可能性。尽管我可以确定上面没有人，我仍然小心翼翼地迈步。他们肯定已经除掉了艾尔弗。在她的朋友眼中，她不值得继续活在这个世上。我朝浴室里看了看，里面已经被彻底翻遍。我不想费神搜寻，因为不知道从何处着手。无论他们在寻找什么东西，他们可能都已找到。如果他们都没有找到，我也无法发现。我飞快地瞥了一眼衣柜内，里面的一些衣架空着，抽屉有一半也是空的。我打开其余的房间门，但没有发现任何特别的地方，只是墙壁上有一些痕迹，那里原本悬挂着一些油画，可能是伦勃朗或者毕加索的作品。

我该走了。原路返回时，我的动作更加迅速，沿着主楼梯匆匆而下，害怕迎面撞上进来的人。我将大花盆放回地板门上，走进停车的菜地。还好，车子仍然停在那里。在返回镇上之前，我路过一座房子，应该是弗丽达家（也可能是此刻和海姆在一块儿的金发女人的家），看到艾尔弗的另一辆车子停放在那里。

他们除掉了艾尔弗。他们有可能除掉任何人，就像对待她那样。他们仍在积极活动，而我尚未找到一个安全的地方存放相册和我的那些笔记本。他们随时可能搜劫我的车子，但把它们收藏在我在酒店的房间里，后果也难以想象。

[桑德拉]

有时，解决方法会在我梦中出现，因为我现在知道了应该做的事情，而且自己也想去做。我迅速喝下一杯牛奶咖啡。我做事不愿意像品茶那样拖拖拉拉。我告诉他们我想去咨询一些分娩前的课程，我一夜没睡，都在考虑这件事情，现在马上就要走。他们没有提出任何反对意见，甚至没有提醒我，卡琳那天下午还要去健身房。他们仍然在琢磨目前的情形。很好。我将剪报装进粗呢大衣的口袋里。本来我可以征求朱利安的意见，但又觉得每个行动都向他咨询太过幼稚。再说，那样做只会拖延时间。

两小时后，我回去了。弗雷德又在泡茶。茶对他们来说等同于一日三餐。尽管天气已经变凉，卡琳仍旧坐在屋外。对于挪威人，凉爽的概念和我们的不同。弗雷德和卡琳都还没有穿长袖衣服和不露脚的鞋子，他们不需要任何取暖设备。

我等到我们三个人都坐在桌旁时，起身从背包里取出一件用礼物包装纸包着的东西，递给卡琳，说我从来没送过他们礼物，希望他们会喜欢。卡琳打开包装纸，看到眼前那张刊登着他们相片的剪报，沉默不语。剪报如今夹在一个漂亮的镀金相框内的玻璃后面，与他们的卧室非常相配。

“自从我偶然发现这张相片后，就一直保存着，准备镶在相框内。我本想给你们一个惊喜，但我猜你们已经看见了。你们这么有名！难以置信。你们是名人。”

他们不知道该说什么，也不知道该怎么想。我看着他们，脸上挤出最灿烂的笑容。

“谢谢你。”弗雷德说，“这是一个非常棒的想法，但你不用那么麻烦的。”

卡琳非常镇定。她并没有因为乱翻我的东西而脸红，也没有为此道歉。

“我们会把它摆在这里。”她说着将相片放到壁炉架上。“那是很久以前的报纸了。”她接着说。

“我是在健身房等你的时候，偶然看到的，于是就拿回来了。肯定是某个人忘在那儿的。”

我终于还是对他们撒谎了。他们多半会拆穿我。他们是审讯专家，他们与那些走投无路、为了自救不惜一切手段的人对话时，一定不会相信这样的谎言，但他们也不可能完全确定我在撒谎。

“这是我侥幸得到的。”我啃着一个面包卷说，“没想到这儿会用挪威语出版报纸。顺便问问，上面说了些什么？”

“我刚才一直在想婴儿套头衫上可以编织的图案。”卡琳脸上露出事情到此为止的神态。她决定相信我。

[朱利安]

我不知道是否应该告诉桑德拉我发现的有关鳝鱼的事情（前提是我没找错人）。

我已经发现他在躲她。星期四下午，我打算到奥托和爱丽丝家旁边看一眼，看看塞巴斯蒂安·贝恩哈特是否在那儿，或者他们是否外出，以便可以跟踪他们。经过托萨利特的小广场时，我发现一辆车子停在那里，有些眼熟，里面坐着两个年轻人。当我转进右侧的第一条街上，正在一面浅粉色的石墙旁停车时，突然想起那是艾尔弗的一辆车子，较新的那部。我可以从后视镜中观察那边的情况。我看到马丁下了车，手中拿着一个小包裹。另外一个，肯定是鳝鱼，留在车里。根据马丁走的路线，他应该是到挪威人家里去，但鳝鱼却宁愿留在车上，也不想见桑德拉。桑德拉现在多半在那里，她在我的推动下主动走进了这座古怪的监狱。她肯定一直在等着鳝鱼的出现。听到门铃，根据脚步声确定进来的不是弗雷德里克或者奥托时，她内心肯定会满怀希望。鳝鱼一定也是这么想的，但他却留在那里，与她保持足够远的距离，以免她看到他。想到桑德拉因为这个白痴而痛苦，我有些心痛。

大约十分钟后，那个白痴走出车子，靠在车身上抽烟。他的相貌非常普通，不值得大书特书。不过，他的行为举止和五官给人一种复杂而且令人害怕的感觉。他长着一张长脸，面色苍白，发际线已经开始变高，如果不是那头浅棕色的细发，估计他很快就会秃顶。我认为他不仅仅能够引诱桑德拉这样的女子。在我见过的人中，能够从癞蛤蟆变成王子的，他不是第一个；他已经亲吻了桑德拉美妙的双唇，那他就更是一只癞蛤蟆。

如果我是桑德拉的父亲，如果我还年轻，我会揪住他的耳朵，拉他去见她。不过，事实上，想要促使一个人摆脱自欺欺人的状态是不可能的。如果产生了一个幻想，就会有另一个幻想，仿佛每个人都有一定的配额。如果鳝鱼没有背叛桑德拉，也会有另外一个人背叛她，就像她曾经背叛了桑迪那样；如果她没有那样做，也会有另外一个女人背叛桑迪。这样卑鄙的家伙最好不是只有一点点卑鄙，或者只有一半令人鄙视，而是要彻头彻尾的卑鄙，就像鳝鱼这样。

抽完烟之后，他抬起穿着靴子的脚摁灭烟头，然后用双手摸过头部，将脸旁的头发拢到耳后。他深深地吸了口气，然后盯着远处，持续了几分钟。看样子他不像是在发呆。他正在聚精会神地思考，几乎一动不动。接着，他坐回车内，将一个笔记本放到方向盘上，书写了一刻钟。

我在那里耐心地等候了将近一个小时，直到马丁回来。但在他进入我的视野之前，鳝鱼将笔记本收到衣袋内，用双臂圈住方向盘，垂下头，仿佛正在睡觉。

我冒险跟在他们后面。这样做几乎等于自杀，因为他们年轻而机敏。假如被他们注意到，我就会从这个世界消失。他们会意识到我在尾随他们。只有在他们放松警惕，也就是没有兴趣警惕任何事情的时候跟着他们，才会安全。我和他们保持着适当的距离，但同一辆车不时地出现在你后面，你肯定会起疑。因此，在看到他们拐进艾尔弗家和弗丽达家所在的那条小路后，我在拐角停下来，然后将车子停放在一片长满杂草的空地上的其他车子中间。驶入这样狭窄的小路过于冒险。它会成为陷阱。如果那辆车在半个小时内还不出现，我就离开。否则，我会继续跟踪他们。

那辆车十分钟后就开了回来，是鳝鱼自己驾驶的，现在只有他一个人。我猜想在下午这个钟点，他们不会在家里待到第二天。我的想法是正确的。对于每个人来说，日间的时光还剩很多。鳝鱼像疯了一样，把车子开得飞快。我只有暗暗祈祷，在这样的速度下，我的隐形眼镜不要出问题。

他停在了贝拉马尔餐厅旁。餐厅此时大门紧锁，要到第二年夏季才会恢复营业。停好车子之后，他在沙滩上坐下来，距离水边相当近，但又不至于近得打湿自己。然后，他伸展双臂，自由自在地向后躺了下来。我在车里注视着他。几分钟后，一个女子走近他。他坐起来，和她抱了抱，然后一同面向大海坐下来，她的头靠在他的肩膀上。他们背对着我，我看不到他们是否在交谈。我猜想他们应该在谈话。

他们就那样坐了半个小时，之后开始沿着水边漫步。我为桑德拉感到异常难过，不知道她是否知道这件事。也许，它可以帮助她忘掉他。也许，她应该知道，自己只是他的另外一个女朋友，清楚自己是他的码头女子，这个是他的沙滩女子，可能还有更多。鳝鱼脱掉鞋袜，卷起裤管。有几次，他双手搂住她的肩膀，她双手圈在他的腰上。不久之后，他们相互道别。鳝鱼沿着水边往回走，一直走到与他的车子平行的地方，然后转身走过去。我把头俯在方向盘上，假装在睡觉，这样他就看不到我。当我再次抬起头时，他坐在车里，开着门，双脚悬在外面，擦掉上面的沙子，然后穿上鞋袜。接着，他调了调后视镜，我感觉他向我这边瞥了一眼，但很可能只是我自己的想象。

沙滩上的那个女子也是他们的人吗？我无法确定碰到她时，是否能够再次认出她来。我停止了跟踪。黄昏逐渐降临，夜晚很快就会淹没我们，我不想在天黑之后开车行驶在一个不熟悉的地方。我不得不收工，回到孤寂的酒店房间。不过，我仍然需要找寻一个合适的地方停车，以免车子引起注意。那花费了我一些时间。我所有宝贵的东西都在车里，我又没钱将车停放在停车场。不过，话又说回来，敌人会更容易在停车场发现我的车子。停车时，沙滩上的那对多情鹦鹉的影子浮现在我的脑海中。有些事情令人无法理解：他们告别时说了两次再见，而且慌慌张张。他们为什么不一起离开？是谁令他们不敢那样做呢？

[桑德拉]

我驾驶着四驱车送卡琳到健身房的路上，看到朱利安在他的车上向我打手势。他的意思是他在等我放下她之后一同去停车；我应该跟在他后面，因为他知道我可以停车的地方。现在，他对这个镇了如指掌，包括那些最隐蔽的街道。多亏健身房附近一直没有免费的停车位，我才可以获得大约一个半小时的自由时间。有时，我回来的时候，卡琳已经在健身房门口等我，手中提着运动包，洗浴之后的头发仍然湿漉漉的。遇到那样的情况，我就会解释说，不敢回来得过早，因为那样我不得不开着车子转圈。

卡琳消失在健身房内之后，我立刻驾车跟在朱利安车后离开。我将四驱车停在一小片空地上，然后坐进朱利安的车子。他的车子停在另一个地方。他从车子上储备的瓶装水中给我拿出一瓶。除了水，他车子上还有笔记本、望远镜、一张毯子、他的帽子、一个靠垫，外加一条沙滩毛巾和另外一条酒店毛巾。他还带有苹果，车厢内飘浮着一丝甜味。我将靠垫垫在背后肾部的位置，然后问他有什么事。我希望他不要问我阿尔贝托的事情，希望他不要因此惹我生气，因为那纯属我的私事。但是，他对阿尔贝托只字未提。他告诉我，他们杀害了艾尔弗。他不想让我害怕，但也无权向我隐瞒那样的事情。朱利安偶然遇到了她。她是安东·沃尔夫的妻子而沃尔夫已经在打高尔夫时，因心脏病发作而去世。她经常酗酒，喋喋不休地唠叨一些本该保守秘密的事情。因此，他们除掉了她。她已经失去希望，成了碍事的人，给他们带来了危险。如果他们曾经杀害过那么多令他们烦恼的人，为什么不把艾尔弗也除掉呢？我明白他的意思吗？是的，我明白，尽管我以为他们尊敬自己人。

“艾尔弗和他们不一样了。她是一个人渣。他们没有办法忍受她。”

现在，艾尔弗那座漂亮的房子无人居住，车子和狗都被带到了弗丽达家。不过，弗丽达家的一切东西似乎是大家公用的，因为马丁和鳝鱼也在开艾尔弗的车子。我心中苦忧参半。如果阿尔贝托愿意，我会非常快乐，但既然他不愿意，我只能顾影自怜。

“你看到阿尔贝托了吗？”我问。

“偶然看见的。他开着艾尔弗的一辆车子，正往沙滩那边去。”

“到沙滩去？”艾尔弗不再重要。他们相互残杀也不再重要，即使他们杀了其他人，也不再重要。我只关心阿尔贝托为什么不来看我，不给我任何线索，也不让马丁给我传递便条。为什么？

我看得出来，朱利安知道的事情不止于此，他想告诉我，但又明白不应该告诉我。

“我跟着他去了沙滩。”

“啊，真的吗？”我不安地问，心中已经明白他接下来告诉我的事情不会是好消息。

“一直跟到那家锁着的餐厅，贝拉马尔。”

“他没有进餐厅。”

“是的，他一直在沙滩上，没脱夹克，穿着衣服就躺下来，伸展胳膊，仿佛想净化自己。”

我多么希望自己也在那里，无论净化与否，只要他将我拥在怀中。我知道这只是幻想，我不可能爱上一个刚见过几次面的人，我甚至不知道他是怎样的人，他是个杀手，或只是一个可怜的家伙。他仅仅吻过我一次，但那个吻我恐怕难以忘怀。这件事情不可能拥有美好的结局。我也无法仅凭一个吻的记忆活下去。每个人都有嘴唇和舌头，但糟糕的就在这里，因为其他舌头都和他的不同，我肯定再也找不到一模一样的。当我躺在床上，或者与弗雷德和卡琳一同看电视的时候，脑中常常会浮现一些根本不存在的场景：阿尔贝托和我两个人全身赤裸，他双手抱着我的头，凝视着我，然后闭上眼睛，

PART 6
永恒的青春

[桑德拉]

卡琳的身体出现了一些不好的症状，好四天，坏五天，直到马丁送来一个巴掌大的小包裹。她立刻拿进自己的房间。起初，我并未将包裹和卡琳的健康联系到一起，但一件事情逐渐会引发另一件事情。我亲眼看到包裹到达之后，卡琳身体状况有所好转。于是，我开始思索，对这件鬼鬼祟祟的事情起了疑心。那个包裹里究竟放着什么东西？他们总是将它收藏在我无法触及的地方。如果马丁到达时，卡琳躺在床上，他自己或者弗雷德会将包裹送上去给她，或者她下楼来取。如果他们不在家，马丁就会从衣袋中取出钥匙，打开书房，将包裹留在里面，锁好门，然后再将钥匙收好。起初看似简单的习惯，开始变得异常神秘：制服、包裹、金十字架、锁着的门。也许，我一直忙于寻找金十字架，以至于忽略了如此明显的情况。 这一定就是朱利安反复叮嘱我睁大眼睛的用意。他说过，你以为自己没有看到任何事情的时候，事实上，你已经看到了许多事情。毫无疑问，还有更多有趣的迹象，比如那些小包裹，他们担心我会发现，所以总是非常小心。当他们带我进入他们的家，进入虎穴时，绝不会想到像我这样远离他们世界的年轻人，因为迷茫而不知道如何安排自己生活的人，在沙滩上孤零零呕吐的人，甚至没有读过大学的人——不，他们根本不可能想到，这样一个人会遇上另外一个像朱利安那样的人，不会想到朱利安会拉开面纱，而面纱之后就是真相。

十一月初的时候，卡琳度过了几天最艰难的日子。她的身体极度虚弱，关节炎令她陷入了地狱般的境地。她甚至连台阶也无法上去。弗雷德说，他们必须考虑安装一把升降椅。卡琳过去一直反对这样做，因为这些椅子代表着衰老。她整天卧病在床。我也感觉不好，一直在咳嗽打喷嚏。有时，我觉得自己有些发烧。

弗雷德非常担心他的妻子。他的神情本就相当严肃，现在更加严肃，仿佛脸上的每个部位，每条皱纹，以及每块细小的肌肉，都像数吨水泥般沉重。他整天看着卡琳的身体每况愈下，看着她一直哆哆嗦嗦上下楼梯。每隔十分钟，他就会问是否有人送包裹来，有时他还会出现幻听，以为自己听到了门铃声。我猜测，马丁没有根据安排带来包裹，而包裹对卡琳的恢复至关重要。马儿即将露出马脚。根据气氛的不断变化，我会查出一切真相。一方面，我确实想弄清楚，以满足自己的好奇心。另一方面，我又害怕他们发现我知道了。我穿上粗呢大衣，告诉弗雷德我要出去。

“你不能现在出去。”他声音里透出了怒气。

“我有事要做，需要到药店买些感冒药。”

“别提你的感冒，那不重要。”

我不喜欢弗雷德的语气，也不喜欢他压抑着的愤怒。他随时都可能爆发。

“我真的必须去。不好意思。”我说，“我会尽快回来。”

“不行！”弗雷德大声吼道。接着，他又说了些什么，不知道是挪威语，还是德语，总之令我毛骨悚然。

我想，如果发生争斗，我的动作会比较敏捷，但他体型较大，尽管已经如此苍老，但依然强壮。他能够打开我打不开的罐子。如果他是一个高级党卫军军官，肯定知道许许多多的办法，令我无法动弹。我可以抬起穿着山地靴的脚，踢向他的胯下，但无法保证能够击中目标。我一旦有了那样的举动，处境就会变得糟糕起来。我穿着粗呢大衣，站在原地，一边看着他，一边咳嗽。与其说是因为感冒咳嗽，不如说是因为紧张而咳嗽。

“我今天需要你的帮助。在今天之前，你一直在接受我们的帮助。”

“什么？”我直觉地感到，他不单是指他们给我提供了工作这件事。

“是的，帮过你一个小忙。如果不是我和卡琳保护你，你已经葬身海底了。”

我跌坐在躺椅上，脑子飞速运转起来。怎样才能摆脱这个危险？他们已经知道我知道他们的事情了。他们认为我知道得更多，还是更少呢？继续假扮白痴还有必要吗？

“我不明白。”我想试试水的深浅。

“我没时间和你兜圈子。你也不再是那个身上穿洞，刺着文身，快乐坦率的女子。我们如今都在一条船上。”

“我想知道，我为什么有危险，是谁要杀害我。”

“现在没时间说那些。但有一点可以肯定，如果我们听任你自生自灭，你最多可以再骑几次摩托车。我不想浪费时间，你也不应该浪费我的时间。你只需要按我说的做。”他不停地说着，而我一言未发，因为我不知道该说什么。“卡琳和我不希望你发生任何不幸的事情，如果你听我的话，就不会有那样的事情发生。”

弗雷德说话的时候，我一直在想他们是否发现了朱利安。我本来是害怕失去自由来到了戴安涅姆，结果却发现自己变成了某人的囚犯。现在，不但我的自由，连我的生命都掌握在一帮我不认识的人手中。

我被弗雷德逼到了绝境。他从未那样和我说过话。我别无选择，只能按照他的要求去做。我不得不到爱丽丝家去，寻找办法，盗窃一盒曾经令卡琳恢复元气的针剂。

摩托车比四驱车好，因为四驱车等于弗雷德和卡琳。因此，我推出摩托车，开往爱丽丝的家。我非常想去告诉朱利安一切，或者逃走，忘记整件事情，但如今我已经深陷牢笼，想要走出来并非易事。他们会追踪我。然而，我随即想到，如果生活已经将这个挑战摆在我的面前，必定有它的原因。我停下摩托车，按响门牌号为 50 的门铃，同时像所有悲惨时刻的人那样，向上天祈求。我背对着监控摄像头深深吸了口气，在胸前画了一个十字。我不能将我的儿子置于险境，但如果我能够从他将要生活的世界中除掉浮渣，那么我就是在做正确的事情。可视入口系统中没有人回答。我松了一口气。再次按响门铃。在我正要离开时，大门打开了。天气很冷，我却开始冒汗。这时，我才意识到自己是个胆小鬼。我本来一直没意识到自己是个胆小鬼，所以此刻才会做这样的事，因此我可以假装自己不是胆小鬼。

出现在花园和街道之间的人，是弗丽达。

她像所有执行命令的人那样，狠狠地盯着我。我直视着她，告诉她我是来找爱丽丝的。

“她去练习瑜伽了。”弗丽达说，“不过，你可以在这里等她。”

“爱丽丝知道我在这儿吗？”我想，他们会打电话告诉她。

“知道。她二十分钟后回来。我可以给你泡杯茶。”

“好。”我说着走向那些柱子，“奥托呢？”

“他在办公室。他不希望有人打搅。”

“不用打扰他。”我说。

前门刚刚打开，爱丽丝那些吵闹的小狗们就冲出来迎接我们。既然她不在家，我就无须费神安抚它们。它们聪明伶俐，但我对它们没有任何感觉。我在起居室中坐下，它们开始啃咬我的靴子。虽然有些发热，但我没有脱掉外套。弗丽达泡茶的时候，我用手摸了摸肚子，然后问她我是否可以借用浴室。她指了指楼梯旁的客人浴室。我走进厕所。它虽然不大，但洗手盆却非常漂亮，是用当地具有乡村风格的瓷制成的。我不知道怎么办，也不知道该从哪里看起。无论如何，他们都能当场抓住我。弗丽达和奥托都在房子里，这太冒险。

弗雷德告诉我，更准确地说是命令我寻找一些装有针剂的盒子。那些针剂是无色液体，瓶子和盒子上都没有名字。也许，我能够在二楼的卧室中找到它们。踏进卧房之后，我会立刻看到右侧摆放着一张五斗橱。那里可能会保存一些，因为爱丽丝一直在不断地给自己注射。那些药盒也可能存放在主浴室的壁柜中，当然是在保险柜里。然而，我根本不可能打开保险柜。我有些茫然无措，不知道该以何种借口到二楼去。

我看着镜中的自己，默默地对自己说：你不适合干这个；既然弗雷德想要，就让他自己来偷吧。我离开浴室，走向前门。我的东西全在身上，不必再回起居室。可是，当我的手放到门把上的时候，弗丽达拦住我。在我看来，金发碧眼的弗丽达在用毒气杀人时，显然连眼睛都不会眨一下。

“我等不及了。身体有些不舒服。”我说。

奥托随即出现。他摘下老花镜，换上远视眼镜，然后将一个小包裹递向我。它只有马丁经常送过来的包裹的一半大，但毕竟是一个包裹。

“把这个带给卡琳。她需要它。十分钟后，我会打电话，确认你是否已经到达。”

“好的。”我说，“代我向爱丽丝问好。”

我惊慌失措地骑上摩托车。在爱丽丝家里，我不需要四处窥视，也不必偷窃任何东西。他们主动给了我这个包裹，认为我和他们是一伙的。因为弗雷德，我差点做了不该做的事情。他告诉我，是我造成了他们和奥托以及爱丽丝的关系紧张，他们让我住进他们家这件事受到了兄弟会的反对。我没有提出任何疑问，没有问我知道的那些事情，我差点就祈求他别再告诉我更多的事情。

尽管奥托说过他会在十分钟后打电话，我还是想停下片刻，打开盒子。毕竟，我为此试图做贼的时候，内心经历了莫大的煎熬。我认为，我有资格亲眼好好看看这个闻名遐迩的针剂。

我知道，这个包裹不可能和以前一模一样，他们会注意到它被打开过，但我的好奇心占了上风，所以我拐到一条小巷中。我停住摩托车，从车上下来，将包裹放到车座上，动手解开上面的绳子，拆开包装纸，打开盒子。我做这些的时候，一直在心中祈祷，千万不要将包裹掉到地上，摔碎那些针剂。同时，我还祈祷那些缓慢驶过的车子，千万不要是属于兄弟会的。捆扎盒子的细绳系得非常紧，绳结很难解开。也就是说，我必须削尖指甲才能解开绳结。在那之后，我还需要打开包装纸，小心翼翼地撕开贴在边上的胶带。最后，我还得尽力将它重新包好，确保包装纸上的折痕位置正确，胶带也粘在原处。

盒内仅有四支针剂，容量相当大。正如弗雷德说的那样，里面的液体是无色的，针剂上面没有药名。如果我取出一支，留下来带给朱利安，让他送到实验室中化验，会怎么样呢？这个想法差点令我发疯。我在做什么？我可以承担稍大一点的危险吗？但是，每剂药也许就是四支，弗雷德会立即发现我已经拿走一支。他肯定会告诉爱丽丝和奥托，他们就会马上明白是我偷走的。可是，如果我不保留一支作为样品，我正在做的这一切又有什么意义呢？我冒着生命危险这样做的意义何在？但如果这是一次考验又怎么办？他们居然会把这个盒子托付给我，这非常奇怪。奥托可以自己将它带过来，弗丽达也可以。我有些想不明白，所以我尽最大努力将盒子重新包好。如果仔细看，能够看出细绳被解开过，系过两次，但至少四支针剂都还在。

我到达时，弗雷德半走半跑，亲自打开大门。接着，他又返身追着摩托车跑。我在车库里将包裹交给了他。

“奥托十分钟前打过电话。他告诉我，你应该在那时回到这儿。”

“我尿急，憋不住，只好停下来去解决。”

弗雷德相信了我的解释。我们走进屋内。卡琳躺在沙发上，穿着一条松松垮垮的牛仔裤，非常难看。每当她想穿着舒适的时候，就会穿上它。她可能已经做好了万一住院的准备。弗雷德在我面前打开盒子，从人们常用来收放化妆品的一个袋子中取出一根注射器，敲破一支针剂，将里面的液体吸进注射器内，然后将针头扎进卡琳已经露出来的大腿上。接着，卡琳躺回到沙发上，舒了口气，闭上眼睛。弗雷德将注射器和打破的针剂丢进垃圾桶内，然后有些怀疑地看向盒内。

“他给你的只有这些吗？”

我耸了耸肩。

“她想独吞它。”他说。但话刚出口，他就后悔了。如果他想发牢骚，本可以说挪威语，但他需要有人分担他的不快。

“有关这件事，还有我对你说过的一切，你全都忘掉吧。”弗雷德说，“我说得太多了。这种药还在测试中，还没有取得专利，我们是通过奥托的一个朋友拿到的。我突然担心，他们不会再提供了，所以情绪过于激动。对不起。”

“没关系，别放在心上。”我毫不在乎地说，“只要卡琳身体好些，其他都不重要。”

“我觉得，应该不用告诉你这件事绝对不能说出去吧。”

我做了一个手势，要他不用担心。

“你好奇怪。我真的非常吃惊你居然同意到爱丽丝家中，按照我说的去偷窃。”

“是啊，我也不知道自己为什么会那样做。也许是因为我不愿意看到卡琳受苦。”

弗雷德用锐利的目光观察着我。他可能也无法确切地理解在我身上观察到的情况。事实上，我正在思考这些针剂的来源，以及它们的成分。

最后，我终于摆脱这对快乐的夫妇，去灯塔那里的野生棕榈树间与朱利安见面。我说我必须到药房去买些感冒药。虽然他们没有问我出去的原因，但最好未雨绸缪，以免引起怀疑。天色黑得越来越早，气温也非常低。再过不久，我们见面的地点必须换到室内了。我飞速地穿过那些曲折的道路，心中迫切希望朱利安不是坐在长椅上或者冰淇淋店内，就是躲在他的车内等我。如果他能够耐心地等候已经迟到四十分钟左右的我，那就好了。我有一肚子的话要告诉他。我获得的信息内容刺激，在我脑子里跃跃欲出。我由衷地感谢老天让我有机会拥有这次冒险经历。我知道了镇上的居民全都无法想象的事情。不过，我是真的在朱利安的帮助下已经了解知道的情况，还是我个人的想象呢？

像往常一样，谨慎起见，我驶过灯塔，然后停在冰淇淋店旁边。这个时候，冰淇淋店提供一切食物，冰淇淋除外。停好摩托车之后，我走向那片多石的区域。我看不到大海，只能听到海浪的声音，闻到海水的气味。这种感觉如同变成盲人。我刚刚迈步，就听到喇叭的鸣叫。于是，我朝那个方向走过去，发现了朱利安的车子，立刻感到如释重负。令人难以置信的释然！我已经被大起大落的情绪控制。

“我刚才还在担心。”我打开车门时，他对我说。我相信他的话，因为对于他和我，这些会面同样神圣。在这个时刻，有关卡琳、弗雷德、奥托、爱丽丝以及马丁（但不包括阿尔贝托）最荒谬的细节和他们的行为，终将得到解释。

“我不能逗留太久。回去之前，我必须到药店买些我能用的感冒药。”

“我一直在想，”朱利安说，“我觉得自己是个傻瓜。我已经把你搅入一堆乱七八糟的旧账中，现在又置你于险境中。简而言之，意义何在？无论我了解多少信息，对我们都没有任何用处。我们孤军奋战，他们的人远远多于我们，而且是有组织的。我们找不到任何可以送他们坐牢的证据。他们都已经垂老不堪，只是发生在过去的一场噩梦的残渣。”

“那些年轻的呢？马丁、鳝鱼（我说鳝鱼时，有些吞吞吐吐）还有其余的那些？”

“很多人都参加了某些秘密组织，但只要他们没有杀害……像……嗯……艾尔弗这样的人……听着，我是认真的，我不希望你回那儿去。我们不知道他们会做出什么事来。”

“还没到结束的时候，我能感觉到。我的生活一直是一团麻，我往往不假思索做了许多没有理由不合常规的事情。如今，所有的事情突然之间回归正位，我采取的任何行动都有利于创建系列中的另一个链接。比如，今天——我迫不及待想要告诉你——发生了一件事，好像非常重要，但我不确定有多重要。”

那件事情确实重要。因为在我向朱利安讲述关于那些针剂、卡琳身体状况出现的惊人好转、以及他们所有人的活力、特别是爱丽丝的青春活力等情况时，他不断地晃动脑袋，虽然次数不是非常多，但也足以说明他听到的消息和他心里考虑的事情相当吻合。当我说到这种液体肯定和爱丽丝惊人的年轻有关时，他停止动作，一动不动。然后，就在那时，我突然恍然大悟，奥托和爱丽丝拖延分药的时间，十有八九不是因为我的缘故，而是因为这种产品供应量稀少，他们不愿意与人共享。

我向朱利安表达了自己的怀疑，说弗雷德是操纵者，试图让我偷窃一种东西，这比偷窃可卡因和海洛因严重得多。听完之后，他只说了一句：“或许是，或许不是。”

“你说‘或许不是’是什么意思？”

“在我们弄清楚这种液体的成分之前，我们还不能确定他们是因为它而产生了矛盾。也许它只是具有安慰剂效果。有些人会四处寻找，通过一些非正常渠道服用任何能够取得相同效果的调和物。”

“但如果他们认为对自己有效，那就是一回事。他们正在为某种没有价值的东西争执，也许就是因为他们认为它的确有效，尤其可能因为它确实产生了一定的效果。我可以向你保证，它对卡琳有效。她的关节炎发作得非常厉害，他们注射了这种液体后，她所有的问题都消失不见了。”

“如果它确实具有不可思议的效用，那它应该可以将她彻底治愈。”

说完那些话之后，他沉默起来。我也没有说话。我们的讨论到此为止。显然，下一步就是设法获得一支那样的针剂。在恳求我离开那座房子之后，朱利安不会要求我去那样做。我也不愿意主动提出去做。我甚至没有告诉他，我差点从包裹里偷出一支针剂。

“你给家人打过电话了吗？”他口中问着，脑子里却仍然在思索我提供给他的新信息。

我摇了摇头。我和家人说什么呢？总之，每过一周，我要对他们说的话就越少。他们在那里，而我却在这里，我们处在两种截然不同的生活中。

“你应该和他们谈谈，听听他们的声音，这样你才能记起过去的你。”

我还有非常重要的事情想和朱利安谈论：阿尔贝托和逃离。

[朱利安]

在灯塔旁见面之后，我们返回镇里。我先开车走，桑德拉骑着摩托车跟在后面。有时，她会从后视镜中消失，过一会再次出现。她必须拿着从药房买来的东西回太阳别墅，证明今天下午外出的理由。对桑德拉来说，不幸的是，伪装欺骗的门已经打开。为了掩盖其他细节，她只好用一些细节吸引挪威夫妇的注意力。如同弗雷德和卡琳的年龄掩盖了他们的罪恶一样，药房的袋子同样会掩盖我们见面的事实。

我建议由我将摩托车骑回去，但桑德拉断然拒绝，说她自己更习惯那堆烂铁，要我最好擦亮眼睛，因为她不希望我发生任何不测。然而，我并不为她担心，我想当然地认为，她已经坚持到了这个地步，应该能够继续生存。最主要的原因是我不想杞人忧天，从而忘却把我带到这里的目的，尤其当我已经发现了某些关键的线索后。坦白地说，那些线索是桑德拉发现的。我刚刚才明白，我的朋友萨尔瓦寄到布宜诺斯艾利斯给我的信中说的不是空话。他说我会在这里找到永葆青春的奥秘。如果我没有遇上桑德拉，这条线索就会成为一条死胡同。关于他们正从世界的某个地方带来的这种药物，萨尔瓦自己可能也只是有了线索而已。也许，他并不希望我执著于此。否则，他很可能会在信中告诉我他知道的一切，以免我从头开始。

桑德拉将车子停到标有绿色十字的药房对面时，我也在她前面几米远处停下车，通过后视镜看到她走进药店，然后又走出来，骑上摩托车，朝我这边瞥了一眼，然后走了。她要回到太阳别墅，不得不继续面对那两个颤颤巍巍的魔鬼。他们知道一千种除掉他人的办法。对于他们来说，生命不再神圣，只是可以用作武器的东西。

萨尔瓦和我在毛特豪森看到了许许多多的事情。我们看过骨瘦如柴的人和大群大群赤身露体的人，就像一种苍白中透出粉色的古怪牲畜行走在院里的雪地上。我们的身体成了我们的耻辱，我们的胃部因为饥饿、疾病以及缺乏隐私而疼痛。这一切都与身体有关。想要忘记自己的肉体并不那么容易，因此那里的人每隔一天就会想到自杀。在我看来，认为这一切都会结束，或者认为只要我愿意，它就有可能对我来说全部结束，是一种解脱形式。死亡可以拯救我。希特勒是一个病态的人，已经在他可怕的心中将我们全部毁灭。我们生活在这个人可憎的大脑中，所有惨绝人寰的暴行都是在那里产生的。从他的脑中逃离，只有一个办法：不是他死，就是我亡。我无法继续忍受如此精彩的生活，太阳、树木和歌曲全都变成了如此可怕的东西。但是，我不希望成为他的精神错乱的牺牲品。我希望我能自由选择结束生命，而且如果可能的话，在我这样做的同时能够望着天空。我在小屋旁坐下来，从衣袋中取出我们在采石场敲下来的一小片碎石，割断我的血管。有人看到我这样做之后，告诉了萨尔瓦。于是，萨尔瓦救了我。我不知道他是如何做到的，但他却救了我的性命，治愈了我的伤口。他还说，无论发生任何事情，虽然我们已经深陷泥潭，虽然我们备受屈辱，虽然我们是最低层的奴隶，但我的生活只属于我自己。当然，它并不美好，也不体面，甚至不值得去经历，但它属于我，其他任何人都不能代替我生活。没错，萨尔瓦，希特勒死在我们前面，但他却在身后遗留了这么多邪恶的东西，在我心中遗留了这么多邪恶的东西。我经常梦到他们赢得了这场战争，然后大汗淋漓地从梦中惊醒。

萨尔瓦，当你提到永葆青春时，指的就是这些衰老的纳粹分子往自己身上注射的那些针剂吗？或许，他们是在无数次惨无人道的实验中偶然发现了某个抗衰老配方，然后仅在他们之间使用。他们会在哪里制造这种药呢？

我对萨尔瓦的计划日渐清晰。他将一个巨大的项目交到了我的手上，我不得不利用各种资源，通过多方调查，将它逐渐变成我自己的项目。如果萨尔瓦已经发现了永葆青春的灵丹妙药，那么他肯定获得了很多信息。可是，他不愿意为我设定路线，不想为了自己的复仇目的利用我。我认为他是希望将这个玩具放到我手中，作为礼物送给我。他希望给我最后一个机会。

假设这一切存在牢固的基础，那我现在已经知道了毁掉它们的办法，我只要切断这种灵丹妙药的供应渠道即可。卡琳将会萎缩，最终瘫倒在轮椅上。爱丽丝将会像葡萄干一样皱缩，而那些男人们将会失去所有的活力。我不知道追随他们的那些自以为是的年轻人，比如这个马丁，将这些包裹从一座房子带到另一座房子里时，是否清楚里面是何物。

问题是桑德拉。她是一个富有正义感的人，如果我对她施加压力，她会给我拿来一支针剂，我们就可以分析它的成分。这样，我们也许会找到制造这种针剂的实验室。可是，我会让一个尚有一辈子大好生活等着她的女子这样做吗？我会答应一个试图保护我，不希望我骑着摩托车发生事故，将自己置于险境的女子这样做吗？然而，我必须进行到底。为了萨尔瓦的，我也得这样去做，因为他在最后一刻想到了我，给了我这个胜利的机会。

[桑德拉]

他们已经不再隐藏装有针剂的包裹，而是将它们同注射器一块儿堆在五斗橱里，供卡琳需要时随时使用。如果有一支不见了，他们就会知道是我拿走了它。那可不是闹着玩儿的。我已经摆脱了许多东西，包括大量的恐惧，但好运不会永远存在。

我回到太阳别墅之后，将塑料袋放在厨房的操作台上，从抽屉里取出一把勺子，打开止咳糖浆瓶，当着他们的面服下一次的药量。

“我们刚才还在担心呢。”卡琳说，“你去了很长时间。”

“我不知道。”我心中有些不安，“我没看时间。”

我咳嗽了一声，想让他们停止对我的盘问，结果弄假成真，引起一连串的咳嗽，咳得无法停下来。

“我们不想干涉你的生活，但我们真的为你担心。你这个样子，晚上在那些弯道上行驶很危险。你必须照顾好自己。我们只希望你好。”

卡琳的身体已经恢复，脸上露出警惕的表情，令人害怕。她眼睁睁看着我咳嗽，却无动于衷。我不停地咳嗽着，只好倚在厨房的水槽旁。弗雷德起身递给我一杯水。

“你该去床上躺着。你的状况不好。”卡琳说。

她没有要我和他们一起坐坐。不过，我也正想尽可能少地与他们待在一起。他们似乎没有以前和善了。他们皱巴巴的脸庞后隐藏着他们年轻时的面目，傲慢无礼，肆无忌惮。也许，卡琳的年龄和她到目前为止的阅历已经令她有些软化，她身体上的虚弱也会令她更具人性，至少已经迫使她认清自己需要他人的帮助。但即便她活到一千岁，我也根本无法了解她的所思所想。这个女人曾经毫不手软地往狱囚的器官里注射各种各样肮脏的废物；同时，她还参与了在双胞胎身上进行的实验。如果所有那一切在她眼中都属正常，如果在实施各种兽行的间隙，她还能够享受阅读爱情故事的快乐，那我永远无法明白她的想法，无法猜到她准备对我采取什么样的行动。

我说，如果我的身体状况没有好转，我必须回到家人身边。

他们看着我，两人脸上的表情都非常严肃。

为了躲开他们的目光，我走到冰箱旁，为自己倒了一杯牛奶。在将牛奶放进微波炉时，我飞快地转动脑子，考虑接下来要说什么，以免脱口而出任何自我暴露的话语。

“你在这儿前途光明。”弗雷德说，“你的儿子应该得到机会。你始终拥有你的家人，但不能躲在他们的保护伞下——那句话是怎么说的？——一辈子。”

“我们没有孩子，也没有孙子。”卡琳接着说，“但总要有人来接替我们，在这座花园中继续栽种植物，夏天的时候为游泳池注满水。我不知道你是否明白我现在说的这些话。”

我从微波炉中取出杯子，开始慢慢品啜牛奶。他们正在承认，他们会成为我渴望的祖父母，成为安排我生活的人。问题是，让他们成为我渴望的祖父母这个想法对我已经失去吸引力。

“你今天做的事情，”弗雷德说，“是一次非常勇敢的尝试。在奥托将包裹交给你之前，你去了浴室查看。弗丽达都对我们说了。我们愿意相信，如果有可能，你会为了帮助卡琳而偷窃。”

我什么都没有说，只是面带笑容喝着牛奶。事实并非如此。我不会为了卡琳而甘愿冒险，也不会走到偷盗的地步。我那样做既是出于好奇，也是因为想到我如果就这样离开他们，回到我以前的生活，任由他们为所欲为，我无法忍受。像他们那样拥有如此重要东西的人不多。在遇见朱利安之前，我对纳粹分子一无所知。朱利安来这里寻找他们，我却无意中找到了他们，或者说，是他们找到了我。我们三个人就在厨房里，围绕着我会成为他们最喜欢的孙女这个主意博弈。

“你不能一个人过一辈子。”卡琳大声说，“一个人做任何事都会困难得多，只能做一些孤身一人能够做的事情。然而，如果你得到他人的支持，得到其他许多人的帮助，曾经不可能的事情就会成为可能。这样的群体会为你提供力量。困难之处在于找到一个愿意接受我们、帮助我们的群体。”

我一言不发，只是喝着牛奶看着他们。

“你有所爱的家人，和他们更亲近一些，也是人之常情。”弗雷德继续说。只要弗雷德开口说话，卡琳就会睁大双眼，极其专注地看着他。我现在才明白，这是她紧张不安的表现，因为她害怕他会犯下某种愚蠢的错误。“除了你的家人之外，你还可以拥有我们和我们所有的朋友。”

“奥托和爱丽丝？”我问。

卡琳伸出手臂，握住我的手，她的手指放到我手上。接触到她的皮肤时，我不由打了一个寒战。我强忍住着没有任何动作，以免泄露我对她的反感，然后我轻轻移开她的手，端起杯子。

“对，你已经认识了几个。”

他们对视一眼，显然就泄露某件重要的事情达成了一致意见。开口说话的是卡琳。

“我们已经问过几家人，他们向我们表达了对你的看法。你加入我们兄弟会，也不是没有可能。当然，也没有那么容易。我们需要说服一些顽固的人。我们的年纪都非常大，做事也非常保守，要我们习惯一些新面孔比较困难，但是……我不知道是否应该和你说这些，但最反对你加入的却是年轻人。”

“我不知道什么是兄弟会，是不是就像宗派那样？”

“差不多。”弗雷德点了点头。

卡琳瞥了他一眼，目光中尽是责备。她不可能当众给他难堪。她绝对不会那样对待她一手打造的杰出成果，对待她的这个获得金十字架勋章的军官。但她也可能想那样做。

“我们只是相互帮助，一起吃饭，举行派对。谁遇到了困难，我们就会帮助他。我不知道宗派是怎么回事。”卡琳总结道。

“我有些累了。”我说着又咳嗽一声，“你们两个都知道，无论你们有什么需要，都可以找我，但这件有关兄弟会的事情……我不太确定我是否清楚如何加入兄弟会，也不知道应该做些什么……”

卡琳起身走到我身旁，抚摸着我的头发。我浑身顿时变得僵硬起来。她真的在扮演祖母的角色。

“好好休息一晚上，考虑考虑。明天，你想问题会更清楚。”

“晚安！”我说着就站起来，走向楼梯。刚踏上第一级楼梯时，我想起了咳嗽药，于是返身去取。我认为还是谨慎一些比较好。

“万一再咳嗽可以用。”我说。

我转身离开时，听到卡琳提高声音说：“我们忘了婴儿服。”

我正想着最好把这一切都告诉朱利安时，就睡着了。

[朱利安]

在药店旁和桑德拉分开之后，我回到酒店时，感觉情况有些不妙。虽然根据我的推测，罗伯托应该在值班，但前台却没有人。我想，他可能是去上厕所，或者吸烟去了。随即，一系列想法自动涌入脑中。我想到了注射事件，想到了桑德拉，想到她的头发又长了许多，想到她扎着马尾的样子显得更加年轻。她已经不再率性而为，目光介于严肃与怀疑之间。她已经知道害怕，不是害怕对未来生活的手足无措，而是害怕他人。如今，她已经回不到过去。她正在向悬崖下跳去，但没有人阻止她，没有人帮助她，甚至包括我在内。

我回到房间门口时，意外地看到警探托尼正从里面走出来。他在找什么？

我问他是不是出了什么问题。他移到一侧，为我让路，但我没有进去。我不想和他一起待在里面，也不想和其他任何人一起待在里面。

他说他来看看我是否一切都好。他说话的时候，连眼皮都没眨一下。我丝毫看不出他脸上有被当场发现擅自进入我的套房应有的狼狈神色。他圆胖的脸上一副光明正大的样子，仿佛那样做纯属例行公事。最后，他问了一个根本不需要回答的问题。

“一切都好吧？”

透明纸屑在地上，室内显然没有发生任何事情。不过，我察觉到托尼的手握过抽屉把手和门把手，他那双贼溜溜的眼睛盯着桌上的那些纸（上面潦草地写着一些无关紧要的东西）。

[桑德拉]

第二天，我睡醒之后，想给父母、姐姐以及桑迪打电话。现在，我已经偏离我的正常生活太远，仿佛去了另一个星球旅游，而返家的宇宙飞船中途抛锚，我被滞留在那里。我深感无力，主要因为有人如果问我，他们是否伤害了我，是否虐待过我，是否做过任何不利我的事情，我却没有任何客观具体的证据为自己辩护。我只能说他们的表情和话语经常含有双层意义，充满疑问，但这一切加在一起依旧模糊不清，纯属臆测和个人理解。如果我加入兄弟会，迈出这一步，也许所有的事情都会明了，但天知道我要付出什么样的代价。我没有想过，他们居然会容许没有弄脏双手的我成为他们中的一员。可我一旦玷污了自己的双手，我将不得不面对良心的谴责。脱离这个部落，或者宗派，或者兄弟会，不会那么容易。我发现同桑迪断绝关系都不是那么容易，离开这个古怪的群体会更加困难。

既然卡琳感觉恢复了不少，肯定想坐在四驱车上四处逛逛，但我需要一些时间处理自己的事情。洗澡，整理床铺，将房间略加收拾之后，我下楼吃早餐。正如我猜想的那样，卡琳已经抢先一步，做好了安排。除了听到她的声音外，我还闻到了弗丽达在做清洁的气味。卡琳看到我之后，马上给我泡上加牛奶的咖啡。她一边泡，一边告诉我她今天的计划。令人恐惧的计划。

天气晴朗。我边喝咖啡，边看着窗外的树枝。水槽上方有一个漂亮的长形窗，大理石操作台面令厨房显得明亮而欢快。卡琳动手给我榨果汁——准确地说，不是为我，而是为她自己，因为她想感动我，让我心甘情愿地做她想做的一切事情。她亲自动手压榨橘子，动作相当麻利，令我怀疑她又用了一支那种针剂。如果是那样，她就只剩下两支，如果我再拿走一支就太冒险了。

卡琳计划到百货商店购物。她喜欢逛遍所有不同的区域，经常因为超低的物价感到惊讶，并不断感叹人们能够设计出多么漂亮的东西来。她最爱在家用品区域流连忘返，而我总是不得不将她拉走。陪她购物令我非常痛苦，也让我感到厌倦，但她总是乐此不疲，因为购物能让她感觉到自己活着。之后，我们会去健身房，将她留在那里。这样，我就拥有一个小时的自由时间，可以试着去见朱利安。我只好等到时间更多的时候，再给家人打电话。至少糖浆已经在起作用，我的咳嗽变少了。

现在我心中正想着那些注射剂。刚有这个念头，我的心思就立刻全部集中到了它们身上。弗雷德已经和奥托以及其他更多的“兄弟们”打高尔夫去了；弗丽达在楼下的书房里，移动家具时发出和往日一样的噪音；卡琳已经决定在门廊上等我。我告诉她，我要去拿包。的确如此。不过，在去我自己的房间之前，我悄悄溜进了弗雷德和卡琳的卧室。我没有关门，以防弗丽达上来。弗丽达的第六感非常强烈，如果有人准备越轨，就像我现在这样，她能够感觉到。我直奔浴室，向垃圾筐内看去。里面有很多卫生纸，上面粘着鼻涕和其他鬼才知道的东西。我只好用手指移开它们，然后发现了一个注射器。我继续向下挖，发现了另外一个。卡琳已经注射了两支针剂，从而获得更多一点生活的乐趣。

我非常忐忑。如果弗丽达发现我在这里，我就完了。我扯下一点卫生纸，将注射器裹起来，搞乱筐内的所有垃圾，然后走进自己的房间。这时，弗丽达刚好开始擦拭楼梯扶手。我带着包走出来。它是我的包中最小的一个，现在斜挎在我胸前。包内的一个小袋中，放着那两个用卫生纸包着的注射器。我祈祷有更紧迫的事情吸引弗丽达的注意，那样她就不会对我的行为有所察觉。我突然想到几个办法，比如返回卡琳卧室，打开放在她梳妆台上的香水瓶喷一下，这样既可以令侦探犬弗丽达发觉，也可以为我出现在那个镀金的玫瑰色房间做出解释。但是那样一来，就可以彻底证明我去过那里，最有可能窃取那些注射器。最好还是不要贸然行动，犯下不必要的错误。

楼梯扶手是用桃花心木制成的，上面雕刻着各种各样弯弯曲曲的精美图案，缝隙之间积聚了灰尘。因此，当卡琳和我离开时，弗丽达仍然在擦拭楼梯扶手。当她起劲儿地投入到这些工作中的时候，心里在想些什么呢？我拿起天鹅绒袋子，里面装着我正在编织的小套头衫和织针。我拿这个袋子，是为了向她表明，我在购物中心等她时，有时会坐下来编织。

卡琳正在欣赏风景。太阳的温度不是很高，但照暖了车窗上的玻璃，因而四驱车内舒适惬意。卡琳有时会闭上眼睛，似乎在竭力迅速地吸收大量的生命力。在这样的时刻，她会想到自己亲手杀死和曾经参与杀死的那些人吗？会想到她剥夺了那些人享受温暖阳光的权利吗？她的那些行为都是自己自由选择的结果，甚至不是一时激愤所为。我用眼角的余光看到她正在得意地笑着，心满意足，根本没有露出任何因为良心不安而内疚的表情。她毫无愧疚的样子令我怀疑朱利安是否找错了人，他对我讲述的一切是否完全真实。也许，朱利安遭受的折磨过大，令他无法分辨好人与坏人。

在购物中心的园艺品区度过半小时后，我告诉卡琳我的脚肿了，需要坐下来，所以准备到车上抓紧时间编织套头衫。她坚持要我留下来，坚持说四处走走才是减轻脚肿的正确办法。她这样坚持，是因为她喜欢对看到的每一件物品品头论足。但是，我不打算让她扭着我的胳膊，于是我朝四驱车走过去。不用听到卡琳声音的感觉好极了。我取出几天没有碰过的织物，开始编织起来。我几乎不再去想阿尔贝托。他一直没有出现。我打开车窗，外面的空气流淌进来，同时伴随着购物车推向汽车时轮子发出的咔哒声。生活可以如此简单。工作了一辈子的老年人推着购物车，享受着日常生活中的琐事，平静地生活。

两个小时后，我远远看见了金属闪光环绕中的卡琳，便下车去帮她。她让我推购物车，也不问我是否感觉好些了，根本不和我交谈。因此，我猜想在这段时间内，因为没有人可以倾诉，她开始想我，而且那些想法不是很好。我也保持沉默。我打开后备箱，将她购买的东西放进去，然后赞美了她购买的赤陶花瓶。她说她将它们放进购物车时弄伤了自己，幸亏一个肤色深黑的女人（她是指黑人吗？）过去帮了她。她说到“肤色深黑的女人 ”时，语气轻蔑；说到“帮忙”，是在暗示我抛开了她。我差点对她说，如果她拿不动那些花瓶，买回去也没有任何作用。但那样一来，情况会更加糟糕，我在她眼中的形象会更差。所以，我选择了道歉。

“对不起。有一会儿，我的胃非常难受。”

她会因为这些话心软吗？我不该用“心软”这个词，因为她根本没在考虑我。她想的只是我其实没有停止喜欢她，认为我还喜欢和她在一起，只是因为感觉不舒服才离开她身边的。

“等我们到了家，你就能看到我买的东西了。”

我告诉她我迫不及待地想看看她买的那些漂亮东西。然后，我们驱车前往健身房。这次，她预约了上午的练习时间。幸好，这个时间点附近也没有停车的地方，所以她只好在门口下车，而我则继续去寻找地方停车。我一直在祈祷遇到这种情况，以便去酒店见朱利安，或者给他留张便条。如果事与愿违，我就只能陪她一同进去。如果我在她锻炼期间离开，她就会知道，那样我就必须想出借口。

我驱车直奔酒店。就在我到达时，酒店门口有一辆小型货车离开，刚好腾出一个空位。我对前台人员说要找朱利安，他们向他房间打了电话，但他不在。尽管他不在房间，我也不想将注射器带回去。即使扔掉它们，我也不想把它们放在身上带回去。不过，我应该先想办法将它们送到朱利安手中。

他会在哪里呢？没有和我在一起的时候，他在干什么？我事事都要自己做，我厌倦了。烦死了！我冲出去，一路开到海岸区。那里有一些花摊。我走到我发现的第一个花摊旁，买了他们价钱最便宜的一束花。这是一些时令鲜花，当然是暖房中培育出来的，根本没有香味，最多会散发出刚刚被剪下来的枝茎气息。花贩将它们从桶中抽出来，包裹在透明纸中。我要她额外给我一张纸，并催促她动作快些。但既然我在买花，我也不希望我的行为在别人眼中显得古怪。她还给了我一张卡片和信封，以便我留言。

我在面向码头的那张长椅上坐下来，然后用那个中国女人给我的玻璃纸包住那两个裹在卫生纸内的注射器，将它们插进花茎中，从表面根本看不出来。花束上面还绑着一根巨大的丝带，可以遮住任何东西。我在卡片上写道：

生日快乐！希望你总能在这些柔软的花茎中，找到没有被忘却的青春。

我本来没打算使用“没有被忘却的青春”这几个词，准备写上“你永恒的青春”，但万一这束花误落到他人手中，那样似乎过于明显。当然，这完全是我在疑神疑鬼，不过我不会为了几个字而冒任何风险。我希望，在我冒险带出的这两个注射器里仍然有一点完好的药液可供分析。我回到酒店，请前台接待人员在朱利安回来后，将花束转交给他。

然后，我到附近的一家酒吧，给我妈妈打电话。

当她听到我的声音时，几乎惊叫出声，然后说他们担心我，想知道姐姐将我从“平房”中赶出来之后，我去了哪里。我妈妈对姐姐生气时，就会称那座房子为“平房”。因此，我猜测她们肯定因为我发生过争执。我告诉她不必担心，我和几个女性朋友合租了一套公寓，过得非常开心。

“难道你没有其他话要和我说吗？”

“没有，就这些。”

“你确定？”每当她发现了别人的错误时，就爱使用这种进行调查的口吻讲话。

“你什么意思？”我说。

“我是指……你明白的。”

“不，我不明白。”我这样说会伤害她，或许也伤害了我自己。

“天呢，桑德拉！我是你妈妈。你又不是在白菜叶下面捡来的，你要明白。”

白菜叶？每当她发脾气的时候，就会说这些蠢话，所以我认为这是一个说出真相的好时机。

“你是在说宝宝，即将来到这个世界的宝宝吗？”

“对，我想说的就是这个。你姐姐已经告诉我了。她做不到心安理得地保守这个秘密。万一你出了什么事，可怎么办？”

她开始哭起来。假如这才是正题，她兜了一个大圈子才说到它。

“我说你姐姐不应该把平房租出去，应该让你一直住到回来的时候。”

“妈妈，她需要钱。别管了。我跟你说，我现在很好。”

我告诉她，我已经做了一次超声波检查，她要有外孙了。我还告诉她，孩子非常健康，各方面都发育很好；在户外的海滩散步，对我非常好。她此刻已经泪流成河。我没有做过一件遂她心意的事情。

“你需要钱吗？”她声音哽咽。

“我已经找到了工作，生活得很好。”我告诉她，“等朋友们不在的时候，你可以来看我。”

我终于如释重负，只是忘了叮嘱她不要告诉桑迪。时间紧迫，我只好去接卡琳。我不知道回到卡琳身边是回到现实中，还是回到极度的非现实中。

我驱车慢慢停下时，她已经斜背着运动包等在门旁。同往常一样，她扭曲的脸上——在阳光的照耀下更加扭曲——露出了疑惑的神色，但我并没有打算解释。我本来已经想好了理由，说自己被迫将车开到几英里外，然后开着车子转了又转，等她出来。可是，此刻我连这个解释也不愿意说，只是问她锻炼的情况如何。

“好得很。”她说。

弗雷德和卡琳的英语都说得非常流利，但带有本国的口音。听到他们使用这些口头表达时，感觉相当滑稽。

卡琳累了，我们一路上没怎么说话。到家时，她说教练真是把她们累坏了。突然之间，卡琳不再是女巫，而是变成了一个拥有诸多问题的老太太。她连一个包都拿不进屋内。她的力量耗尽得越来越快。我只好帮她拿包。进入屋中之后，她立刻躺到沙发上。弗丽达做好了汤，给她留在厨房。她居然有时间做那么多事情，与此同时，她还要留意任何异样的迹象。真是令人难以置信。

在我取出包里的东西，将它们收好，然后告诉卡琳它们多么漂亮时，她问我是否考虑了加入兄弟会的提议。此时此刻，弗雷德正在竭力说服奥托和其余的人接纳我。

“和朋友们一起打高尔夫，吃午饭和晚饭的目的就是这个。”她告诉我弗雷德的打算。

我向她说了实话。我告诉她，我已经忘了那件事，我不愿意再考虑它，并对他们所做的努力万分感激，但他们应该明白这一切对我来说非常突然，我从没想过会去做那样的事情。她开始打盹，于是我将她午睡时常用的格子呢毯盖在她身上。我继续整理东西，担心弗雷德随时会出现，可能还会同他的朋友奥托一起出现。

如今的弗雷德已不是以前的他。过去那个曾经在海滩上帮助我的弗雷德，曾经伸出大手扶我起来的弗雷德，曾经急匆匆为我送水的弗雷德，和如今的他之间出现了巨大的鸿沟。这个弗雷德头脑简单，唯命是从。我认为他任何事情都能做出来。如果卡琳要他杀了我，他就会杀死我。如果兄弟会命令他做这件事情，他也会杀了我。自从他和卡琳相恋的那段日子起，他们就生活在一个组织中。对他来讲，这个组织的命令就是真正的法律，真正的正义。在接受组织之外的任何东西时，即便他没有公开反对，也会非常勉强。

[朱利安]

我整个上午都在四处奔波，企图收集到更多有关弗雷德里克和卡琳的朋友们的信息。我在查探的东西看起来就像某种梦想，某种噩梦。萨尔瓦已经发现了纳粹分子的一个巢穴。这些纳粹分子全都即将离世，但仍然是纳粹分子。我感到疑惑的是，他为什么没有将他在养老院设法收集到的信息留给我。他肯定留下了明确的说明，要他们转交给我盒子、公文包、信封，或者诸如此类收藏资料的东西。我可以确定，他给我写信时，不仅写了他们同样嗜好折磨与谋杀，肯定还明确了他们的人数、身份、生活形态以及日常活动。他会告诉我有关永葆青春的事情，他应该已经掌握了更多的相关资料。因此，只要能到养老院去，我就会马上出发。目前，我需要休息一会儿。吃点东西，然后休息。

我到了常去的那家酒吧，点了一份套餐。现在侍者已经认识我，对我的态度非常友好。他一看到我进去，就马上从吧台后面走出来，一手拿着刀叉，一手挥动着纸桌布。如果有空位，他就准备在酒吧后部面对门的方向摆放餐桌。我辞掉中心的工作之后，将一些习惯保留下来了，这就是其中一个：绝不背对门坐着；如果在街上有人与我长时间保持过近距离，我会突然转身；遮住他们在我胳膊上刺刻的号码，夏天亦是如此。在我女儿小的时候，我们有时会去海滩，我就用绷带或者膏药将它盖住，其他孩子就不会问我它是什么了。我不喜欢别人为我难过，或者以异样的眼光看我。我的过去的确与众不同，但不管怎么说，我不愿意吓到孩子们，也不想欺骗他们。

有些东西无论在初见时有多么不起眼，但只要是真正重要的，孩子们还是会立刻注意它们。有一段时间，我女儿非常迷恋学校操场上的沙地，常常将颜色最金黄的沙粒装进塑料袋中，带回家送给我。我现在仍然保留着那些小袋子，这次离家在外还随身带了一个，用作我的护身符。幸亏我总是将它随身带在我的夹克口袋中，所以当他们在我房间里劫掠时，没有将它从我身边带走。

我女儿告诉我，我可以通过激光除掉手臂上的数字号码。但是我对她说，将它们遮盖起来与除掉它们是两码事。那个数字是我身体的一部分，当他们将它刺刻在我身上之后，我的生活不可能再保持原样。如果我除掉它们，等于自欺欺人。再说，为什么要除掉它呢？我的未来就在这里，我现在正做的事情就是未来的一部分。

最初几天，我总是吃法式煎蛋；后来，就改成了套餐。无论选择哪一种，价格几乎都相同，我一直都吃得很好。侍者总是会按照我的要求，不在我的食物中加盐，而且会推荐最适合我的食物。有些日子，我还给了他数额不错的小费。酒吧中的侍者都知道，我住在阿祖尔海岸酒店。他们告诉我，我选择在他们那里吃饭做得很正确。他们不愿意多说，不想惹事，不过我也认为不在酒店中就餐是正确的做法。

我发现酒店在吸引力方面略有欠缺，不如我在酒吧里的感觉好。最后一根稻草的出现，是在我吃完午饭后回到酒店的时候。我进入房间准备躺下休息一会儿，然后整理我在图书馆、镇政大厅、土地管理局以及死亡登记局等地匆匆记录下来的信息。找到一个地方后，就会联系到另一个地方。现在，我已经可以确定，有些纳粹分子自从四十年代与五十年代起就一直居住在这里，有些是因为受到仍然居住在这里的纳粹分子的召唤，前来这里与他们会合。还有几个已经离开，或者假装已经离开。事实上，他们已经改头换面，甚至还在房地产业与酒店业生意兴旺。其中一个纳粹分子以妇科医生的身份开办了自己的诊所。我不知道萨尔瓦具体在哪一年来这里居住，但他肯定积累了大量的信息。当他意识到自己要死在他们许多人之前时，肯定产生过地狱般的无力感。他不相信上帝，也不相信来生，我和他一样。是无神论者。在亲眼目睹了一切之后，我们拒绝承认任何与我们有关的神灵存在。然而，我还是希望我的朋友被安葬在某个地方，以便我能够带上鲜花去墓地看他。

正如我说的那样，最后一根稻草出现了。如果要搭乘电梯，我必须经过前台。警探手中拎着一束鲜花等在那里。他们大概了解我的习惯和时间表。年龄大了就会出现这样的状况：如果不按照习惯做事，就不可能继续活下去。年轻时，我从来没想过会有这么一天。不过，托尼已经等在那里，他递给我一束花。

“这是什么？”我问。

“生日快乐！”托尼说。

我欣赏着鲜花，没有轻举妄动，以免暴露自己，但他为什么会对我说那样的话？

“谢谢！”我做了一个欢快的手势。无论是真有其事，还是开玩笑，这个手势都适合，“你真是有心人。”

托尼感到情况不妙，我也如此，但他一言不发，只是看着我。无法忍受这种紧张气氛的人是罗伯托，那个脸上长有大雀斑的接待员。

“不好意思，朱利安先生，它不是我们送给你的，是一个女子，一个朋克带过来的。”他直视着我的眼睛，以便我能够明白他指的是谁。

他们两个都在等着我的解释。

“呵呵，这真是个不错的想法。难怪我一直不想回自己的国家去，这里的人实在太好了。”说完，我便拿着花束，侧身准备走向电梯。

然而，虽然我有些吃惊，而且在酒吧里吃过番茄炖肉之后，肚子相当饱，但我仍然保留着一丝清明，因此我看向透明纸内，寻找花束中常常夹着的卡片。托尼肯定是从卡片上知道了我的假生日一事。

“里面不会没有卡片吧？”

罗伯托连忙将卡片递给我。他不想惹事。如果卡片是在托尼手里，他根本不会难为情。他天生脸皮厚。

我从信封中取出卡片，飞快地瞟了一眼，决定到房间里慢慢看。

“别告诉我你看过卡片了。”我直视着托尼说。我与这样的禽兽打过不少交道，因此知道我一定要让他们明白，你不怕他们。

“信封是开着的。”他回答时，他死鱼般的眼睛并没有避开我的视线，“我们这样做是为了安全。我们不可能在没有安全保证的前提下，接收任何奇怪的东西。”

接收？废话。

“一束花很奇怪吗？”

“如果我是你，”托尼说，“一个根本不像是修女的年轻女子送花给我，难道我不会觉得奇怪吗？这也许是某个恐怖主义阴谋，也许是某种威胁。我要对这里发生的所有事情负责。”

“请多加理解。”罗伯托插话说，“如果我们知道这个女子是谁，知道你赞成这个女子的行为，那么当她再拿着一束花出现的时候，我们就不会觉得这么奇怪了。在你的房间出事之后，我们非常关心你。”

“她不是恐怖分子，你们看了她的卡片应该已经知道，她不会造成任何威胁。”我说这些的同时，意识到最好附和他们的话，“她是一个普通女子。有一天，在海滩上，她头晕的时候，我帮了她。肯定是我在某个时候告诉过她我的生日快要到了……这是她为了表达对我的感谢送的花。”

我终于进了电梯。正常情况下，人们不会遇到这样的盘问；正常情况下，他们也不会考虑四处探听我的事情；不过，我们都清楚，此刻正是双方暗自交战的激烈时刻。我一点都不高兴，极度不乐意他们看到了桑德拉。这是她第二次来酒店，我必须告诉她要更加小心，因为我不信任托尼。毕竟，我们身处小镇。小镇里的每个人都认识其他所有人，把全部时间用来联想，直到最后根据事实做出推论。

我将鲜花放进一张小桌子上的花瓶中。它摆放在那里，仿佛笃定迟早会有鲜花进入这个套房。我看了看浴室，然后看着卡片。我应该先看卡片，还是先往花瓶里注水？我一边想着这个问题，一边脱鞋，但既然我脱鞋的时候坐在床边，于是自然而然躺下来，然后伸手将小信封拿在手中。

我认真地看着卡片，反复将桑德拉的话读了几遍。她的话读起来就像一首诗，但完完全全是一则信息。她提到了花茎，提到了花茎中永恒的青春。我跳下床，从花瓶中取出鲜花，用开塞钻扯破丝带。开塞钻也是套房里的，它似乎永远在等待一瓶酒的到来。我好不容易才扯断丝带，它没有被动过的迹象。幸好托尼没有他自认的那么聪明。因此，我是第一个看到窝在花茎中的物体的人。

包裹花束的透明纸内还有一个小包，里面的东西差点刺到我。天哪！居然是卡琳用来注射神秘液体的一次性注射器。这些神秘液体就是人造白金，如果它没那么神秘，那在这里的任何一个药店都能买到。

在实验室中，他们可以吸取样品，进行分析。我会到楼下的酒店电话亭中查阅黄页，寻找医药实验室。我会打几个电话，看看是否能够找到仍然开放的实验室。

这的确是我要做的事情，但我首先合眼二十分钟，尽力放松休息，因为强迫身体的机制运转是愚蠢行为，最终只会徒劳无功。任何事情都不会因为二十分钟左右而发生改变。酒店门厅里的洗手间两侧，各有一个用桃花心木作镶板的电话亭。我看着电话簿，开始拨上面列着的三家实验室的电话。它们对外开放到午饭时间，其中只有一家是人声回答的。我解释说，我要化验的不是血和尿，而是另外一种体外物质。在真人接听的电话中，他告诉我，他们分析各种各样的有机液体和无机液体，并和我约定上午九点钟送样品。

在出发去见桑德拉之前，我还有一段时间可以浏览我的笔记。在拉克尔之后，她是我认识的人中最优秀、最勇敢的女性。我的女儿是另一回事。我从未将女儿与任何人相提并论，因为我绝不能做到客观。

[桑德拉]

我整理卡琳买来的那堆垃圾。与此同时，弗丽达留下来的汤在加热。整理完之后，我走到楼上，飞快地偷偷看了看弗雷德和卡琳的浴室。每次走进那间卧室，我总会印象深刻，因为他们的床头板、缎子床罩和窗帘、墙壁上挂着的他们自己的肖像、以及我送给他们的加框剪报照片，都非常特别。那张剪报相片摆放在壁炉上方的架子上，说明他们宁愿将它收藏在这里，以免其他人看见。衣柜内部非常壮观，挂着卡琳领口极低的长礼服，它们也许曾经被元首本人的手抚摸过；除此之外，还悬挂着弗雷德的大号裤子和夹克衫。卧室内气氛异样，装满了这两个魔鬼的想法与梦魇。不过，我从未发现他们的睡眠存在问题。他们如果没有睡着，通常只是为了做爱，或是因为第二天会做某些非同一般的事情。他们不是那种会因为懊悔而感到痛苦的人。

有时看到他们，我会惊讶他们居然是我在实际生活中看到的有血有肉的人，因为朱利安对我讲述的那些暴行，任何人类都不可能做出来。所以，自那以后，当我听到有人说某某非常有人性时，我不知道那是好事，还是坏事。

浴室同样令人印象深刻。和楼梯一样，它也是用马克尔采石场出产的大理石砌成。我由此想到了毛特豪森的采石场。朱利安同我在纪录片中看到的那些可怜人一样，曾经被关闭在那里。这种大理石纹理细腻，手感凉爽，泛着粉红色。卡琳的香水瓶放在它上面，显得奢华耀眼。壁柜内摆放着数罐面霜，金色的盖子，上面的名称难以辨认，但我并不关心那些。我已经听到弗雷德的钥匙打开临街大门时常常发出的声音。他喜欢将它们握在手中，并令它们响上一会儿。根据钥匙的响声，可以判断他的心情好坏。

我打开厕所垃圾箱上的金属盖。令我感到意外的是，弗丽达居然没有将它清空，里面所有皱巴巴的卫生纸以及剩下来的硬纸卷筒，一个空的洗发水瓶，以及其他几样东西，几乎和我动过之后一模一样。这些东西当时的状况，和我那天早上看到它们时几乎相同，但我不敢确定弗丽达是否在捉弄我，因为这个失误与我对她的了解不符。弗丽达是清洁冠军，她尽职尽责，从不磨蹭，从未遗漏任何工作。她是一个从事清洁的纳粹。我的心暗自一颤，喝汤的欲望顿时全失，因为我想到弗丽达识破我后，即使当天没有逮到机会告密，第二天也会告诉弗雷德和卡琳。如果事实如此，我可以想出什么借口？她的话会对我不利，而他们会相信她。

然而，情况随即发生了变化，帮我摆脱了苦恼，并令我认为：在做出任何可怕的决定，比如坦白或从窗口跳出去之前，我都应该等待，应该沉默地等待其他事件的发生，因为总会有事情发生。你只需要耐心等待。

事情真的发生了：弗雷德用挪威语对卡琳说话的语气令我感到震惊。弗雷德从未对卡琳高声吼过，他就是卡琳的狗。所以我倍感惊讶。我踮着脚尖走出金粉色交映的房间，恰好看到他们两个上楼。弗雷德几乎在推着卡琳，卡琳东倒西歪，使出全身力气拼命抓着扶手。起初，我以为起因是我。卡琳肯定在为我辩护。如果他们到现在还没有发现我在窥视他们，那是因为他们不想，或者是我有特异功能令他们无视，也可能是因为根据概率，他们在沙滩上发现的呕吐女子，完全不可能成为间谍。幸好，弗雷德突如其来的怒气和我无关。他怒气冲冲，根本没有看到我在走廊上，正准备从他的房间回我自己的房间。

卡琳向我走过来时，一副要哭出来的样子。走到我身边后，她紧紧抓住我。弗雷德看向我们，脸上的表情缓和了一些。我看出卡琳要哭的样子是假装的。我从她身边移开一点距离，然后抚摸着她的头发，看向弗雷德，用眼神问他怎么回事。

他们向我讲述了事情的经过。卡琳泫然欲泣，呜咽着对我说，弗雷德不明白女人的首饰对她有多重要。弗雷德想将她的首饰送给爱丽丝。

如卡琳所愿，我点了点头，尽管我们都知道我是一个没有首饰的女人，同时也不在乎首饰。

“看来老天爷的分上，卡琳，”弗雷德说，“有些东西比珠宝首饰更重要。”

卡琳一言不发，弗雷德只好继续劝说。

“生命更重要，不是吗？用生命交换珠宝。”

“那个婊子……”卡琳说，“她想夺走我的一切。”

我这才明白，奥托和爱丽丝送给他们的注射剂是用珠宝换来的。

“我希望你到他们家去，”弗雷德说着打开衣柜内的嵌入式保险箱，“告诉他们，你忘了给他们这个小礼物，感到非常抱歉。奥托逼迫我的时候，我这一辈子都没有那样尴尬过。”

“难道你不能去吗？”卡琳问。

“不行。”他说着打开保险箱，取出我以前见过的那个首饰盒。在那一刻，我走了出去。我留在那里观看卡琳的首饰似乎不好，而且我也不想看。

“让桑德拉和你一起去。那样，你们两个人都可以散散步。”

汤闻起来好像煳了。我跑下楼，接着像过去几天那样开始咳嗽起来。冷汗顺着我的后颈流淌下来。我从火上端开汤，然后躺到沙发上，几乎就躺在卡琳片刻之前压下的凹陷处。

他们肯定正在选择带给爱丽丝的首饰。趁此机会，我收拾心情，用卡琳在购物中心购买的木碗，将汤盛了出来。

我们喝汤时，我从药店拿回的塑料袋就放在面前。弗雷德将带给爱丽丝的首饰放进那个袋子，然后将它甩在桌上，发出哐当的响声。他们使用挪威语交谈了片刻，好像在彼此责备，或许是因为弗雷德没能成功掌控这个花费了他们巨资的物件。然后，他宣称要去打电话给奥托，告诉他卡琳要去看望爱丽丝，因为她真的想送她一个礼物。

他起身打了电话，然后说她五点钟在家等我们，恰好与我在灯塔旁约见朱利安的时间相同。

“难道你不认为，应该是你们两个人一起去吗？参与这样的私事，我感觉不太自在。”

“那正是我希望你去的原因。”弗雷德说，“因为我希望他们从此明白，”说到这儿时，他嘭地拍了一下桌子，吓了我一跳，“你就是我们的家人，你有资格加入兄弟会，你比其他许多通过充当街头小丑而获得军衔的人，有资格得多。”

卡琳满目崇拜地看着丈夫，然后对我笑了笑。

“他说得对。”她说。

他们愿意告诉我这么多秘密，令我感到恐惧。弗雷德会因为我背叛他的组织，也同样令我感到恐惧。我根本没有指望他们会那样做。可能是他们保守秘密的时间太长，而且只在组织内部密谋各种事情，因此渴望第三方加入，令他们摆脱索然无味的状况。兄弟会给予他们安全感，却不能带给他们乐趣。过去的那些小聚会都非常不错，但他们不满足。不过，最重要的是，我不能去见朱利安，因此我非常着急。

“我预约了五点钟去注册参加一项分娩课程。我们可以早点去爱丽丝家吗？如果能明天去更好。”

弗雷德和卡琳双双摇头。

“必须早点去。”弗雷德说，“爱丽丝正在休息。两点到五点之间，不可能见到她。我相信，你推迟一天报名分娩课程班，不会有任何影响。”

“他们有可能把名额报满。那才是关键。”我说。

“别担心。”卡琳脸上浮现出恶魔般的笑容，“我去的那个健身房里也有分娩课程。只需和主管说一声就可以了。那样一来，我锻炼的时候，你也可以锻炼。明天上午，我就和他谈。”

没希望了。无论他们想做什么，无论他们何时去做，都不可能受到阻拦。被迫满足别人的需求，会令他们暴跳如雷。

五点整，我在爱丽丝家门口停下四驱车。我们按响门铃，他们五分钟后才为我们开门，此举令卡琳感觉受到了羞辱。我必须站在卡琳这一边，虽然我不情愿（我不关心卡琳，也不关心爱丽丝），但我住在她家，和她的接触更频繁。我比较了解她。即使她们两个已经开始考虑除掉我，无所偏袒也是不可能的。

我没有说话，因为不想令她更心烦。我甚至没有正视她。

随着大门的缓缓开启，她说：“这个爱丽丝，迟早要为此付出代价。”

当我们走向多利斯风格的柱子时，我暗自思忖两人中哪一个更坏，哪一个会赢。表面上看，爱丽丝更年轻，更健康，而且她还是控制针剂的人。因此，卡琳除了坚持，压抑自尊心之外，也无计可施。

弗丽达过来迎接我们。显而易见，她下午负责清扫这座房子。我们不得不在起居室等候更长的时间。我迫不及待地想从弗丽达的神色之间察觉出她是否发现我偷走了用过的注射器，但她的视线却极少落到我的身上。透过仔细观察，我看出她认为我是侵入兄弟会的外来者，我在克里斯滕森家的出现肯定使她大为恼火。

“真难闻！”卡琳嘀咕着，将视线从铜钟、银烛台、金框镜子、极其古老的挂毯以及可以进入博物馆的古画上一一掠过。

“那些都是真品吗？”我问。

“还不如不是。”卡琳的语气中充满了轻蔑。

我问她是否带来了那袋首饰，她摸了摸手提包，确认带来了。倒不是说卡琳自身品味有多高雅，但至少她有个人品味。她喜欢美好的事物，即使它们并不昂贵，也不奢华。爱丽丝的东西则纯属奢华，每一件东西都极尽奢华，因而没有任何特别的东西脱颖而出。我感觉自己仿佛置身古董店，可以四处观赏各种不同的物件，想象它们在不同地方的样子。我从未买过古董，因为没有足够的经济能力，也没有存放古董的房子。不过，在这里看到的所有东西中，我最喜欢一个中国造的茶壶。它肯定拥有两千年的历史。

爱丽丝突然出现在楼梯口。她从容不迫地走下来，就像一位演员。她穿着剪裁精细的黑色天鹅绒裤子，举手投足显得非常优雅。显然，她喜爱天鹅绒，因为她家的窗帘也是天鹅绒做成的，呈浅亮的蓝绿色。她还穿着一件紧身短上衣，与长裤的料子相同。如果再加上一根长长的烟斗，她就可以变身成为完美的旧式吸血鬼。看到我之后，她改变了姿态。我不知道那种改变是好还是坏。但她抬起双手，将头发拨拉得蓬松起来，所以我想应该是变好了。她乐意看到我，弗雷德和卡琳也知道会这样。他们清楚她看到我态度会软化，事情会更加顺利。我这才意识到，她的姿态对他们更加有利。也许，这些人在屠杀犹太人和朱利安这样的人时，认为自己是在做好事。

即便如此，我仍然站在卡琳这一边，而不是爱丽丝那边。她招待我们喝茶。他们一直都喝茶。我拒绝了，说喝茶会引起失眠。

“我不相信你的话，你还这么年轻。”爱丽丝说，“你甚至还不知道失眠的滋味。我会给你沏甘菊茶。”

我真后悔没有接受她的茶，因为泡制甘菊茶需要更多时间。现在已经五点半了。她不会让弗丽达去泡甘菊茶，这样等于火上浇油，会使弗丽达对我更加怨恨。我不知道该如何应对。她亲自去了厨房，烧上水，将甘菊茶袋放进杯中，然后用一个小碟子将杯子端出来，将它放到我面前。她的神色与举止之间，似乎展露出一丝宠溺，令我感到害怕。接着，她坐下来，交叉双腿，十分优雅地端起一个非常漂亮的瓷杯，喝了一小口茶。天知道谁以前用过这杯子喝茶。

她的目光越过茶杯顶端，注视着卡琳。

“啊！”卡琳说着拿出那个标有药店绿十字的塑料袋，“希望你喜欢它们。这是我那儿最好的，会非常适合你。”

“我们来看看吧。”爱丽丝将袋内的首饰全部倒在咖啡桌的玻璃面上，周围全是茶杯、糖以及茶匙。卡琳飞快地瞟了我一眼，仿佛在说：她是个普通女人，甚至连看看这些首饰的资格都没有。

“红宝石项链。”爱丽丝将项链握在手中举起来，大声说道，“配套的耳环，珍珠手链，蓝宝石戒指，如果我没弄错的话，这是紫水晶戒指，是白金的吗？”

她捏起由四股串成的珍珠手链。

“这条手链太遗憾了，有搭配的项链才行。”

“项链？”卡琳说，“啊，对。肯定掉在我的手提包里了。”

在爱丽丝无情的注视下，卡琳佯装在包里四处翻找，然后掏出一条双股的珍珠项链，肯定价值不菲。

“谢谢。”爱丽丝接住项链时说，“我知道，你不是非常热衷于珍珠，可我却非常喜爱。”

她站起身，将项链戴在脖子上，看向一面镀金框的镜子。

“戴着有点重，”她评论说，“不过非常漂亮。”

卡琳喝干杯中的茶水，我连忙也大口咽下滚烫的甘菊茶，然后我们站起来。我瞥了一眼我的手表。六点差五分。朱利安可能还在等候。

“不急。”爱丽丝大声说，“你们不要急着走。吃点弗丽达做的松糕吧。”

我们都说不饿，因为午饭吃得很晚，肚子都还很饱，吃不下松糕。

“就吃一点点，尝尝味道。棒极了。”她口中虽然这样说，却没有起身，仍然戴着珍珠项链。“弗丽达！”她尖声叫道，“将你做的美味松糕拿过来一些。”

我们只好再次坐下。爱丽丝习惯想到什么，就一定要做。她又为卡琳倒了杯茶。为了阻止她又去泡甘菊茶，我对她说，我现在可以喝一点茶。弗丽达端着和她在卡琳家常做的相同松糕出现了，她为每人准备了一大片，应该说是一大块，几乎盖住了整个盘子。

“你肯定不会觉得，我们会把它全吃完吧。”卡琳脸上闪过一丝恶魔般的笑意。

接着，爱丽丝用德语说了几句话，卡琳也用德语回答。他们仿佛在使用行话持续交谈了大约十分钟，直到卡琳站起身。

“现在，我们真的要走了。”她口气强硬地说，“这孩子还有事要做，我也是。你做的松糕非常好，弗丽达。”

我也低声说松糕好吃，虽然我几乎每天早餐都在吃。根据爱丽丝脸上的表情来看，在她们刚才使用德语的交谈中，好像卡琳占了上风。再看弗丽达的脸色，她似乎也相当满意。当然，因为无法跨越德语与大秘密这两个障碍，我也只能看出这些来。

我们正要离开时，爱丽丝说："稍等。"

卡琳有些恼怒，看了看表，仿佛有急事要做的样子。在我们来访期间，她也许产生了到购物中心去的想法。即便事实如此，我也不会觉得意外。爱丽丝打开一楼的一扇门，五分钟后，她拿着一个往日常见的包裹出现了。

"这是私人礼物，是我自己的东西。"

卡琳接过来，然后紧紧抱住她。不过，这个拥抱更像是挤压肩膀。她们和解了。毕竟，作为一个面临危险的种族，她们注定要和睦相处。

在这个场景发生时，有一刻，只是刹那间，我直觉地看向我的右侧，撞到弗丽达正在看着我。我立刻移开视线，无法从中得出任何结论，但有一点非常清楚：弗丽达在研究我，或者说在观察我。除此之外，她显然还没对爱丽丝说过我取走了用过的注射器。因此，她要么是还不知道这件事，要么是暂时按兵不动。在我没有注意弗丽达的这段时间，她可能一直在观察我。

说过再见之后，爱丽丝用力将我贴到她身上，和举办派对那天晚上一样。我甚至能够感觉到她突出的髋骨硌疼了我。

我们终于坐到四驱车上后，我不敢看表，也不敢乱说话，唯恐引起卡琳的警惕，意识到我也有自己的生活。

"看样子，您让她明白了自己的位置。"我的语气中透出敬佩之意，是真心的敬佩。

"我必须提醒她一两件事情。人总是非常健忘。现在，我们在车上了，我们去兜兜风好吗？"

"好的。"我嘴上说着，心中却非常厌倦这种猫捉老鼠的游戏。

"这个女人快要把我逼疯了。别人的东西，她全都据为己有。如果她在街上发现了世界上最大最漂亮的钻石，她也不会感兴趣。

但如果戴在别人身上，她就非要不可。还有你。如果你没有和我们在一起，她根本不会注意你。”

这个掠夺成性的爱丽丝。他们这帮人全部都是掠夺者，只是各自的方式不同罢了。阿尔贝托除外。阿尔贝托给予我的，多过他从我这里得到的。爱情是把双刃剑，可以让你快乐，也可以让你痛苦。随后，我想到了黑天使，他似乎是这帮人中最有智慧的一个，也许是兄弟会的领导者。他只是在参加卡琳的派对时来过一次，令人感觉他厌倦他们所有人。我突然想向卡琳询问他的情况。

“塞巴斯蒂安怎么样了？就是在你的派对上，真正有绅士风度的那个人。”

“塞巴斯蒂安……对，他非常有品位，和爱丽丝毫无相似之处。就像你刚刚说的那样，爱丽丝只是一个暴发户，一个新贵，从她的言行举止就可以看出来。但是，塞巴斯蒂安属于另外一个社团。有他在的时候，我连说话都需要谨慎。”

我朝着灯塔的方向驶去。卡琳始终看着窗外。天色正在变黑。

“我们要去哪儿？”她问。

“我不知道。镇上会很挤，到处都是人。在爱丽丝家的时候，我开始感到有些头疼。”

“对，爱丽丝的确是一个讨厌的家伙。”

为了到达灯塔旁的野生棕榈树那里，我只好绕道开到一条土路上。我想试试，是否能够从这条路上看到朱利安的车子。这个时候，他自然不会继续在那里等我。不过，既然已经到了这里，不去看看的确很蠢。卡琳不会把我们到这里来与任何其他事情联系起来的。

我将车停在冰淇淋店的旁边。店内的灯光在周围的树上投下许多虚幻的形状。我喜欢这种平静而孤独的感觉。不过，我知道卡琳会对此感到畏惧。她需要熙熙攘攘的感觉。

“我们来这里干什么？”她问。她宁愿在购物中心看拥挤的人群和漂亮的商品。

“我想小便。这里面肯定有厕所。”

“在野地里小便不就行了？不会有人看到你的。”她哈哈大笑起来。

“那倒是。可我这样的时候很多呀。要是你不想出来，那我去去就回。”

“我等你吧。时间不要太长。”她用命令的口吻说，因为我没有做她想做的事情，她变得暴躁起来。

带她到这儿来过于冒险。我现在有些后悔。我只能期望她因为想到镇上去而头脑混乱。

我走进去，并没有指望看到朱利安，也不知道该如何充分利用现在的情形。店内坐着两三对情侣，吧台旁有两个男人正相互开着玩笑。以前常见的那个女侍者看到我去厕所时，看了我几眼，我也回头看了看她。然后我走过去，问她是否有人给我留信。

“给你？”她一边问着，一边思考要不要告诉我。

我的心脏怦怦直跳。如果卡琳突然冒出进来的想法，我就完了。女侍者向吧台下看去。我听到车门砰地响了一声，正准备跑出去时，好事的女侍者取出一张纸片，紧紧盯着我的脸，似乎想让我听取她对我和老头朱利安之间的关系的看法。我将纸条放进衣袋中，然后想拜托她保密，但最终我什么也没说，因为那样做会扩大事态，反而令她对此事的记忆更深刻。我没有上厕所，就返身走出了店门。来到外面之后，才发现又有一辆车停在了我们的车旁边。我回头看了看，想确认卡琳是否能够透过窗户，看到我和侍者在谈话，并往衣袋中塞了纸条。有这种可能。

“上过厕所了？”她问。

我没有回答，只是舒了口气，仿佛在感受膀胱压力的消失，然后发动车子。

当我驾着车子俯冲下去，向镇里开去时，我说："那些首饰都非常漂亮，但珍珠项链……"

"那些珍珠戴在你身上会非常好看，但戴在那个老女人身上就不行了。我不知道她觉得自己是谁。珍珠适合年轻女性。你有没有打算哪天取下你鼻子上的那个环？"

"嗯，既然打了这个洞，所以还是要让它派上用场。"

她高兴地在座位上动了动。她喜欢和我待在一起。我将车子开进前往托萨利特的那条岔路，随即进入喧闹的镇内。我能够感觉到卡琳的情绪高涨，但她没有说话，唯恐我没有意识到，而是径直开车回家。我在购物中心的停车场停下车子。

看到她已经兴奋起来，我问："你不是说你头疼吗？"

"对，不过现在好了，我们得忘了爱丽丝的事情，不是吗？"

就像俗话说的那样，她脸上堆满了笑容，仿佛穿上新鞋的孩子。她没有想到我会主动去购物中心，不用她要求。我相信，她在灯塔旁的时候，心头闪过的任何疑问和怀疑现在已全都烟消云散。我们进去之后，取了一辆购物车。她的眼睛立刻被琳琅满目的商品所吸引。我告诉她，车灯可能还开着，我很快就回来，我知道在哪里找到她。

她从我的视线中消失之后，我立刻从衣袋中取出纸条。朱利安在上面画了一些圆圈，整整三个。每一个圈里都有一个字母，A，B，C。在字母C的圈圈内，有一个十字。纸条上还有一个长方形和一些棕榈树。我闭上眼睛，试图冷静脑子。当我再次睁开眼睛，仔细看着纸条时，上面的画开始有些眼熟起来。粗短的野生棕榈树，长椅，石头。这正是天气变冷之前，我和朱利安常常在灯塔旁坐的地方。或许，这幅画是在告诉我，他在石头C下面给我留下了某种信息；

也可能是在暗示我不要到酒店去，应该到灯塔那儿去。但是，现在去有些困难，需要的时间太长，卡琳会感到意外，因而发脾气。不过，也许在路上我能够编造出理由。卡琳高兴的时候，愿意相信任何事情。卡琳清楚，她的美好生活快要走到尽头；如果流淌神奇液体的水龙头被关住，她就会皱缩，瘫倒在轮椅上，再也无法外出。她的珠宝首饰迟早也会用尽。她必须为当下活着。

我急速离开那里，只要有车挡在我前面，阻碍我，我就会按响喇叭。如果骑摩托车，我眨眼就会到达，但驾驶着这辆庞然大物，一切都变得复杂起来。

我终于到达灯塔。将卡琳一人丢在商场是疯狂的行为。我耗时十五分钟走完了那些曲折的弯路。车灯照射在长椅和棕榈树上。当我确定了石头C之后，迫不及待地走过去。这块石头相当沉重，但最后我还是将它翻转过来。我捡起他用塑料裹着的纸片，然后飞速离开。一路上，我仿佛置身于电视上的那些障碍赛中，所有的问题全都必须在高速行驶的过程中解决。这样急匆匆地来回开车会对我有害吗？当然，再过两个月，我就不能再这样做，幸亏现在还可以。我坐进车子，然后发动。在等候信号灯的时候，我暗暗祈祷它们快些变绿，全心全意地祈求；随后，我又祈祷停车场还有车位。这个时间，正是购物中心人多的时候。如果我找不到车位，无论是谁，都无法对此做出合理的解释。我的祈祷得到了回应。我在一楼找到一个位置。关于这一点，如果卡琳有任何疑问，我也许能够让她对自己的记忆力产生怀疑。我身上的每个毛孔都在冒汗，心脏也在急速跳动。我的双脚刚刚踏进超市，我便立刻开始控制自己的呼吸。我不希望她看到我急匆匆的样子。我擦掉脸上的汗水。我来回总共耗费了将近四十五分钟。再祈祷一次。我发誓这是下午最后一次祈祷。我祈祷能够在拥挤的人群中发现她。

我站在接近中心的位置，聚精会神，将目光从每个商品区域一一扫过。我的祈祷中还包括她不要隐藏在某个柱子后面。我看到了她。我看到她在图书区域那里购买几本镀金字母的厚书。

我走到她身边，接过装着几本书的袋子。

“你去哪儿了？我还在担心呢。你不会是又感觉不舒服了吧？”

我非常清楚她的话中隐藏着陷阱，所以我告诉她，不是因为那个原因，我只是找不到她。人太多了，根本不可能找到她，我甚至差点放弃，打算让他们通过有线广播呼叫她。正在那时，我终于看见了她。

“好看吗，这些小说？”

“我都等不及要看了。今天晚上，我不看电视。”

这个消息不错。那么，我也可以上楼，跑进自己的房间去。我不愿意和弗雷德单独在一起。有那么多事情需要我掩盖，我害怕自己会不小心泄露出去。

为了不让卡琳注意到我们需要搭乘电梯到一楼去，以及停车票上出现的短暂时间，我告诉她：我想学习德语，我认为学习德语可以为我打开许多扇门，或许她可以教我。

“比如，”我问，“你们怎么说，‘我住在弗雷德和卡琳家。弗雷德和卡琳是我的朋友’？”

卡琳飞快地说了一段德语，然后停下来想了一会儿，然后说：“我想，我没有耐心教你。去学校学习效果会更好。我知道一所非常不错的学校。”

一切都很简单。卡琳付了停车费，我拿过停车票，扔进一个废纸篓。我们已经下到一楼，正要打开后备箱，存放卡琳购买的商品。这次，除了她突发奇想买下的一些东西之外，她还买了一些实用的东西，比如水果和牛奶。就在那时，她环顾四周，说我们之前停车的地方不是那里。我说，我们就是停在那里的，但这次我们没有搭乘扶梯，而是搭乘电梯下来的。

她再次看了看四周，没再说话。我本来可以告诉她，我回去查看车灯是否亮着的时候，才意识到将车停在了残疾人专用区域，只好把车子挪开。不过我已经用最简单的方式达到目的。如果她相信我，当然好；如果不相信，她也不会接受另一个说法。

“现在要回家吗？”我打破她的思绪。

“回家对你更好，我还不累。”

为了再次打破她的思绪，我又问她是否介意到我姐姐家去看看是否一切都好，我顺便再取回我留在那里的一个文件夹，当然是一个根本不存在的文件夹。

[朱利安]

我在灯塔旁等了一个小时，但桑德拉没有出现。任何障碍都有可能出现，阻止她出来见我。在这样的情况下，我不知道是该逗留在那里，还是离开。想到她为了过来而编造各种理由，却发现我已经走了，我心中分外不是滋味。她如果再到酒店去，似乎真的非常危险。最重要的是，我想警告她不要到那里找我，告诉她需要和我交谈的时候，应该在灯塔这儿。到目前为止，我们的问题是我该在什么地方给她留信，她该在什么地方给我留信。有时，我非常想再买一部当地手机，给她一些钱，好让她给我打电话。但是，电话不够慎重，最终会背叛你，你永远无法知道接电话的人所处的状况。现在这样更好。他们追查到我们接触方式的可能性越小越好。挪威夫妇不用手机，也正是出于这个考虑。许多没有被发现的纳粹分子连家用电话都没有。他们往往使用熟人的电话，或者到附近的酒吧打电话。就在这时，我突然想到了我们可以使用的最简单的信箱：我们最熟悉的地方，也就是我们多次坐过的石椅。那就是我们可以互留信息的地方。我在冰淇淋店喝着加奶咖啡，吃着抹满黄油和糖的圆面包时，将那个地方画成了一幅小地图。画面非常简单，但如果不知道根据事实推理，想要破解它也没有那么容易。

我折起纸片，然后写上："请转交给戴着鼻环的女子。"

[桑德拉]

我缓慢地驱车前往姐姐家的小房子，以便卡琳在回到太阳别墅之前，忘记停车场的插曲。我们远离镇上之后，天色已暗，周围亮着小灯，树木在地面上投下影子，天空吞没了我们。这样的景色非常漂亮。然而，和我分享这个时刻的人，却是一个丧心病狂杀害了几百条人命，却连眼皮都不眨一下、毫无内疚的魔鬼。我能够闻到她身上的香水味，于是我打开车窗。

"你非常浪漫，是吧，卡琳？你那么热爱阅读爱情小说。"

"我现在老了，没有它们，我活不下去。不过，有些小说会令我回忆起一些事情。我爱看这样的小说。里面描写了爱情、征服、诱惑，可以调剂生活。你肯定想象不出来，我认识弗雷德的时候，他是什么样子。他非常有魅力，身材挺拔，面貌英俊，不屈不挠，正是我喜欢的类型。他那时候是个运动健将，擅长各种运动，骑马、滑雪以及登山，是个超人……完美极了。我在看到他的第一眼就爱上了他，就像电影和小说中那样。现在，我们两个都老了。你父母多大？”

“我妈妈五十岁，爸爸五十五。”我说这些的时候，脑中却想着卡琳向我描述的弗雷德，和我从朱利安那儿听来的差不多，只是没有那么完美。朱利安认为，弗雷德是卡琳往上爬的原料。而且，在我看来，他也是卡琳塑造自己病态的浪漫梦想需要的原料。根据目前为止我得出的结论，卡琳非常现实，同时也喜爱幻想。

“你祖母呢？”

“我祖父母已经不在了。我几乎不认得他们。有时，我都怀疑自己是否记得他们，是否想过他们。”

“现在，你有了我。”她说。

虽然不愿意，我还是挤出一个高兴的笑容。我心中明白，这是我们两人之间的表演，但我仍然感到欣慰。卡琳甚至在最虚弱的时候，在那些她努力表现得更有人性的时候，也不愿意付出多于所得。她不习惯慷慨大方，那根本不在她的计划之内。

朱利安所说的小房子里的灯亮着。我停下四驱车，告诉卡琳，如果她想等在外面就等着，但正如我预料的那样，她不愿意。她感觉身体状况好的时候，不会错过任何一件事。她倚着我下了车，和我一起等着大门打开。事实上，我带她到这儿来，是为了往她脑子里塞进更多的事情，让她头脑混乱。我认为，在她心里，这次的停顿应该比我们在灯塔的停顿，以及她对在超市停车楼层的怀疑都更加重要。如果她想告诉弗雷德一些事情，应该会提到和爱丽丝的谈话。当她不再需要我，或者我令她感到失望时，她才会让弗雷德与我作对，我也愿意为她演戏。

一个穿着短裤的男人走了出来。他的头发乱蓬蓬的，属于那种在家里非常邋遢的男人。他懒洋洋地打开锻铁大门。天气虽然寒冷，他却光着脚。对于他这种男人来说，进他的家就等于上他的床。他是一位中学教师。我听姐姐说，他刚刚离婚，已经申请调到海边的某个地方。我告诉他，我来这里是想看看他是否有什么需要，顺便拿走我遗留在这儿的一个文件夹。他让到一边，方便我们向前走几步，到达前门。我不敢想象起居室现在的样子。

“你刚才说，文件夹？”他像疯子一样哈哈大笑。

正如我担心的那样，整个屋子塞满了文件夹，纸张，更别提堆积了一英寸厚的灰尘了。

“如果你允许我自己找，我会认出来的。”

“我们商量一下。我来帮你找，你明天再来。”他又咯咯笑起来。不是离婚令他精神错乱，就是他的妻子因为他精神错乱而与他离婚。

“只有你一个人住这儿吗？”我开口询问，试图打破紧张的气氛。

“一定要小心提问。”他靠近我，样子有些吓人，“那样，你才不会抱怨我的回答。”

见鬼！他真是个不折不扣的疯子。

“很好。”卡琳带着外国人的口音插话说，“明天这个时候，我们会派人来取文件夹。”

随后，她冒出几句德语，抑扬顿挫，语气严肃，不仅令那位教师迷惑不解，连我也一样混沌。

“我一个字都没听懂。”教师说。

“我刚才说，”卡琳以严苛的目光盯着他，表情冷峻，“你应该立即闭上嘴，然后去洗个澡。这里臭烘烘的。”

卡琳，那位疯狂的教师，以及他们共同表现出来的人性，都令我非常尴尬，但同时也如释重负，因为这样危险的状况，刚好可以帮我消除卡琳认为我行为古怪的想法。

“要是我姐姐能看到房子现在的样子就好了。”我们坐进四驱车后，我说，“她房子里的家具虽然不好，可她对它们就像爱丽丝对待她的那些家具一样。”

“有些事情是不能容忍的。”卡琳生气地说，“难道他觉得自己那些可怕的文件夹才是最重要的吗？他在嘲笑你的文件夹。为了他自己，他最好能找到你的文件夹。”

卡琳对那位可怜而且疯狂的教师表现出的厌恶，突然令我感到害怕。

“卡琳，他不是在嘲笑我的文件夹。没人会嘲笑文件夹。他只是有些不正常，仅此而已。”

“他想对你性骚扰，很恶劣。”

“他只是想吓唬我们。我相信，他连苍蝇都不会伤害。谢谢你维护我。不过，他真的不会伤害人。”

“明天会有人来取你的文件夹，顺便让他乖一些。那不只是为了你，也是为了他的学生。他能教那些年轻人什么东西？”

“别担心这个了，卡琳。人在工作的时候会非常不同。谁去拿文件夹？弗雷德吗？”

“我们会派马丁来。马丁知道该怎么对付那样的人渣。”

这个夜晚产生了巨大的转变。现在，我开始担心我们刚刚在姐姐家见到的那个邋遢男人的性命。他没有犯下任何大错，却陷入了巨大的危险之中。谁敢说在这一带发生的谋杀案件中，那些还没有破获的，不是兄弟会干的？

“我们应该更宽容一些。我姐姐告诉我，他妻子离开他了。他爱她，爱得死心塌地，所以无法接受那个事实，神经有些不正常。”

“疯狂是社会的一大污点。”她恶狠狠地说。

看样子，卡琳急于拿某人出气，那个可怜的家伙刚好撞在她枪口上。

我停在一家酒吧旁。卡琳在那里一边喝加奶的脱咖啡因咖啡，一边分析她周围所有的人。在此期间，我到一个公共电话亭给姐姐打了一个电话，告诉她房客的状况，并补充说，他可能会给她惹麻烦。在我说话的时候，我姐姐认真听着，不像平时那么多话。

“你说话的感觉和以前不一样了。”她说。

“我很好。”我不知道应该如何回应这个说法。

“我说的是你的声音，听起来老了一些。肯定是怀孕带来的压力。”

“嗯，我没想那么多。我觉得自己和以前差不多。”

“你和以前不一样了。”她用不容置疑的口吻说，“你的声音也比以前听起来伤感。不会是遇到什么麻烦了吧？”

“我在这儿能遇到什么麻烦？我只能自寻烦恼。”

“哦，让我猜猜，你是不是想给你的宝宝找个爸爸？”

我本来想说，那件事和她有什么关系，她应该管好自己的事，我会帮她注意那个房客，帮她看好房子。当然，我没有那样说。我只是想听听她的声音，和我一样老的声音。她只比我大两岁，我不知道自己是否喜欢她。我和她一起长大，有些想念她，所以才打电话给她。她开始讲妈妈和爸爸又吵架了，所以我想挂断电话。我的直觉让我马上离开那里。

“你是个惹事精。妈妈怪我没让你在那座房子里住到想回来的时候。你又让她对我发火了。”

她令我想起遇到弗雷德、卡琳、朱利安、奥托、爱丽丝以及鳝鱼之前自己的样子，想起在家里的生活。在那里，无论好事还是惨事，都不会有任何特别之处。卡琳就在几步之外，手里握着杯子，坐在一张凳子上，观察着周围的人。幸好，她已经不能将他们塞入正在行驶的火车车厢中，送到集中营去。

我本来想再告诉姐姐一些事情，暗示她我的确遇到了麻烦，事关道德问题。但那样的话，她肯定会问我各种细节，而我并不希望她知道。我只希望她能够凭直觉去猜测。所以，我询问了姐夫和外甥们的近况。问到那些时，我感觉非常遥远，仿佛突然之间变成了八十岁，正在竭力挽留过去。

“告诉他们，别担心摩托车。我一直都在用链条锁。”

我们回家后，弗雷德责备我们晚回去大约四个小时。他说他正准备出动军队。军队？卡琳向我露出同谋者的微笑，我也报以相同的微笑。她想扮作调皮的小女子，将弗雷德当作我们的保护者。事实上，他看到妻子这么活跃，心里非常高兴。她要我把她的手提包拿过来，然后打开它。她拿出那个小包裹给弗雷德看时，面带微笑。这次的笑容是真正的狞笑。我差点插嘴，告诉弗雷德卡琳制服了爱丽丝，但第六感阻止了我。有些事情，有些细节，只能她和我知道。因为手指已经变形，卡琳打开包裹时动作非常笨拙。

她用挪威语说了一句话，但我听懂了。三支。爱丽丝送给她三支针剂，不知道是大方还是小气。少一支也没关系。又多了三倍能量。她可能不会等到感觉精神不好的时候，她今晚就会注射一支，以便让针剂在她睡觉的时候开始生效。太好了！她会将用过的注射器扔进浴室的垃圾筐内，也许弗丽达会看到它，因而产生迷惑。我应该忘记弗丽达。我不可能掌控每一件事。我在完全清楚潜在危险的情况下，已经做了自己必须做的事情。

[朱利安]

我早早起床，吃了早餐，服了药，以便能够尽早赶到实验室。

将注射器从花茎中取出之后，我没有动它。它仍然裹在卫生纸内，然后又被包在一片玻璃纸中。我不想将它从中取出，令它接触空气，从而影响里面可能残存的物质。我希望实验室里的工作人员是技术高超的专家，能够利用这样少量的样品进行化验。同时，我也希望他们愿意那样做。

我已经要桑德拉三点半在老地方等我。她已经搬起石头，找到我给她留的纸条了吗？如果到那时我能够拿到化验结果，就好了。

我没能如期拿到。首先接待我的是一位助手。在她看过化验对象之后，实验室的老板出来和我谈话。他差不多和我一样老。因为等候室中有几个病人，所以我告诉那个助手，我想私下里说，她便引领我进入一间红褐色的办公室，那里看起来仿佛是从上世纪某个律师事务所分离出来的。我取出被包着的注射器。

“这些是用过的。”在他展开包装纸时，我说，“我想知道里面是否还有残留的东西可供化验。”

“这里面是什么产品？”

“问题就在这里。我不知道。我一点都不清楚，因此非常担心。它是我儿子的。我发现他给自己注射了几次。我不想让他变成瘾君子。”

“他多大了？”

“三十八岁。他现在已经是成年人了，但儿子毕竟是儿子。我不能当它没发生过。”

“可以理解。”他说，“你住在这儿吗？”

“没有，我们只是在这儿度假。我本以为，大海和太阳也许可以帮助他戒掉那些东西，但没什么作用。”

“很好。我会尽我所能。我会看看是否能够找到一滴来用。你的地址是？”

“现在，我们正在换酒店。我儿子给我们带来了麻烦。你说什么时候来取结果，我就什么时候来。”

“明天下午或者后天，取决于化验的难度。”

“太好了，我明天会过来一趟，碰碰运气。”

我有些不安。我知道，这个经验丰富的人会发现真正令人吃惊的物质。萨尔瓦可能还没有接触过这个产品。他也许已经知道它的存在，但从未得到过一滴，尽管他可能已经知道生产它的地方。它可能是纳粹的实验之一。他们对长生不老怀有浓厚的兴趣，元首本人曾经命令探险队去寻找令人不死的灵丹妙药，正如他曾经下达命令寻找约柜与圣杯那样。它可能是一项已经成熟的基因试验。

在按照约定去和桑德拉见面之前，我暂时没有急事要做，因此我决定去做一件尚未解决的事情：到川斯奥利沃斯养老院去进一步探询我朋友的物品。接待我的和上次是同一个人。她的脾气比我记忆中的更暴躁。她是一个浅黑肤色的女人，行为非常无礼。

“你又回到这儿来了？”

她还记得我，很大程度上说明她有优点：她注重细节。我们老年人非常依赖细小的需求和需要注意的细节。

“你的记忆力真好，让人羡慕。”

“没办法。否则，这里就乱成一团麻了。”

“听我说，我不远千里来看我的朋友。可是，到达之后，我的朋友已经去世，只给我留下一张便条。麻烦你想想，他的个人物品哪里去了？”

“我想我告诉过你。衣服送到了教区的教堂，文件已经全部被我们烧掉。”

“你烧了它们？全部吗？”

她开始生气。她不喜欢总是讨论同一个问题。

“这儿没有装他东西的箱子吗？”

她一言不发，只是盯着我，仿佛在说：要告诉你的，我已经全部和你说过了。

“萨尔瓦值得我们对他多加关心，尽管他已经死了。”

“这一点，我毫不怀疑。”她说，“可你看看餐厅现在的状况。他们也需要我照顾。”

突然，我脑中冒出一个奇怪的问题，至少它与我们现在正在谈的话题不同。

“抱歉，不过请问，是谁在资助养老院？它是政府资助的吗？”

立刻，她看我的目光开始发生变化。

“它是私立的，只有一小部分资金来自政府，但它和其他公立养老院的监管是相同的。一切良好。能为萨尔瓦做的，都已经做了，他也知道。直到临终，他都非常清楚自己的状况。他是一个杰出的人，失去他，是我们的一大损失。”

她让我进了萨尔瓦的房间，里面空荡荡的，只有一张床垫上叠放着毯子。从他的房间窗户，我可以看到一个菜园，然后是天际的山脉。萨尔瓦就是在这里思考，在这里给我写信，在这里度过了最后的日子。我打开衣柜和壁柜，没有任何幸运的发现。它们全部是空的。我向床垫下看去，结果一样。然而，萨尔瓦是一个富有远见的人，因此我不得不假设，如果他想留给我信息，他会找一个地方，而且是我能够发现的地方。萨尔瓦不会因为知道自己即将离世而震惊。他了解死亡，曾经亲眼看过死亡，并挑战过死亡。我认识的萨尔瓦不会因为死亡而沮丧。

我坚信，萨尔瓦考虑过他们可能会除掉他的东西，也考虑过我到达之后可能找不到任何东西。不过，他的遗物也可能没有在他的房间内，而是在外面，在花园的某个地方，或者其他常常隐藏文件的地方。也许在书房。我关上房门的时候感觉我看到了某个东西，但却不知道它是什么。

我没有想到图书室里有这么多书，大约五千本。管理员告诉我，它们全是在这里度过最后几年的一个历史学家捐赠的。他已经被大家遗弃。管理员说："这里有许多人。弥留之际，根本无人记得他们。他们在这里结下的友谊和我们自己，是他们唯一的安慰。之后，他们的家人会抗议，因为把图书或者钱捐赠给我们了。"

我问她，萨尔瓦常读什么书。

"萨尔瓦……他是一个极其聪明的人，头脑非常清晰。他是唯一不会向你唠叨自己经历的人。大多数时候，他阅读史书和一些有关医药的书。一般来说，经历过内战的老人对历史最感兴趣，其次是这些丛书——她带我看了几排书架，上面摆满了经常被翻阅的一些书籍——讲述如何照顾自己以及延长寿命。我认为，所有这些书，萨尔瓦全都读过，因为后来图书室里没有他想看的书，于是他去了大学。在他的身体变得糟到不能行动之前，他整天都待在那里，乘坐出租车回这儿，然后再乘坐出租车到那儿。他的出租车费肯定花去了他一大笔钱。"

在我看来，管理员似乎更关心老年人（她对我们的称呼）的经济状况。但是，此时并不适合询问萨尔瓦的钱，而且她也不是适合问的对象。我走到历史书区，抽出两本关于二战的书。如果他曾经略记过一些东西，或者留下过特别的记号，他会写在我最熟悉的部分，关于毛特豪森的某个部分。

关于集中营的描写不算太多，我也没有发现任何画线的地方。我仔细翻看了标题为"死亡集中营里的西班牙共和党人"那一章，但也没有发现任何意义重大的地方。现在的问题是我需要逐本查看，但我担心路上万一出现问题，会令我无法准时到达灯塔，那样将不可宽恕。不过，话又说回来，桑德拉和我在调查中取得的进展，也可能比萨尔瓦能够预想的要大。他不可能已经获得这种液体。那只是他的梦想。事实上，萨尔瓦遗留给我的唯一东西是怀疑。而且，如果我是一名信徒，我会认为萨尔瓦死后，已将桑德拉派到我身边，帮助我完成他已经开始的工作。

然而，我也可能高估了萨尔瓦。当我想起他时，眼前总是浮现出他四十岁时的样子，那时他已然成为追踪纳粹战犯的机器。同其他人一样，他的能力也在不断下降，也许他掌握的情况比我认为的要少。即便如此，他仍然独立发现了这个地区存在一个兄弟会，而且他们仍然在利用自身进行一项返老还童的实验。该实验自五十年前就已经开始。我们想当然地以为，纳粹分子满足于不被发现，满足于变老，然后静静死去。然而，他们也许仍然在继续从事某些发明，不仅供自身使用，还售卖产品。

在回镇的路上，我犹豫着是否去酒吧。今天，他们供应番茄意大利面和烤鲑鱼，都是重口味的食物。而且，我的养老院之行已经消除了我可能有的任何饥饿感。我反复思考，如养老院的人所说，如果萨尔瓦要他们在死后将信封邮递给我，他应该事无巨细告诉我一切，将任何对我可能有帮助的信息写在信中，而不是给我留下这些藏头缩尾的信息。不过，这次他令人费解的行为着实令人气恼。我买了一块三明治和一大瓶水，然后直奔灯塔。天气好的时候，我和桑德拉常常坐在灯塔旁的长椅上，四周环绕着野生棕榈树。我坐在那张长椅上，吃掉半块三明治，服了药。然后，我开始感到寒冷，于是我坐进车里。我要利用她到达前的这段时间，迅速小睡一会儿。

[桑德拉]

根据一张半欧式半西班牙式的时间表，到两点钟的时候，我们按照惯例已经吃了分量很少的午餐。我们还有时间到健身房，并沿着海滩开车兜风。卡琳告诉我，她已经和健身房的经理谈过，我报名参加分娩课程的事情没有问题。她说这些时，我才意识到自己几乎忘了肚子里的孩子。我暗自诧异自己是否是一个正常的母亲，是否已经陷入此刻所处的困境，以至于常常忘记思考自己所面临的未来。这并不是说我已经忘记自己身怀有孕，那种事情根本不可能发生，因为那如同人忘记如何走路，而是我没再继续给予它重视。不过，全面考虑各种实际情况，无论我是否想过，妊娠状态都会继续发展，我们谁都不会静止不前。我们各自在我们自己的世界里，做着我们该做的事情。人们常说，将来是未知的。当我得知我怀孕时，我想象过九个月将生活在另一个世界，孕妇的世界，充满新鲜与亲密的事物。而现在，看看我正在过的生活。当然，我过的不是典型的孕妇生活，或许没有人会过那样的生活。或许，那样的生活并不存在。

卡琳还告诉我，如果我决定去健身房，费用可以算在她的账上。我没有说好，也没有说不好，我没有作出任何承诺，但我心中却已经下定决心，无论是分娩课程，还是其他任何与我儿子有关的事情，我都会用为他们工作所得的钱支付费用。目前，我用自己的身体将他和他们隔开，他们对此无计可施；等到这一切全部结束后，他们将永远无法与他接触。只有我近来编织次数越来越少的那件小套头衫，会成为某种纪念品。当然，我绝不会将卡琳编织的任何东西穿到他身上。卡琳也在这件事上表现出了她的真正面目。她利用教我编织作为诱饵，引诱我到她身边后，就几乎没再动过织针。她编织的那件套头衫仍然缺少袖子和颈部，而且看样子，她无意将它织完，尽管它那么小。卡琳不是一个称职的家庭主妇。她待在家里，是因为她在这件事上别无选择。今天，她卷土重来，势不可挡，因为她想走远一点，到本地区一个内陆镇上的古董市场。我只好告诉她，他们中午就会收摊；而且，如果我们回家太晚，弗雷德又会生气。卡琳耸了耸肩膀。她根本没把弗雷德放在眼中。于是，我接着对她说了一些在某种意义上真实的事情：弗雷德与她经历了风风雨雨；在她身体不好的时候，弗雷德陪在她身边；弗雷德不介意用首饰交换对她非常有用的药物；弗雷德为她而活，作为回报，她应该不惹他生气。

“你自己也能看出这些，对吧？”她说，“我得到了最好的丈夫。他们全都嫉妒我。有时，连爱丽丝也嫉妒我。她本来想把他从我身边夺走，但没能成功。她只能设法夺得我的珠宝首饰。”

我不知道她是否曾经爱过真正的弗雷德，不知道她是真的爱着拥有缺点的他，还是弗雷德亲自创作的这本浪漫小说已经取代了真实的感觉。他似乎真心真意爱着现在的她，爱她的关节炎，爱她巫婆一样的面孔，爱她的满脑子幻想，还有她的罪恶。如果没有她，等待他的将会是万丈深渊。重要的是，在这场闲聊之后，她同意回家，因此我得以履行与朱利安的约定。此时此刻，在这座房子之外，某个与弗雷德以及卡琳完全不同的人正在等着我。这个事实给了我力量，增强了我的战斗意志。

为了继续谈论弗雷德，以免她想起其他借口接着找乐子，我问她是如何意识到自己爱上了他的。她不得不认真回忆。或许，她正在试图挖掘某本读过的小说中的话语。

“我不知道。”她说，“那种感觉只能意会，不能言传。”

如果有人问我对桑迪的爱时，我也会那样回答。但是，我对阿尔贝托的感觉如同跳伞。我知道就是那种感觉，尽管我已经太久没有见到阿尔贝托，我也从未跳过伞。

[朱利安]

我梦到有人在敲门。我睁开眼睛，发现是桑德拉正在以指关节轻敲窗户。我暗骂自己居然睡着了。如果她没有看到我的车……不过，在小憩之后，我感到自己更加警觉。桑德拉的脸色恢复了一些，仿佛已经习惯了没有回报的爱情。因为她喜欢穿山地靴，所以个子显得高了一些。我们走进冰淇淋店，在我们常坐的桌子旁坐下。我们一直都坐在常坐的长椅上，坐在常坐的桌子旁。在如此多的不确定中，在如此多的怀疑与疑虑中，我们创造了些许秩序。我不知道是否因为她正在经历的这些事情，但与我在沙滩上初见桑德拉，以及随后在她的小房子中与她见面时相比，她似乎成熟了许多。对她来说，似乎五年的时间，或者十年的时间一闪而过。

"他们可能明天才能给我们测试结果。我要向你鞠躬，桑德拉。你非常勇敢，但我不希望你一直这么勇敢。有人注意到那些用过的注射器吗？"

桑德拉摇了摇头，但她还没有学会坦然地撒谎。她那双浅绿色的眼睛——目光微微下垂，也许有些人发现不了它们的美丽，但我喜欢它们——闪烁不定，看上去不够肯定。有些人欺骗他人时，眼睛就会像她现在这样闪烁。

"是弗丽达发现了什么吗？"我没有给她时间回答。"弗丽达是一个致命的武器。我已经对她进行过调查。她的名字叫弗丽达……嗯，你最好不要知道她的全名，以免不小心说漏嘴。她和几个可能属于兄弟会的年轻人住在一个农场里。其中两个，马丁和你爱上的那个人，在他们忠心服务的这帮老家伙中地位较低。这些老家伙给他们的报酬非常丰厚。也许他们每一个人都必须证明，在某些避税场所他们值得这样一大笔钱。同时，他们所属的组织拥有自己的意识形态、武器、宗教以及过去。正是这个组织的过去，给了他们特别的感觉。我看到过弗丽达，跟踪过她，已经证实她是一个冷酷无情的人，只要是命令，她都会去服从，因为在她眼中，世上唯一的法律就是组织的规定，组织之外的任何事情都不是真实的。我不知道你是否明白我的话。”

事实上，我并没有看见弗丽达杀害任何人，但很容易会想到她杀害艾尔弗，或者老板们命令她杀害其他任何人的样子。谁是他的直接老板呢？海姆？塞巴斯蒂安？奥托？爱丽丝？她不可能听从弗雷德里克·克里斯滕森这样的外国人的命令。

桑德拉点了点头，然后说了几句话。几分钟后，我才完全明白她的意思。他们想不惜任何代价帮她加入兄弟会。这说明弗雷德和卡琳已经明白她知道得太多，他们需要她进一步牵涉进去。否则，爱丽丝和奥托可能已经下令除去她，而且弗丽达丝毫不会犹豫，因为桑德拉没有像她那样先证明自己，没有接受过同样的训练，没有充当清洁工，也没有为了加入兄弟会而过着僧侣般清苦的生活。通常，无论他们对你有多信任，你也要首先证明自己。她一定非常嫉妒桑德拉，迫不及待地想杀害她，或者狠狠地打她。

“问题是，”桑德拉说，“我不知道她有没有注意到注射器的事情。根本看不出来她在想什么。”

“我建议你今天不要回那儿。去马德里吧，去一个他们找不到你的某个朋友的家里。你和他们说过桑迪吗？”

她点了点头。

“去远一些的地方。他们不可能找到你的地方。”

“我不想逃走。”她回答，“我不想有这种被他们追杀的感觉。我打算再等久一些。如果我们有更多证据，警察也许会对他们采取某些措施。你为什么不希望我到酒店去？”

“因为你根本不知道谁在监视着。如果他们把你和我联系在一起，那很不好。他们也许会发现我的身份，那你就完了。给我留信，可以放到石头下，我也会在那儿给你留信。”

“我必须告诉你一件事。”桑德拉继续说道。她看上去心烦意乱，“昨天，我带卡琳来过这儿。她没有下车。我告诉她，我需要停下来上厕所。这发生在首饰事件之后。我们当时在回家的路上，但我想你也许会给我留信。而且，事实上，你的确在石头下给我留了信。好棒的主意！”

“首饰事件是指什么？”

根据桑德拉对我的讲述，她已经深陷其中。她亲眼目睹了卡琳和爱丽丝不择手段的一面，使用从犹太人那里窃取的珠宝首饰交换针剂。卡琳仍然在利用她参与杀害或者亲手杀害的那些人的生命为自己购买更长时间的生命。我没有发表看法。桑德拉讲述了自己和弗丽达在一旁时，卡琳和爱丽丝之间的见面情况。我告诉她，他们很可能仍然将弗雷德里克视为二等纳粹分子，那应该就是他不能直接买到针剂的原因。也有可能奥托和爱丽丝已经垄断市场，只有他们自己才可以拿到针剂。据说，恶毒的卡琳在风华正茂时，已被列入元首的优秀人物手册，而且逐渐进入他的核心集团。首先，她设法令自己的丈夫获得了赢取金十字架的资格，从而引起元首的注意；那件事好像也从侧面证实了卡琳与希特勒之间存在某种关系的事实，她可能在某个适当的时刻向希特勒说过弗雷德的好话。卡琳也许在精神方面强于爱丽丝，但爱丽丝却获得了一切。她拥有永葆青春的灵丹妙药。

不过，他们是从哪里获得这种液体的？是从本地的某个实验室，还是从外地送过来的？在我跟踪奥托的过程中，从未看到过任何奇怪的事情。不过，那可能是因为我还没有意识到他在寻找某种东西。

PART 7
护身符

[桑德拉]

朱利安告诉我，如果我不快些离开那里，我将别无选择，只能加入兄弟会；如果我那样做，我的余生都将被贴上纳粹支持者这个标签；他也不会到处宣讲我做过间谍，是一位女英雄，曾经为了揭露一个犯罪集团而工作过。他或许可以写信给他和他的朋友曾经长期服务过的那个追踪纳粹战犯的组织，但他们会认为他行为失常，甚至根本不记得他仍然活着，不知道他的朋友萨尔瓦在终生致力于寻找正义之后已然身亡。我说他们或许会相信我的话。他固执地摇了摇头。

“你的意思是说……我们只有两个人。”我得出结论，“你年纪大了，而我的行动愈来愈不便。我们应付不了目前的状况。”

“我们有三个人：你，我，还有萨尔瓦。他引我走上了这条路，他会通过某种方式找到办法，给我们提供更多的帮助。凭借现有的资源，我们服务过的那个组织根本无法发现你我独立调查到的信息。机会加上勇气，比组织的力量更大。在现阶段，任何外来者都可能犯错，从而毁掉我们已经取得的进展。你要么走，要么留下来，但只能依靠我们自己的力量。”

“如果我遭遇了不测，希望你打电话给我的家人，告诉他们我做的这些事情。”我从餐具下取出松绿蓝餐巾，写下我父母以及桑迪的地址和电话号码。“如果我们的儿子出了事，我想桑迪不会原谅我，但我希望他能够明白，我没有自寻危险。”

经历了这几星期，我已经明白，毫无危险的生活是不可能的。无论我多么努力，我的儿子和我都不可能彻底安全。每一件事情都有危险，你不可能预知哪一种危险会置你于死地。有些危险会突然出现在你面前，有些危险会潜伏在幕后。你不可能预知哪一种危险更大。

朱利安非常认真地听我讲话。他看着我的目光，仿佛是第一次听我说话。然后，他将手伸进他搭在椅背上的上衣口袋中，掏出一个里面放着东西的塑料袋。

“这是给你的，是护身符。现在，它对你比对我更有好处。”

袋子里只装着沙子，被太阳炙烤过的沙子。有些沙粒仍然闪着微光。我将它放入裤袋中。自从我不再认为朱利安神经不正常到现在，已经有一段时间了。他是一个非常睿智的人，而且非常务实。疯狂的是这个世界。

我们约好第二天八点钟在那里见面，那时化验结果有可能已经出来。如果有任何信息，可以留在石头C下。我回那座房子时，感觉相当高兴，因为我陷入的状况正在变化，而且是向正确的方向变化；同时，也因为我不是孤身一人，因为朱利安在那里，因为我这辈子第一次想完成已经着手开始做的事情。我没有想到会发生新的恐怖事件。

我心情愉快地走进太阳别墅。时间是五点半，弗雷德和卡琳好像午睡刚刚起床，伸着懒腰，打着哈欠，试图恢复到清醒的状态。我主动提出为他们泡茶，他们认为那是个不错的想法。弗雷德打开电视，调到一个频道，正在播放网球比赛，可能是戴维斯杯网球公开赛；卡琳上楼回自己的房间换衣服，因为她像往常那样在沙发上午睡，鼾声充满整个屋内。

我将水放到火上开始烧之后，想上厕所，便去了杂志上称为客浴的地方。在去的路上，我不得不经过书房，看到它的门微微开着，这说明里面有访客，也许是马丁在整理账目。与马丁结怨对我不利，于是我探头进去，想和他打声招呼，说“你好，马丁，情况怎么样，要来杯茶吗？”然而，我发现那里没有人。弗雷德完全沉浸在比赛中，一个人大叫着；卡琳还没有下来，也许是因为她正在卷发，效仿她年轻时流行的复古小卷发。我蹑手蹑脚走进书房，高度警惕任何轻微的声响，但同时心中明白，我必须克服恐惧，充分利用这次机会。我踏在波斯地毯上，就是我看见弗丽达敲打的那条。因此，我没有弄出任何响动。我不敢打开任何抽屉，虽然我很想看看里面究竟放着什么。我走到平时无法接近的写字台前，心跳陡然暂停一拍。

上面放着朱利安的一张相片。我吃惊地看了又看。只是一张相片，背面什么都没有写。他穿着现在一直穿的那件衣服，就是我们一起买的那件浅灰色上衣，棕色的皮袖口和领子，还戴着领结。他的样子就像一位年老的电影明星。相片是在镇上的一条街上拍摄的。我的心怦怦直跳，急忙退出禁区，将门保持原样。弗雷德仍然在自言自语，我没有听到卡琳的声音。我走进厕所，撒尿，冲水，然后洗手。当我打开门，发现卡琳就在面前时，差点失声尖叫。

“你还好吗？”

“是的，我很好。”我吃惊地回答。

“我把壶从火上提开了。”她说，“它一直在啸叫。”

“时间过得真快呀。”我的话既是评论，也是解释。

书房的门仍然微微开着，和我离开时一模一样。卡琳显然没有发现，因此没有将它关上。

弗雷德仍然沉醉在比赛中，卡琳在他身旁坐下。在我往托盘上摆放镶金茶杯、糖碗（虽然没人会加糖）以及茶匙时，我一直在想，他们没有关闭书房门，是因为他们已经认为我是兄弟会的一员，还是因为他们想让我明白，他们已经发现了朱利安。想到此，我不由毛骨悚然。当然，如果我们两个人都出现在相片中，情况将会更糟。因此，根据目前的情况，他们可能还没有将我与他联系在一起。那真的可能吗？我轻轻摸了摸衣袋。我将那一小袋沙子放在了里面，以便它的全部魔力转移到我身上来。冲茶之后，我在常坐的扶手椅上坐下。

“我想我该去理发店了。”我说着用手捋了捋头发，“距离上次理发已经有几个月了。”

的确，我的短发已经变成了长发，浅红色的挑染部分已经褪色。现在，我有时会将头发扎成马尾。朱利安说得太对了：如果你掌握了真相，就没有必要利用谎话。如果忘记自己曾经说过的谎话，它们就会给你带来麻烦。真相却不会这样。出乎我的意料，卡琳赞成我上理发店的想法。

“我也是。”她说，“我也想去。我想把头发烫了，用卷发器都用烦了。”

卡琳说话时总是不离“我想”这两个字，仿佛她那样说，就会按照她的心愿吸引所有人的注意。

弗雷德侧头看着我们，但大部分注意力仍然集中在电视节目上。尽管发生了那么多事，他依然对我心怀感激，因为我令他的妻子心情愉快。

事实上，我是在想方设法前去与朱利安见面。我们见面之后，他肯定回酒店休息去了。尽管他警告过我，不要到那儿去，但眼前这件事比较重要。我必须想办法提醒他现在正受到兄弟会的监视，他们知道他的相貌。然而，我无法阻止卡琳前去理发。她已经开始兴奋。针剂仍然在起作用，她比较容易激动。

“那我们一起去吧。”我说，“如果你没有指定的理发店，我们可以到海边的那一家。我觉得那里看起来很不错。”

“我已经厌倦常去的那家。我想尝试别的店。”她一边哈哈大笑，一边看着弗雷德说。

弗雷德也开起了玩笑。

“祝你好运，亲爱的。”他说完也大声笑起来。

弗雷德似乎不需要注射针剂。也许，他是在尽量不使用它们，以便全部让给卡琳一人使用。

魔鬼也会有爱。这个事实令我有些困惑，因为他们如果知道爱是什么，必定也明白痛苦是什么。

又是四驱车。我讨厌这样频繁地开车外出，讨厌这些路程。我为什么不将朱利安的事情忘记一会儿，轻轻松松地待在理发店呢？我说码头附近有一家理发店完全是胡编乱造，只是因为那里靠近酒店。事实上，我不知道那里是否真有理发店。

我缓缓开着车，试图在脑中唤起不曾有过的记忆。卡琳说，如果我们找不到，可以去她常去的那家。我的手抚过衣袋和小沙袋。几分钟后，“发型”这个词突然映入眼帘。这个地方没有特别之处，但基本上位于我想象的位置，真是太棒了。我非常担心朱利安，宁愿冒更大的危险，也不愿面对这种不确定。

幸好，我必须将车停在一条人行道上，尽管我知道往镇中心的方向再走两三条街，肯定会找到停车位。而且，幸好我们必须在理发店排队等候，所以我说：既然烫发需要更长的时间，最好先给卡琳做头发。同时，我可以去将车停在更安全的地方。

我驾车驶向酒店，很快停好车，不顾看门人的注视，冲了进去。虽然没有回头，但我感觉到他的目光一直尾随着我。我决定直接到朱利安的套房去。走进电梯之后，我看到了令我意外的事情，仿佛电影中的场景再现。马丁正从电梯口经过，走在他旁边的人身体壮实，面带凶相。我敲响房门，但没人应门，我便在一片纸上写下“是我，桑德拉”，然后将它从门下塞了进去。接着，朱利安打开房门，向周围看了看，确定走廊上没人之后，才让我进去。

“你疯了，怎么来这里？”他生气了，真的生气了，“今天下午才告诉过你，不要这样做。”

“我知道，但没时间说这个。从灯塔回去之后，我在太阳别墅看到你的照片了。他们正在监视你。有人在跟踪你。而且，就在这家酒店，我刚刚遇见了马丁和另外一个恶棍。别担心。我在电梯里，他们从那儿经过，没有看见我。”

虽然因为时间紧张，我没有刻意去看，却无意中发现这个房间看起来相当不错。我从来没想到它会这么宽敞，这么明亮。

“旁边那个人是不是穿着西服，样子像侏儒？”

“对。”

“他们走的方向是出口，还是自助餐厅？”

“自助餐厅。”

“无论如何，你不能再暴露自己了。情况现在越来越复杂了。”

随后，电话响了，朱利安犹豫着是否接听。最后，他拿起电话，然后又挂上了。

“没人说话。”他说，“情况不妙。你确定他们没有看到你？”

“非常确定。”

“听着，”朱利安说，“你必须马上离开这里，但不能从正门走。跟我来。”

我们没有直接下楼，而是向上爬了一段楼梯，进入机房，那里连着下行的楼梯。我们没有交谈。朱利安已经想好了逃跑路线。我们最后来到厨房，由后门离开了酒店。

朱利安必须原路返回。我担心他爬这么多楼梯，心脏会承受不住，不过他只需要爬到二楼，在那儿搭乘电梯上去。他没有理由躲躲藏藏。

刚刚走出酒店来到街上，我就立刻跑向车子，心中暗自祈求我的护身符能确保它还在那里。拖车没有将它拖走，车上也没有贴上罚单。护身符发挥了效用。我发动汽车，接着将它停在理发店后面。我走进去的时候，身上在冒汗。我脱下粗呢大衣，告诉卡琳终于找到了停车的地方，然后又走了出去。我呼吸困难，几天前的咳嗽又犯了，仿佛只安静了几天，并没有治愈。一阵潮湿的冷风吹过，我感觉舒服了一些。

理发师们围在卡琳身边，已经准备好染发剂，正在思考还能做些什么，才能使她的头发和照片中一样。卡琳带给他们一张年轻时的相片。相片中的她是另一张面孔，留着金色的卷发。理发师们告诉卡琳，他们看得出来她的头发曾经多么漂亮，因此她异常高兴。每当她本人成为注意的焦点时，她总会激动不已。我加入赞美的行列，她似乎没有考虑其他事情。我咳嗽起来，不久开始发抖。于是，我只好重新穿上粗呢大衣，但没过多久，我又感到非常热，不得不将它脱下。

我们在理发店待了大约三个小时。卡琳本来带了一本小说，但听到那么多的溢美之词，她高兴得几乎没有打开过它。她帮我也支付了美发的费用，其中包括去除红色挑染的部分，将头发全部染成浅棕色，并增加了几缕蜂蜜色，他们说这样可以衬托我浅绿色的眼睛。除此之外，他们还给我修剪了发梢。我不让太多的注意集中到我身上，而是任由他们自行其是，将我的外貌修饰成比较中庸的样子。卡琳付钱时给了他们一笔丰厚的小费。人人心情愉快。

在回家的路上，她告诉我，她真心喜欢这个变化，以后都要上那儿去做头发，因为这次我们的头发有了自己的造型。她一直不停地通过后视镜看着自己。她喜欢自己现在的样子。她看到的影像，肯定一半是她现在的样子，一半是照片中她年轻时的样子。我有些怀疑他们正在使用的注射剂会不会将他们全都变疯，会不会在他们变态的心中创造出一些完全扭曲的本人形象。当然，弗雷德除外，因为他好像没有注射任何物质。只有一件事情令卡琳不快，那就是我在打喷嚏，不停地打喷嚏。她毫不掩饰地用手捂住嘴巴，以免我的病菌传染给她。

[朱利安]

桑德拉警告我之后，酒店中似乎没有出现任何异样。我经由逃跑路线，或者说备用路线，到达二楼，然后乘坐电梯下楼，来到前台，仿佛直接从套房中过来。我问罗伯托谁给我打过电话，因为我接听电话时，无人应声。罗伯托耸耸肩，说没有人在前台给我打电话。其实，我对他半信半疑。罗伯托站在托尼一边，似乎比站在我这边更合理。我转身走向电梯，走到罗伯托看不见我的地方后，便改变方向走向自助餐厅，从外面看到了托尼和马丁。后者身体强壮，但不如托尼那样结实。

他的脸刚刚修过，头上刺着图案，下巴上留着好看的络腮胡；他身上穿着一件剪裁精良的深灰色或者黑色的西服，但脚上却穿着不协调的运动鞋——或许是潮流吧——而且，他西服里面穿的不是衬衫，而是一件圆领运动衫，同为黑色。托尼的着装比较保守，同他身边的畜牲相比，他的西服好像是特价商品。他们在低声交谈，我听不到他们的谈话内容，但我不想让他们发现我在看他们，因此悄悄离开，走向电梯。暂时只能作罢。

急匆匆走过通道，上下楼梯，我的身体已经感到不堪重负。晚饭时，我在常去的酒吧吃了一个法式煎蛋卷。回去后，我在酒店的公用电话亭里给女儿打了一个电话。自从上次打电话告诉她，我突然担心她可能出事之后，已经过了很长时间。我过于注意不认识的人，反而忽略了真正重要的人，忽略了关怀我的人。我总是这样。这个“总是”是指在离开集中营之后。我总是与伤害我的人打交道，我和他们相处的时间多于我与爱我的人相伴的时间。总是会有事情，比躺在海滩上看着女儿成长，看着妻子不慌不忙一丝不苟涂抹防晒霜更急迫的事情。

拉克尔过去常说：“等你走到人生尽头时，你会感到遗憾，会意识到什么才是真正重要的东西。重要的是那些不经意间留在你心中的事情——阳光明媚的一天，感觉不错的一餐饭，傍晚时分的一次散步。”她说得没错。直到时间流失殆尽，你才会意识到生活中真正重要的东西。铭记在我心中的是我的女儿，是我在篱笆的另一边看着儿时的她在校园中玩耍；还有我的妻子，每逢周五盛装打扮，和我一同出去看电影，然后吃饭。

我女儿安然无恙，反过来非常担心我。她以所有圣人的名义恳求我购买一部手机，以便我们能够联系。她问我是否吃得好，是否一直在服药，是否量过血压，是否在注意对糖的摄入量，总之问了所有半痴呆老人常被问到的问题。我说，从来没有感觉比现在更好，寻找避暑房子的计划正在实施中。我告诉她，我认识了几个朋友；我还差点告诉她桑德拉的事情，说她可以做我的外孙女。然而，我女儿不可能拥有自己的孩子，因此说那样的话似乎太残忍。我告诉她，我发现一群人住在养老院里；在那样的地方，有许多年长的公民仍然想着发挥余热。

我女儿只相信我的一部分话，但她没说什么，因为她想相信我。她衷心地希望我只是一个丧妻的老年人，期冀一点乐趣，充分利用我的余生。问题是，她挂断电话后会开始思考，因为她了解我，知道我不会单纯地为了高兴而寻乐子。在“总是”之前，我也许会那样做，但在“总是”之后，已经不再可能。像希特勒那样乏味无趣、资质平庸的人，才会无法忍受他人了解如何从生活中获取更多，如何能够更好地享受生活。因此，他们不但想恐吓根除其他人类，而且想剥夺他人的生活意愿。希特勒希望整个世界变得狰狞恐怖。的确，许多人产生了这种感觉。对我也是如此，当某个大权在握的人心中产生了这个可怕的想法后，世界变成了一个恐怖的地狱。

我打开房间。里面没人。今晚，世界也许会比较平静。乌云渐渐消散在深蓝色的空中，透过面向阳台的玻璃门，可以看见星星和某个夜总会的镭射光线。我拧亮床头柜上的小灯。

然而，随着新的一天黎明的到来，行动开始了。我不想对化验结果表现得过于急切，以免实验室中的人产生不必要的怀疑，因此一直等到下午。

为了利用上午的时间，我去了北欧俱乐部，弗雷德和奥托常常同其他外国老纳粹分子以及他们的西班牙支持者常去那里打高尔夫。马丁在那里，鳝鱼后来也加入了他们。鳝鱼正在打高尔夫。他穿戴配套，举止温和。马丁只是在一边观看，但他们全都在交谈，也许是在谈论桑德拉，因为有一刻弗雷德猛地将高尔夫球棍戳到地面上。他们惹怒了他。其余的人仍然在继续打高尔夫，并没有对他多加注意。其中一个人击中了球，射程非常远。我一直在观察他们，直到他们前往其他洞口。然后，我回到车上。我不能让他们看到我，既然我已经通过桑德拉知道他们手上有我的照片，至少我可以避免对这些家伙进行不必要的刺激，以免他们产生除掉我的念头。

我原本打算等到他们离开，但后来突然意识到，既然他们全都集中在这里，我刚好可以趁机去看看冷血弗丽达在干什么。首先，我会驱车经过她与马丁以及其他同伙共同居住的那座房子，虽然这个时候，她应该正在清扫弗雷德里克与卡琳的房子，但我行动时必须非常小心，因为按照桑德拉的说法，他们肯定已经将我的照片分发给了兄弟会的成员，由此警告他们注意我，或者要我的脑袋。我不知道他们掌握了多少我的信息。不过，如果他们的某个同龄人对他们如此感兴趣，而且清楚他们的身份，那他们根据这个事实，也许可以轻而易举推断出我的身份。

桑德拉已经告诉我，弗丽达每天在那里工作三个小时，从八点到十一点；必要的时候，会逗留更长时间。因此，我在广场旁边占据了一个位置，面向太阳别墅。现在还有十分钟才到十一点，我只等了五分钟。然后，我看到她关上大门，骑上她的自行车。我任由她骑过一段距离，然后才发动车子跟在她后面。我随即意识到她正在前往奥托和爱丽丝的家。标着数字“50”的黑色大门打开后，她进去了。我等了一会儿后，认为自己留在那里监视有些愚蠢，因为弗丽达这段时间很可能正在清扫房子。不过，我当时等在外面是正确的。有时，直觉胜过理智。当我看到一辆坚实闪亮的奥迪开出来时，这一论断得到了证实。驾车的人是弗丽达，爱丽丝坐在她旁边。

她们会去哪里？我担心弗丽达看到我，并认出我来，所以心情紧张地远远跟在后面，直到上了主路。在码头附近的一条街上，她们将车停在一个名叫特兰西瓦尼亚的小工艺品店前面。率先下车的人是爱丽丝，动作敏捷得惊人。她的直发介于棕色与金黄色之间，垂在肩膀上，完美得如同假发。她穿着牛仔裤和短到腰部的皮上衣，在这样的气候中也许有些不合时宜，但与奥迪车极其协调。看她走路的样子，绝不会有人说她年逾五十。弗丽达紧跟在她后面，短裤下套着黑色的紧身裤，炫耀着她结实的长腿。令人不安的装束。她回头看了看，仿佛在查看街上的情况，但没有看到我。爱丽丝先进去，弗丽达跟着进去。片刻之后，她们走出店门，爱丽丝抱着一个纸板箱。箱子是封闭的，不像我们只用来装东西拿到车上的那种箱子，不是我常常使用的那种。是跟踪她们，还是到店内看看，我有些犹豫。我飞速地转动脑子，最后得出结论：商店下午会依旧在那里。我将车子挪出原位，技术娴熟得令我自己都有些惊诧，丝毫不用担心撞到后面的车子，或其他任何东西。我在布宜诺斯艾利斯有一个朋友叫里奥尼达斯。如果我在他打牌时告诉他我经历的这些惊险，他不会相信我的话。我没有再费力掩饰跟踪她们的事实。她们正在激烈地讨论，根本不会注意到我。

大约半个小时后，我们到了布雷默公寓，一座极度奢华的城堡，入口安检森严。甚至从花朵覆盖的围墙里飘溢出来的气味和声音，都感觉比其余地方的更加富足。

可是，我如何才能确认自己是否正确，确定她们在店内取走的东西就是大名鼎鼎的针剂呢？这纯粹只是怀疑。我心里牵挂着实验室的化验结果，以至于几乎无法保持镇定。

布雷默公寓的门卫摇起栏杆，允许爱丽丝闪亮庞大的奥迪进入。冥冥中，萨尔瓦似乎仍在遥远的过去指引我。我也停好位置，在车里等候，身侧放着一瓶水。我没有更好的事情可做，也没有更好的地方可去。我的朋友萨尔瓦曾经走过这些相同的道路吗？我不知道不会驾车的他如何依靠出租车做到这些。肯定非常困难。至少我有一辆车，不需要依赖任何人。我相信，在我现在所处的情况下，萨尔瓦肯定会采取和我相同的举动。

一小时后，我在车上昏昏欲睡，因此打开收音机。他们不时地播报世界上正在发生的事件，这里同样有事件正在发生，但它们却没能成为新闻。我并不着急。爱丽丝不可能在一个不属于自己的地方待一辈子，她迟早会出现。果然，大约一个半小时后，她出现了。不过，这次她身边的人是一个年老的花花公子，身穿深灰色西服，翻边长裤，上衣领竖着，一条黑色围巾像杂志上刊载的那样打着结，脸上还戴着墨镜。

有时，我们无须思考，因为世界会自动归位，所有分开的部分会立刻合并到一起。此刻，出现在我眼前的正是塞巴斯蒂安·贝恩哈特，也就是桑德拉所说的黑天使。我立刻认出了他，他的出现仿佛激发了我身上的某种东西。今天将会成为相当辉煌的一天：隐形人中最隐秘的人，可能还是兄弟会中最重要的成员，拥有决策权的人，近在咫尺，距离我仅仅几米之遥。他和爱丽丝在街上边走边谈。他们给人的感觉年轻而富有魅力，显然远远超过他们的真实状况。我发动车子，开到他们转弯的街道尽头。我看到他们坐在面向大海的一家餐厅带顶的露台下。他握着她的手亲吻，她哈哈大笑。他们可能是情人，因此爱丽丝控制着那种奇妙的液体；基于同样的原因，此时此刻奥托被缠在高尔夫运动中。接下来，他们好像在谈论正事。他们两个都吃了沙拉，喝了咖啡。一个小时后，他们返身向山上走去。我在半道上停下车，距离他们有相当一段距离。现在，他们站在小区的入口处，仍然在不停地交谈，尤其是贝恩哈特，他似乎正在教导她。她在点头。五分钟后，弗丽达出来，和爱丽丝驾乘奥迪离去。

这次，我没有尾随她们。他们肯定是要回爱丽丝家，径直开进车库。我无法证实她们是否取出了从特兰西瓦尼亚带出的箱子。她们极有可能将它交给了塞巴斯蒂安。

我不知道还可以做什么，因而感到非常恼怒，但随即想到一件事情。看着爱丽丝和黑天使吃东西，令我也感到了饥饿，所以我驾车前往常去的酒吧，要了一份套餐。我吃了小扁豆，烤鱿鱼，以及作为甜品的蛋羹，喝的依旧是矿泉水。离开时，我感到肚子鼓胀，准备小睡片刻，然后去取化验结果。

五点半时，我再也无法继续等下去，便去了特兰西瓦尼亚礼品店。这样可以帮助我平复心情，我的确对实验室的结果焦虑不安。

店内只有一名营业员，三十五岁左右，似乎无事可做。我告诉他想送人礼物，但不知道应该买什么。

“这是来自罗马尼亚和巴尔干半岛的手工艺品。”他主动介绍，但既无意向我售卖任何东西，对他展示的商品也毫无兴趣。他说话时带有罗马尼亚口音。

我看了看那些商品的价格，有些上面甚至还蒙着灰尘。然后，我选了一个漆盒，打算送给桑德拉。我手中拿着漆盒，继续四处查看，想发现有趣的东西。营业员接了一个电话。我从无法听清的谈话中听出了弗丽达和爱丽丝的名字。也许是我的想象。也许我期望听到熟悉的东西，就下意识地认为听到了。也许，她们的确只是使用纸板箱装着在店中购买的东西。然而奇怪的是，上面没有包裹礼品纸。

罗马尼亚人无精打采地接过漆盒，包扎时动作笨拙。更有甚者，当我告诉他我手头只有十五欧元的现金时，他却说没有关系，宁愿接受十五欧元，也不愿意麻烦使用银行卡。这个地方明显是个幌子。他们可能只是从某个地方带来那种产品，将它保管在里屋，等候爱丽丝来取。由于和塞巴斯蒂安的特殊关系，爱丽丝极有可能负责保护和分发这些宝贝。而且——还有一个疑点——弗雷德里克和卡琳知道收集点在哪里吗？他们即使知道，可能也不敢轻举妄动，因为假如爱丽丝得到了这个权力，可能她背后还有其他有力的支持者。

实验室在郊区，靠近工业区。尽管它的老板和我年龄相当，但设备却是最先进的。他们要我在一个小时后再回去，就在关门前，因为老板想私下见我，解释他在化验中的发现。坐在等候室的病人也在等待结果，他们同情地看着我，但同时又有某种程度的释然。他们以为我的情况糟糕，以致需要老板本人亲自解释我的化验结果；同时又期望，如果需要遵循概率，应该遵循的人是我，而不是他们。

我围着工业区转了一圈，欣赏这些新工厂建筑的独特设计。它们全部由玻璃、钢铁、塑料与发光物构成，不像那些空旷的水泥房屋，里面摆满了油腻的机器。我有些坐立不安。今天会是一个特别的日子。我走进一间 DIY 商店，看着他们切割木板。气味很好闻，是松木屑的气味。拉克尔会喜欢这个地方。她喜欢任何可以带回家的半成品：需要组装上漆的木器，需要装饰的陶器，需要染色的皮革。她做的这些事情差点将我逼疯。我四处观看。可惜，我永远不可能成为这家商店的顾客，也没有充分利用这些东西还意义重大的那些年月。仅仅需要用砂纸磨光的漂亮箱子，故意造旧貌似拥有百年历史的橱柜等等。我坐在一张放着芦苇垫子的椅子上在那里等着。有几对夫妻看到未涂漆的书架兴奋不已，但同时却极力约束自己的孩子们。学生们正在为他们的临时住所寻找一张因瑕疵而价格较为便宜的桌子。世界上没有比这里更好的地方可以坐着等时间过去，等候化验结果。它将会带我回到已经不复存在，但仍然不惜任何代价挣扎着继续存在的时代。所有的事物都应该散发出与这个商店一样的气味。

只剩下十五分钟的时候，我步行回实验室。在路上，我欣赏周边的树木和正在劳作的人们，他们通过为他人工作，制作自己能够看到和触摸到的东西而谋生。

再次进入那片宁静的区域，我感到如同接受心脏检查时那样紧张不安。医生带我进入他的红褐色办公室，然后关上房门。他为人和气，问我感觉如何，并谈论了我们今天碰上的好天气。他显然时间非常充裕。最后，他终于打开文件夹，一些貌似典型的化验结果映入眼帘。我本人接受过许多测试，因此立刻认出了它们。我认为，他们至少已经成功提取了一点那种液体。

“嗯，”他说，“我们需要再次进行化验。我们已经利用最少量的样本进行了化验，但我们认为它已经受到了污染，因为我们还没有发现任何特别的物质。”

“一无所得？”

他耸了耸肩。

“你说你儿子一直在注射这个？没有什么可担心的。它只是一种强效维他命组合药物。”

“医生，虽然我这辈子身边都是医生，但我本人不是医生，因此请允许我直截了当问你一个问题。这种药物有可能产生恢复活力的效果，或者可以让我这样的老人获得年轻人的精力吗？”

“维他命、磷脂酰丝氨酸和牛磺酸这样的矿物质、B组维他命以及其余的物质浓度极高。当然，它们可以提高注意力，产生充满活力的感觉，但它们无法创造奇迹。可以肯定，它是一种化合物，比学生们想要服用的那种东西效果更大。”

“有时，”他接着说，“人们会支付大笔资金购买某些卑劣的配方，不管它是用以口服，还是局部敷用，我指的是化妆品。他们纵容自己上当受骗，陷入变得更加年轻聪明的幻觉中。我希望你儿子不属于此类。在许多病例中，效果最好的也就是安慰剂效用。”

医生调整坐姿，在椅子上坐得更加舒适。像我这个年龄的所有人一样，他也非常多话。

“我们畏惧死亡，在死亡面前表现得惊慌失措。”他说，“这样的做法愚蠢至极，完全是在浪费时间，因为死亡绝不会爽约。死亡总是准时到来。我们无法阻止它，也无法耽搁它。推迟它或许可以，但我不是非常确定。你知道原因吗？因为死亡是美好的，是生活必需的。一个细胞的死亡意味着更新。如果有些细胞不死亡，其他的细胞就不会诞生，我们就无法存活。告诉你儿子，好好吃饭，进行锻炼，多做爱，享受生活，而不应该这样令状况变复杂。”

“那么，我呢，医生？他是年轻人，但我……”

“做法一样，不过要小量。”

付钱的时候，我只好掏出金卡。事实证明，他们已经做了非常细微的分析，两个助手一直工作到凌晨。化验花费了我两千欧元，他问我是否需要发票。我告诉他，这样的事情不需要发票。

我离开时心情激动，比他们告诉我必须为我更换心脏瓣膜时还激动。最终，死亡医生和希姆莱做的那些虐待实验，对长生不老毫无用处，甚至也不能延长生命。将这种神奇的药水包装在那些可疑的小玻璃瓶中，从特兰西瓦尼亚散发，纯粹是在演戏，只不过是骗人罢了。

我迫不及待地想要告诉桑德拉。现在已经八点一刻，我不想让她认为我无法前去。我的脉搏跳动极快。我在车上喝了许多水，想镇定情绪。如果我出了事，他们依然能够安枕无忧，在他们的末日到来之前，始终坚信他们才是被上帝选中的人。“打起精神。”我命令自己，然后驱车前往灯塔。

我带着夹着化验结果的文件夹，思索着要告诉桑德拉，我们应该到别的地方去，以防他们跟踪我或者她。我认为，我们可以分头到镇口旁的教堂，在那儿，我们可以获得些许宁静。可是，当我到达时，她却不在那儿。现在是八点半，桑德拉有时会因为卡琳可恶的突发奇想而丧失可以支配的时间。我去了石头C旁。周围没有人。我搬起石头，那里什么都没有。没有纸条。她没有来。如果来了，会给我留下一些蛛丝马迹。我走进冰淇淋店，想要一杯凉茶消磨时间。

我在我们常坐的桌旁坐下，女侍者走了过来。

“她来了，又走了。”

“你说什么？”我说。

“那个女子来了，等了不到十分钟。我知道，我卷进了不该关心的事情，但不要浪费你的时间。那个女子不爱你。”

我差点爆笑出声。

“你怎么知道？”我问。

“这还用说吗？她都可以做你的孙女了。想想看，如果你是她，你会追求一个像你这样的人吗？”

“谢谢你的忠告。我想来一杯甘菊茶。”

“她和你约会，是为了你的钱。”这个饱经风霜、年约五十的女人接着说。因为可能会发生的事情，我不想得罪她。

“哦，她本应该选择别人，因为我没有什么钱。我就靠着甘菊茶和套餐为生。吃了上顿没下顿。”

“有道理。不过，那个女子不可能不在意。”

“你认为她根本不可能爱上我吗？”

“绝对不可能。你要是有那样的幻想，可真是疯了。人要是这样想就太可悲了。”

“人的脑子会产生许多想法。不要告诉我，你从来没有梦想过成为你绝对不会结识的名演员。”

“演员？比如谁？”

“是的，演员，嗯，我也不知道……比如泰隆·鲍华。”

“比如谁？他死了好多年了。我连他长什么样子都不知道。”

“他曾经是你们女人的梦中情人。”

“那个女子不会喜欢梦中情人，她不喜欢你。回家去吧。如果不告诉你我的心里话，我今晚会良心不安的。”

我准备告诉她，我一直以为她是站在桑德拉一边的，结果发现她担心的人是我，这大大出乎我的意料。

谢天谢地，甘菊茶需要煮开，我因而得以逗留更长的时间，因为我知道桑德拉会尽快赶到这里。一定是有重大事件发生，让她不能过来赴约。这次约会是我们有史以来最重要的一次，也可能是未来最重要的一次：揭示珍宝的面目。没有桑德拉，没有她的勇气，就不会有珍宝面目的揭示。她的勇气迟早会得到认可。与她做的事情相比，我做过的一切都微不足道，因为我对那些人充满了憎恨，我的任何一次行动都仅仅出于私人报复，但她却是为了大家的利益。女侍者根本不知道自己在评论的人是谁，不知道她中伤的人真正的品行。当她拿着我的账单过来时，我轻蔑地看着她。

我在餐巾纸上写下“成功”两个字，“等消息吧，祝你身体健康。”

我将餐巾纸放进衣袋中，拿起文件夹，走了出去。我在长椅上坐了几分钟，然后将餐巾纸放到石头 C 下面。

[桑德拉]

去见朱利安之前，我还有时间逛逛商店。我已经可以自得其乐，仅仅按照自己的速度走路，而不是被迫适应卡琳的小步子或者朱利安的步伐，原来这样简单的小事都能够令我感到快乐。我们谈话的时候总是坐着，但他会慢悠悠地将杯子放到茶碟上，付钱，然后穿上夹克。没有卡琳倚靠在我的手臂上，自由自在的感觉非常美妙。我走向到处都是作坊和画廊的那条街。在那里，可以看到各种各样一次性物品、手工鞋子、一些真正独特的裙子和木制品以及皮具。

我根据自己的喜好在各个商店之间进进出出，纯粹是逛街。在遇见挪威夫妇之前，在搬进太阳别墅之前，在遇到朱利安之前，在我像现在这样一直感到恶心之前，我常常会这样做。不过，我根本没有考虑过自己的身体状况，也没有重视过它。现在，逛街能够令我产生一种独立感，产生掌控自己的感觉。我最喜欢的一家商店里销售手工制作的童装，还有像我在太阳别墅正编织的那种套头衫。橱窗里摆放着摇篮，上面铺着精致的绣花单子，毛巾上带着花边，还有其他许多种令孩子感到宠溺的方法。当我站在橱窗旁，研究套头衫上的袖口时，看到了弗丽达。

尽管我在镇上任何一个地方遇见她都不稀奇，但在太阳别墅这个王国之外看到她，我仍然感到震惊，胃内顿时剧烈翻腾起来。弗丽达与普通人的世界格格不入，不过我是这条街上唯一了解真实情况的人。看到她的第一个冲动，就是站到一侧，以免她看见我，但我随即意识到，她在专注于其他事情，目不斜视。她可能以为我不会出现在太阳别墅之外，也不会脱离那对老人的掌控。现在，她可以暂时放松自己，不用时刻监视一切。我将套头衫放到柜台上，走了出去。我基本上可以肯定，弗丽达不会回头看。天气寒冷，她穿着一件红色的套头衫，外面套着海军蓝的无袖垫肩夹克，下身穿着迷你裙和绒面革靴子，头发编成一条辫子。

她走进一家名叫特兰西瓦尼亚的小礼品店，出来的时候拿着一个大袋子。她脸上第一次没有现出杀手的表情，看起来和普通女子差不多，神情有些兴奋。她只管走自己的路，对周围发生的事情丝毫未加注意，因此我可以相当随意地跟着她走在街上，看到她的小腿肌肉突出在靴子外面。我只希望她不要骑自行车，因为我距离停放摩托车的地方有些远。她改变方向，朝鱼店区走去，速度越来越快。她可能时间紧迫，或者是急于要赶到什么地方去。虽然我的呼吸有时会变得比较困难，但我不想跟丢她。直觉告诉我应该跟着她，弄清楚她的目的地。我本来可以原地不动，看看婴儿服，享受自由的感觉，但想了解弗丽达行动的愿望强于自由感。

她在一家酒吧前面停下脚步，对着门口的玻璃看了看自己，抬手整理一下辫子，然后走了进去。玻璃上刻着一条章鱼，很难看到室内的情况，所以我转过拐角。正如我预料的那样， 出现了一扇大窗子，透过窗子可以从后面看到弗丽达和面向我的鳝鱼。鳝鱼！我移开一点，以便能够在他们看不到我的情况下，更清楚地看到他们。鳝鱼！她正在说话。他看着她。她取出袋内的东西，是一件非常漂亮的皮夹克。他接过来，几乎没怎么看，就还给她了。她握住他的手，但他没有任何粗鲁的动作，只是轻轻地挣开了她的手。他们在交谈。他向后靠在椅背上，有时会抬手捋一下头发；她的头和肩膀倾向他那边。我半藏在一辆车后，计划等到这个场景结束后再挪动。我怎么曾信任一个和弗丽达私密约会的人呢？

半个小时后，阿尔贝托付了钱，他们站起来。弗丽达将袋子和夹克向他递过去。他起初没有接，双手插在衣袋中不动，但弗丽达坚持，并用整个肢体语言恳求他不要拒绝。他没有办法，只好接受。面对这种情形，我都感到紧张。当他终于接过袋子结束这个场景时，我甚至感到高兴。跟踪他们似乎有些莽撞。他们肯定会分道扬镳，所以我离开去取自己的摩托车。

我以最快的速度奔向灯塔，等了朱利安十分钟。我以为他可能已经离开，但石头下面没有纸条，他也许还无法前来。我正要询问那个女侍者，不过立刻改变了主意，因为那样只会令她更加注意我们。我从她那儿可以获取的唯一真实信息，只能是朱利安是否已经来过，然后离开了。

PART 8
肥皂、鲜花与刀

[朱利安]

桑德拉发现金十字架，证实这个弗雷德里克就是那个弗雷德里克的那天，我如释重负。我想，他不能将它戴在胸前招摇，不能向不是他的“兄弟”的人炫耀它，这对他来说肯定十分艰难。他的兄弟们会厌恶那个可恶的十字架，因为弗雷德是一个傲慢自负的人。他是雅利安人，没错，但本质上是一个进入德国的中心，从他人那里抢夺荣誉，试图占据一席之地的人。他们有些鄙视他，但同时又畏惧卡琳，因为她在开始这个计划的时候，就非常清楚自己的目标：接近元首，诱惑他，获得他分配的权力，统治世界。后来，她想方设法取代爱娃·布劳恩在希特勒心中的地位。元首的任何一个最轻微的举动都会引起死亡的浪潮，他可能陷入爱情中吗？当他在奥斯维辛和毛特豪森这两处集中营中时，只因为自己的意愿就杀害成千上万条生命时，会因为爱娃和卡琳而长吁短叹吗？卡琳在他眼中看到了什么？她是否在他的眼中曾经看到全人类、整个宇宙、所有星球、天堂与地狱，以及远古与未来的所有罪恶？

即使恶魔的化身撒旦也不敢同时犯下所有的罪恶。

不过，我不希望这些想法分散我的注意力，从而令我忽视基本的东西：了解阿里贝特·海姆的行动，更确切地说，是毛特豪森屠夫的行动。他是这个组织的一部分，但却过着略微隔离的生活。他几乎所有时间都待在“埃斯特雷亚”上。那条船停泊在码头，船板非常漂亮，抓人眼球，不过会发出轻微的咯吱声。他有空的时候，就会对它进行抛光，保养它；不在船上的时候，他会到鱼市以最优惠的价格购买最好的鱼。如果鱼市供应优质龙虾、红色对虾以及大比目鱼，他就会加快步伐，匆匆忙忙回到自己的船上，迫不及待地品尝它们。

显然，他已经将船与食物视为自己的生活中心。即使在冬天，他仍然穿着短裤。长时间的户外生活使他身体强壮，尤其是骨节突出、肌肉结实的双腿。与之相反，我的双腿却瘦弱苍白，还有些发青。他走路时有些驼背，像在扑向某个固定目标的动物。他没有环顾四周，也可能他看到了，但动作不明显。他的目的地就是他的船、鱼市和超市。那就是他需要的全部。船上经常飘出浓烈的烤鱼味，他常常独自吃着自己的大餐，配上一瓶酒，可能还是相当不错的酒。大餐之后，他会继续留在船上，无所事事地闲逛，凝视苍穹，然后进入船舱看电视。电视的声音震耳欲聋，他肯定有些聋。

我可以肯定，萨尔瓦已经确定了他在这儿的住址，也如同我现在这样观察过他，监视的同时肯定还想到了我。他肯定想过，在私生活中，这样一个精神变态的人与他的女人们——包括合法妻子和情人——以及孩子们在一起时，会有怎样的表现。在这样的时刻，他是否忘记了自己的杀手本能？

他是兄弟会那伙人中最无趣的一个，生活一板一眼，令人倒胃口。我已经查明，他步行到超市与鱼市需要一个小时。不过，他有时在鱼市停留的时间略长，但从未短过。他吃饭和看星星花费一个小时。他的车停在一座房子的车库里，那座房子属于生活在码头区域的人。我只看见他开过一次车，也许是去见朋友。在我监视他期间，他需要的所有东西刚好可以装进两个袋子中，他一手拎一个。

两三天前，他下船去了鱼市。我趁此机会，偷偷溜到了船上。也许有人注意到了我，但我还是冒险一试，动作迅速而自然。我基本上已经看过他放在甲板上的东西，所以我走下几级台阶。台阶和其他视线之内的所有东西一样，闪闪发光。对于贪婪而懒惰的人，这里是一个安全的避风港。我能够闻到刚刚煮好的咖啡味。窗帘是用红白相间的格子棉布制成。在厨房的抽屉里，刀具摆放得井然有序，小橱柜中的餐具与玻璃器皿也同样整齐。我取出一把刀，以防他提前回来，与我正面相遇。

冰箱里有特百惠品牌的容器，附带的标签详细说明了内部储存的物质。他甚至还安装了一个玻璃酒架。浴室内设施齐全，散发着类似鲜花的香味。在一个银质的肥皂碟中，他收集了酒店中提供的那些小块肥皂。我拿起一块，放进上衣口袋中。我走进卧室兼起居区。花瓶中插着一些小朵的鲜花，我也抽了一枝，和肥皂做个伴。在一个小衣柜中，他将内裤和袜子分类放成两堆。架子上放着一副老花镜，我想把它放到别的地方去，让他感到困惑，虽然我知道他会注意到那枝小花和那块肥皂。我希望他认为自己变老了。

他记录试验的几百条笔记会保存在哪里呢？手写的笔记本肯定放在某个地方，因为他写下了自己做过的每一件事。他的一部分笔记本已经在控诉他的法律案件中使用过，但肯定还有。他一定会将东西收放妥当，以便能够随身带着一些材料，提醒自己往日的辉煌岁月。那时的他是上帝，而人类是他的实验对象。甚至现在，他仍然在记录自己的所作所为，因为继续做真正的自己，可以令他过得比其他从未杀戮过的人更好，尽管他已经无法实施内心渴望的每一件事。我也记录自己做过的事情，因此我们在这个方面相似。于是，我暗问自己会把那些信息藏到哪里。当然，他不会指望有人看懂那些信息，因为全是用德语书写的；他会以为无人来寻它，因为没有人知道他的身份。一个生活在船上的老外国人？他现在如何称呼自己？

我不会将笔记本保存在抽屉里，也不会放在小衣柜顶上，或者折叠好的毯子中。如果无人来找寻它们，我为什么要将它们藏起来？我会把它们放在同类物品中间。当我带着一本离开时，浑身冒出了鸡皮疙瘩。它们就在架子上，像书籍一样有序排列着。他给它们包上了历险小说的封皮。

我该回去了。

我像进来时那样迅速自然地离开，同时用手帕擦拭台阶。我来到码头上时，才意识到没有将刀放回原处。我将它放在上衣口袋中，一直没有拿出去。原来我才是那个变糊涂的人。我原本打算将它抛进海中，但随即决定放弃。

我离开那里，去见桑德拉。

[桑德拉]

我没有在灯塔旁找到朱利安，所以无法告诉他我发现弗丽达和鳝鱼在恋爱，这可能会使她成为一个更危险的敌人。我上床时还在想，面对挪威夫妇和弗丽达，我必须考虑得更加周全。与他们相处，如同走钢丝，最好让他们认为他们在操控我，而不是我在操控他们。朱利安削弱了卡琳常常试图加诸于我的控制，尽管我们不得不承认，她成功的时候更多。她习惯了将自己的意愿强加在他人身上，习惯了将他人当作玩物一样对待。紧张的情绪影响了我的身体。除此之外，在下午看到那样的情景之后，我根本无法确定阿尔贝托在玩什么游戏。

每每熄灯之后，我就会立刻看到“兄弟们”的普通人体之内隐藏着的恶魔，看到我只是他们的一个玩具，他们彻底控制我之后，也会掌握我的儿子。可是，白天再次降临之后，一切似乎像变魔术般发生了变化，仿佛面纱已被揭去，他们也不再那么危险。我认为这是我过于恐慌造成的；另一方面，我夸大了这些情况，因为我以前从没经历过这样的事情，没有真正地了解他们。不过，体内荷尔蒙的巨变，导致我的情绪更加不稳定。至少，每个人都在谈论所谓的荷尔蒙巨变，也许正是这场巨变改变了我的整个世界。

按照挪威人的标准，我起床太晚。弗雷德已经出去处理兄弟会的事务，卡琳问我是否愿意到镇上去，为她买些面霜、身体乳和杂志。这是她给我自由活动时间的方式，我抓住这个机会，因为我迫切地想知道是否拿到了化验结果。在内心深处，我希望这种大名鼎鼎的液体值得我们四处奔走，值得我们经历的各种不安与恐惧，不要让我觉得自己小题大做。

既然是帮卡琳跑腿，我便开出了四驱车。十五分钟之后，我已经在看朱利安给我留在石头下的纸条。上面说，化验结果成功。我也给他留了一张纸条，内容非常简短：我会在下午老时间再来，看看他是否在那里。

卡琳交代给我的小事很快就做完了。上午剩余的时间，我在花园里散步，呼吸新鲜空气，喝了许多水以便清除口痰。卡琳在屋内写信，给自己涂抹厚厚的面霜，直到弗雷德回来。然后，我们喝了一些弗丽达做好的汤。我摆放桌子，放上刺绣小餐巾，然后等候他们先喝。这个举动带给我一种奇怪的感觉。难道我怀疑他们想毒死我？我是不是疯了？我百分之百正常吗？听取朱利安这样的老人的那么多话合理吗？我父母常年吵架已经令我不胜其扰。或许这样漫长的生活也令朱利安失去了平衡。疯狂的人不知道自己已经疯狂。我看着他们喝了两勺，自己才动手品尝。味道很好。汤内有鸡肉和蔬菜。我同两个老人一起坐在这里喝汤。虽然我不了解他们，但无论我喜欢与否，他们现在已经进入我的世界；对于做汤的人，我同样不了解。他们午睡的时候（弗雷德坐在扶手椅中，开着电视打盹；卡琳躺在沙发上，盖着毯子打鼾），我骑着摩托车去了灯塔。

朱利安在那儿。他过来了，想看看我是否给他留了纸条，同时也想着可能会在那儿碰到我。我们两个的想法相同，也都很有运气。

他迫不及待地告诉我，花费弗雷德和卡琳巨资购买的针剂没有任何神秘之处，它们最终会毁掉他们。这种东西容易制造。事实上，这些年迈的纳粹分子的思想仍然停留在过去，还在梦想他们的科学家在种族方面优于其他科学家，已经通过实验在许多物质中成功发现了永葆青春的秘密。他们仍然生活在自己宏伟的幻想中，沉迷在自我欺骗中。他们试图扭曲世界，实现他们所谓高瞻远瞩的理想。他们中可能只有一个人明白，他们并不像自己认为的那样强大。

我没有告诉朱利安，我撞见阿尔贝托和弗丽达在一起，因为我有些难以启齿。如果我告诉了他，相当于承认自己不知道罪恶在哪里结束，我的想象又从哪里开始。

相反，我说，在他告诉我有关艾尔弗的事情，说他怀疑他们杀了她，以及他知道他们能干出什么事情之后，我开始担心姐姐的房客的安全。卡琳不喜欢他，告诉过我她打算派马丁到那儿教训他。

[朱利安]

我心中有个魔鬼，但我对它束手无策。我为什么在做这些事情？我为什么要和桑德拉这样行事？那个魔鬼已经沉睡多年，刚刚苏醒。当萨尔瓦在那个地狱中爱上拉克尔的时候，我感到过它的存在；现在我又感到了它的存在，不同的是，我现在无法对付它。它在单独行动，比我的速度更快，更敏捷。这个魔鬼想让桑德拉继续保持我认识她时的样子，浑浑沌沌，不知道自己想要什么。这个魔鬼不想让她与鳝鱼相爱，想到鳝鱼会将她从老朱利安身边带走就感到憎恨。直到现在，桑德拉和我一直都是一个团队，分享同一个秘密。突然，这一切可能会发生改变，我心中自私的魔鬼不想让我孤军作战。不过，虽然心中存在这样一个魔鬼，我仍然不希望桑德拉发生任何不可挽回的事情，不希望她遭受巨大的失望，令她余生都难以忘却。我宁愿将真相摆在她眼前，希望她做出决定，回归自己的正常生活。

我答应桑德拉到小房子那儿去看看，虽然我明知那样做非常愚蠢。桑德拉担心房客，那个想都不曾想过会出现在她视线中的教师，会遭受与艾尔弗相同的命运。卡琳与她的同伙都不会允许自己随意灭掉他们不喜欢的人，尤其当这些人不会阻碍他们的计划时。可是，我当然不愿意让桑德拉失望，因此我去了“小房子”确认房客是否仍然活着。

如同过去那样，我将车子停在路边的一块空地上，步行走在小路上，尽情享受鸟语花香。不过，鸟语声音之大，足以震耳欲聋。这条街略微有些向下的坡度，但绝对宁静。在这个门廊上，我曾经第一次与桑德拉交谈。我站在那里，看着它，仿佛身上有文身和穿孔的桑德拉真人版会出来，但海滩上的这个女子已经漂流到命运给她指定的地方。命运如同河水，清晰而鲜活，但我们如今却处在另外一种生活中，另一条河上。

身后有人问我是否需要什么帮助。一定是那位房客。他的头发乱糟糟的，手中提着公文包，肯定是刚从中学回来。

“是房东的妹妹桑德拉让我来的。她想知道你是否一切安好，是否有什么需要。”

“我是否有什么需要？好问题。我还需要一些桌子和架子。这里就像一个玩具屋。”

我跟着他走进屋。

他没用钥匙，只是推了一下，门就开了。他将公文包扔到沙发上，然后指了指地板上的一堆箱子、成堆的书和盖住餐桌的所有纸张。

“哦，这些都是供夏天度假的房子。”

“那么，我应该做些什么？”他一边用衬衣角擦着眼镜，一边问，“告诉她，我没有找到她的文件夹。”

“哦，我不知道……这些你真的全都读过吗？”

“没有人会什么都读过，但你可以拥有它，以备不时之需。”

“我叫朱利安。”我说着伸出手。

“胡安。”他也报了自己的名字，但没有伸出手。

“请原谅我这样问，你不锁门吗？”

他看着我，有些沮丧，仿佛我发现了他的失误，要惩罚他。

“我丢了钥匙。你可以让她把我从这里撵出去，我会再去找一个这样荒唐的房子，然后搬走我所有的东西。”

“别担心。我不会告诉她。我想，不会有人进来偷你的书。”

“如果发生那样的事，会非常有趣。”他说着在桌旁坐下来，面对着一大堆纸张。

“课上得怎么样？”我一边走向门口，一边问。

“无聊。他们全是笨蛋。”

“你每天都上课吗？”

我从他口中得知，他上课的时间是下午三点到七点，也有时是三点到六点，偶尔三点到八点。

我没有必要再思考采取什么策略，采取什么行动。计划自动浮出了水面。我周围慢慢构建起一个世界，但他人无法看到。在这个世界中，我有话要说，有事要做。因此，完成桑德拉拜托的事情之后，我坐上车子时便知道自己必须要做什么事情了。

我必须再到屠夫的船上去。他现在应该出去购物或者散步了。在兄弟会成员的住所或家中，只有他的可以接近，可能是因为他这样过了许多年，没有发生任何事情，所以他没有理由警惕。在不受人注意地四处活动，伪装之后，他已经成为芸芸众生中的一员，表面上没有任何事情需要隐瞒。比起处在高墙与保镖的包围中，这样的生活对他更安全。但是，突然不见了一块肥皂和一朵小花，一把刀也消失了。然而，谁会到他的船上带走这些东西呢？他只能将此归结为自己的疏忽大意。

我脱掉鞋子，穿着袜子走下台阶。船舱内的一切和上次所见一模一样。如此有条不紊的安排一定给他带来了稳定感，让他感觉自己的小世界不会有任何改变。我理解，因为我也是如此。如果我将眼镜放进了另一个口袋中，我也会不安。所以，我将肥皂和刀子都放回原处，但没有触碰那些鲜花。然后，我从架子上取走尽可能多的笔记本。那些本子上写满了海姆的笔记。我走出去，再次穿上鞋子，坐在一张面向那条船的长椅上，等他回来。

他低着头，抬起遒劲有力的双腿登上船，然后向下进入他心目中神圣的区域。我很冷，但等着他回到甲板上。他慢慢从一侧走到另一侧。双体船的两侧都没有人，所以他无法向任何人询问是否有人上过他的船。为什么会有人进去做那样的蠢事？他会尽力理智地思考。他会以为是自己没把东西放好，误以为有东西不见，但实际上并没有什么失踪。所以他决定再下去一趟。当他再次上来之后，他检查了甲板上的每一块船板，肯定和他检查舱内和台阶的方式一样。在某一刻，他摇了摇头，仿佛在告诉自己，那样做是愚蠢的，不值得再去多想。

然而，第二天，在我去见桑德拉之前，我发现在他常去鱼市或者在干地上闲逛的时间段，他没有下船。毫无疑问，他想看看自己在那儿的时候，是否会有东西移动、消失或者出现。怀疑自己的种子已经播下，现在我只需要等候它的生长。我可以确定，他已经开始对自己做我对他做过的那些事。他会亲自负责浇灌猜疑这棵植物。我每隔几天就会去那儿一趟，因为我不想失去屠夫的踪影。看见他令我感到很受伤，但我不能放弃观察他做自己的日常事务的机会，比如清洗他珍爱的甲板，他同样专注于细节与组织，与他昔日执行杀人那样的日常任务一样。

桑德拉进入太阳别墅这座地堡就意味着我们失去联系，因此我不知道什么时候才能告诉她那个房客安然无恙，让她放心，无论他们那些人多么疯狂，也不会因为卡琳的某个突发奇想就随意杀死他。

我只好每隔两天，四点钟在灯塔旁等着见她，和她交换消息，除非桑德拉能够想出办法，在酒店或者在灯塔旁我们的信箱给我留信，或者在她带卡琳进城，将她留在健身房的时候，过来见我。养成某种习惯的人有一个优点，就是最终会形成一个基本固定的时间表。我也如此，尽管我不需要对任何人解释什么，而且需要充分利用每个机会继续调查兄弟会，但我也必须在午饭时间稍加休息，晚上早早上床睡觉。

我不得不节约地使用我的精力，也不能漏服药。多亏这趟旅行，我认识到我能照顾自己。我看管着自己，仿佛精神游离在体外，即便没有感到干渴的时候，我也强迫自己喝下很多水；即使我不是非常饿，也会强迫自己吃东西；起床的时候，我会强迫自己做一些伸展运动，做几分钟瑞典体操，是萨尔瓦在我们刚到集中营的时候教给我的。最后，我们几乎连呼吸的力气都没有了，但直到那一刻，萨尔瓦还说：这种锻炼对头部非常好，因为它可以促进血液循环，加速氧气到大脑的传输。在我可悲地试图自杀之后，我从来没有错过任何一天的锻炼。

我不知道如何才能洞悉桑德拉与挪威夫妇的世界，但后来我想起卡琳热衷于去购物中心。现在是七点半，卡琳非常有可能问桑德拉她们是否可以到那里逛一逛。虽然我一直在考虑去北欧俱乐部，看看是否能够幸运地发现塞巴斯蒂安·贝恩哈特，但我还是驱车开向购物中心。

购物中心里总是熙熙攘攘。我们在布宜诺斯艾利斯的房子旁就有一家。拉克尔喜欢每隔一个下午就到那儿去。起初，我讨厌去那儿，认为那是在浪费时间。我有更好的事情去做，比如跟踪这个或那个纳粹分子，但我逐渐发现到那儿去可以放松自己，只考虑眼前的一切，感觉如同在丰饶角或者阿里巴巴的洞穴里漫游。那里的商品应有尽有，包括你一直需要的和你永远都用不到的所有东西。所以，我不介意利用这个机会，为自己买些袜子和手帕。我的女儿对我说过，使用纸巾擤鼻涕更卫生，但我喜欢柔软的棉布在鼻子上的触感，因此不打算放弃那种方式。我不能忍受合成纤维做成的袜子，不知道这是一种奢侈，还是我自己的怪念头。我喜欢的袜子必须是用自然纤维做成的，我的内裤也必须是纯棉的，我的衬衣也一样。我的身体装备必须感觉柔软而舒服，触感尽可能减到最小的程度。当我看到兄弟会那些老头时，我认为他们一定也有自己的怪念头，比如弗雷德里克过于宽大的衬衫。我们曾经来到生命的同一点，然后有些人开始走上成为刽子手的道路，有些人走上成为受害者的道路。我们都曾到达悬崖边缘。

严格地说，我还没有进入购物中心。我只是刚刚停在两根柱子之间，就有人从后面走过来，将我推向其中的一根柱子上。我的头和背狠狠地撞在水泥上。因为车钥匙还在我手中，我用尽所有力气刺向那个疯子的腹部。但他与我的距离过近，我没有对他造成任何伤害。他闪到一边，扭住我的手腕。是鳝鱼。

我要他放开我。

“如果你离开桑德拉，我就放开你。”

“桑德拉？”我问。

“对，桑德拉。”他说着又在扭住我的手腕上加了力道，让我更觉更痛。

“好。”我尽可能放松自己，因为他如果再用力，我肯定不能再见到桑德拉。“好。”我又说了一遍，“这到底是因为什么？”

鳝鱼的脸上没有怒气，只有疲惫，甚至还有悲伤。

“从这儿滚开，不要再靠近桑德拉。”

他的一只手扼住我的脖子。我恳求他如果不希望我当场死亡，就放开我。获得自由之后，我立刻清了清嗓子，用另一只手握住受伤的手。我会为此付出极大的代价。我的全身会疼痛几天。我打开车子，坐下来。他看着我。

“你是谁？为什么来这个镇？”

“一个朋友邀请我来的，但我到达的时候，他已经去世了。我只能再次踏上回家的漫长之路，或者停留一段时间。我决定留在这儿，因为我从没度过长假。”

鳍鱼知道我讲的不全是实话。他坐在我身旁的座位上，没有征求我的意见就点燃一根烟。显然，一个刚刚揍过我的人不会注意这样的细节。

“你怎么认识桑德拉的？”他一边问着，一边朝周围看了看。他肯定在想，我车子里的东西太多。他看到了酒店毛毯、水、苹果、望远镜、笔记本和报纸。如果他现在没想到搜查，迟早会想到。

“我在沙滩上认识她的，我们成了朋友。见面的时候，会打招呼。”

“你们的关系远远超过了打招呼的程度。你们一起度过了很多时间，经常碰面。”

他的语气充满敌意。我的手和手腕相当痛。

“也许桑德拉觉得孤独，需要一个人说话。我不是她梦想中的男人，但她可以信赖我。至少，我不会欺骗她，不会让她产生任何错误的幻想。而且，我和她相处的时候，也没发现她有多难受。”

这个类似唐璜的家伙嘴角浮现出嘲弄的狞笑。

“你被人看到和她在一起，会给她带来麻烦。我能想到你想做什么，能想到桑德拉偶然遇上你，你便想到可以利用她帮助你做一千件事情；不过，我也能想到你不想死，因为你的梦想有可能成真，或者至少因为你拥有梦想。”

“现在我每活一天，完全都是额外的奖励。”

“那是以前。现在，你不想失去她。相信我，如果我们再看到你和她在一起，你的日子就到头了。听懂了吗？”

我点了点头。鳍鱼终于下了我的车。

我不想再去购物中心买袜子了。

在我的身体变冷之前，我最好回到酒店，因为我再过一会儿就无法动弹了。

我用没有受伤的右手开车，紧紧抓着方向盘，用受伤的那只手换挡。天知道我从哪里又获得了力量，我还将车尽可能地隐蔽起来。在上楼回房间之前，我去了酒店里的酒吧，要了一杯热牛奶带上楼。我的双手在发抖，不是因为害怕，而是因为疲惫。时间还早，但我只想服药，摘下隐形眼镜，穿上睡衣，躺到床上去。我没有将厚床罩折起，因为我需要一切可能的温暖。我想忘记桑德拉，忘记她可能遭遇的事情，以便我第二天能够如常行动。

我刚戴上厚厚的玻璃眼镜，就听到了敲门声。这似乎不是结局到来的最好时机。如果他们真的想除掉我，在购物中心的停车场就应该动手。当时我穿着外出的服装，站在车旁，如果被杀，就好像遭到了抢劫。我的死亡信息刊登在报纸上所占的空间甚至不如一个注释。相反，如果他们在酒店房间杀害一个毫无防卫能力的老人，肯定会引起人们的注意。所以，我开口问是谁。

罗伯托走进套房。他环顾四周，仿佛想看看是否一切都在。在我看来，它似乎不如以前那样令人印象深刻了。我已经习惯了它，觉得它只是在模仿套房。

“你还好吗？酒吧的人有些惊恐地告诉我，你看起来状况极差，双手抖动得厉害。”

他看到床头柜上的那杯牛奶，然后注意到我用一只手握着另一只。

“我滑倒摔伤了。”

“我们去看看吧。”他说。

“只是擦伤，没什么可担心的。”

他坚持说我应该照X光，但我告诉他，我现在穿着睡衣，不想离开酒店。

“我只想休息。”

我开始认为，脸上长着大雀斑的罗伯托也许是我的朋友，我可以告诉他我在这儿的目的，将艾尔弗的相册、海姆那些可以成为罪证的笔记本、以及我的笔记本交给他保管。这很容易做到，因为他很友好，我又过于衰弱。可等到他拿着药膏和绷带回来时，我已经放弃了那个想法。他将绷带给我系好，我为此非常感谢他。

我梦到鳝鱼扭住了桑德拉的手，他在伤害她，她的关节痛得发抖，我正在给她包扎绷带。但是，当我醒来时，我才是手疼的人。如果桑德拉不想自救，我也无能为力。她可以利用任何一次来镇上的机会，逃离太阳别墅。她可以到汽车站，然后坐车消失。即使我能够进入那座房子，令他们全都无法动弹，然后拉着她的手，将她从那里带走，她也不想离开。她已经被复仇、正义、完成已经开始的事情以及恋爱等想法毒害。因此，我不得不考虑较为实际的事情。

现在，他们随时会洗劫我的车子。他们知道我保存了证据，我不会将它藏在酒店内，所以车子是最好的选择。我没有必要过多地考虑这个问题。因为我在“小房子”里与房客聊过，几乎将那位教师淹没的乱糟糟的书籍和纸张反复出现在我脑海中。笔记本和相册不会引起任何注意。或者说，不会引起他的注意。他有那么多阅读的东西，不会去寻找多出来了什么纸张。

我早餐时吃了一片止痛药。我不饿，但我没钱生病。阳光明媚，而且无风，我认为最好到海滩上去晒太阳，增强体质。我会在围墙旁坐下来，那里是阳光最强烈的地方；然后我回到酒店，躺在床上休息了一段时间，三点刚过，我就去了小房子。

一切按照计划进行。我等候房客提着公文箱走出来，上了一辆（至少）三手的雷诺汽车。然后，我不费吹灰之力地走了进去。如果他发现我，我就告诉他，我在测量放置书架的地方。但事实上并没有那个需要。我打开小门，走了几步，便来到前门旁，轻而易举地打开了它。我穿过堆成小山似的纸张和文件夹，终于来到楼梯前。我立刻猜到楼上的房间中床上乱七八糟的那间是他的。房间地板上四处散落着报纸和杂志。其中有几本《花花公子》，我不想仔细看。他似乎不太经常到其余的房间里。较大的那个房间里摆放了两张床（我模糊记得，桑德拉带我参观这座房子的时候看到过），两张侧面带有抽屉的桌子，一个书架立在一面墙边，上面摆着一些课本，肯定是桑德拉的外甥的。我认为这些东西不会引起房客的注意。如果他对它们有兴趣，早就仔细看过了。因此，我打开了其中一个抽屉。里面放着笔记本和一些对折的画纸，是小学时期的作品，只有父母才会对这些东西感兴趣。所以，我将艾尔弗的相册放在它们下面，将海姆和我的笔记本隐藏在它们旁边的课本后面。不是特意寻找它们的人，不可能发现它们。如果有人侥幸发现了它们，也无法读懂海姆的笔记，更不会知道如何处置这个相册。

我离开时，确定鳝鱼和其他任何人都不会将我和这座小房子联系到一起，至少他们不会去怀疑它是我的保险箱。于是，我不由松了口气。我没有特别担心有人会进去。第二天，桑德拉如约和我见面的时候，我会告诉她，房客安然无恙，不过最好给他一把新钥匙。

之后，我去医院的创伤部看手。

[桑德拉]

我将房子的新钥匙给了朱利安，他主动提出将它送给房客。我不打算告诉姐姐现在任何人都可以进入她的房子洗劫它，因为我不希望她来打搅我已经被搅乱的世界。朱利安受伤了，他在购物中心的停车场滑倒，扭伤了手，不过并不严重。创伤部医生在他手上绑了一个弹性绷带。

我希望将和他在灯塔旁见面的时间尽可能减到最短，以防阿尔贝托去了挪威人家里，而我却在外面。如果那样，我会非常懊恼。不过，我在那座房子里等那么长时间，他却只是露个面就离开，反而会令我更加懊恼。有时，马丁来送卡琳的针剂，或者与弗雷德在书房交谈时，我甚至想过让他给阿尔贝托带个信。但是，我很快就放弃了这个想法，不知为什么，感觉阿尔贝托自己会要求我什么都不要说。我拥有的一切只是在码头的那个吻，朱利安看到的：阿尔贝托和另一个女子在一起，以及自那晚之后他再也没有对我表现出兴趣的事实。可是，我却在担心他可能希望我怎么做。难道我是白痴吗？

他会希望我做什么？

“你是否因为爱情做过许多愚蠢的事情？”

这个问题令朱利安吃惊。他不可能做过许多蠢事，因为他做事都是三思而后行。海边的夜晚漆黑湿冷，潮气会慢慢渗透到骨头里。只有极少的夏日度假屋亮着灯，在寥寥几盏灯的点缀下，漆黑的感觉更加强烈。四周只有星星、渐亏的月亮和黑暗中咆哮的大海。每分钟都会有闪光照亮黑暗中的灯塔。在那儿，你远离已知世界，在这个星球上孤身一人，虽然还有其他人，但他们也是孤寂的。

“的确不多。”他说，“我没有那个必要，因为我只爱一个女人，她也只爱我，所以我从没因为必须做异常的事而感到为难。”

“那么，你现在做的是什么？你为什么要做它？你为什么要来这儿？”

“因为友情和仇恨。”他说着用绑着绷带的手举起咖啡，“我来这里是为了我和萨尔瓦的友谊；我留在这里是出于对你认识的那些魔鬼的仇恨。”

"就因为这些？"

我不知道为什么那样问。我的问题令朱利安移开视线，看向女侍者。

"因为我还活着，我感到自己还有活力，还可以冒险。我在这里有事要做，而且我做事的时候，不需要依靠我女儿。不过，我怀疑珍藏在我心中某个角落的拉克尔帮了我许多。"

"就因为这些吗？"我重问了一遍，不过没有特别的用意。

"你问得对。我不是一个人在做这件事，我是和你一起在做。我从未想过会有这样的事情发生。我到这儿的时候，萨尔瓦已经去世，但你在这里，我不介意这个变化。"他稍稍仰头，仿佛在请求朋友萨尔瓦的原谅，"一模一样的情形绝对不会再现。在这件事中，我们两个人中的一个是多余的，所以我们中的一个为你腾出了位置。"

"你认为每件事都是安排好的，而不是偶然发生的吗？你认为我和你在这儿喝橘子汁和咖啡，也是这个计划的一部分吗？"

"不，不，我并不这样认为。这只是一种说法，是我们自己将不同的事情联系在一起的，为了赋予它们美好的意义，但它们实质上野蛮而残忍。"

"感情是不能控制的。要么拥有它，要么没有。"我认为自己对桑迪绝不会产生和对阿尔贝托一样的感觉，虽然桑迪更值得。

"桑德拉，在对待你的事情上我非常愚蠢。我对你不够好。我是一个自私的老人。"

我正准备请他不要贬低自己，指出必须有人教我他已经教给我的东西时，女侍者将盛着账单的碟子用力放到桌子上。那是一个深棕色的碟子，账单被一个回形针夹着。天气好的时候，顾客坐在外面的露台上，使用回形针可以避免风将账单吹跑。

在回那座房子的路上，我脑中想着那个碟子和朱利安留下的少量小费。到达之后，我试图问出他们接待了哪些访客，他们试图弄清楚我去了哪里，所以我们之间扯平了。

[朱利安]

萨尔瓦，如果你能看到我在心血来潮时随意进出海姆的船就好了。我看着海姆的样子，认为这个屠夫快要疯了。萨尔瓦，如果你能够看到这个情景就好了。我明白他的感受，因为在人最终都会沉没下去的老年沼泽中，最令我感到恐怖的是丧失记忆力。无论海姆和我多么不同，但在那一点上，我们有共同之处。首先是那块肥皂、花瓶中的那朵小花和刀。它们消失之后又重新出现，对于这样一个条理极其分明、将身边的一切事物安排得分毫不差的人来说，这肯定是一种令人相当不安的现象。现在又轮到他详细记载自己在毛特豪森残忍行径的笔记本了。他会问自己：我究竟将它们放在哪里了？我为什么会把包着普通书籍封面的它们从架子上取下来？有人上船了吗？不，没人会那样做；即使有人那样做，那个人必须非常清楚自己在寻找的东西。即使海姆以为有人偷窃了那些书，也无法解释刀子失而复得的事情。他极有可能不止一次地思索过改变收藏笔记本的地方这种可能性。如果他真的那样做了，却不记得，会怎么样呢？

这是一个星期二的早上，天气晴朗，但像海姆那样身穿短裤会感到有些冷。我在消磨时间，看着他将放置在舱内的几乎所有东西拿到甲板上。甲板上四处散落着书、床单、毯子、盘子，还有很多我没有发现的黑色油布封面笔记本。他不停地上下走动。最后，他终于在平时饭后常常小憩的折叠式吊床上坐下来，目的是为了逐一检查每一件东西，将它们全都记在另外一个黑色封面笔记本中。有时，他抬起大手抱住自己的头，然后继续记录。他写下的每一件东西都回到了适当的位置。他连续几天上午下午都在做这件事情。我在不同的时间段观察他，上午一会儿，或者下午一会儿。在那期间，我总是会在街对面的酒吧喝上一杯浓咖啡，想着萨尔瓦，想着他如果能和我一起在这里就好了。我一直想告诉桑德拉这件事，但又认为她还是不知道为好。在最后一天，在他将所有的东西拿到光天化日下几次，并将它们记录几次之后，得出一个可怕的结论：他的清单没有成功地起到应有的作用。然后，他表情坚决地离开船，去了停放他那辆阔气的黑色奔驰的车库。

我等着他。他慢腾腾地把车开出车库，眼睛一眨不眨地直视着前方，帽子下的面孔仿佛一个没有表情的面具。跟踪他相当容易。他驾驶的庞然大物也许令人印象深刻，但他的反应比我的还糟。由于他此刻非常不安，反应当然比平时更加糟糕。我心中暗想："混蛋，我希望你开始感觉自己像一堆屎，像一个无用的破罐子。我希望你觉得自己的生活不值得继续，你现在不得不吞下自己种下的苦果了。"

他驶出镇子，大约二十分钟后，他向下一个城镇开去，但在到达之前，他拐进一个我已经知道的住宅区，开向布雷默公寓。塞巴斯蒂安·贝恩哈特住在那里，四周戒备森严。屠夫可能是来向他咨询自己的问题。由此可以证实，黑天使的级别高于奥托、爱丽丝和克里斯滕森。我非常不安，逐渐明白这群隐形人的行动方式。一直以来，阻止他们做出过多蠢事，过度暴露自己的人是塞巴斯蒂安。正是他找到了为他们增加寿命的办法，以免他被单独留在一个已然不同的世界上。他肯定为他们注满了信心，通过兄弟会的束缚，将他们联系在一起。他是那些年轻人的教导者，他不得不成为蜂王；

当蜂王死后，其余的人就会不知所措。为了让他们增加信心，他必须令他们相信他坚不可摧，他能够利用一种专为他们制造的产品令他们也变得坚不可摧。

四十五分钟后，海姆从他进去的地方出来了。他的黑色奔驰悄悄穿行在一个星球的街道上，他们已经像昆虫一样适应了这个星球。

我留在那里，期待塞巴斯蒂安会出来。

[桑德拉]

星期四，当我正要出发去见朱利安时，意外地看见了马丁。这次，我不需要为我的外出做太多的解释，因为他来这里是有事要在书房告诉弗雷德和卡琳——他们的事情，兄弟会的事情，例行公事。现在是三点半，我将会第一次准时到达灯塔。我离开时，感觉这件事情不会再持续太久。朱利安的钱快用完了。他不想抱怨，但有时会说漏嘴：他没钱继续支付酒店的费用，他不得不把一分钱掰成两分花。他这个年纪的人无法太久忍受这所有的一切麻烦；我也不能继续和这些人以及他们的另类世界纠缠在一起。揭露整件事情的时刻必须到来，或者我们分道扬镳的时刻必须到来。我不需要决定任何事情。这事会顺其自然得到决定。

我离开太阳别墅。到街上后，我感到有东西直刺我的眼睛，痛击我的大脑。

是那辆车！

车内坐着的人是阿尔贝托。他将一张纸放在方向盘上，正在做填字游戏。我停下来，坐在摩托车上，无法动弹。

阿尔贝托!

我没有张口，在心中无声地叫着他。他似乎听到了我的心声，他的头向着我的方向转过来。

他还是他。同样的眼睛，同样的嘴巴。他下了车。他身穿深蓝色牛仔裤和格子衬衣，套头衫搭在他肩上。看到他没有穿弗丽达送给他的夹克，我感到高兴。他停在我面前，我仍然坐在摩托车上。

他的浅棕色头发乱成一团,因为风吹日晒,额头和鼻子有些发红。他并不帅气。他的钱包鼓囊囊地塞在裤子后袋里。他的软皮鞋有一只没系好。

“你的鞋带松了。”

他漫不经心地低头看了看，没有弯腰去系。

“你要去哪儿？”他问话的语气仿佛我们几分钟前刚刚见过。

“和你有什么关系吗？”

“我问你，是因为它对我重要。”

他距离那座房子只有几米远，但却没有进去看我。我不能再继续爱他，这令我感到非常受伤。

“我不这样认为。”我说，“我会假装没看见你。”

我残留的那点骄傲不允许我骂他。

“那我就假装从来没有下过车，对吗？”

“随你的便。你好像非常确定该做什么，不该做什么。”

“对，我确定。你应该也确定，但你却宁愿像个疯女人那样，做事不考虑后果。”

“你总是威胁我。”

“你的确受到了威胁，但威胁你的人不是我。我跟你说过，离开这里，忘掉这一切。”

我仍然非常迷恋他，希望他成为我宝宝的父亲。我也明白，在我停止迷恋他的那一天，我会恨他。

“每个人都在说同样的话，要我离开，可我到哪儿去？”

“每个人？还有谁要你离开？”

“反正有人这样说过。我不能走。我在这儿的关系比其他任何地方的都多。”

“来，我们骑摩托车去兜风。”他说着坐到我后面。

“你想去哪儿？”

“去灯塔。从那里看风景很漂亮。”

我这才想起朱利安，想起他再过一会儿会在灯塔那里等我。

“灯塔？你确定？难道你不会更喜欢去沙滩或者码头吗？”

“灯塔那儿更安静。而且，那里有一个大悬崖，我可以把你从那儿推下去。不会有人找到你。大海会把它吞没的一切事物吐出来的说法是错误的。”

我发动摩托车。风正刮着，骑在车上风速更大。我朝着灯塔的方向驶去。我无法掩盖这个事实：我非常熟悉这条路，闭着眼睛也认识。然而，我尽可能放慢驾驶的速度。我喜欢阿尔贝托坐在我后面的感觉。他减弱了风力，他保护了我。他不可能想过要做伤害我的事情。我没有与他在一起的所有时间似乎都没损失，都是一种考验。

当我们到达灯塔附近唯一可以停车的平地时，我看到了朱利安的车子，知道他已经在冰淇淋店内了，或许他已经从窗户那里看到我来了。如果我告诉阿尔贝托我需要上厕所，要他等我一会儿，我就可以给朱利安打个手势，但我不愿意浪费和阿尔贝托在一起的每一分钟。就让朱利安无聊地离开，去做他想做的事情吧。我当然不准备扰乱突然出乎意料地降临到我身上的这个时刻。

我们踏着鹅卵石和小石头，在野生棕榈树中穿行，最后来到悬崖边。辽阔的大海大部分是蓝色的，少数几个地方呈现出绿色，海水从我们脚下延伸出去，与遥远的天际相接。只有我们两个人在那里。

“好像不真实。”他也许是在说我们面前的景色，也许是在说我们两个，或者泛指生活。

“好像不真实”，这几个字太精彩了。他搂住我的双肩，然后吻了我。这是我熟悉的吻，是我一直在等待的吻。我比第一次的时候更熟悉它，因为我不意外，只是感觉柔软温暖。我能感觉到他的下身抵在我身上。他向后退开了。

“现在不行。”他说。

我握住他的一只手。它的形状有些方正，手指结实，在美丽的大海与天空之间，显得微不足道，但却是唯一真正重要的东西，能够赋予生命某种意义。

“你丈夫呢？”

“我没有结婚。”

“好吧，你孩子的父亲呢？”他说着慢慢挣开我的手，将手伸进衣袋掏出烟。他点燃一支。

“我们没在一起。我不知道我是否爱过他。”

“他爱你吗？”

“我想他爱我。为此，我感到抱歉。”

他突然把背转向大海。

“我得回去了。这里以后就是我们见面的地方。”

我不想问他和一个女子在沙滩上的事情。我也不想问他和弗丽达的事情。那个女子可能是他的沙滩女子，而我将是灯塔女子。我不想破坏这个时刻，这个令我感到幸福的短暂时刻。

朱利安的车子已经不在灯塔旁。我不知道他是否看到了我们。我本希望他看到我们，以便以后可以和他谈起，延长这些感觉。他或许在石头C下面给我留了信，但我现在不能去查看。

阿尔贝托驾车，我坐在后面搂着他。

[朱利安]

等候是值得的。最后，就在我准备认输返回酒店时，我看到塞巴斯蒂安在马丁和鳝鱼的陪同下走了出来。

塞巴斯蒂安和我差不多高，但没有我这么瘦削。他风度翩翩，身穿及膝黑色外套，衣领高高翻起，脖子上的围巾缠绕得相当有艺术性。他们合着塞巴斯蒂安的步伐慢慢走在通向悬崖的街道上，然后进入四周都是玻璃的餐厅，从那里可以俯瞰大海，正是我看到他和爱丽丝一起待过的那家餐厅。从外面可以看到他们在吃牡蛎、喝香槟。他们在交谈，有时哈哈大笑。我待在车旁，从衣袋中取出迷你相机，拍下他们的照片。有一刻，我觉得阿尔贝托向我这边看过来，但他随即转头再次面向塞巴斯蒂安。

我高高兴兴地离开。我距离塞巴斯蒂安越来越近，我想同桑德拉一起庆祝，所以我离开那里去灯塔的时候，感觉比平时更喜悦。

她迟到了，我坐在常坐的窗子旁等待。这次，我要了一杯健怡可乐，常见的那位女侍者砰地一声用力将它放到桌子上。我已经习惯她对我态度恶劣。无论人们怎样认为，我们都可以适应他人的霸道和专制。如果你的想法不同，尽管去告诉所有为他们的独裁者和折磨者欢呼的人。这个厉害女人的无礼行为已经逐渐为我熟悉。

我慢慢地喝着可口可乐，想尽量喝得久一点，因为我还必须为桑德拉的果汁和蛋糕付钱，可我的资金已经见底。我不想将我的积蓄全部扔在阿祖尔海岸酒店和这个地方。我必须留出一点钱以备急用。最重要的是，我必须考虑我女儿的将来。如果我能为桑德拉的快餐付钱就好了。当我看到她和鳝鱼在一起，靠在他的肩上，凝视浪漫的蔚蓝大海时，我不该感到不舒服，但我的确感觉不好。

透过窗户，我看到他们骑着桑德拉的摩托车到达，但他们停车的地方在我的视野之外。过了一会儿，我意识到他们不会进来，便付钱出去，走向我们常坐的长椅。我在那儿看到他们在棕榈树间，正面向大海。我看到他们接吻。那个时刻，我为桑德拉感到非常高兴，因为无论发生任何事，她都能够将此留在记忆中。同时，我又感到巨大的空虚。在我眼中，桑德拉就是我的孙女。我发誓，我绝不会以其他目光看待她。但是，看到自己被独自留下，无可挽回地被彻底排除在快乐精彩的生活之外，我感觉内心空虚，了无生趣。我不知道是否应该在石头 C 下给她留一张纸条，但最终决定不留。我像来时那样离开，更准确地说，我离开的时候比我来的时候感觉更糟。不过，在内心深处，我是高兴的，因为桑德拉渴望得到的东西已经降临在她身上。

[桑德拉]

我再次旧病复发。在我同阿尔贝托骑着摩托车返回太阳别墅的路上，我一直在发抖。我将此归结为与他亲密接触过于激动的缘故。一个人等待某样东西许久，仿佛它永远不会到来，但它却突然到来时，就会来势凶猛，势不可挡。在灯塔附近的悬崖上，阿尔贝托解除了我的武装，使我彻底放松了防卫。

我们来到房子附近的汽车旁边时，发现马丁正斜靠在汽车喇叭上等着。显然，他很不乐意一直等着，但阿尔贝托显然比他的等级高一点，因此他不能责备他。

我们没有说再见。阿尔贝托没有给我机会。他下了摩托车之后，没有看我就径直走向车子，开始同马丁说话。我骑着摩托车奔向那座房子。每一件事情都有结束的那一刻，尽管极其短暂，却可以让我们不断地记起，但我们却不曾拥有过。

到达太阳别墅的大门时，考虑到我当时的激动状态，我不能进去，因此我向着沙滩的方向驶去。我需要快步行走，需要跑起来，耗尽令我无法忘怀阿尔贝托的能量。我无法怀着这样的情感将自己关在围墙内，因为那样做会让我死掉。

我沿着海边快速步行了两个小时，直到走不动的时候，我才返回挪威夫妇的家。骑在摩托车上，我的腿不住地颤抖。我本来可以去见朱利安，或者去酒店，或者去他说自己曾经消磨过相当长时间的码头。但是，我不想说任何与阿尔贝托无关的事情，也不想被迫考虑任何与阿尔贝托无关的事情。

我进去时，没有注意弗雷德和卡琳在做什么，也不明白他们在对我说什么。我径直上楼，躺到床上。我在冒汗。我将双手交叉放在胸前，将全部心思集中在灯塔旁的那个吻上。

PART 9
不要害怕

[桑德拉]

在我怀孕期间，我形成了类似于第六感的某种感觉。我会注意到天气的变化，尤其是在某种异样的事情要发生，而且它的发生会改变我的时候。胎儿要么非常活跃，要么一动不动。这令我感到害怕，仿佛我的身上被安装了传感器，而我却不知道。只需要一些挫折或者焦虑，就可以令所有传感器开始工作，那是孩子在他的世界里知道的唯一的事情。这些传感器和胎儿在另一个星球上，拥有另外一种频率，能够提前几个小时预测到即将发生的事情。我一大早就睁开眼睛，完全清醒的同时也感到非常痛苦。我不想这么早起床，因为我不想白天感到疲倦，不想因为卡琳的心血来潮而出去累得筋疲力尽，我想坚持到与朱利安见面的时候。我开始看书，但却无法集中注意力。我感到非常焦虑，但没有任何客观原因，至少不是因为我已经熟识，已经习惯与之一起起床一起就寝的人。然而，这个黎明令人非常不快。它令我想起小时候的那些日子，每天被父母无意义的争执吵醒，醒来后的生活会变得异常痛苦，他们仿佛可以控制太阳、天空和植物。

我晚上一直在咳嗽，有可能咳嗽本身令我产生了焦虑。几天前的那个下午，我没有穿粗呢外套就到理发店门外面去的时候，咳嗽可能就已经加重了。或许应该开始考虑给宝宝取名字了。名字主要是在街上大喊某人的时候有用，可以令他或她转头。名字本身没有任何意义，完全取决于叫这些名字的人。安尼斯多、贾维尔、佩德罗、耶稣、弗朗西斯科，以及其他许许多多的名字。可是，我仍然不知道他的脸，或者他的声音会是什么样子的。任何名字都可以。

我大约在十点钟再次醒来。在考虑那些名字的时候，我突然就睡着了，就像一盏灯突然灭了似的。那样不错。我被迫看到弗丽达的人与听到弗丽达声音的时间越少越好。我慢慢坐起，穿上裤子下楼吃早餐。当我打开门的时候，四周全是积雪盖顶的松树气味。卡琳和弗雷德应该已在更早的时候吃过早餐，他们不在家，肯定是开车到临海的那条路上去兜风，或者去购物了。房子里只有我，弗丽达不算在内。她肯定在以某种方式监视我，即使我看不见她。我裹着一条小毯子，端着一杯加奶咖啡到花园里去喝。植物令我神清气爽，可是当我的视线离开它们时，一些不好的感觉悄然出现。卡琳和弗雷德不在，我可以到屋子里四处看看。我可以到地下室看看黑色的太阳，因为我知道它的含义。据朱利安说，它象征着我们没有看到的、隐藏在明亮太阳后面的事物；它的光线弯曲，形成纳粹党所用的十字记号与卢恩字母。纳粹分子相信这些东西，相信他们自己创造的东西，相信他们用来幻想的东西。基本上，它的全部意义与占据优势和为所欲为有关，我逐渐了解的所有事情都有这个相同的特征。

我不想与弗丽达待在同一个屋顶下，所以我将自己收拾干净，发动了摩托车。也许，我会在镇上遇见朱利安，或者我可以去海滩走走。但我正要出去的时候，弗丽达出现了。她梳了两条辫子，戴着橡胶手套。

“你不能出去。”她说。

我停在那里，盯着她面团般的面孔。

“你必须留在这里，等到他们回来。他们有重要的事情和你谈。”

我看到她天蓝色的眼睛中闪过恶毒的光。那双眼睛可以盯着我看上三四个小时。

“谢谢。”说完，我转身返回房子里。

我倒在沙发上，拿起装着织针和套头衫的天鹅绒袋子。套头衫似乎永远都无法织上袖子和领子。我开始编织，边织边咳嗽。我脱下粗呢大衣。卡琳和弗雷德想对我说什么呢？弗丽达的脸像恶魔般无法看透。戴着橡胶手套的她比以往更加吓人。她可以将我剁成碎块，然后摘下手套，将它们和我的遗物一同扔进垃圾中。

因为咳嗽咽喉疼痛，我喝了一些水。我又穿上粗呢大衣。我身上冷热交替。我不想编织，不想做任何事情。只有伸展身体躺在沙发上看杂志，才能令我感觉舒服一些。可是，我没有那样做，我不会考虑扑到沙发上看杂志。我有任务，有工作要做。弗丽达和我在同一个战场上作战，但武器不同。我手无寸铁。

我上楼回自己房间消磨时间。床上依然混乱。如果我起床晚了，弗丽达就不会整理我的房间。这是她惩罚我懒惰的方式。她无法忍受我。我发现，当她看到我无所事事地坐在安乐椅上，或者沙发上，或者打着哈欠在屋里走来走去的时候，会用眼角的余光监视我。她憎恨我这样的人，我在她眼中就是寄生虫。弗丽达对每件事情都有自己明确的想法，令人既羡慕又害怕。

透过窗子，我看到奔驰驶进车库。奇怪，他们没有使用四驱车，而是开着他们平时为了令人刮目相看或者为了正式起见才使用的车子。他们在拜访爱丽丝和奥托时，几乎都是乘坐奔驰去的。他们相互之间非常了解，知道每个人拥有的东西，但即使那样，在仪表和权力方面，他们却不愿意作出任何让步，所以他们可能是去了爱丽丝的家，或者类似的某个地方。也许，他们出去是为了处理一些书面文件，或者只是去了银行而已。接着，我听到几句对话，他们正在讲德语，最后我听到他们的声音中夹杂着弗丽达的声音。这个情况令我有些不安。我躺在没有整理的床上，脑中在思索。

我不明白可能已经发生的事情，但一切迹象表明它与我有关。难道和那个酒店有关？难道是卡琳在理发店的时候，他们看到我进了朱利安居住的酒店？我可以坚持说我去附近寻找停车的地方时内急。他们也许已经看到我和朱利安在灯塔旁，或者在镇上。这许多事情都有可能……可是……噢，天呢！或许他们还发现了注射器的事情。那才是问题所在。我可以辩解说，我不知道他们在说什么。用过的注射器是怎么回事？肯定是有人将它们同垃圾一起扔到外面的垃圾箱里了。我会问他们，如果他们对我有这样的看法，我怎么可能加入兄弟会。他们为什么想将一个他们认为从垃圾桶里偷盗用过的注射器的人带入兄弟会呢？我偷盗用过的注射器有什么用？难道他们认为我是一个瘾君子，要用它们注射海洛因吗？

我听到轻轻的脚步声走近我的房门，不是弗雷德那巨大、沉重、缓慢而冷漠的脚步声，也不是卡琳拖拖拉拉的脚步声。这个脚步声听起来似乎双脚没有着地，像低吹的风，又像是秋天的大叶子在降落，一片又一片。它们就像是仙女或者巫婆的脚步声。

她在敲门，更准确地说，是用指关节轻轻擦过房门。我还没有应门，她就把它打开了。弗丽达在向我宣战，这令我感到愤怒，但同时又感到恐惧，这会令我的生活变得更加困难。她发现我躺在床上，根本没有时间做出反应。

“下楼。”她说，“他们想见你！”

“你为什么不敲门？”为了掩饰我的狼狈，我生气地问。

“我敲了，你没听见。肯定是你睡着了。”

我可以从她的语气中听出她对我的轻蔑，知道她会尽力伤害我。也许她对阿尔贝托的感情与此有关。如果那是真的，我会真心地感到高兴。

“你为什么说我在睡觉？难道你在从某个孔里监视着我吗？”我说着坐起身，将声音提到最高。我有种感觉，我必须反抗弗丽达，让弗雷德和卡琳清楚我们相处得不好。

“你那样举止失常，对你不会有好处。”她并没有提高嗓门，所以只有我能够听到。

随后，我又大声咳嗽起来。自从去理发店之后，我一直在咳嗽，几乎没有停止过。现在，我的情绪令我的嗓子发痒，胸口疼痛，眼泪流了出来，所以我几乎说不出话来。

“自从我来……到这座房子里……你一直……”

我想说她一直讨厌我，但就在那时，她砰地关上门出去了。咳嗽令我喘不过气来。我听到我的卧室对面，走廊另一侧的浴室里有流水的声音。弗丽达肯定是去给我取水了。我埋头趴在床上，想让咳嗽变得更加像模像样。又有人在上楼。我需要一杯水，但不想从她手里接过来。

“可以进来吗？”卡琳问。

“门开着。”我说。这绝对是真实的，因为在这座房子里，只有这个房间门内没有门闩。

卡琳从弗丽达手上拿起水杯，端到我的唇边。我喝了一小口，感到舒服了一点。我抹掉泪水，感到自己身上在冒汗，同时又有些疲倦。

“平静。”弗雷德说，“我相信，这一切肯定有原因。”

“必须有原因。”弗丽达补充说。

“请安静。”卡琳坐在我床边说。

我从床上坐起来，不希望自己的床上坐满魔鬼。我可以和他们睡在同一屋檐下，但需要一个空间，距离他们的身体和灵魂尽可能远一些。

“我现在好些了。”我说着走向门口。

他们跟在我后面。沉重的脚步声，拖沓的脚步声，轻轻的脚步声，全都在后面随着我下楼。与他们的脚步声相比，我的最正常。我听着自己的脚步声。我以前从未这样做过。它们听上去更像普通人的脚步声。

我走进厨房，这里比我的卧室稍微中立一点。我给自己倒了一大杯冷水。他们也跟着进来，但是没有说话。只有弗丽达在用德语说话，但没人回应她。我可以断定，她在说我是假装的，好让他们为我感到难过；一切都是在演戏。她的话有一部分是正确的，因为我想分散他们的注意力，以免他们想起看到我做过的任何事情。我不想让自己感觉像是正在等候宣判的犯人。

我坐下来喝水，他们也坐了下来，弗丽达没坐。

“我觉得这件事一定要有一个解释。”弗丽达又说道。

弗丽达看着时钟。卡琳看着弗雷德。我又喝了几口水。

“你和卡琳从爱丽丝家带回来的盒子里少了一瓶针剂。”弗雷德说。

盒子里少了一瓶？那不是我干的。我非常惊讶，差点失声大笑。

他们三个都在看着我，神情非常严肃。我没有急于回答，只是坐在那儿，手中握着玻璃杯。然后，我将杯子放到桌子上，抬眼看时，正好与婊子弗丽达的视线相遇。我不希望自己受到牵连，脑中想着应该怎么应答，最后决定只能坚持说不知道。

“你们想从我这里听到什么？我什么都不知道。”

“也许是你无意中拿走了，或者你拿了之后，放到了其他地方。”

“我为什么想拿走卡琳的针剂？那样做没有任何意义。”

“我们必须弄清楚。”弗雷德说。

“其余的针剂呢？”我问，“你全用完了吗？”

“没有，还剩一支。”卡琳说，“我本来打算用完这支，再开始使用另一盒的。”

“我从来没有碰过那些东西，我甚至没有进过你们的房间。”

“你进去过。”弗丽达说，“前几天，你就进去过，还留下了这个。”

她拿着一个彩色的小发夹给我看。我在理发之前，用它夹住垂在脸上的刘海。

“你经常进我的房间，有可能是你从那里拿走的。”我说。

“是我发现它的。”卡琳的声音降低了一点，仿佛在为发现是我感到难过。

我不得不飞快地转动脑子，因为首先我可以确定，我的发夹从来没有掉在他们的浴室里。肯定是弗丽达将它放在那里的。

“这个夹子也许是被扫帚拖过去的。弗丽达也打扫我的房间。”

卡琳脸上露出若有所思的表情。

“不过，话又说回来，弗丽达，有可能是你在清洁的时候，将盒子掉到地上，打碎了一瓶，所以你想诬赖我。”

我刚刚让这女人成了我在这个世界上最糟糕的敌人。

卡琳和弗雷德双双摇头。

“她没有必要将盒子从五斗橱里取出来，让它有机会摔到地上。如果是那样，瓶子里的液体会将盒子打湿。”弗雷德说。

“我不知道该说什么。这件事，我一无所知。也许是卡琳用了，却不记得了。”

卡琳皱了皱眉。她不喜欢我那样说。有可能弗丽达已经注意到垃圾桶里少了两个注射器，认为我有不在现场的证据，所以她选择了这个阴谋。我想不到其他的解释。她一直想指控我有罪。接着，弗雷德说话了。

“你认为这些针剂是什么东西制成的？”

“维他命。我想，它肯定是一种药效强大的纯维他命化合物，我不敢尝试，因为我怀着孩子。”

弗丽达已经下定决心结束这一切，正竭力指控我是间谍，偷走针剂就是证据。不过，卡琳看着弗雷德。弗雷德说：够了，他们会找到办法将事情查个水落石出，弗丽达可以走了。卡琳还不想结束，她仍然想再多吸一点我的血液，不愿意放任弗丽达破坏她的乐趣。

弗丽达说了几句德语。我不需要他们翻译也知道，她在对他们说，她要报告这件事情。其他两个人点了点头。

“如果这件事是你做的，最好告诉我们。”弗丽达随手关上门之后，卡琳说。

“我没有碰过那些药瓶。我发誓。”

我讲的是真话。我面对他们，看着他们的眼睛。

“我不知道发生了什么事情，但和我无关。”

“或许是爱丽丝命令弗丽达拿走了它，还认为桑德拉会立刻受到责备。”卡琳说，“这样，她可以多得到一瓶，我又会失去桑德拉。你知道的，她总是想得到不属于她的任何东西。”

“我必须承认一件事。”我说，“我希望自己真诚。几天前，我进过你们的浴室。我想擦卡琳一点香水。我非常喜欢它，但我喷完香水就离开了。我没有掉落发夹。我发誓。”

“这样情况就不同了。”弗雷德说，“刚才你发誓自己从未进过我们的浴室，现在你又说进过。你已经不值得信任了。”

“我刚才没有发誓。我只是说我从来没有去过那儿，是说给弗丽达听的，不是对你们。我不希望她利用那条信息来对付我。”

“你告诉我们真相，做得很好。”卡琳说着用责备的目光看向她丈夫，“既然你住在这里，有时进入我们的房间和浴室，也不足为奇。如果你看过我的裙子，试穿过它们，也没什么好惊讶的。”

“没有，没有，我没试穿过它们。我不敢那样做。它们不是我的。”

“你喜欢它们吗？”

“它们的确非常漂亮。我只看到过它们一次。”

“这很正常。”卡琳对弗雷德说。

“不过，爱丽丝为什么会为了这瓶针剂，拿你们的友谊来冒险？”

“我们的友谊没有危险。”弗雷德说，“我们不是因为友谊而连在一起的，而是因为兄弟会。有些成员无法忍受彼此，但他们不能放弃兄弟关系。任何事情都不可能将我们分离。”

“那么，我们现在准备怎么办？”我直率地问，因为我知道有人还在考验我：她们，弗丽达或者爱丽丝。这种情形如同在考试，你一个答案也不知道，因为你根本不明白问题是什么。

我告诉他们，我感觉不舒服，我可能患了流感；在那种不愉快的情况下，流感会变得更加严重，所以我打算回马德里。我再也无法忍受下去，我觉得孤单，我快要生孩子了，而我却没和自己的家人在一起。无论他们怎么说他们像我的祖父母，他们也不是，因为我真正的祖父母会相信我，不会相信一个外人。当然，弗丽达对他们来说不是外人。我明白。我是新来的，我不是他们的孙女，他们发现我孤身一人在沙滩上呕吐，于是让我住在这座房子里。弗丽达早在我之前已经熟悉这座房子。我说话的时候，眼睛里溢满泪水。

我爆发了。我真的想爆发。我不是他们的孙女。他们不是我的祖父母。我像弗丽达一样，是一名雇员，他们付钱给她，也付钱给我。很好，这一点必须承认，那就是我和他们在一起的原因，但并非所有的东西都可以用金钱买到。他们刚刚指责我偷窃，可我这辈子从未偷过任何东西。我们已经说到那个份上。我无法再说下去。因为我在哭泣，同时还在不停咳嗽。卡琳用弯曲的手指将杯子推向我。我喝了一口又一口，终于平静了一些。

“我要去打高尔夫。在户外，头脑更清楚。”弗雷德说。

他穿着方格裤子、黑白相间的鞋子，戴着高尔夫帽子回来时，我还在不停咳嗽。他从门厅的壁柜里取出高尔夫袋子后，就离开了。听到奔驰离开时，我说：“我要去整理我的行李。该说再见了。”

我走上楼时，强烈地感到获得了自由。他们没有试图挽留我，我就要离开了，我就要摆脱这场噩梦。我会找个地方吃饭，然后去躺在沙滩上，等到与朱利安见面的时间，然后和他说再见。如今，我们已经发现这种大名鼎鼎的液体只是一个诡计，我也已经尽到了对人类的责任，没有必要在余生继续这种英雄行为。我要到一个正常的世界，那里的人会服用正常的医生开具的药物。

卡琳居然会容忍有人按照自己的意愿行事，任由我上楼，令我感到惊讶。当我回到自己的房间时，窗户开着，鸟儿在歌唱，一切似乎都和以前一样。我身体不适，还不得不尽量努力地摆脱这个困境，我已经筋疲力尽。我在这儿唯一的朋友受了伤，其余的人都不能相信。于是，我取出背包，打开，将为数不多的东西放了进去。我在想，弗雷德和卡琳似乎一点都不像曾经在沙滩上帮助过我的老夫妻。这么说，我曾经多少次判断失误，不是太宽容，就是太严厉？不过，人们也不能在自己的一生中怀疑与自己相遇的每一个人，以保证自己总是正确。有些人可以立刻看穿一张面孔或者一个笑容背后的真相。我必须承认，我反应迟钝，因此弗雷德和卡琳才会在我面前大发脾气；在某种意义上，朱利安也是如此。

他们支付给我的钱足够我生活一段时间。收拾完一切之后，我伸手在壁柜的最后一层架子上摸了一遍，确保没有遗留任何东西。这时，我听到卡琳用手指轻敲房门的声音。“进来。”我抢在她进来之前说。事实上，她随时都可以进来。

“你绝对不能这样离开。你身体不好，患了感冒，可能是流感。再住几天，等你感觉好些，身体恢复了，我们会亲自送你去坐汽车，或者飞机，随你的意思。不过，这期间要休息。”

我看到卡琳那张巫婆似的脸，心中感到害怕。我比她年轻，比她强壮，如果发生争斗，我肯定会赢。可是，她却令我感到害怕。她了解我从未看到过的恐怖事件，以及闻所未闻的各种是非颠倒的事件。我直觉地感到，即使我们单独相对，我想胜利也不容易。

“不，我已经决定今天离开。”我说着，穿上靴子，背上背包，“我想在弗雷德回来之前离开。

“不要这么快。”卡琳说着抓住我的手提包。

那是一个棕色的小羊皮包，上面缀有流苏，带子非常长，所以我将它斜挎在胸前。它的触感柔软舒适，正是我喜欢的风格，是桑迪送给我的。桑迪送给我的每样东西都非常适合我。我在想这些事情时，卡琳却打开了我的包。眼前的情形仿佛在迫使我立刻逃开。我不明白卡琳为什么在我包里到处乱摸。这个行为极具侵略性，尽管她是卡琳。当我反应过来，想让她拿开她的脏手，去摸自己的东西时，她掏出一样用卫生纸包着的东西。正是她注射用的针剂瓶。

“我不愿意相信弗丽达的话。我也拒绝认为你背叛了我们。可现在看看……她是对的。”

“是弗丽达把它放在那儿的。”我低声说，“她疯狂地爱上了阿尔贝托，我碍了她的事。”

“别再胡言乱语了。此刻，弗丽达正在向兄弟会报告已经发生的事情。看到这个，我还怎样为你辩护？”

“我发誓，卡琳，”我打断她，“我没有拿这支针剂，也没有将它放在我包里。我以你喜欢的任何名义发誓。”

我简直无法相信我会说出那样的话。

“我不可能对他们不忠诚。你把我逼到了必须做出抉择的境地。选他们，还是选你。”

“如果我想不到办法证明不是我干的，那我就离开。”

“等等。”卡琳说着将包抓在她手中，挡住我的路，“你精神这么差，连墙角都走不到。”

然后，她向后退去，将包扔到床上，走出去，用钥匙锁上房门。

我目瞪口呆。

“这是为你好，亲爱的。”她在门外说。

我在床上坐下来，看向窗外。我想不出来怎样才能到一楼。我在二楼，相当高，旁边没有管道可以抓靠。以我现在的状况，我不想冒险。我本可以试着将门踢开，但我也不能肯定是否有足够的力气做到那一点。卡琳将我锁在房内，把我当成了人质。

我躺在床上。如果我拥有特异功能，能够与朱利安取得联系就好了。如果他能够察觉出了情况，过来救我就好了。可是，一位年已八旬如同孩子般瘦弱的老人，如何能奋不顾身地来救我？如果阿尔贝托能够感知到我身处困境，跑来帮我就好了。如果我的父母做了我在其他情况下永远无法原谅他们的事情，然后来这儿救我就好了，哪怕他们在必要的情况下报案也好。如果我姐姐对她的房客非常愤慨，前来与他交涉，他告诉她，我和一位他认为是我祖母的老太太在一起，然后我姐姐因为好奇前来找我就好了。“求求你们，快来找我。”我拼尽全力想象着所有的可能性。如果朱利安提到的萨尔瓦的灵魂在这个房间里，告诉我一些如何逃离的指示就好了，因为作为灵魂，他可以看到一切，可以看出我能够利用的漏洞。

“萨尔瓦，”我说，“你在集中营里待过，在真正死亡之前，你曾经多次站在死亡的边缘。请赐予我力量与智慧，让我从这里逃离。我在想你，萨尔瓦，想象你在必须击败邪恶时，展示的强大与足智多谋。进入我的脑中吧，萨尔瓦，告诉我应该做些什么。让我用你的头脑思考，让我躲过你已经经历的一切，以免我在恐惧面前让步。”

“我八十七岁了。”我心中暗示自己，“我八十七岁了，我了解你们这些人。你们一直剥削我，折磨我，我知道如何与你们对抗。第一，你们是来自地狱的吸血鬼，如果不吸食人血就无法存活。第二，基于那个原因，在任何情况下，我都不会信任你们，因为你们会欺骗我，会不择手段地吸食我的血。第三，我必须变成你们那样的人，才能避开你们的干涉。第四，你们是夜间活动的家伙，黑暗会掩盖你们的真实意图，真实欲望……”

我仍然是白日的女儿，借着日光能看见一切。不过，让我们想象日光消失的情景。相同的东西在黑暗中会是什么样子？我闭上眼睛，取出朱利安送给我的那一小袋沙子，紧紧握在手中。不，不对，黑暗中的情形与闭上眼睛不同，因为闭上眼睛就无法看见任何事物。在黑暗中仍然可以视物，只是情况不同，看不见白日看到的一切，但却可以看到某些更加明亮的东西，或者由于某种原因而突出的事物。我拉下百叶窗，放下窗帘，然后躺在床上看即将看到的事物。一丝光线从门下射入。这道光线细细碎碎，集中在我的腹部。我的腹部。

那些在黑暗中视物的人，不会看到我眼中的光芒和高耸的鼻子，而会看到我的肚子里即将出生的儿子。因此，我认为卡琳是故意暴露自己，让我发现她的秘密，以便能够吸取我的时间和精力，让我在她的有生之年按照她的意愿陪伴她。这样的想法毫不为过。卡琳将我锁在这里，不是因为我对她、弗雷德以及他们大名鼎鼎的透明液体产生了怀疑。他们本可以除掉我。他们现在的做法，是因为他们想要我的孩子。我虽然尽量不朝那个方向想，但电影《魔鬼圣婴》浮现在我的脑海中，我的感觉真的非常糟糕。第五，不要受邪恶影响。邪恶最大的特点，就是令你认为它比善良更强大。

我的孩子在保护我。他在我体内期间，他们不会采取任何行动。我应该学会在邪恶笼罩的黑暗中行走，学会看到他们看到的事物。我应该比以往任何时候更加机智，以免被光亮蒙蔽。

他们唯一需要的东西是生命。

他们正在寻找任何具有生命力的东西。

许久许久之后，我才听到关门的声音。弗雷德刚刚到家。他和卡琳正在低声谈论我，以免我听到他们的说话内容。我走到门边，听到楼梯上响起脚步声时，连忙离开。沉重的脚步声伴随着拖拖拉拉的脚步声，正沿着走廊走向我的房间。钥匙转动，他们走进房内时，我坐在床上。然后，我躺下来，面对窗户，背对着他们。

“卡琳已经告诉我发生了什么事，说你无法解释原因。你能吗？”

我没有回答。我在思索如何跳起来，跑到楼下逃走。

“理智一点。卡琳把你锁在里面，是因为她不知道该如何反应。她这样做，是为了保护你。如果这件事可以由我们来决定，我们会让你走，但它和我们无关，而是与兄弟会有关。如果兄弟会发现你想将药带到我们之外的圈子里，那么对你来说，情况会糟糕很多。你明白吗？我们必须一起思考对策。”

“我们甚至没想问你，为什么拿这支针剂。”卡琳说，“是到黑市上卖掉，还是你觉得它是毒品？”

我一直背对他们躺着，没有回答。我不得不紧咬舌头，强迫自己不要告诉他们我对这种液体的了解。然而，当他们走近，我也感到他们越来越近，呼吸喷在我颈后时，我突然转身，坐了起来。

“你们非常清楚，我没有拿注射液。我没有拿它。我没有拿它。这是一个陷阱。”

“如果这个药没有任何控制流传开来，会对人们非常危险。这是专门为我们生产的。”卡琳补充说，“我们冒着发生禁忌症的危险。我们不介意，可是它不能流到我们圈外。”

“问题是，”弗雷德接着说，“弗丽达应该已经告诉了爱丽丝，爱丽丝会告诉塞巴斯蒂安。事态上升到那个层次后，每个人都会不安。”

他们不可能继续欺骗我。我已经看透了他们黑暗的内心，看懂了他们眼中的含义。

“我们必须想想怎么做。”卡琳坐在床上说。

“对，我们必须想出对策。”弗雷德说着挠了挠下巴。

“我想到了。”卡琳对我笑了笑，“我们就说是我自己的错。我将它放在了那个仅剩一支针剂的盒子里，所以就有了两支，后来我忘记了。”

我什么也没说。

“可是，”弗雷德插话说，“他们不会完全相信这个说法。你必须加入兄弟会，这样我们才能将这个插曲局限在家内。从你加入兄弟会的那一刻起，你必须遵守等级制度，遵守规则，那样你，我，还有他们，才都会感到更安全。”

黑暗告诉我，他们如此急迫要我加入兄弟会，应该是因为他们想自此将我关在没有铁栏的监狱中。锁将在我心中。

“没有其他解决办法了。”他们中的一个说。

他们处在黑暗中。处在日光下的人是朱利安，他很快会开始担忧我。

“我需要做些什么才能加入兄弟会？”

他们两人都笑了。他们靠近我，抬手放在我肩上。

“你会看到它有多好。”卡琳说，“你的生活会朝着好的方向发生巨大的转变。你将成为我们的女门徒。等我们不在了，所有这一切，”她说着在房间里转了半圈，“全都属于你。”

“今晚，我们会邀请爱丽丝和奥托来吃饭，告诉他们这个好消息。或许，我们也应该打电话给塞巴斯蒂安。他可能也会来，因为这和你有关。我们等着瞧吧。”

晚餐时，他们一直在商量我加入兄弟会的事情。不过，我一点都没有听进去，因为我非常疲惫，视线模糊。中途，我说感觉不舒服。于是，塞巴斯蒂安站起身，为我拉开椅子。

PART 10
没有人看到我们

[朱利安]

马丁的工作是接送塞巴斯蒂安往返北欧俱乐部、银行、律师事务所，以及进行其他较长的旅行。黑天使坐在后座上，很多时间都在翻看文件。除此之外，马丁还陪他到悬崖顶部的餐厅。有时，他会和他一起就餐；有时，他在外面等候。有一次，黑天使独自一人进餐时，我决定利用这个机会，走到他的餐桌旁。我告诉他自己的全名，然后问他我是否可以坐一会儿。

正如我预想的那样，马丁冲了过来。可是，塞巴斯蒂安抬手示意他不要干涉我。他的反应也在我的预料之内，具有绅士风度。马丁在他耳边低声说话的时候，他一直看着我。塞巴斯蒂安脸上露出厌恶的表情，不知道是因为马丁凑得太近，还是因为我。

我正式介绍自己。我告诉他，我是一名西班牙共和党人，战争最后一年在毛特豪森待过，而且曾经加入过一个追踪纳粹分子的组织。他听得聚精会神。

盘子中的碎冰上放着牡蛎。他取了一只，并抬手邀请我也吃一只。我摇手表示拒绝。他主动帮我倒香槟，我任由他给我倒了一杯，但我不会喝。

“我不能喝。”我告诉他。这也是实情。

“我为你的遭遇感到难过。”他说。

“你真的感到难过吗？”我反问的语气同样不愠不怒，甚至有些友好。在有些人看来，我们看似熟人，从某种意义来说的确如此。

“我为什么不会感到难过？我的目的绝不是让人们遭受痛苦。我奋斗的目标，是建设更美好的世界。世界的进步总是需要有人掌控缰绳，指导余众。普通人通常不知道自己要的是什么。”

“你想要的，大家不想要，所以你失败了。”

“全世界都失败了。人类失败了。我们想避免平庸，想大步跨向优秀的行列。许多人在我们的支持下获得了成功。不过，你说得对。我们输掉了那场战争。”

“你们是掠夺者，是强盗，为了私利抢走了他人的劳动成果。你们盗取他人的生命，当然，你们不会这样说它，你们会说他们是行尸走肉。”

“的确有些行为过度。我从未认同过。”

“杀害数百万人只是行为过度吗？”

他慢慢咀嚼着牡蛎肉，思索了一会儿。

“你知道我是谁吗？你不会弄错吧？”

“我不会错。弗雷德里克和卡琳·克里斯滕森，奥托·瓦格纳，爱丽丝，安东·沃尔夫，艾尔弗，阿里贝特·海姆，又叫毛特豪森的屠夫，格哈德·布雷默，塞巴斯蒂安·贝恩哈特，还有几个。这是一个不错的故事。这个镇可能会因此出名。你们的保镖们，还有马丁、阿尔贝托，以及其余的人都无法堵住新闻界的嘴。”

“我们不怕新闻界。”

“那么，正义呢？”

“在现阶段，谁会将我们绳之以法？”

“我不是指法律，而是指维持世界平衡的正义，我们确保适量的氮以便我们能够存在，我们确保善恶的比例适当，痛苦与快乐的比例适当，从而令生活继续。你们破坏了这个平衡。”

“如今，”他说着尽力俯身靠近我，“你当然非常容易做出判断，因为我们输了，结果非常糟糕。不过，试想一下，如果我们赢了，你说的平衡就会达到，因为平衡就是秩序、美丽与纯真。”

“我找了你很长时间。我必须和你谈谈。我需要你理解我。”

塞巴斯蒂安表示同意，似乎认为再吃一只牡蛎有些不妥。因此，他双手交握，放在亚麻桌布上。

“现在没有时间再回到过去。这是讲求事实的时刻。我想知道，你是否理解我遭受的痛苦，我受到的屈辱，以及我被当成行尸走肉时的痛苦。”

他直视着我的眼睛，表情非常认真。

“想到你曾遭受痛苦，我并不快乐。但是，在现实发生历史性的转折时期，谁也没有时间去注意细节。”

“那么，你的职责是改变现实，将它变成其他样子。”

“完全正确。我过去一直认为，我来到这个世界就是为了改变它。我有生活目标，有自己的使命。否则，我的出生将就是荒谬的。国家社会主义（即纳粹主义——译注）给了我行动机会。”

“你心中有理想的世界吗？”

“有，那是一个美丽的星球。”

“在我所在的集中营，根本不存在美丽的事物。你认为海姆在我们身上进行的试验是美丽的吗？”

“我们来不及看到结果。结果才是重要因素。或许，在历史上的其他某个时刻……”

“我们都不会有机会看到它了。”

“我曾经到过你所在的集中营，”他说，“就是你在那儿的那年春天。当时的雪下得非常大。”

和这个人分享任何事情都令人感到痛苦，但那年春天我是几乎无法举起铁铲的人之一。

“我没有想过你们遭受的苦难，甚至没有想过你们。我看到你们所有人的时候，没有任何想法。情况就是如此。我穿着纳粹党卫军制服，你们穿着条纹囚衣。我们都处在一个已经建成的秩序中，不可能将它打破。我无须去想什么。我们已经找到了平衡。你明白吗？”

“那么，你现在怎么看？没有你，这个世界仍然发生了变化。”

“这是一个较为沉重的打击，我坚信是社会出了错。我坚信现在的一切本来可以更完美。”

“我憎恨你和你的同伴，在你们生命最后的这些日子里，我希望看到你们遭受更大的痛苦，你明白吗？”

“我可以假设自己正在被一只疯狗咬吗？”

“但我不是狗。我不会咬你。我会做出更坏的事情。”

“我对你们做出的事情，不是因为个人原因，而是为了建立一个超越善恶的更高秩序。因此，你的行为像疯狗，我的不像。”

他神情严肃，对自己的话坚信不疑。他们所有人都坚信这些可以免除他们罪责的观点和方案。

“所有那些死亡，数以百万的谋杀，你不承认应该负起责任吗？”

“内疚、悔恨和自责会阻碍人类进步。人们剖开一条牛，或者修剪羊毛供使用时，你会觉得非常自责吗？如果一个人可以清楚地看到他的目标，看到通向那里的道路，而且按照当今世人的标准，这个目标是善意的，具有全球性，那他一定不会犹豫。”

“所以你认为我应该理解你？”

“那是不可能的。你已经站在了受害者一边。”

“我发现荒谬的是，你们所有人都没有因为自己犯下的兽行而受到折磨。”

他沉思了片刻。他已经喝完咖啡，正在啜饮更多香槟。

“不会有人因为已经做过的事情而受到折磨。相反，在他弥留之际，他尚未做过的事情与未完成的事情，才会令他感到痛苦。以艾尔弗为例。她说喝酒是为了遗忘，但那未必是实话。人总是会寻找借口，为自己的恶习辩护。”

可怜的艾尔弗。他说到她的名字时，仿佛它没有任何意义，因为他不可能想到我认识她。我心中暗想，塞巴斯蒂安，你根本不知道情况。

“她不再饮酒了吗？”

“如果她还在饮酒，就无须我们动手处理她的神经衰弱症。”

“我不知道你是否在讲实话。如果你现在没有对我说实话，你在这个世界留下的痕迹将始终是模糊的。你将不可能成为实实在在的人。”

他微微颔首，表示同意。他对我们的谈话，态度极其认真。

“你说得没错。现在，无论好坏，我们都是无形的。没有人看见我们，当然，你除外。”

“如果你现在派人跟踪我，”我说，“还说是为了更崇高的事业，那就是谎言。如果你杀了我，那完全是出于个人原因，因为我发现了你，令你的生活方式受到了威胁。”

他再次表示同意。我不知道他的肯定是意味着他要杀了我，还是我是正确的。我等待着某种迹象的出现。

“有个女子不久前加入了我们的组织。”他好奇地看了看我，令我毛发倒竖，“她叫桑德拉。她根本不知道自己遇上了什么事情，而且她不是我们的人。她就像一朵鲜玫瑰，在这个她注定要生活的平庸世界中，她很快就会枯萎。她会找一个无法令她满意的工作，找一个丈夫，她还会有孩子——事实上，我认为她现在怀着孕——而且她会变老，却没有享受过生活。我们可以将她从所有这一切中拯救出来。人应该乐善好施。并非所有人都知道如何获得拯救。人们无法知道自己的命运。”

我一言不发，假装没有非常注意，假装“桑德拉”这个名字对我毫无意义。鳝鱼会告诉他，桑德拉在悄悄见我吗？如果没有，他为什么会提到她？

我离开时，他又开始喝另一杯咖啡。他的体格异常强健。我的情绪相当激动，我的双手在发颤，我不得不努力克制自己，以免挥拳痛打他，或者用杯子猛砸他的头部。餐厅外，马丁正在车子上等他。看到我离开时，他的目光一直尾随着我。我基本上可以确定，塞巴斯蒂安不会告诉他我的身份，因为我来自他输掉的世界，我还确定他会希望和我再次交谈。在对话的某个时刻，我曾经想到萨尔瓦在这种情况下会做什么，我认为他不会完全赞成我的做法。

萨尔瓦比我机敏很多，他可能会击败塞巴斯蒂安，播下怀疑的种子，从他内心里将他完全毁灭。正如他知道如何经常鼓励我，并在我试图自杀那天，令我相信生活总是值得过下去一样，他也会令塞巴斯蒂安明白他的计划彻头彻尾地弱智。相反，我却给他提供了武器来加强他自己。

我感觉非常糟糕。又失去一次机会。我离开时，他在品啜香槟，心中肯定认为我们这些胜利者实际上失败了，因为我们是笨蛋。我走到车旁，然后驱车离开。经过塞巴斯蒂安居住的豪华公寓时，我心想：至少对海姆采取的对策已经奏效。谈话从来都不是我的长项。我喜欢与拉克尔谈论琐事，比如我们出去买报纸时发生的事情；或者讨论电视新闻，交换对某部电影的看法，我叫她亲爱的，她则唤我白痴，语气与唤我“亲爱的”时相同。严肃地使用语言总是令我略微胆怯，因为我总是会想到萨尔瓦和他的雄辩能力。萨尔瓦才是应该和塞巴斯蒂安交谈的人，我不是。

[桑德拉]

卡琳很少来我的房间，因为她害怕被我传染流感。我咳嗽时故意放大声音，好让她牢记我患了流感。不过，代替卡琳的人是可怕的弗丽达或者弗雷德，后者总是表现出可亲老爷爷的形象，送来果汁和巧克力。我只想睡觉，想阿尔贝托。我的身体有点发热，我很想和他取得联系，我渴望看到他，迫切得几乎令我无法忍受。我无法控制心中的激情，或许在我目前所处的糟糕状况下，这也是一种对抗方式。所以，我下床穿上衣服。现在是上午，还是下午？谁会在意？我迷迷糊糊地走下楼梯。我没有昏昏欲睡，但我也没有完全清醒。当我踏上最后一级台阶时，卡琳惊讶地问我想到哪里去。我没有回答她的问题，只是问她哪里能找到阿尔贝托。

卡琳考虑了至少五分钟后，问我为什么想知道。

“我想和他谈谈。”我说。

我问她的时候，本来可以转弯抹角迂回曲折地问，但我不愿意这么麻烦，所以我直奔主题。

“谈什么？”

“我不知道。我会想到话题的。”

她轻轻笑了笑，眼中露出狡诈的神色。

“你喜欢那个男孩子……”

我还没有来得及回答，她就接着说：“不，你不喜欢他。你是爱上他了。”她稍事停顿，“嗯，抱歉，不过你爱错了人。”

我急切地听着她的话。第一次，这个专横而且唠叨的老人要说的话，令我产生了兴趣。这是生死攸关的问题。

“他有女朋友。有人看到他在海滩上亲吻一个女子。我想在你陷入太深之前告诉你。”

这条信息与朱利安告诉我的情况相同。似乎每个人都看到阿尔贝托在亲吻一个女子，而据朱利安所说，这个女子毫无魅力。

卡琳的确在关注这件事。这是她生活中的新元素。她看过的爱情小说马上就会有一本成为现实。

“你怀着孕，情绪激动对你不好。难道你不清楚自己的状况吗？这里有无数女子处在你这样的年纪，你怎么会认为他一定会选择你？”

卡琳离题太远了。她是一条母狼，但她却说出了我心中不敢面对的想法。

“我没有说过想从他那里得到什么。”

“那你为什么要见他？你骗不了我。”

我差点告诉她，阿尔贝托在养我原本想送她的那条狗，我想知道它是否安好。幸好我没有开口，而是保持沉默。我有充足的时间平复心情。我不会任由自己被这样的时刻控制，也不会为了保护自尊，避免受到更多的打击而让自己陷入困境。我宁愿忍受低烧和自怜，也不愿开口，因此我哭泣起来。

我坐到沙发上，失声痛哭，浑身疲惫不堪。她看着我，仿佛在看电影。她在我身边坐下，抚摸着我的头发。我能够闻到她身上昂贵的香水味，无论走到哪里，这气味都会散发到所有的空间，大概会跟着她投胎到下辈子。

“我想见阿尔贝托。我想知道他对我是否有感觉。”我说。

“如果是马丁，我可以帮你，但阿尔贝托，我帮不上忙。他非常有主见，而且非常严肃，我不敢对他说什么。不过，”她脸上的笑意令人厌恶，“我倒是想到一件事。如果你加入兄弟会，他就不得不来，因为他是我们的领导塞巴斯蒂安的得力助手。”

我舒展身体躺到沙发上。我迫不及待地想告诉卡琳，那些花掉她所有珠宝首饰的注射液，其实在任何一个药店都可以买到。我还想告诉她，他们在欺骗她；如果她不相信我的话，可以将它们拿去化验；或许，爱丽丝手中的注射液才是真货，但我不想浪费这样刺激的信息。我想暂时保密，等到我急切想给予他们致命打击的时候再说出来。

[朱利安]

生活总是出人意料，唯一可以确定的是我已经度过了许多年。生活残忍而意外，单调而意外，精彩而意外。现在，生活中只有意外的时刻到了。

当我监视海姆在“埃斯特雷亚”甲板上的活动后回到酒店房间时，

意外的事情发生了。我回去时心情愉快，因为我能够看出他的状况已是日渐西山。他反复不停地在船舱与甲板之间爬上爬下，神情迷惑。他不再像过去那样大吃大喝，从容不迫。每当他出发到市场购买他挚爱的鱼时，至少会返回两次，确保一切都已锁好。他会环顾四周，查看是否有人在监视他——他的感觉没有错——他最后一次开出他那辆奢华的奔驰时，其中的一侧受到了刮擦。他可能要去见塞巴斯蒂安，向他哭诉并祈求得到更多注射液。他可能不会告诉他，他怀疑自己暴露了，因为他如果已经暴露，其余的人也会暴露，那么他就会对整个组织构成危险。

令我感到意外的是，当我经过前台走向电梯，与罗伯托打招呼时，他却假装没有注意到。之后，当我到达房门时，我吓到了酒店警探托尼。他正在从门下向房内悄悄塞东西。

他看到我很吃惊。

“有人让我给你留个短信。你打开门就会看到。”

“你真是太好了。让女服务员来送就可以了。”我故意要他明白，无论是什么信息，我都知道他脱不了干系。

至少他没有进门。透明纸屑没有被动过。他肯定非常清楚，里面没有任何令他感兴趣的东西。我走进之后，捡起一张折起的纸，但没有马上看它上面的内容。我先喝了一些水，然后上了厕所，脱掉鞋，躺到床上。我已经明白，在我这个年纪，无论前方有任何事情在等着你，你都应该不慌不忙，做事井然有序。

我一边做这些事情，一边在心中猜测纸条的来源。不过，我基本上可以肯定是桑德拉给我留的。她显然不够谨慎，纸条才会落入托尼手中。然而，我发现纸条居然是……塞巴斯蒂安写的。我有些意外，同时又松了一口气。

我躺在床上发愣。塞巴斯蒂安要见我，问我是否愿意在上次见面的餐厅和他会面，是否可以在明天下午一点半去那儿吃午饭；他希望我可以接受他的这次邀请。

我将纸条重新折好，折了两次，然后放进裤兜中。

我脑中涌出许许多多愚蠢的念头，或者我们应该在我选择的地方见面，或许他最终会悔悟……

[桑德拉]

我的身体非常虚弱，因此他们不再锁上房内。我从床上坐起，摇摇摆摆地走向浴室。我的胃部不适，加上流感引起的发热，我只好整日躺在床上。弗丽达在照顾我的饮食起居。我开始害怕他们会毒害我，不过我心里好像也清楚，他们想要我的儿子加入兄弟会，他们不会加害于他。我将早餐和午饭时喝的汤全部呕吐在洗手盆里。洗手盆非常大，是用当地漂亮的陶瓷制成，上面印着黄色的太阳花。浴室的墙壁上覆盖了一层光滑的物质，分成块状，也是黄色的。镜子两边装着旧式壁灯。黄色的洗手盆中溅上了我呕吐出来的鱼肉，于是我试图用卫生纸将它擦干净，可我的头却有些眩晕。我拿着卫生纸，尽力从洗手盆中抓出呕吐物，同时暗骂自己没有吐到马桶内。我不由自主地想到，弗丽达将不得不把它清理干净。想到她会对我更加愤怒，我非常害怕。

我几乎没有看到过卡琳。弗雷德有时上楼来看我，确保我仍然活着。我只想睡觉。在梦中，我会看到一些可怕的事情，各种糟糕的感觉会令我突然睁开眼睛。我从未梦到过阿尔贝托吻我，但在我清醒的时候，我的脑海中却不时浮现出我们做爱的情景。我看到他裸着身子在我上面或者下面，但我却无法看清细节，不知他是否全裸。接着，我又会马上想到他穿着我看到过的那些衣服的样子。我非常喜欢他的那种样子，喜欢他的裤子和略微褶皱的衬衣。想到他的体味，我兴奋异常。在我往日的正常生活中，与人上床之前，我虽然不会认真地思考，但也会好奇他的裸体是什么样子……然而，对于阿尔贝托，我却从来没有想过这样的问题。对于阿尔贝托，我喜欢的就是他这个人，他现在的一切。我想象着自己与他长久地拥抱，紧紧贴在他身上，但最终我只会非常沮丧，因为我什么都没得到。然后，我只能继续睡觉。

现在除外。此时此刻，我正闭着眼睛，听到他的声音在关闭的门外响起。我又睁开了双眼。

“桑德拉，你还好吗？”

我不敢呼吸，我的眼睛睁得更大了。奇怪，阿尔贝托居然会来到这个房间，并且知道我现在处境可怜。谁会告诉他这个房间对我就像监狱一样？我不敢相信听到的一切。

“桑德拉。”

我的名字穿透木板，传到我耳边。

我从床上坐起。我的头摇来摇去，就像我多喝了两杯加奎宁水的杜松子酒时一样。

“嗯。”我说。

“我想见你。我想，我爱你。”他说。

我爱你？他刚才是那样说的吗？还是我的幻听？

“我也是。”我说。

然后，我听到一个与阿尔贝托的嗓音不同的声音，好像是马丁的。两个声音混在一起，好像在争论，然后他们离开了。我任由自己的头落到枕头上，试图记住我听阿尔贝托说的“我爱你”，它就在房门的另一边轻柔地响起。“我爱你。”“我爱你。”“我爱你。”我这是在干什么？

[朱利安]

去见塞巴斯蒂安之前，我驱车经过太阳别墅。这么多天过去了，却没有桑德拉的消息，有些奇怪。我极其担心。她没有来和我见面，也没有在灯塔旁我们的邮箱里留任何纸条。我在酒店也没有接到来自她的任何信息。她知道如何避人耳目进入酒店，到达我的房间，从门下悄悄塞进一张纸。可是，什么都没有，根本没有发生过那样的事。

太阳别墅二楼的窗户和阁楼的窗户全部关着。我没有办法确定桑德拉是否已经突然离开。她应该可以找到办法给我留下某种解释的。不过，如果她被迫逃离，想那样做就没那么容易。如果不是因为我可能会置她于险境，我会设法找到鳝鱼，向他打听她的情况。事实上，我束手无策。他们手中有我的照片，他们认识我，我不能冒失地出现在他们家里。因此，我继续奔向布雷默公寓。正如我怀疑的那样，这座公寓属于格哈德·布雷默，同他们一起打高尔夫的另外一个纳粹分子。他非常富有，是一个建筑商，已经彻底摆脱了过去的身份。住在那里，塞巴斯蒂安当然感到安全，但对于他这样高智商的人，那样做似乎仍然有些愚蠢，除非他认为无人会想过去那里找他。我之前就没有想到过。

我将车子停在附近。阳光照射在玻璃上，餐厅似乎跃跃欲飞，飞过悬崖。在餐厅门口，马丁告诉我，他坐在后部的一张桌子旁。

甚至不用问就有人告诉我这点，令我感觉非常舒服。

塞巴斯蒂安在后面的一张餐桌旁，手中夹着一根烟，整个人处在恶魔的光环中。我认为他是故意完美自己的形象，并不是真的想吸烟。的确，我始终没有看到他将烟夹到唇间。看到我，他作了一个手势，示意我坐下。

“我点了黑米龙虾。”他说，“当然，如果你喜欢其他的，我可以要他们送菜单过来。”

我告诉他，他的选择合我的胃口，但我没有告诉他，我不打算吃，哪怕只是一粒米，凡是他付钱的东西，我都绝不会吃。

“我没想到，你想见我。”我说，“嗯，我心底的确有过期望，但我不确定是为什么。”

“我们永远都不会彼此理解。妥协是不可能的。你不会原谅我，我也不会后悔。我想，我们曾经都忽视了现实。就是这样。”

“这就是你要我来这里的原因吗？”

侍者开始往桌上摆放食物。他就差没跪倒在塞巴斯蒂安面前了。他根本没有看我。

“我请你来这儿，是因为我想要你为桑德拉做件事，就是和挪威人住在一起的那个女子。”他也那样称呼他们，与桑德拉和我的叫法相同。“她病了，我不希望她发生不幸。那一切现在都已过去。我们输了。无用的伤害对任何人都没有好处。我们知道她是你的间谍，是你在这个组织内部的联系人。带她走吧。我们不会永远活着。带她走，带她去看医生。”

“我在沙滩上遇到桑德拉的时候，她已经和挪威人生活在一起了。我在调查你们这些人的时候遇见了她。我们成了朋友，但她不知道我在做的事情。她以为我只是一个令她想起祖父母的老人。”

他脸上露出沉思的神色，他在思考我的话是否真实。与此同时，他将那些盛放食物的碟子递给我，但我没有取任何东西，所以他将它们放回了原处。

“她没有起过一点疑心？”

我不会给他提供任何对桑德拉不利的信息。我无意承认真相。在这样的情况下，你必须否认，否认，再否认，直到去世。

“没有。她非常喜欢你。她称你为黑天使。她根本不知道纳粹党卫军的任何事情。”

“那么，她为什么从不邀请你到挪威人家里去？”

“她邀请过我。是我编造了各种借口不到那儿去的。你们必须说服她离开。我没有任何具有说服力的理由。况且，我已经有一段时间没见过她了。”

“这个女子很棒。”塞巴斯蒂安说，“她为什么叫我黑天使？”

我摇了摇头。

“也许是因为她看见你的时候是在晚上的月光下，她觉得你好像比其余的人更好。”

“比其余的人更好？”他反问的时候，脸上浮现出一丝怀疑嘲讽的笑容，“我和他们一样。走在街上，他们并不比许多人坏。”

“嗯，我活了很长时间，还没有认识过更坏的人。”

他们在我的盘子上堆满了香喷喷的黑米，我根本没有碰它。他吃了几口，然后也停下了。这次，他们端上来的是红酒和水。他喝了一点点红酒，然后喝水。我虽然觉得干渴，但什么也没喝。

“我来告诉你吧。”他说着用一块亚麻餐巾擦了擦嘴。餐巾被弄皱了，真是可惜，“我们组织里出了叛徒，我很高兴不是桑德拉。她不会遭遇某种事故，我感到高兴。她纯真快乐，我也感到高兴。”

[桑德拉]

他们中的两个人扶我下了楼梯。因为发烧和身体虚弱，我头晕目眩。在楼梯底部，我认识的几张面孔正在等着我，还有几张面孔素昧平生，但他们肯定是兄弟会的成员。除此之外，还有几个像马丁的年轻人，以及马丁本人，一个白发男人和其他两三个人，看样子是西班牙人；还有几个外国人，其余的都面熟。我闭上眼睛，以免这些面孔全部融合在一起。

“你还好吗？”卡琳竭力表现出和善的样子。

我摇摇头。我怎么可能感觉好？真是一个荒谬的问题。她非常清楚我的病况，但她想举办派对时，任何借口都对她有利。

我费尽力气才穿好衣服。事实上，是弗丽达给我穿上衣服的。我衣柜里仅有两条裙子，她给我穿上了其中的一条，因为其余的衣服全是牛仔裤、T 恤和套头衫。在这样的场合，通常不说话的她会对我的衣服、山地靴、发型、穿孔以及文身发表各种评论。因为我很难抬起胳膊穿上裙子，她非常粗鲁地左右推搡我，直到我发怒，要她将手从我身上拿开，并告诉她我没有心情参加仪式。“滚开！”我对她大吼，“你们全都给我滚开。”说完，我侧身半躺在床上，裙子只穿了一半。

“我给你注射一针阿司匹林。”她说。

“别提阿司匹林。我不能服用任何药物。”

她眼睛明亮，蓝得发光，就像我妈妈圣诞节挂在阳台周围的小球球。她想杀了我，却不能那样做。楼下许多人正等着看我。

“好吧，我们安静地参加这个派对。我会好好对你，你按照我说的做。让我们来看看，一个胳膊伸到这边……公主马上就位了。”她说着，要我坐在床边。弗丽达的身体非常强壮，胳膊上的肌肉就像球球。

根据她的看法，山地靴和我在卡琳生日派对上穿过的花裙子不搭配。我们最后决定穿平底凉鞋，尽管这个天气并不适合穿它们。可是，我已经患了流感，还怕什么？接着，她去了浴室，回来时带着改变气色的化妆品和刷子。整个过程中，她一直骂骂咧咧。

“现在，你看起来有一半正常了。”

她大声喊弗雷德，然后两个人将我搀到楼下。我在寻找阿尔贝托，但没有看见他。正在这时，卡琳极具讽刺性地询问我是否还好。我不停地发抖，她将散发着香水臭味的披肩围到我肩上。

“地下室总是比较冷。”她说。

我不喜欢听到有关地下室的事情，也不迷恋和它有关的事物。在电影中，地下室里往往会发生最糟糕的事情，或者有人被关在那里，或者有人被杀死在那里所，或者凶器被藏匿在那里。我住在这座房子里的这段时间里，我只到过地下室一次，后来再也没去过。

唯一的好事是他们全都对我非常和善。他们问我感觉如何，黑天使走过来，亲吻了我的手，还握了一会儿。

“她在发烧。”他对某个人说，“我认为她的身体状况无法完成这个仪式。她理解不了任何事情。”

“时机已经成熟，相信我。”弗雷德说。

弗丽达和马丁将我夹在中间，走入地下室。

那里当然比楼上寒冷，湿气较大，给人阴冷的感觉。

他们全都围着刻在地上的太阳，站好各自的位置，然后将我插到中间。我看到了阿尔贝托，他正凝视着我，神情非常严肃。阿尔贝托已经来了。他在这里。我条件反射地抬手拢了拢头发，尽可能让自己看起来漂亮一些。我无法向自己解释此前我没有见到他时的感觉。然后，黑天使（现在我明白自己为什么要那样称呼他了）大声念了几句类似祈祷的话语，大概是这样的：“照亮真实世界，照亮所有灵魂的智慧太阳，通过你，桑德拉将会献出她的灵魂。你被点亮物质世界的金色太阳掩盖。我们希求接触到你的光芒，智慧的光芒，以便我们可以获得启发，获得真正的生活。宇宙静卧于天堂之外与内心深处一个狭小的洞穴之内。火焰在其中燃烧，光芒照向四面八方。黑暗消失，黑夜与白天不复存在。在支撑世界的城墙之外，没有夜晚，没有白天，没有年老，没有死亡与疼痛，没有善行与恶行。在这城墙之外，盲人可以看见，伤痛和疾病得到医治，夜晚变成白天。”

我开始发抖，觉得即将晕倒。他们被迫缩短了仪式。最重要的部分似乎已经完成。

黑天使把双手放在我的肩上。

“你属于我们，我们也属于你。你会知道我们的秘密，我们也会知道你的秘密。”

“好，谢谢你。”我不知道该说什么。他们全都看着我，仿佛期盼我再说些什么。或许，我应该事先准备好发言，但无人提起过；即便有人提过，我也不会明白。

“对不起。”我接着说，“我非常高兴，但是我感觉很冷。”

阿尔贝托搀着我的胳膊，帮我爬上楼梯，到达门厅。一切已经准备妥当，等着他们举杯庆祝。阿尔贝托没有止步，而是继续推着我上楼。

“现在，上床去，不要同任何人说话。”他说，“尽量多休息。”

“我爱你。”我在答复几天前如同幻觉的那句“我爱你”。几天前？已经过了多久？

当我们走到我的房间门口时，弗丽达站在那里看着我们。

“我来负责她。”她大声说着，一把将我从阿尔贝托手中拉过去，“你下楼去找其余的人。”

起初，阿尔贝托没有放开我。我感到他的手在我胳膊上停留到最后一刻。然后，我感到它们离开了我，我完全被遗弃了。

弗丽达将我拽到床边。我连凉鞋都没脱，就侧身半躺在床上。

“我需要看医生。”我对她说。

“别担心。很快会有医生过来。”

她好心地给我盖上毯子，然后出去了。这次，我没有听到她在锁中转动钥匙的声音。因为没有那个必要。以我目前的状况，我能到哪里去？在敌人的注目之下，我如何逃跑？我蜷缩着身体，试图忘记整件事情。不过，有件事情令我感到烦心，就是医生要上来看我这件事。

我肯定睡熟了，因为我难以移动，难以睁开双眼。我梦到有人正在说话。当我终于逃离那些声音醒过来的时候，我感觉进入了另一个噩梦，三张面孔蓦然出现在我眼前，是弗雷德、卡琳和屠夫。屠夫正准备注射。这不可能是真的。这不可能发生在我身上。我大声笑起来，几秒之后，笑声变成哭声。我浑身滚烫。

“我不想注射它。”我说。

“亲爱的，”卡琳说，“这个可以让你好转。他知道自己在做什么。”

不！不！不！我痛苦地尖叫起来。在此之前，我只在噩梦中才感受过这样的痛苦。不！我声嘶力竭地高声尖叫，然后清醒过来。这次，我真的恢复了意识。我掐了掐自己，确保真的醒了过来。有时在梦中，当我不能确定自己是睡着还是醒着的时候，我就会掐自己，但我从来没有此刻这样清醒，只是我现在感觉极其糟糕，才会怀疑自己的真正状态。

无须再说，弗雷德、卡琳以及屠夫站在那里，看着我：

“宝贝，”卡琳说，“你在发高烧。”

屠夫向我伸出手。他的手掌巨大，布满青筋，如同树根。我想躲藏在毛毯下，我想变成隐形人，我想消失不见。他轻轻将毯子拉到一边，寻找我的胳膊，但我的双臂紧紧贴在我的身体上，就像两根铁柱。幸好，他没有试图将它们分开。他的手指抓住了我的手腕。我闭上眼睛，开始思索可以给宝宝取什么名字。

“她的体温很高，三十九度五。你们必须给她洗浴。”

“很好。我会告诉弗丽达去准备。”卡琳说。

他们全都出去之后，我才睁开眼睛。

然后，我努力换好衣服，穿上裤子、山地靴和套头衫。我将自己的证件放到背包中。接着，我在浴室里呕吐，我想大概是吐在了地上。之后，我用冷水洗了洗脸。

我打开窗户，将背包扔到花园中。现在怎么办？我的脑中一片混乱。我将手伸进裤兜中，紧紧捏着朱利安送给我的那一小袋沙子。我可以试着抓住窗户旁边的一根树枝，然后向下摇荡。但想得容易，做起来难。树枝没有那么近，跳过去似乎也没有把握。但我不会任由他们给我洗浴。什么样的洗浴？用水洗浴吗？“洗浴”这个词从屠夫口中说出来，非常恐怖。我回到浴室内，洗湿毛巾，敷在头上。“热度，退下去吧。”我说。我坐到窗台上，从那里可以看到一个带有红点的阴影在下面移动，如同燃烧的香烟。我就那样坐着，直到一双胳膊从后面将我抱住。我想挣脱它们，但随即感到有些熟悉。

“放松。别想跳下去，你会伤着自己。”

是阿尔贝托。如果我无法相信阿尔贝托，生活也就不值得再继续下去。我返回房间内。湿毛巾起了作用，我的思维更加清晰。

“我想离开。他们要给我洗浴。”

“那样可以给你退烧。”

“我已经退烧了。帮帮我。我必须离开这里。我需要找合适的医生看病。”

他看着我，神情严肃而悲伤。

我取下毛巾，抬手梳理我的湿发。

“好。我会帮你下去。首先，我必须跳下去。然后，我会让树枝离你近些。之后，我在下面接住你的腿。来吧。”

阿尔贝托跳下去抓住树枝，然后落到地上。我担心树枝断掉，但事实上没有。弗丽达肯定快要过来了。不过，她或许要等到客人全部离开之后，才会过来给我洗浴。所以，当我发现树枝就在我指边时，立刻用尽力气紧紧抓住它。我凭着最后一点力气，悬到空中。在那几秒钟内，我的身体，我的关节，我的椎骨全部尽情舒展，感觉非常美妙。可是，当我落下时，阿尔贝托没能及时抓住我。我摔下去，伤到了身侧。我顿时恐慌起来。

阿尔贝托迅速采取行动。他将我的左臂绕到他的脖子上，用一条胳膊环住我的腰部，支撑着我的体重。我们快速离开。他停放车子的地方与房子有段距离。到那儿去的路上，我一直在懊悔自己做过的一切。如果我只是将自己置于险境，没有关系；然而，我却将一个自己本想保护的无辜者牵连进来了。

我们走进医院。阿尔贝托对护士站的一个护士解释说，我在发烧，可能是流感，而且我怀孕了，刚刚摔倒。于是，她让我到候诊室去。五分钟后，阿尔贝托说他必须离开。他告诉我，什么都不用担心，因为这里的人会照顾我，他会尽快回来。然后，我闭上了眼睛，周围的一切开始天旋地转。

[朱利安]

尽管我身上发生了那么多事情，但我万万没想到会看到鳝鱼进入我的房间。我差点当场死掉。我突然听到有人在摆弄我的门锁。

我还没有来得及下床，就看到他向我走来。死亡在向我逼近。我当时正穿着睡衣，戴着厚厚的镜片，靠在两个大枕头上看报纸。我的晚餐吃得清淡，饭后还服食了必须吃的七片药。我非常放松，因此任何动作对我都很困难。

“别紧张。我只是想和你谈谈。”

鳝鱼望着我慢腾腾地掀开毯子，将细长的双腿挪下床，然后穿上拖鞋。拖鞋的位置摆放得非常准确，我不用看就能穿上。我不想起床上厕所的时候脚变冷。

“你必须快点。”他说，“你必须到医院去。桑德拉在那儿。她状况不好。”

他用词简洁，以免我因为任何多余的字词而迷糊，因此我完全理解他的意思。

“出了什么事？”我试图了解情况。

“我送她到那儿去的。她被迫跳窗从太阳别墅逃走。”

“跳窗？”

我终于完全清醒。我看到过桑德拉的房间所在的二楼窗户。

“跳窗。”我重复着他的话，“那你是怎么进入这里的？”

“非常容易。这些地方没有安全装置。快，穿上衣服，去医院。我必须回克里斯滕森家。你会去吧？”

我正从外套衣架上取下那天已经穿过的衬衫。我不得不当着他的面脱下睡衣，因此他理所当然地看到了我骨瘦如柴的双臂。我想，我在他脸上看到了一闪而过的同情与钦佩。等他到了我这个年龄，他就会意识到，人只能做生命中每个时刻能够做到的事情，根本不存在英勇之说。

为了加快速度，他帮我穿上了衬衣。

“你的鞋子在哪里？”在我脱下睡裤时，他打量着四周问。

“在浴室。”

我总是将鞋子放在那里，袜子留在鞋内。

“她跳下来的时候，弄伤了自己，着地的时候位置不对。”他将鞋子给我拿到面前时说。然后，他急匆匆地离开房间，没有再给我时间询问。

我只好戴上隐形眼镜，飞快地刮了胡子，然后随身带上服用两次的药。

夜晚的空气有些潮湿。当我到达医院时，他们告诉我，桑德拉正在接受检查。他们问我是否是她的亲戚，我说是。我告诉他们，我会照顾她。

我了解救伤部检查包含的内容。他们会将病人带进一个用帘子围成的隔间，抽血接尿以供化验，然后输液。我问是否能够进去陪她，但他们不允许。突然，我担心她没有知觉，他们没有意识到她是孕妇。他们也许会给她拍 X 光。他们有可能做出那样的蠢事。我不能容许那样的事情发生。不过，鳝鱼没有说过她没有知觉。无论如何，我还是走到了护士站。

“请告诉医生，这个女子是孕妇。”

“他们知道怎么做。”护士回答道，“别担心。”

别担心，别担心。生活中发生最糟糕的事情就是因为不担心。我坐在候诊室里。她为什么跳窗逃跑？她本应该在很久之前就从房门离开，而不是跳窗。

我急于知道她的状况，迫切希望有医生出来找我谈话，因此我不敢离开，不敢到走廊上的机器旁给自己取杯咖啡。最后，在我终于决定离开时，我先告诉护士站的人要去做什么，但我无法保证他们真的听进了我的话。所以我回来的时候，冒着被人视为麻烦的危险，问他们是否在我到咖啡机的这段时间里叫过我。

“我查查看。”护士说着拿起电话，“对，你可以进去了。”

我一口灌下咖啡，烫到了舌头，然后走进数星期前我自己也来过的地方。

桑德拉看到我非常吃惊。

“你一直都有意识吗？”

“对，我觉得是。”她说。

“他们没有给你照射 X 光吧？”

她摇了摇头，躺在那儿看着我，满脸倦容。

“我没事，孩子也没事。他们已经给我退了烧，我现在只需要休息。都是压力引起的。你呢，你怎么会在这里？你怎么知道的？”

“鳝鱼告诉我的。他非常担心你。”

“他在哪里？”她脸上露出一贯的忧虑。

我耸了耸肩。我的确不知道。

在我们离开之前，为了确保没有危险，他们给桑德拉做了一次超声波扫描。她办好出院手续后，我们在早上六点钟离开。他们已经给她降了温，开始对她进行治疗，主要是让她多休息。

她在车内告诉我，她什么东西都没带在身上。她将弗雷德支付给她的钱放在背包里，但背包和其余几样东西都丢在了花园中。我要她不要担心，问她我们应该做什么。她说，我们应该经由酒店里那条备用路线去我的房间，但首先我们需要在二十四小时营业的药店停留一下，给她买医生开的糖浆和牙刷。

我做了她要求的每一件事，但却不知道该如何利用我房间内的双人床。如果我年轻一些，可以用一张折叠的床单和几条毯子打地铺。可是，我已经无法再做那样的事情。如果我那样做，起床的时候骨头会出问题，那么就要换成桑德拉照顾我了。我也可以将小小起居区的两张扶手椅推到一块儿，但我更担心她看到真实的我，戴着厚镜片的我，夜里小便五六次的我。我不希望她看到我穿着汗衫的样子。或许，这是桑德拉在我们短暂的友谊中不得不学到的最后一课。而这一课，我也不得不学。

我们穿过已经认识的走廊和楼梯，有时处在黑暗中。我们打开门时小心翼翼，尽量不弄出声响。桑德拉因为在摔倒时伤到腿走路一瘸一拐，我也害怕绊倒摔下去。到达我的房间门口时，我们终于松了一口气。我掏出房卡，塞进狭槽，绿灯亮起，我们走了进去。桑德拉扑到床上，开始哭泣，但声音不大。泪水不断滴落下来，她咬着嘴唇，但仅止于此。

在一个小时之内，他们会开放早餐部，我就可以给桑德拉取些吃的东西。我要她躺到床上没有用过的那一边，什么都不要担心，好好休息，明天一切都会不同。这只是一些话语，合理的话语，但说服了她。五分钟之后，她睡熟了。

我捡起地上的报纸，坐到我总是睡觉的那一边，临着电话与浴室。这是昨天的报纸。今天又在发生不一样的灾害。我甚至没有脱鞋。我不想在早餐前睡着。但早餐之后，我也肯定要休息。

我没有过早到餐厅去。我希望那里的人多一些，以便我自己吃过早饭后，可以给她做一个小小的火腿番茄三明治，然后将它、水果和两个新月形面包放进我提着的袋中。我还要从餐桌上拿一小袋不含咖啡因的速溶咖啡，在杯中倒一些热牛奶抓在手中，垂到腿侧，以免引起注意。如果他们问我，我就假装没听明白。我这样的年龄发生这样的事，不足为奇。

我走进电梯之后，暗赞自己做得不错。

虽然我打开房门时差点洒出牛奶，但在餐桌兼写字台上的纸巾上摆放新月形面包、三明治、水果和牛奶以及咖啡和糖袋时，我对自己感到非常满意。桑德拉睡醒后，就能看到这些食物。当然，牛奶会变冷，但她可以从小酒吧冰箱中取一个大些的杯子，从水龙头那儿接满热水，将装牛奶的细高杯子放进去，稍稍加热。

我将写着“请勿打扰”的牌子挂到门把上，然后躺到我这边的床单上。我取出隐形眼镜，脱下鞋子，盖上一张毯子，然后像婴儿一般睡着了。我醒来的时候，肯定是上午十一点钟左右。桑德拉还在熟睡。我换下衬衫去洗，尽可能减小动静。我不想洗澡，以防吵醒她。我在早餐旁给她留了一张纸条。

我想去找鳍鱼。在弗丽达应该清洁太阳别墅的那个时间，我驱车经过她的房子。艾尔弗的旧车最近是鳍鱼在开，但此刻没有在那里。无论如何，我在主道拐角处等候了一个小时。住在周围的人出去时，全都要经过那里。我现在才明白，那天在超市的停车场，鳍鱼无意伤害我。他只是想警告我，如果他们看到我和桑德拉在一起，会对桑德拉非常危险。他没想到，一击之下，我就受了伤。我想弄清楚他帮助桑德拉是出于爱，还是不止如此。然而除了爱，还会有什么原因呢？

不过，我有些不安。如果他们要寻找桑德拉，最后总会将我的酒店房间和她联系在一起，所以她越早离开越好。我必须马上行动，不能再问她有什么打算，而是应该给她买一张汽车票，一大早出发。那个时候，不会有很多人出门。

[桑德拉]

我突然醒来，仿佛有人狠狠地打了我一下。将注射液放进我包里的人不是弗丽达，而是弗雷德和卡琳。他们这样做，是为了将我进一步控制在他们为我设置好的陷阱中。他们设置陷阱，迫使我别无选择，只能加入兄弟会。他们希望我留在那里，因为我会贡献一个新人供他们按照自己的形象进行教育。我身侧受了伤，但体温不再持高。现在我只是感到有些不辨方向，突然之间不知自己身在何处。这里是一个酒店房间。我再次闭上眼睛。这是朱利安的房间，但他不在。现在是下午一点半。我记起自己摔下来时撞到了地面，还有医院。我现在自由了。我起床上了厕所，然后看到桌子上的早餐和朱利安写给我的纸条，告诉我不要离开房间。我拉开窗帘。多么漂亮的阳台啊！可以看到屋顶和远处的海岸线。我打开玻璃门，深深地呼吸。我被包裹在舒适的凉意中，但它很快变成了寒意。我找到一瓶水，喝了一杯，然后放下。或许，我可以不用继续担心生活没有意义。有些人很早就意识到生活没有意义，只是计划短期内可以做的事情。有些人需要更长的时间，他们暂时生活在梦境中。我就是如此。

我一直紧紧抓住幻想，直到这一刻。但从现在起，我明白了，现实掌握在自己手中。我不能，也不愿意回到太阳别墅。然而，如果我不能再见到阿尔贝托，要求他离开这个肮脏的兄弟会，与我开始新生活，我就无法离开戴安涅姆。而且，我的东西虽然少，但仍然在挪威夫妇手中，这令我感到气愤。我宁愿将它们扔进垃圾桶。

我再次醒来的时候，已经三点钟。我的肚子饿了。我吃过早饭，洗完澡，穿好衣服，走到外面的阳台上透气。现在，我的这次危险经历已经真正结束。我预感到不能再看到阿尔贝托，心里很难过，感觉自己如同情窦初开的少男少女夏天被锁在一个月的假期内，无法行动，又感觉自己像我纹在脚踝处的蝴蝶。

[朱利安]

桑德拉好了许多，精神不错。她吃了我为她留在房间里的早餐，正平静地靠在床上看报纸。她说她听到门口有脚步声，担心负责清洁房间的女服务员进来。

“你留在这里的时间越长，对你就越危险。”我告诉她，“我已经给你买了明天早上六点钟的汽车票。在那之前，你必须休息，恢复体力。你受伤的地方还疼吗？”

“我只是有一点被撕裂的感觉。其他没什么。”她若有所思地说。

“现在不能回那里，桑德拉。这里已经没有你可以做的事情。”

“不拿到我的东西，我不会离开。至少，我要拿回我的背包。我的钱和证件都装在里面，但我却把它遗留在花园中了。我还要归还摩托车，它不是我的。”

“那些都可以解决。你可以再办理一张身份证，摩托车已经非常破旧，不值得冒险。”

“我不能一无所有地离开。”她既气愤又坚定，“我不会让那两个人保管我的东西。他们赖以为生的东西全都是偷来的，不能再让他们偷我的东西。”

“你想那样做，不是因为想再见到鳝鱼吧？”

“如果可以，我也会带走阿尔贝托，但让他自己做决定吧。他知道去哪里找我……”

她的语气突然变得更加忧伤，更加梦幻，仿佛“鳝鱼”这个名字将她带到了另一个世界。

“我去。我想同弗雷德里克·克里斯滕森谈一谈，这或许正是时候。如果今晚之前，我没有发出任何活着的信号，你睡觉的时候定好闹钟，明早从备用路线离开酒店。要留出足够的时间，以防找不到出租车。如果真发生了那样的事，忘掉你的背包和其他所有东西。

这是二十欧元，够你路上的开销。”

“我真是太自私了。如果你发生了不幸，我绝不会原谅自己的。”她说。

“不会有事的，但你必须做最坏的打算，备好B方案。”

桑德拉对我笑了笑，其中既包含着对鳍鱼的爱意，又有对我身体的担忧。除此之外，她还在担心现在和明天之间可能发生的事情，以及她回到正常生活中面临的状况。

我问她是否饿了，是否需要我给她带些吃的东西。她说她还有一个苹果；接着她又说，她最近总是被锁在某个地方。

几个小时飞快地过去。最后，我决定时机已经成熟，可以到太阳别墅去了。

我将车子停在太阳别墅大门口。围墙内没有人声。有时，一阵轻风过去，树叶纷纷飘落在墙上，有些落到了街上。天色正在变黑，我按响门铃。

他们问我是谁，我说了实话：我是桑德拉的一个朋友。

弗雷德里克亲自过来开门。他没有将门大开，只开到刚好够我们看见彼此。

“我来取桑德拉的东西。她说她将一个背包遗留在花园中了，她房间里还有些东西，摩托车也留在花园里。”

“桑德拉。”他重复着，拖延时间以便思考，“她在哪里？我们非常担心她。”

“她很好。她已经离镇。”

他眯眼仔细看着我。现在，他认出了我。

我紧紧盯着他，没有眨动眼睛。

“没错，我就是相片里的人，也是跟踪你和你那些同伙的人。”

他打开大门让我进去。大门在我们身后自动关闭。花园赏心悦目，游泳池，躺椅，藤架，烤架应有尽有。树木高耸入云，还有半野生的植物，空中弥漫着潮湿的泥土气息。我们围着一张非常漂亮的桌子，在铸铁制成的椅子上坐下。我将脖子上的围巾系紧了一些。他更习惯寒冷的天气，穿着衬衫。

“我知道你是谁。”我说，“别把桑德拉拉进来，那样更好。在我告诉她之前，她什么都不知道。”

“她现在是我们的人了。”

“你知道她不是。桑德拉绝不会成为你们的人，也不会成为我的人。她在风的手中。她来到这座房子里，纯属偶然。”

“任何事情都不会是偶然的。她和我们在一起。她是我们生活中的一部分，任何事，任何人，都不能改变这个事实。”

弗雷德里克·克里斯滕森真是个不折不扣的混蛋，顽固不朽，同时一副高高在上的样子，令人厌恶。他讲话时下巴上扬，看着我的眼神仿佛我是一只蟑螂。

“如果你把桑德拉的东西给我，别再干涉她，我就不揭发你。”

“我怎么能肯定？”

我打了一个激灵。有人在起居室的窗户旁看着我们，肯定是卡琳。

“到了我们这样的年龄，我们不会再审判你们任何人。起初，我只是想报仇，但现在我想的是桑德拉这些人的未来。”

“你骗不了我。”弗雷德里克说，“如果有人对我做了我们曾经对你们做的那些事情，我绝不会饶恕她。”

“别忘了，我们不是同一类人。而且，你们不久都会死去。”

他自己傻笑了一下。

“我知道一个你们肯定不知道的秘密。”我说。

显然，克里斯滕森需要很长时间才会感到寒意。他懒洋洋地靠在椅子上，伸长双臂，任由微风拂过。

“你真的对这个女子的零碎东西那么感兴趣？”

“零碎东西也好，其他东西也好，都是她的东西。”

“好吧，如果你的秘密值这个价，我就把它们给你。”

“这个秘密和你们使用的注射液有关。”

他彻底乱了阵脚。

“我已经将它们拿去化验过了。”

“不可能。”他大声说道。

“实验室的人说，他们从用过的注射器中成功提取了样本。我是在一个垃圾箱内发现它们的。”

他丝毫不喜欢正在听到的话。

“我可以给你看看结果。你会瞠目结舌的。”

“你此刻在我手里。只要我愿意，你就不能活着走出这里。”

“那么，你永远无法知道真相。”

“说下去。”

“它是一种高浓缩的多种维他命混合物，但本质上和这里到处售卖的其他维他命一样。”

“绝对不可能。”他脸上露出难以置信的表情，“卡琳注射之后，身体状况大有改善。”

“那个安慰剂效果。她的身体状况刚开始时会有改善，之后就会更糟。如果对她有帮助，就别告诉她真相。不过，它不会延长你们的生命。总有一天，你会因为肺炎病倒，再也离不开医院。卡琳距离瘫在轮椅上，只有一步之遥。”

“你这个混蛋！”

“随你怎么说。重要的是，我对你说的是大实话。如果你不相信我，带上一支针剂去化验吧。你也许可以将你的珠宝首饰和艺术品省下来，那可是一大笔钱。”

他从椅子上艰难地拉起自己庞大的骨架，走进屋内。卡琳一直透过窗户在监视我，直到他走出来。我的背部因为靠在铁椅上，快要冻僵了，但我没有动，也没有思考。我不想因为思考分散注意力。我忍受着寒意，保持警惕，持续了半个小时。看到他一手拿着背包，另一只手拿着一行李袋的衣服走出来，我才如释重负。

“给你。”他说，“我已经将摩托车从车库里取出来，放在你的车旁了。”

我打开背包，确保里面装着桑德拉在这个房子里赚到的钱。里面大约有三百欧元，一本杂志，她的身份证和驾照。我没有打开另一个包。我看到的已经足够了。

我不得不站起来，才能将手伸进裤子的后袋，掏出那张折着的纸，上面写着实验室的化验结果。

“看看这个吧。我没有骗你。无论如何，你可以自己证实它。”

“你是要我相信这是对我们的注射液进行的化验结果吗？他们化验的样本可能是任何东西。”

“随你怎么想，不过这是事实。”

我没有再坐下去。他在细读那张纸片时，我拿起背包和旅行袋，掉头离开。从里面打开大门对我有些困难，但它最终开了。一旦来到墙外，我顿感获得了自由，真想放声高歌。

我必须到小房子那儿去，说服房客让我开车载他到托萨利特，以便他能够将摩托车开回去。我不得不费尽口舌，让他明白这不是他前妻设计的阴谋，想将他在半路上杀掉。最后，当我终于看到摩托车被锁在九重葛上时，才放松下来。

回酒店之前，我去买了一只烤鸡和薯片。等我到了我所在的楼层时，电梯里全是烤鸡的香味。

我紧张地将房卡插入门内。我不知道我离开的时候可能会发生什么事情。或许，他们已经来找过她。“桑德拉！”我刚刚关上门，就大声喊她的名字。没有反应，我不由咬紧了牙关。一点声音都没有。

我感到自己被彻底遗弃，巨大的痛苦攥住了我的心脏，我即将被敌人击垮。我将背包和那袋衣服放到床上，正准备去浴室看她是否在那里时，她从外面的阳台走了进来。

“情况怎么样？”

桑德拉永远不会知道此刻我心中的喜悦。她从那个阳台上走进的时候，如同临近的夜晚，又像空中流动的深蓝色云朵。

“比我预想的好。这是你的东西。”

“想到你在太阳别墅可能遇到的事情，我非常煎熬。都是因为我心血来潮。”

我觉得她的话悦耳无比，回应道：“我把摩托车放到小房子那儿了。”

[桑德拉]

朱利安和衣躺到床上。他说他想做好准备，以防我们必须匆忙离开那里。不过，我猜测原因不止如此。

“休息一会儿吧。别担心。我会在五点钟叫醒你。我睡的时间不多。”

朱利安令我感到安心，非常安心，所以我睡得很沉。当我感到他在轻轻碰触我的胳膊时，我觉得好像五分钟前才上床睡觉。

“该走了。”他说。

我们从那条备用路线悄悄溜出了酒店，此刻正是黎明前最黑暗的时候，既不是白天，也不是夜晚，人们仍然在熟睡中。

在我上车之前，我们还有时间。他喝了一杯浓咖啡，我喝了一杯加奶咖啡。我要他把我的地址给阿尔贝托，然后从车窗后面向他挥手告别。他穿着在镇上买的那件夹克，脖子上围着围巾，胡子如往日那样刮得干干净净。我一直看着他，直到他从我的视线中消失。

[朱利安]

故事不会自己结束，除非你已经将它处理好，或者在你脑中或心中让它结束。对于桑德拉来说，在她登上回家的汽车时，故事的结局已经到来，虽然她会一直思念鳍鱼。如果他们之间的关系会有所发展，那也将是在另一个世界中，而不是在昨天的世界中。我却暂时还在后面这个世界中。如果所有这些令人震惊的事件还没有将我消灭，一定是因为我仍有事情要做。我必须继续前行，必须像士兵一样保持步伐。我们在花园谈话之后，弗雷德里克·克里斯滕森按响警报了吗？如果他们要采取措施，塞巴斯蒂安应该在我们第一次见面之后就做了。事实上，我考虑这些问题，是为了避免想起桑德拉坐在汽车里，奔向那个我一无所知的未来的事实。

我任由自己的双腿带我走向任何地方。我只是想走一走，因为最近在车上待的时间过多。我整理好夹克的领子，把双手插进衣袋中，随着海边微风的风向走着，感受着它潮湿的气息。我的肺部因而全部打开，尽情地呼吸着，仿佛我没在这一生中的许多年里，每天吸三包烟。等到我想看看自己身在何处时，我已经到了码头。现在，天色已经大亮，几缕带着寒意的阳光照射在世界万物之上，令它们全部呈现出正常的样子。不知不觉中，我的脚步自动走向“埃斯特雷亚”和海姆，更确切地说，是走向“埃斯特雷亚”过去停泊的地方。

我环视四周，心中有些惊慌。或许，我的方向感觉察到了压力。某一天，像我这样的老人会突然不知道自己身在何处，或者不知道自己脑中在想什么，这样的情况不会是第一次。然而，唯一不见的是“埃斯特雷亚”。对面的酒吧仍在，两艘的双体船各在一侧，界石上仍旧拴着两条红绳，几百米之外我之前停车的地方仍然空着。“埃斯特雷亚”却不在那里，海姆也不在。我非常紧张，主要是因为他们将海姆迅速从我的掌握中转移走了。他们意识到他的神智不正常之后，会除掉他，就如同对待艾尔弗那样。那些仍然能够自我保护的人不希望出现任何不必要的累赘。无论海姆曾经多么厉害，现在已经成了废物。

我又喝了一杯咖啡，这次是不含咖啡因的。我边喝边想，桑德拉到现在已经走了多少公里。我本想和她一起到马德里。我的钱仍然可以让我进行一次汽车旅行，在酒店居住几天，还可以再吃几次套餐。但如果旅行只是为了自己，就不值得前去。我没有时间跑马观花地去看一下我从没看过的事物。我要留在这里，留在萨尔瓦选择终老的地方。在这个世界上，萨尔瓦最喜欢我，他已经为我准备好了地方，为什么要拒绝呢？在布宜诺斯艾利斯登上飞机的那一刻，我就知道这是大象式的迁徙，我不会再回去。回去做什么？我的记忆并没有与我分离。川斯奥利沃斯是一个不错的选择。我可以依靠养老金为生，不会有人去那儿找我。当生活将某样东西作为礼物放在盘子上呈现给你时，你必须接受，因为不接受，就必须付出昂贵的代价。生活总是比我们知道得更多。我疲惫的细长腿比我的记忆力更好，再一次将我带到了车旁。我之前将车子停在了汽车站。我驶向酒店，没有考虑任何危险。我取出隐形眼镜，穿上睡衣，然后躺到床上，这在白天是从未有过的事情，除非生病的时候。但此刻，我的身体在祈求休息。在经历了一切紧张的事件之后，它需要恢复，需要睡觉。我努力克制自己，尽量不去想任何事情，不去想桑德拉通过车窗看着我的样子，以免心烦意乱。

[桑德拉]

直到汽车离开戴安涅姆，开上高速公路的时候，我才注意到坐在我身旁的乘客。我一直沉浸在自己的思绪中。在此期间，透过云层洒出的黎明曙光逐渐淡去。我一直看着朱利安，直到再也看不见他。想到我将永远看不到他，我感到难过。我盯着他脖子上的围巾，无法移开视线。我不得不深呼吸。我已经无可避免地知道了他的胳膊有多么瘦弱。他非常小心，在他房间里没有当着我的面脱下衬衣，但我无意间碰到他时，能够感觉到它们。而且，我看到了他收起来的药，为了避开我，他只好在浴室中服用。他已经到了垂死之年，但却不害怕。我认为，恐惧与年龄无关。对我来说，这次旅途的结束，比我在兄弟会手中时面临的危险更加令人害怕。我害怕常态，害怕日常生活，因为我缺乏谋生手段。然而，我已经不再是那个九月刚到戴安涅姆的白痴，当时我认为全世界都亏欠我。现在，我感觉到了不同的东西，更加苦涩，但也更令人安慰。我不会知道这种感受产生的原因。当我说再见时，我差点拥抱朱利安，将他紧紧压向我，但当时我认为那样对我们两个都不好。说再见有什么用呢？我旁边的那个男人肯定在二十五岁左右，他坐下来之后，很快就睡着了。现在，他的头靠在我肩膀上，双腿向两侧伸开，几乎没留点地方供我伸腿。我将他的头轻轻推到另一边，但他又靠回来寻找支点。我不想再忍受下去，因此叫醒他。他吃惊地看着我，仿佛我突然出现在他床边，最后他终于清醒过来。

“对不起，我昨晚出去聚会了。”

我向他挤出一丝笑容，原谅了他，但不打算鼓励他。我不想和他交谈，我打算想想挪威夫妇的问题，想想他们今天要做什么，考虑他们对我逃跑的看法。他们不知道我住在哪里，查清楚需要做太多的工作，因此他们不可能找到我。如果他们觉得受到了威胁，逃跑对他们来说更容易。如果我告诉身边这个男孩儿我经历过的事情，他肯定会目瞪口呆。他对纳粹有多少了解?

我用眼角的余光看了看他。他和阿尔贝托没有任何相像的地方，再过一千年也不会相像。

我们在蒙迪拉短暂停顿，乘客们上洗手间，在路边的咖啡厅吃点东西。咖啡厅内挤满了旅客。坐在我旁边的那个男人鼓起勇气，邀请我去喝杯可乐，并且打着哈欠说，他觉得我有些难过。

“你的观察力很强。”我说着喝完可乐，准备结束对话，“我在这个世界上最喜欢的就是难过。”

[朱利安]

我的酒店费用按星期结算。我最后一次付钱时，告诉罗伯托说我打算退房。他有些吃惊，因为我想退掉的套房的费用低廉到不可思议的地步。他向我解释说，如果我和其他酒店进行比较，就会明白我享受到了很大的特权；而且，致使我离开普通房间的不愉快事件，在任何地方都可能发生；不过，他个人已经负责保证不会再发生类似事件；我应该已经发现，的确没有再发生过。我明白现在是淡季，他的责任就是无论发生什么事，都要留住顾客。以双人间的价格出租套房，比它空着积攒灰尘要强。

他滔滔不绝地描述着我无意间正享受的各种优惠。我不得不打断他，告诉他不是钱的问题，我要离开这个镇了；当然，如果我打算再逗留下去，根本不会想到离开这个酒店；我的假期即将结束，我要回到自己的国家。罗伯托有些困惑，他觉得我们老人拥有世界上所有的假期，但他没有再多说。他非常清楚，必须抑制自己的好奇心。我告诉他，我也不再继续租车；我已经将借来以防万一的毯子和毛巾放回房间内。我要乘坐出租车到机场去。

罗伯托派人将我的行李拿下楼，坚持打电话为我叫出租车，但我坚定地拒绝了。我告诉他，我想在街上拦出租车，因为我必须在飞机离开之前消磨时间。我不可能让他们以后找到出租车司机，询问我的去向。

"很抱歉，"我打趣地说，"不过，这是我最后的愿望。"

于是，上午十一点钟，我挎着行李，拉着一个带轮子的行李箱，走出阿祖尔海岸酒店。

在距离酒店足够远的地方，我可以确保无人跟踪我时，我立刻拦下一辆出租车，要司机载我到川斯奥利沃斯养老院。在路上，我几次回头看，但没有发现任何可疑迹象。我的决定令他们猝不及防，因为托尼不在酒店，所以他们没有时间联合行动，寻找监视我的办法。

这次，我到达川斯奥利沃斯之后，让出租车离开了。

我喜欢这里的花园。里面有几个像我一样的人，全都满脸皱纹，有的在玩滚球，有的在讨论他们中的一位是否比另一位更笨拙，有的在谈论足球。我走到办公室，再次遇见我上次看到的体态丰满的苏格兰女人。

她佯装不记得我了，但事实上她还记得。我不明白她为什么要否认，除非她从一开始就喜欢对任何事说不。

我了然于胸。我对她说，我不想成为女儿的负担；如果他们从现在起到我去世，能够提供一个优惠的价格，如果他们能将我朋友萨尔瓦住过的房间给我，我就住在这儿。她张开嘴，然后又闭上了。

“你非常有魅力，而且非常聪明，我想在剩下来的日子里，住在一个能够看到你的地方。那将会给我的生活带来许多欢乐。”

“哎呀，你也有饶舌的天赋，和萨尔瓦一模一样。”

“萨尔瓦住在这里，也是为了能看到你吗？”

“这就是他们全都在这里的原因。”她说完，哈哈大笑。

“那个房间已经被别人住了一星期。”她的语气现在稍微严肃了一点，“不过，我会想办法让你住进去。我叫皮拉尔。”

我刚刚进入真正的高龄，就落入皮拉尔的掌握之中。从一得知我将由她管辖之后，皮拉尔就开始对我使用熟悉的命令口吻。在这里，我的快乐也由皮拉尔负责。我所需要的就是这些：一个皮拉尔，滚球游戏，靠养老金为生的退休老人。

我在一张长椅上坐下来，等候皮拉尔解决我的住房问题。接着，她从我面前经过，好像一个幻影。我仿佛睡着了，梦到了那些日子遇到的人和发生的事，却将它们毫无意义地混在了一起。我看见了，我重复一遍，我看见她就在我前面走，正走向小树林，是艾尔弗。

我反应过来之后，立刻出去追她，但皮拉尔拦住了我。

“你这么着急，是要去哪里？”

“我觉得刚刚认出了一个人。”

“哦，你有的是时间去弄清楚的。从来没有人离开过这里。”这次，她没有像平常那样大笑，“现在，你可以住进萨尔瓦的房间了。

你真幸运。我会带你稍微参观一下。”

一个女服务员刚刚收拾好房间。我将行李箱放到墙角，把包放在一张小小的写字台上。窗户开着，流进来的空气正将前一位居住者的气息吹走，萨尔瓦无形的存在正慢慢浸入。

院内的设施不是非常好。年纪轻一点的老人不多，因此网球场和板球场成了摆设。厨房整洁。最好的事情是，有一个室内游泳池，虽然较小，却是院里的骄傲与欢乐之源。皮拉尔向我保证，一旦我下去游一下，我就不愿意出来了。不过，瑞典体操相当适合我，而且我不确信自己是否敢于改变。

“萨尔瓦在这儿游过泳吗？”

“没游过。他说他更相信自己做的体操锻炼。我猜那是瑞典体操。”

我看着皮拉尔，在与她交谈，也在注意倾听她的话，但我心中仍然在想艾尔弗。

我想问皮拉尔，养老院里是否有一个德国女人，和我的年龄差不多，以前是酒鬼，可能现在还是，名字叫艾尔弗；如果有，是谁送她到这里来的。但是，我没有问，因为我不希望我刚到这里就泄露秘密。

这位标致的女人说得对。以后有的是时间。午饭时间到了。我当然没有想到情况是这样，他们没有杀害她，而是将她关在了这里。事实上，谋杀她比将她关在养老院里更可怕。在这里，她说的任何事情都可能会被视为想象力的迸发。

我没有时间打开行李箱，因为汤和鱼的味道，以及盘子的哐当声正从餐厅里传来。我进去的时候，略微有些犹豫，因为他们都知道坐在哪里，我不想占了某个人的位置，然后又不得不站起来。我等在旁边，想找一个空位，也希望看到艾尔弗坐在某张桌旁。

一个身体壮实的男人示意我过去，坐在他旁边。我们吃饭的时候，他唠唠叨叨说个不停。我对他的话左耳朵进，右耳朵出，因为我在专注地等候艾尔弗的到来。桑德拉和她未来的儿子现在似乎变得非常遥远。她是天赐的礼物，就像生活已经给予我的其他礼物一样。并非所有的人都像我那样受到老天的青睐。我已经告诉我女儿，我发现一种我这个年龄的老人住的酒店，我要在那儿再逗留一个月。我非常喜爱的小房子已经被主人出租给其他人，我不想再找了。她要来的时候，就不得不同意住在酒店里。我还告诉她，我想念她，但还是给彼此留点空间为好。

甜品上来的时候，我对旁边那个壮实男人说，我的一个朋友要我带讯息给一个名叫艾尔弗的德国女人，她的脑子有些问题。

“她有时来吃饭，有时不来。你知道我的意思吧。”他弯弯手肘，做了个畅饮的手势。

[桑德拉]

我难过了一段时间。这是我保留在戴安涅姆发生的一切，不忘记阿尔贝托和朱利安，甚至挪威夫妇，以及在太阳别墅楼上那个房间度过的不愉快时光的唯一方式。那房间就在楼上的右侧，十米长的走廊响着不同的脚步声，钻进我的脑子。与房间几乎相对的是浴室，洗手盆里装饰着漂亮的黄色太阳花，我记得曾经在盆里呕吐过，而且因为弄脏了它而感到非常害怕，因为我没有力气逃跑。现在我已经明白，我不能任由自己的身体变弱，不能任由自己被人吓倒，被人操控，这非常重要。回避一切并非易事，但我已知道天真的后果。

现在我知道，任何人都可能是敌人。

到达马德里之后，我直接去了父母的家。在其他任何时候，我都不可能忍受在那里等着我去面对的情况，但现在我觉得那样很愚蠢。我母亲在哭泣，我父亲在建议，两个都大声说对方是错的，热腾腾的晚饭，几句责备，还有一张美好的床。我走进自己的房间，将背包丢在白色的夏季全棉床单上（我妈妈还没有取出鸭绒被，仿佛他们心中还在怀疑我的到来）。我脱下在戴安涅姆买的靴子，四下看了看。我高中时的课本仍然在书架上。海报，可调台灯，工作台，所有这一切都带着少年气息。我的头脑开始清醒。显然，我回来是为了再次离开。

事情并不困难。我姐姐在一个购物中心以非常优惠的价格租了一个小地方，我们开了一家商店，经营人造珠宝。生意很好，我们甚至可以雇佣一名店员，我还开始按揭一套公寓。桑迪重新进入我的生活，较之过去更加真实。我开始欣赏他身上我以前从未注意过的特质，认为他可能会成为一个好爸爸。完美的爱情可能一辈子都无法得到，因为它不是真实的，任何完美的东西都不是真实的，所以我们的关系也不必完美。我们只是偶尔见面，然后一起带着儿子佳宁去公园。在那些日子里与世隔绝的可怕经历，我只告诉了他一半。我有时会脱口叫出鳍鱼的名字。与桑迪聊天提到他时，我更愿意说“鳍鱼”这个名字，以免勾起自己的情感，以减弱我对他的思念，因为阿尔贝托可能是我为了忍受在太阳别墅面对的压力而需要的幻想。然而，他的名字不只是一个简单的名字。它代表着他常穿的深蓝色夹克，皱巴巴的衬衫，落在鹿皮鞋上的烟灰，长发，被海风吹红的前额，身上的味道，担忧的表情，以及他说“我爱你”时从门下挤进来的声音。那之后再也没有新的记忆。他没有回到医院，也没有回朱利安的酒店房间。我逃走了，而他留下来了。桑迪为我安定下来感到高兴，说过去的已经过去。但他错了。

有一段时间，我非常想回到戴安涅姆，去找阿尔贝托，以某种方式将他从我的记忆中抹去，但孩子和我的工作令我一直很忙。现在的时光正在吞噬我。有时，我似乎已经真正开始新生活……直到晚上筋疲力尽地躺在床上入睡。然后，那些日子不断出现在我脑中，一切宛如发生在今天。

[朱利安]

我在养老院的第一天，艾尔弗直到晚上才出现。我去吃晚饭，并不是因为想吃，而是因为只有这样，我的药才不会捣乱，不会令我刚到就生病，同时也是为了可能看见她。

我透过窗户看着外面的橄榄树，想到了供应套餐的那间酒吧和阿祖尔海岸简陋的套房。我想到了桑德拉和鳝鱼。尽管这一切刚刚发生，但似乎已经过去很久。当我决定来这儿的时候，我就知道这是一个可以畅游过去的地方，因为当身体停止不动时，我们仍然拥有思考和想象的能力，回顾生活中最美好的时刻。

我一直在想这些，直到看见艾尔弗走进餐厅。她脸上一副疯狂的表情。不过与我在她家里看到她扑在一堆呕吐物中那次相比，她浑身上下整洁许多。无论她想说什么，都不会有人当真。

我向她招手，示意她过来同我和那名壮实的男子一起坐。我们开始形成一伙。

她坐下来，但没有认出我。她怎么可能认出我？这个女人过着幽灵般的生活。

“艾尔弗的房间里有几幅油画，值几百万欧元。我说的没错吧，艾尔弗？”我旁边的男人说着冲我眨了眨眼睛。

“我记得其中一幅是毕加索的。”艾尔弗说，“一幅是德加的，还有一幅是马蒂斯的。”

艾尔弗坐在那儿，眼睛盯着天花板，好像在努力回忆，那个男人却满面忧色地摇了摇头。

“好像我们大家原来的生活都比较好。”他说这话的时候，丝毫没有怀疑艾尔弗的油画极有可能是原作。然后，艾尔弗像孩子般可怜无助地问：“你知道我的狗在哪里吗？”

男人飞快地看了我一眼，意思是她已经疯了，但他绝不会想到，我知道那条狗在哪里。它在弗丽达的家里。

我们吃过饭后，我提出送她回房间。她打开门的时候，我看到了挂在墙壁上的油画。它们太过真实，以至于看起来像赝品。

“要不要来一杯？”她一边问，一边将手伸进衣柜，仿佛那是蛇穴。

我将门在身后关上，然后离开。萨尔瓦，你应该看到正在发生的事情了。你不会相信吧。

我穷尽脑力也无法想到，几天之后，一个身材高大，动作笨拙的驼背男子走下出租车，身后拖着两个行李箱。我很难将海姆和养老院里的小花园联系在一起。我难以相信自己亲眼所见：海姆正在和皮拉尔谈话。

原来，他是不得不离开他的爱船“埃斯特雷亚”的。那样做肯定令他极其痛苦，但他们可能说服了他：鉴于他的能力大大退化，如果想活下去，就必须隐居。显然，他心中最重要的是活命。他大概认为，作为优秀人种的一员，他还可以活很多年；他会找到办法，阻止自己的老年痴呆继续恶化。他知道艾尔弗也在这里吗？艾尔弗看到他时会作出何种反应？

这件事情似乎没有结束。当我不打算继续追踪他们时，他们却来到了我面前，再次活着来到我身边。这是有原因的。我认为他们在我的掌握之中，萨尔瓦的灵魂在指引我。

皮拉尔终于完成各项手续后，带领海姆去了他的房间，并领他参观了院内设施，告诉他时间表，问他是否是糖尿病患者，以便安排他的饮食，她还问了其他那些我刚来时也感到糊涂的各种问题。我去找她聊天。

“新成员。”

“对。”她边说边将海姆的档案输入电脑，当然是化名。我无意去记它。“我们看看他是否不是正常的德国人，会不会准时就餐，是否和艾尔弗不同。那可真是一个噩梦般的女人！”

“准时的人是英国人，不是德国人。”

“但是德国人应该更有条理。你应该看看这个人带来的行李箱。里面的东西收拾得井然有序。”

我同意她的话。我认识的德国人做事全都有条不紊。

“听着，皮拉尔，”我直视着她的眼睛说，“我不知道你怎么能够忍受身边全是这些老家伙。像你这么漂亮的女人，应该正在别的地方炫耀自己的魅力。”

她哈哈大笑，但是并不十分高兴。

“在别的地方闪耀的并非都是金子。”她回答。

“那倒是真的。”我说，“那么，如果像我这样的老头提议去看电影，或者去看看外面的世界，你觉得怎么样？”

在她思索如何回答时，我立刻伸出双手。

“似乎不会太糟。我相信，你有很多故事可讲。”

“有很多你肯定都没听过。”

PART 11
地下，天上

[桑德拉]

我说服姐姐，我们应该都去小房子里住几天。我对她说，海边的空气很好，周围还有其他孩子，全家人其乐融融地聚在一起，祖父母也在，这对孩子会非常好。他现在六个月了，非常警觉，准确地说是观察力非常敏锐。如果胎儿真地能够接收外界的感受，他肯定已经吸收了许多怀疑、恐惧、警觉，并且清楚地知道所有人都是表里不一。当他看着我们的时候，仿佛想在我们身上寻找真相，又好像知道无论他看到什么，背后总是隐藏着其他东西。

考虑过几百个名字之后，我决定给孩子取名朱利安，乳名佳宁。我希望老朱利安知道这件事，于是我给他写了一封信，邮到阿祖尔海岸酒店，但却被退回。他没有继续留在那里，所以我以为他可能回阿根廷了。

我认为，如果我决定现在回到戴安涅姆，是希望能在某个街角遇上阿尔贝托。起初我梦到过他。在梦中，有时我们骑在摩托车上，离开太阳别墅，一直开下去；有时，我们在海滩漫步。在梦中，世界笼罩在强光之中，刺目得睁不开眼睛，使我无法看到周围的事物。我梦到海滩上有个女子，那好像不是我。而现在我已经完全不是她了。我记得她只是一个充满疑虑的小妹妹。这并不意味着我现在对一切都有把握，而是因为我曾经进入邪恶的家园，品味过邪恶，如同人们品味过疾病与悲惨，品味过令你置身另一世界的一切，永远无法忘怀。

我走进小房子时，心情无比激动。房中有鲜花的香味。我曾背着背包，满腹心事来到这里，但那仿佛是一千年前的事。我们冲出车子，花园里充满了我们的叫声。我父母刚到这里，就开始吵架。佳宁睁大眼睛看着他们。房客的书本和纸张留下的痕迹仍在。我姐夫立刻想出了借口单独进城，不带大部队——他是这么叫我们的。如果当时是这种情况，曾经发生在我身上的事情，绝不可能发生。弗雷德，卡琳，太阳别墅以及朱利安根本不可能存在。现在，阿尔贝托不可能存在。

我住进了最小的房间。我父亲从车库中取出我外甥用过的小床，安置妥当。我将窗户完全打开。鸟儿在绿色的树枝上叽叽喳喳。

[朱利安]

一旦习惯了养老院，我们对外界发生的事情便不再产生兴趣，川斯奥利沃斯的日子便风平浪静地悄悄流逝。有时，他们会带我们到贝尼多姆或者巴伦西亚远足。如果你不想单独行动，那样的活动会给你带来快乐。有时，有人去世，大家就在餐厅里议论纷纷，仿佛死亡永远不会降临在我们其余的人身上。海姆如同车库里的庞然大物，与周围格格不入。艾尔弗半醒半醉，焦虑不安地四处走动，完全不知所措。她偶尔会用德语与海姆交谈几句，但我确定她绝对不清楚他究竟是谁。

周四是皮拉尔休息的日子，于是我们一起出去了。她开着她的宝马车，我讲述了自己在集中营的经历，以及追踪纳粹战犯的时光。我尽量避免过多地提到拉克尔。

结果，她认为我是一个非常有趣的老家伙。当我意识到她爱上了我时，便告诉她我有心脏病，每天要服用十片药。我告诉她，我的身体状况不好，无法满足她的需要；我随时有可能油尽灯枯。我还告诉她，我只能勉强支付在川斯奥利沃斯的生活费，甚至没有足够的钱支付自己的葬礼费用。但是，皮拉尔非常固执。她想让我们成为那样的伴侣，女人扮演护士或者保姆的角色。那对我自然有利。但我能够为其做事的最后一个女人恐怕就是桑德拉了。现在，我正在寻找办法增加海姆的烦恼。他总是设法从追踪他的人手中逃脱，但他无法逃过他自己。

一天下午，趁着小房子里的房客在中学上课期间，我让皮拉尔和我一起来到了小房子。她留在车上，我悄悄溜进去，穿过成堆的纸张，来到楼上那个房间。几个月前，我将相册、海姆和我的笔记本全部藏在了那里。它们还在老地方，仿佛时间和风都未曾进入这四面墙壁内，也没有人注意过这里。我拿起它们，然后回到皮拉尔身边。

“那是什么？”她问。

“这个？没什么，一些零碎东西。我们必须到邮局去。”

皮拉尔看着我的目光里充满敬佩。她想当然地认为，我做的任何事情都会非常有趣。我的生活在即将结束的时候才开始，多么遗憾呀。也或许这样更好。对吗，拉克尔？

我将艾尔弗的相册、海姆的笔记本以及我自己的笔记，一同寄给了我原来的组织。在我自己的笔记中，我写下了太阳别墅、塞巴斯蒂安、奥托和爱丽丝以及弗丽达他们的地址。但我选择了对海姆的信息保持沉默。海姆属于我。

皮拉尔要求的不多，只需要我对她说，她非常漂亮，是我一生中认识的最和善、最幸福的女人就行了。这些也都是事实。最后，当她开始激情亲吻时，我终于做出了让步，有几次任由她将我拉到了她的床上。后来，我告诉她，我们之间的关系到此为止，我已经没有性爱的习惯，不想再恢复，以免产生新的需要。

最终，皮拉尔和我结成了不错的伙伴。我们无须心急火燎地剥下衣服，也可以相处得非常愉快。如果她同别人上床，将我丢在属于我的“非常有趣的”鸽笼中会更好。然而，在内心深处，我认为任何一位心理学家都会告诉我，我是在试图重复我和桑德拉之间的美好关系。她的生活现在怎么样？我不想知道。我属于她的过去。

[桑德拉]

摩托车仍然在那里，锁在九重葛上。尽管我现在有了一辆汽车，已经不需要它，我还是骑上了它。我心情愉快地发动它，细细品味着这个时刻，然后驶向托萨利特。我感到自由自在，是的，完全彻底的自由，因为我的儿子已经来到这个世界，即使我发生了任何不测，也不会降临到他身上。使命已经完成。

当我到达太阳别墅时，几个肩膀上裹着毛巾的孩子正在扑向大门，他们的父亲跟在后面。他在责备他们，告诉他们不要像动物那样野蛮。

我来到他旁边，问他是否住在这座房子里。他狐疑地问我为什么想知道。我告诉他，是由于情感方面的原因，而且我曾在那里住过一段时间。他不相信地看着我。

“楼上的房间是什么样子？”他边问边警告孩子们注意车子。

我向他描述了一遍。

“如果你想进来，就进来怀旧吧。”他说。

吊床仍然是原来的，但现在上面全是毛巾，乱七八糟。游泳池也还是同一个。但的确有些地方不同了。现在的状况不同了，所有房门大开着，卡琳的面孔没有出现在厨房窗内。

“我已经租了整整一个月。你随时都可以过来。我们会邀请你吃饭。”

他的眼睛此刻更亮了。他可能离婚了，现在轮到他负责照顾孩子。我对他表示感谢，然后回到摩托车旁。他肯定完全不知道这座房子的主人是谁。

我经过奥托和爱丽丝的房子。里面静悄悄的，散发出一种沉重的感觉，仿佛随时都会下陷，同时将周围的小别墅、这个地区以及整个世界一起拖下去。我像在那个举办派对的雨夜一样，再次站到车座上。我看到里面的花园一片狼藉，杂草丛生。我无法解释原因，但多利安式的柱子呈现出被人废弃的样子，就像那些被岁月剥蚀，陷入过去的寺庙。

在回去的路上，我经过阿祖尔海岸酒店。我走进去，在大堂里绕了一圈。脸上长着大雀斑的接待员在那儿。他看着我，想要认清楚我是谁。我已经取出了穿孔环，头发长长了，全是板栗色，还是上次和卡琳在一起时染成的样子。我选择这样是为了舒适。我已经有了工作，应更加注意衣着，给客人留下好印象。唯一重要的是，我的儿子不能缺少任何东西。我不在意人们对我的看法。我只关心我对生活的看法。在这个地方，我不再有任何危险的感觉。我出去时，接待员的目光一直尾随着我。

故事就此结束吗？不，还有灯塔。我将它留在最后。最糟糕的是无人与我分享这些。我感到自己的脑子和心脏快要爆炸开来。如今，冰淇淋店已经不在，取而代之的是一家小餐厅，大露台上遮着格架，上面爬满葡萄藤。格架占据了步行道的一部分。我担心他们挪走了棕榈树间的长椅。还好，它仍然在那里。一对夫妇坐在上面。没有关系。我当着他们的面搬起了石头。

他们注视着我，眼神中一片茫然。一个塑料袋的一角露了出来。我刨开上面压着的泥土，将它拉出来。塑料袋上印着“特兰西瓦尼亚纪念品”的字样，里面装着一个漆盒，有半只手掌大。盒内什么也没有，但又什么都有。我根本没有想到，我的生活居然会如此情感丰富。我坐在那对夫妇旁边，对他们视若无睹。我令他们感到不自在，打扰了他们的美妙时刻，因此他们离开了。

“谢谢。”我暗自在心中对他们以及整个宇宙说。我摸了摸衣兜中朱利安有一天送给我的那一小袋沙子。我总是随身带着它。我将它取出来，放在石头下面。我希望他拥有它，希望它能够再次给他带来好运。我的好运已经很多。

在回去的路上，我将油箱加满。四周全是神情冷淡的人们，随着自己的心情漫无目的地游荡。之后，我回到小房子，回到楼上自己的房间。佳宁在小床上睡觉，小胳膊小腿全都伸展着。微风从半开的百叶窗之间吹进来。我将盒子放到五斗橱上。

[朱利安]

事实上，大多时候，当碎片终于拼凑到一起时，为时已晚，因为你已经无能为力。那么，为什么我们要一定要知道一些事情呢？桑德拉已经回到了她的正常生活中，我们其余的人也已匆忙地奔向各自的目的地。我的目标目前是川斯奥利沃斯和皮拉尔。上周四，和往常的周四一样，皮拉尔早早地就来接我。我们坐在车上听着传统西班牙乡土音乐，心情愉快地兜风。接着，我们在她常去的一家非常漂亮的餐厅停车吃饭。然后，我们回到镇上购物。我们的第一站是在她最喜欢的女装精品店。她会将金钱和时间浪费在我这样的人身上，在我看来难以理解。可是，我们却出现在那里，皮拉尔在试穿新年前夜的礼服，我在寻找可坐的地方。

当我正在一条黑色天鹅绒裙子和另一条红色真丝裙子之间时，好像听到身侧有个女人在说话。

“抱歉，我可以和你说句话吗？”

我转身看向她。她怀中抱着的狗正在冲我汪汪叫。

她年纪尚轻，三十多岁，金黄色的头发在脑后扎成一根辫子。她身材苗条，体格健壮，从老远就可以看出来，她经常锻炼身体。她穿着牛仔裤和黄色的连帽薄风衣，上面有海军蓝的条纹，就像电影中海员穿的那种衣服。我向后倒退几步，以便看得更清楚。她的样子有些面熟。我以前见过她。

“我是阿尔贝托的朋友，也是桑德拉的朋友。你是……朱利安。我已经找了你几个星期，原本已经放弃希望。然后——太惊奇了——我就看到你进了这家店。”

“你是和鳍鱼在沙滩上的那个人吗？”

“和鳍鱼？谁是鳍鱼？”

“几个月前，我看到你和阿尔贝托在沙滩上，像一对甜蜜的恋人。

没错吧？”

她点了点头。皮拉尔走出试衣间，转了一圈。裙子上肯定缀了亮片，因为她移动的时候，它会闪闪发光。

“漂亮。”我说，“我在外面等你。”

我们走到店外，本能地穿过街道，来到对面的几张长椅旁。阴冷的感觉渗入我的体内。

“我叫伊丽莎白。”

伊丽莎白的鼻尖发红。她很有风度，不过算不上漂亮。她轻轻抚摸了狗几下，把它放到地上，将狗绳拴到一张长椅上。然后她伸展双臂，仿佛它们已经变僵。

“阿尔贝托对我说，如果他出了事，让我来找你，和你谈谈。我也看到你了，那天在沙滩上。你在监视我们。”

我们坐在长椅上，两个人的手都揣在衣兜中。我感觉到她要告诉我某件不愉快的事情，会给生活蒙上悲哀色彩的事情。

“阿尔贝托死了。准确地说，是他们杀了他。”

果然如此，的确是一件令生活不再喜人的事情。

“他渗透进兄弟会，我是他的联系人。”

“警察？”

“差不多吧，侦探。他们发现了他，然后将他杀害了。是交通事故，你明白吧？不过，我知道那不是意外。”

这个消息令我无法动弹，不知该如何反应。过去还在怡然自得地制造灾难。鳝鱼显然被留在了过去，而桑德拉将会驶向未来。只有海姆、艾尔弗和我仍被困在今天这个世界里，除非海姆彻底疯掉，艾尔弗从最后一次震颤性精神错乱中无法走出，而我最后心脏病复发。

“我很难过。”我说，“他帮过桑德拉。尽管发生了很多事情，但我想，他也试过帮我。”

“现在，我们正在寻找克里斯滕森夫妇、爱丽丝和奥托。他们害怕了，不仅仅是因为我们，似乎还有其他人在追踪他们。我们知道他们已经藏起来了。也许，他们已经在任何一座海滩附近的房子里重新开始生活。海岸非常长。我们认为海姆逃到了埃及。没有艾尔弗的线索。”

我看着她的眼睛，没有说话。这双眼睛是蓝色的，但无法与桑德拉棕色透绿的眼睛相提并论，因为后者的眼睛可以令你由衷地笑出来。鳝鱼和伊丽莎白不是情侣。显然，他们之间显然没有爱情。很久之前在沙滩上的那一天，他们是在假装拥抱接吻。我多么想对桑德拉说：“鳝鱼和那个女子只是同事，正在从事一项过于危险的工作；我希望你原谅我一时的头脑发热，原谅我有时对你不够坦诚，因为有些时候我多么希望自己也是年轻人；我们心里都清楚，在小狗的那件事情上，我滥用了你对我的信任。桑德拉，我是一个讨厌的人。”

“阿尔贝托喜欢这个女子，桑德拉。他说，和她在一起的时候，他想笑，想征服全世界；这样的感觉在他的生活中少之又少，但不幸的是，他遇到她的时候，情况却糟得不能再糟。”

“已经没有关系了。”我无力地说。

“对。”伊丽莎白盯着地面说，“事情的发展总是非常奇怪。”

看到皮拉尔离开精品店向我们走过来时，我从长椅上站起来。伊丽莎白也站起来，解开狗绳。

“它叫勃丽塔。”她说。

“我知道。”我回答道，“你不知道该怎么处理它。你虽然喜欢它，但它会给你带来负担。没错吧？”

她点了点头，令人惊讶的是，她脸上浮现出一丝红晕。

我抱起勃丽塔。它重了很多。狗总是长得很快。它舔了舔我的脖子，我又将它放下。

“我来养它吧。我的空闲时间很多，而且还有一座带花园的房子。不过，你不能来看它。同意吗？它只能有一个主人。”

伊丽莎白最后一次摸了摸它的头和侧腹，然后没有再看它。她知道如何离开她爱的人和物。

“但愿你能告诉我，我可能不知道的任何事情。”她沉默了一会儿，眼睛一眨不眨地看着我，“我不希望这一切就此结束。”

“走吧。”我大声说着，转身背向她，手中牵着狗绳，走向皮拉尔。

“我知道，你现在没住在阿祖尔海岸。我在哪里能找到你？”

我只是向她挥手再见。我接过皮拉尔手中的一个袋子。

“那是谁？”皮拉尔十分好奇地问。

“一个爱慕者。我想，我没有告诉过你，我过去是个影星吧。”

皮拉尔挽着我的胳膊，用眼角的余光看着我，猜测我是否真的是一个无声电影明星。

“这只狗狗呢？”

“是我的爱慕者给我的礼物。我们可能需要一条狗。”

我们三个迈步走开。伊丽莎白一定在看着我们。如果她不马上认输，忘掉整件事情，那么她迟早会找到川斯奥利沃斯，然后找到海姆和艾尔弗。

我戴着厚镜片，在可调台灯旁，用了好几个晚上，给桑德拉写了一封长信，回忆了我们一起经历过的所有事件。我将信给了皮拉尔，像萨尔瓦曾经对我所做的那样，要她在我死后邮寄给桑德拉。我不知道是否应该告诉她，鳝鱼已经在一场可疑的车祸中去世（我不由猜测，这场意外是马丁导演的）；我不知道是否应该告诉她，我从未真的认为他和沙滩上的那个女子有恋爱关系，而是怀疑那是另外一种关系。最终，我什么都没有说，因为我希望她的生活中出现新的爱情，和她对鳝鱼的爱一样强烈，但这次不会有我强行将她拉出来。我既没有告诉她我已经找到了勃丽塔，它此后一直在川斯奥利沃斯，也没有告诉她皮拉尔和我带它去了海滩，让它尽情奔跑。

同时，在信被邮走的那天到来之前，我会一直致力于逼疯海姆。我知道如何做到。他们早已教会了我。

[尾注]

在这部小说中出现的老纳粹分子，大部分都有真实的原型。但小说中的人物，只有阿里贝特·海姆，也称作死亡医生和毛特豪森的屠夫，保留了真名。